君に太陽を

ジャンディ・ネルソン
三辺律子 訳

集英社文庫

君に太陽を

【主な登場人物】

ノア……………………絵を描くのが好きで内向的な少年
ジュード………………ノアの双子の姉。美人で快活な、皆の人気者
ダイアナ………………双子の母
ベンジャミン…………双子の父
スウィートワインおばあちゃん…双子の祖母。故人
ブライアン……………ノアの片想い相手。野球少年
ギジェルモ・ガルシア……彫刻家
オスカー………………イギリス人モデル。ギジェルモの友人で大学生
サンディ・エリス……ジュードの粘土クラスの先生。陶芸家
ヘザー…………………ノアに好意を寄せる少女

パパとキャロルへ

善き行いと悪しき行い、そうした概念をはるか超えたところに、野原がある。
そこで、会おう。

ルーミー

わたしが信じるのは、心から溢れる感情と想像の真実のみ。

ジョン・キーツ

深い愛のあるところには、必ず奇跡がある。

ウィラ・キャザー

大人になって、本当の自分になるには、勇気がいる。

E・E・カミングス

秘密の美術館

ノア　十三歳

すべてはここから始まった。

ゼファーとフライ――近所で幅をきかせてる不良たち――が魚雷みたいに追いかけてくる。森の地面全体が揺れるのを感じながら、ぼくは空気と木々と白熱した恐怖の中を駆け抜けていく。

「待てよ、軟弱やろう！」フライがどなる。

ゼファーが追いついて、ぼくをはがいじめにし、フライがスケッチブックをひったくった。取り返そうとするけど、腕を押さえられてるので、どうしようもない。もがいてゼファーから逃れようとする。無理だ。目をつぶって、やつらが蛾《が》に変わるよう念じる。だめだ。変わらない。むちゃくちゃデカい十年生のままだ。ぼくみたいな十三歳の人間ボールを面白半分に崖から蹴りだす鬼畜やろう。

ゼファーがうしろからヘッドロックをかけてきて、やつの胸が背中に押しつけられ、ぼくの背中がやつの胸にめりこむ。汗の中を泳ぐ。フライがスケッチブックをめくりはじめる。「なに描いてんだ、え、バブル？」フライがトラックにひかれるところを想像する。フライはスケッチブックをかかげる。「ゼファー、見ろよ。ぜんぶ裸の男だぜ」

からだじゅうの血が止まる。

「それはダビデ像だ」ネズミみたいなキィキィ声になっていないことを、フライがその先のページを開かないことを、祈りながら言う。今日、こっそり盗み見しながら描いた、サーフボードを抱えて海からあがってくる彼ら自身の絵を。ウェットスーツも着てなくて、なにも着てないからだが輝いてて、そして、えっと、つまり、手をつないでる絵。アーティストですっていう身分証明書みたいのがあればいいのに。そうすれば、やつらだって……いや、その前に、やつらはぼくを殺すだろう。そうに決まってる。世界が宙返りをしはじめる。ぼくはフライに言葉を投げつける。「知ってるか？　ミケランジェロって？　聞いたこともないだろ？」いつものぼくみたいにはしない。強そうに振る舞え、そうすれば強くなる、父さんはそう言って、言って、言いつづけた。ぼくが壊れた傘かなにかみたいに。

「そのくらい聞いたことあるに決まってんだろ」フライはぼってり膨らんだ唇で言う。世界一ごついひたいの下にぼってりした目鼻口がぎゅっと集まってて、マジでカバかよって顔だ。やつはページを破りとった。「ゲイだったんだろ」

確かにそうだ。母さんは、まるまる一冊、ミケランジェロについて論じた本を書いている。

でも、フライは知ってて言ったんじゃない。やつは誰のことでもゲイって言うんだ。じゃなきゃ、ホモか軟弱やろうか。ぼくの場合は、ホモで軟弱で、さらにバブルってわけだ。

ゼファーは悪魔みたいに笑った。声がからだに伝わり、反響する。

フライは次のページを開いた。今度もダビデだ。ダビデの下半身。詳細に描いた習作。からだが冷たくなるのがわかる。

今や、ふたりともゲラゲラ笑ってる。笑い声が森にこだまする。鳥の声みたいに。

もう一度ゼファーから逃れて、スケッチブックを取り返そうとする。でも、ますますきつく締めつけられるだけだ。ゼファーは雷神《トール》だ。やつは片腕でぼくののどを絞めあげ、もう片方の腕でシートベルトみたいに上半身を押さえつけてる。海からあがったばかりのむき出しの胸から発散される熱が、ぼくのTシャツに染みこんでくる。ココナッツの香りの日焼け止めローションが鼻腔いっぱいに広がる。さらに海の香りが、まるでやつが背負ってきたみたいに強く漂って……毛布みたいに海を引きずってくるゼファー……いい絵になりそうだ、悪くない（題名：海とともに歩き去る少年）――なにやってんだ、ノア。今は、頭の中で絵を描いてる場合じゃない。われに返り、唇の塩味を感じて、自分が死にかけてることを思い出す――

ゼファーの海草みたいな長髪から、ぼくの首や肩に水がしたたり落ちてくる。ゼファーと自分の呼吸がシンクロしてることに気づく。重たく、分厚い呼吸。呼吸をずらそうとする。重力に逆らい、浮かびあがろうとする。だめだ。ぼくはなにもできない。フライがスケッチブックを一枚一枚破いていく先から（あのあたりはほとんどが家族の肖像《ポートレイト》だ）、風がさらっていく。フライはジュードとぼくの絵を真っ二つにして、ぼくのほうだけを破りとる。

ぼくが飛び去っていく。

フライがどんどんページをめくり、ぼくが殺されることになる絵へ近づいていく。

耳がドクドク脈打っている。

すると、ゼファーが言った。「破るなよ、フライ。こいつの姉貴が、こいつのこと、才能あるって言ってたんだ」ジュードのことが好きだからか？　今じゃ、ほとんどのやつらがジュードのことを気に入ってる。ジュードは誰よりも激しく波に乗れるし、崖から飛びこむのも好きだし、なにひとつ怖がらない。そう、デカいホホジロザメだって、父さんだって。それに、ジュードは、黄色の絵の具をぜんぶ使い切ってしまうような髪をしてる。何百メートルもあって、北カリフォルニアじゅうの連中が絡め取られそうな髪だ。特に小さい子と、プードルと、最近じゃ、サーフィンバカたちが。

それに胸もデカい。〈翌朝配達便〉で届いたんじゃないかってくらい、ひと晩で急にデカくなってた、マジで。

信じられないことに、フライはゼファーの言うことを聞き入れて、スケッチブックを放り投げた。

スケッチブックからジュードが、したり顔でにやっとこっちを見あげる。ありがとうと心の中で呟く。ジュードはいつもぼくを助けてくれる。ふだんは恥ずかしいけど、今回は心底助かったって思う。

（題名：双子。鏡を見るノアと、鏡からこっちを見ているジュード）

「これからなにをするか、わかってるだろ？」ゼファーが、いったん停止したかに思えた殺人遂行プログラムを再起動させて、かすれた声で囁く。やつの息には、やつが過剰に含まれてる。やつが過剰にぼくにかかる。

「かんべんしてよ、お願い」ぼくは言う。

「かんべんしてよ、お願い」フライが女みたいなかん高い声で真似する。

胃がねじれる。〈悪魔の崖〉はこの丘《ヒル》で二番目に高い飛びこみポイントで、やつらはそこからぼくを落とそうとしてる。悪魔って名前だけあって、崖の下には、ぎざぎざの岩がずらりと並んで待ちかまえ、激流が渦を巻いて、死体を水中へ引きずりこむ。

　ゼファーの腕から逃れようとする。さらにもう一度。

「フライ、こいつの足を持て！」三トンのカバがぼくの足首にとびかかる。うそだ、こんなの現実じゃない。だって、ありえない。ぼくは水が大嫌いで、溺れて、アジアまで流されるのは決定だっていうのに。頭蓋骨を粉々にするわけにはいかない。頭の中にある秘密の美術館の中身を誰にも見せないうちに、解体用の鉄球をぶちこむわけにはいかないんだ。

　だから、ぼくは大きくなった。ぐんぐん、ぐんぐん伸びて、天に頭突きを食らわせるつもりで。それから三つ数えると、狂ったように暴れはじめた。テラスで無理やりレスリングのデスマッチをやらせた父さんに、ひそかに感謝する。父さんが使えるのは片腕だけ、ぼくは全身、でも、ぼくはいつも押さえつけられた。なにしろ父さんは十メートル級の巨人で、トラックの部品でできてるから。

　でも、ぼくだって父さんの息子だ。巨人《ガルガンチュア》の息子なんだ。タフで荒っぽいゴリアテ（旧約聖書に登場する巨人兵士）、人間の皮膚でくるまれた台風だ。身をよじって手足をばたつかせ、やつらから逃れようとするけど、やつらは「イカレてんな」とか言ってげらげら笑いながら、らくらくぼくを組み伏せた。でも、ゼファーが感心したように「こいつ、ウナギかよ、押さえられねえ」と言ったのを聞いて、ますます暴れまくる。ウナギは好きだ、電気を持ってるやつもいるし。だから今度は、送電線になったつもりで、自分の電圧《ボルテージ》をめいっぱいあげて、めちゃめちゃにからだを動かし、やつらのすべすべした温かい体が絡みつくのを感じながら、押さえつけられるたびに逃れ、もみくちゃになり、ゼファーの頭が胸に押しつけられ、フライの頭が百本の手みたいに背中にあたって、もうぐちゃぐちゃでなにがなんだかわからなくて、ぼくは自分を見失い、どんどん、どんどん、わからなくなって、そのとき、まさか……そう、気づいたんだ、勃起してることに。信じられないくらい、かたく勃起してて、それがゼファーの腹に突き刺さってるってことに。ものすごい恐怖がからだを突き抜ける。ぼくは、めちゃくちゃ悲惨な大虐殺の場面を思い起こそうとした（ふだん、しぼませるのに、一番効き目がある）けど、遅かった。ゼファーは一瞬動きを止め、それから飛びのいた。「え、今の――？」

　フライが地面を転がって膝で立った。「どうしたんだよ？」フライはゼエゼエ言いながら、ゼファーのほうを見た。

　ぼくはよろめいて、膝を胸につけたかっこうですわりこんだ。まだ勃ってるかもしれないから、怖くて立ちあがれない。必死で泣くまいとする。吐き気がフェレットみたいにからだの隅々にまで入りこみ、ぼくは最後の息をつく。今、この場で殺されなくても、今夜までにこの丘《ヒル》じゅうの人間が、今、起こったことを知ることになる。火のついたダイナマイトを吞みこんで、自ら〈悪魔の崖〉から身を投げたほうがマシだ。最悪だ、やつらにくだらない絵を見られるより、ずっとひどい。

（題名：森での葬式）

　でも、ゼファーはなにも言わずに、いつものバイキングみたいなようすで立ちつくしてる。妙な顔つきで黙りこくってるだけだ。どうしてだ？

　ぼくは意思の力でやつの能力を奪ったのか？

　そうじゃなかった。やつは海のほうをさして、フライに言った。「もううんざりだ。ボードを持って、いこうぜ」

　安堵がぼくを吞みこむ。ゼファーは気づかなかった？　いや、ありえない。すごく硬かったし、やつはビビって、飛びのいたんだから。いや、まだビビってる。じゃあどうして、軟弱なホモやろうのバブルって言ってこない？　ジュードのことが好きだからか？

　フライは頭の横で指をぐるぐる回して、ゼファーに言った。「せっかくこれからってときに、フリスビーが屋根にのっかっちまった感じだよ」それから、ぼくにむかって言った。

「おまえが思ってもいないときに、やってやるから覚えとけ、バブル」そして、手をすうっと動かして、ぼくが〈悪魔の崖〉から落ちていくところを真似してみせた。

終わった。フライとゼファーはビーチのほうへもどっていった。

やつらがネアンデルタール人並みの頭を働かせて、気を変える前に、いそいでスケッチブックを拾って腕に抱えると、一度も振りかえらずに足早に森の中へ入っていった。心臓が震えたり、目に涙が溜まってたりしてないふりをして。やっと人間になったって気がしてることも無視して。

そして、木々が途切れてぽっかりと空き地になっているところまでくると、チーターみたいに走りだした。チーターは三秒で時速一二〇キロに達することができるし、ぼくもそれに近い。ぼくは七年生で四番目に速いんだ。空気を切り開いて、中に姿を消すことができる。ぼくはまさにそれをやった。フライたちから、さっき起こったことから、遠く離れるまで。

少なくともぼくはカゲロウじゃない。雄のカゲロウにはペニスが二本ある。ぼくはペニスのせいで、すでに人生の半分をシャワー室で、どんなにやめようと思っても考えずにはいられないことを考えながら過ごしてる。なぜなら、そのことを考えるのが好きで好きでたまらないから。ああ、そうなんだ。

小川までくると、岩から岩へジャンプして、よさそうなほら穴を見つけた。ここなら、これから百年間、ザアザアと流れる水の中で太陽が泳ぐのを見ていられる。あとは、角笛でも銅鑼《どら》でも、神を目覚めさせるものが必要だ。神にひと言言いたいから。

なんなんだよ⁉

しばらくして、いつも通り神からの答えはもらえないとわかると、うしろのポケットから木炭を取り出した。さっきの試練を無事に生き延びたらしい。すわって、スケッチブックを開く。そして、なにも書いてないページを一枚一枚、真っ黒に塗りつぶしていった。力を入れすぎて、何本も折ったけど、どれも小さな塊になるまで使ったので、しまいには黒い色がぼくの指から、そう、ぼくから直接、流れ出してくるみたいに見えた。残りのページをぜんぶ塗りつぶした。何時間もかけて。

（連作題名：闇の箱の中の少年）

次の日、夕食のときに母さんが、昼間に車に乗っていたら、スウィートワインおばあちゃんがきたの、と言った。「ジュードとノアにメッセージがあるのよ」

一応言っとくと、おばあちゃんは死んでる。

「やっときたのね！」ジュードは叫んで、バタンと椅子の背によりかかった。「約束したのよ！」

おばあちゃんは、三ヶ月前に眠るように息を引き取る直前、ジュードに約束した。ジュードがどうしても必要なときには、すぐにくるからって。ジュードは、おばあちゃんのお気に入りだった。

母さんはジュードにむかってにっこりほほえむと、両手をテーブルに置いた。ぼくも同じことをしてから、自分が母さんをそっくり真似してることに気づいて、両手を膝のあいだに隠した。母さんには伝染力がある。

それに、別の世界からやってきたんだ。なんとなく今いるところの人間じゃないって感じがする人がいるけど、母さんもそう。ぼくはもう何年もその証拠を積みあげてきてるけど、このことはまたあとで。

今はこっち。母さんの演出の狙い通り、母さんの顔に光があたって揺らめいている。そして、まず車におばあちゃんの香水の匂いが立ちこめたの、と話しはじめる。「いつもおばあちゃんが入ってくるより先に、匂いがしたのを覚えてるでしょ？」キッチンにもおばあちゃんの濃厚な花の香りがしているかのように、母さんは大げさに息を吸いこんでみせる。つられてぼくも思いきり吸いこむ。ジュードも思いきり吸いこむ。カリフォルニアじゅうのひとが、アメリカじゅうのひとが、地球上のひとがみんな、思いきり吸いこむ。

でも、父さんだけは別。父さんはコホンと咳払いした。

父さんは、母さんの言うことを信じていない。父さんはアーティチョークだから。これは、父さんの実の母親、つまりスウィートワインおばあちゃんが使った言葉。どうしてこんなアーティチョークみたいな頭の子が生まれたのか、なぜこんな子に育ったのか、わからないってことらしい。ぼくも同意見だ。

しかも、アーティチョーク頭は大学で寄生生物について研究してる——ま、これ以上は省略。

父さんのほうをちらりと見る。ライフガードみたいな日焼けと筋肉、暗いところでもピカッと光る歯と、暗いところでもピカッと光るノーマルぶりを見て、ぼくの心は凝固していく。もしあのことが父さんの耳に入ったら？

今のところ、ゼファーはひと言も喋っていない。たぶんみんな知らないだろうけど、っていうのも世界で知ってるのはぼくだけって気がするからなんだけど、「ドーク《dork》」ってダサいって意味であると同時に、鯨のペニスの正式名称でもある。で、シロナガスクジラのドークのこと、知ってる？　二メートル半もあるんだ。もう一度言う、二メートル半!!!　これが、昨日、あのことがあって以来のぼくの気持ち。

（題名：ドークの具象）

ってこと。

でも、ときどき父さんはうすうす勘づいてるんじゃないかって思うことがある。ぜったい勘づいてるって。

ジュードがテーブルの下で脚をぐいと押してきたので、はっとして、塩入れから目を離した。それで、ずっと塩入れを見ていたことに気づく。ジュードは母さんのほうにあごをしゃくった。目を閉じて、胸の前で両手をクロスさせてる。それから、父さんのほうにあごをしゃくった。父さんはじっと母さんを見てる。まるで母さんの眉毛があごまで這っていったって感じで。ジュードとぼくは、目を見開いて見つめ合った。頬の内側をかんで、笑うまいとする。ジュードも同じことをしてる。ジュードとぼくの笑いのツボは同じだ。テーブルの下で足をぎゅうぎゅう押しつけ合う。

（題名：家族の肖像　夕食の席で死者と心を交わす母親）

「で？」ジュードがせっつく。「おばあちゃんはなんて？」

母さんは目を開けて、ウィンクすると、また閉じて、降霊術っぽい低いうなり声で言った。「花の香りを吸いこんだら、なにかがちらちら光りだして……」母さんは二本のマフラーみたいに両腕をぐるぐる回して、場を盛りあげた。だから、母さんは年間優秀教授賞を何度も受賞してるのだ。みんなが、母さん演出の「映画」に出たがる。ぼくたちは身を乗り出して母さんの次の言葉を、天からのメッセージを待った。ところが、その瞬間、父さんが世にもつまらないことを言った。

父さんは年間優秀教授賞を取ったことがない。一回たりとも――以下省略。

「子どもたちに、これはぜんぶ比喩だってちゃんとわからせたほうがいい」父さんがすっと背を伸ばしたので、頭が天井をぶち抜いた。父さんを描くときは、すごくデカいから、一ページに収まりきらないことが多い。そういうときは、頭を省略して描く。

母さんは顔をあげた。楽しそうな表情はかき消えていた。「あいにく、わたしは比喩のつもりで言ってるんじゃないの、ベンジャミン」むかしは、父さんは母さんの目を輝かせることができた。でも今じゃ、母さんの歯を食いしばらせてる。どうしてかはわからない。「これは、言葉通りの意味よ」母さんは言う（＝歯を食いしばる）。「文字通り、死んでこの世にはいない、比類なきスウィートワインおばあちゃんが車の助手席にすわったっていうこと。

そのままの意味」そして、ジュードにむかってほほえんだ。「それどころか、おばあちゃんたら、いつものふわふわワンピースを着てたのよ。とてもすてきだったわ」ふわふわワンピースというのは、おばあちゃんの持ってる服の系統の呼び名だ。

「そうなんだ！　どのワンピース？　あのブルーの？」ジュードの口調に、胸にちくりと痛みを感じた。

「ううん、あのオレンジの小花模様のワンピース」

「ああ、そうか。あれなら、幽霊にぴったり。おばあちゃんと、死んだあと着る服についていろいろ相談しておいたんだ」母さんがこういう作り話をするのは、ジュードがおばあちゃんのことを忘れられないからだって、ぼくは気づいた。ジュードは、最後のほうはおばあちゃんの枕元からほとんど離れなかった。最期の日になった朝、ひとりは眠り、ひとりは息を引き取った状態で手をつないでいるのを、母さんが見つけた。本当のこと言って、それって最高に気持ち悪いって思ったけど、誰にも言わないようにしてる。「で……メッセージは？」

「父さんにも、やりたいと思ってることがあるんだ」父さんが息も絶え絶えになりながら懲りずに会話に割りこんできた。メッセージの内容をあくまで聞かせないつもりらしい。「〈ばかげた時代〉の終わりを宣言したい」またそれか。父さんが言ってる〈ばかげた時代〉っていうのは、おばあちゃんが引っ越してきたときから始まってる。「科学者」である父さんは、自分の母親の口から出てくる迷信がかったデタラメはすべて眉につばをつけて聞け、と言った。おばあちゃんはおばあちゃんで、アーティチョーク頭の息子の言うことは聞くな、つばは眉につけずに悪魔の目めがけて吐きかけてやるんだよ、と言っていた。

そしていつも、おばあちゃんは、とてつもないアイデア（またの名をデタラメ）の詰まった革表紙の巨大なノートを取り出した。おばあちゃんの「バイブル」だ。で、中に書いてある福音《ふくいん》をおもむろに読みはじめるってわけ。たいてい、相手はジュードだった。

父さんはピザを一切れ取った。端からチーズが皿にむかってダイブする。父さんはぼくを見た。「どうだ、ノア？　おばあちゃんの〈幸運を煮こんだシチュー〉を食べなくてすむようになって、ちょっとはほっとしてるんじゃないか？」

おあいにくさま。ぼくは母さんの味方なんだ。確かにピザは好きだ。ピザを食ってる最中でも、ピザを食いたいって思うくらいだけど、それでも、父さんと同じ船には乗らない。たとえミケランジェロが乗ってたとしても。父さんとぼくは合わない。父さんはそのことをよく忘れるみたいだけど、ぼくは忘れない。アメフトの試合を見ろとか、なにもかも吹き飛ばされるような映画を観ろとか、からだが逆さについてるような気になるジャズを聴けとかって、父さんのデカい声が追いかけてくると、すぐさま部屋の窓から飛び降りて、森へ逃げることにしてる。

ときどき誰も家にいないとき、父さんの書斎に入って、エンピツを折ってやる。一度、いつにも増してさんざん壊れた傘呼ばわりされて、おまえがジュードと双子じゃなきゃ、単為生殖（あとで辞書で引いた。要は、父親の遺伝子はないってことだ）だと思うところだよ、って笑いながら言われたときは、みんなが寝静まったあと、ガレージに忍びこんで、父さんの車に傷をつけてやった。

　ポートレイトを描くとき、相手の魂が見えることがある。そのおかげでわかったことは以下の通り。母さんの魂はものすごく大きなヒマワリで、おかげで内臓を入れる場所がほとんど残ってない。ジュードとぼくはふたりでひとつの魂を分け合ってる。ぼくたちの魂は、火のついてる木だ。そして父さんの魂は、ウジムシを盛った皿。

　ジュードが父さんに言ってる。「そんなふうにおばあちゃんの料理をバカにして、おばあちゃんには聞こえないと思ってるの？」

「答えはもちろん、イエスだ。聞こえるわけがない」父さんはそう言って、ピザをひと口で飲みこんだ。口のまわりが油でぎとぎとしてる。

　ジュードは立ちあがった。髪が光のつららみたいに顔のまわりに下がる。それから、すっと天井を見あげ、きっぱりと言った。「わたしはおばあちゃんの手料理がずっと大好きだったよ、おばあちゃん」

　母さんが手を伸ばして、ジュードの手をぎゅっと握った。それから、天井にむかって言った。「わたしもよ、カッサンドラ」

　ジュードは心の底からの笑みを浮かべた。

　父さんは手で銃の形を作り、自分の頭を打ち抜いた。

　母さんは顔をしかめた。百歳になったみたいに見える。「謎《ミステリー》を受け入れなきゃ、教授」母さんは言った。母さんはいつも父さんにそう言ってる。でも、むかしの言い方とは違う。前は、ドアを開けて父さんを招き入れるような言い方だった。今みたいに、目の前でぴしゃりと閉めるんじゃなくて。

「わたしは『ふしぎ』と結婚したんだよ、教授」父さんの返事もいつも通りだったけど、むかしはもっと誉めてるのが伝わるような言い方だった。

ぼくたちはピザを食べたけど、ちっとも楽しくなかった。父さんと母さんの心の中の声が、空気を険悪にしてる。自分のかんでる音に集中してると、テーブルの下でまたジュードが足を押してきた。ぼくも押し返す。

「おばあちゃんからのメッセージはなんだったの？」ジュードはぴりぴりした空気の中に切りこんで、期待たっぷりにほほえんだ。

ジュードを見て、父さんの目の表情が和らぐ。ジュードは、父さんのお気に入りでもある。でも、母さんのお気に入りは決まってない。つまり、その地位は早い者勝ちってこと。

「さっき言ったみたいに」今回は、ふだんのハスキーな声で母さんは言った。なんていうか、ほら穴が話しかけてくるような感じ。「そのとき、ＣＳＡの前を走ってたの。美術専門の高等学校。そしたら、おばあちゃんがいきなり乗ってきて、あなたたちふたりにぴったりの学校だって言ったのよ」母さんは頭を振った。顔がぱっと明るくなって、またふだんの年齢にもどる。「本当にその通りだと思うわ。これまで思いつかなかったなんて、信じられない。ピカソの言葉がずっと頭から離れないの。『すべての子どもは芸術家だ』。問題は、大人になってからも芸術家でいつづけるには、どうしたらいいかってこと」母さんは美術館でよくする昂ったような顔つきになった。これから展示品を盗もうっていうような。「答えはこれよ。こんなチャンス、もうないわ。あなたたちの精神が抑えつけられてしまうのは嫌なの、誰かみたいに……」母さんは最後まで言わずに、ぼくそっくりな爆発したような黒髪を手でとかし、父さんのほうにむき直った。「ベンジャミン、わたし、本気よ。学費が高いのはわかってる、でも、こんなチャ……」

「それだけ？」ジュードが口を挟んだ。「おばあちゃんのメッセージはそれでぜんぶ？　それが、死後の世界からのメッセージなの？　学校のことが？」今にも泣き出しそうな顔になってる。

ぼくは違った。美術学校？　そんなこと、考えたことすらなかった。みんなといっしょにルーズベルト校へ、クソ高校へいかなくてもいいなんて。あんまりどきどきして、ぜったいぼくの中で血が光りはじめてるって思ったくらい。

（題名：勢いよく開く胸の窓）

母さんはまた美術館顔になって、言った。「ただの学校じゃないわよ、ジュード。四年間毎日欠かさず、屋根のてっぺんから叫ばせてくれる学校よ。ふたりとも、屋根の上で叫びたくないの？」

「叫ぶってなにを？」ジュードがきいた。

それを聞いて、父さんはクスッとトゲのある笑いを漏らした。「どうだろうな、ダイアナ。ちょっと専門的すぎやしないか？　わたしたち三人にとっては、芸術は芸術でしかなくて、宗教じゃないってことを忘れてるんじゃないかな?」母さんはナイフを手に取り、父さんの腹に突き刺してぐいとねじったけど、父さんは気づいたようすもなくつづけた。「とにかく、子どもたちはまだ七年生だ。高校は先の話だろう」

「ぼく、いきたい!」思わず叫んだ。「精神が抑えつけられるのは嫌だ!」この食事のあいだ、頭の中以外で言葉を発したのがこれが初めてだって気づく。母さんはにこやかな笑顔をぼくにむけた。父さんには、母さんを思いとどまらせることはできない。美術学校には、サーフィンバカはいない。そうに決まってる。血が光ってる子だけだ。革命家だけだ。

母さんは父さんに言った。「準備に一年かかるのよ。国内でも最高レベルの美術学校のひとつだから。先生たちも最高レベルだから、問題ないわ。その学校が、うちのすぐ裏にあるのよ!」母さんの興奮がますますぼくに拍車をかけた。手をぱたぱたさせそうになる。「入るのは本当に難しいのよ。でも、あなたたちならやれるわ。もともとの才能に加えて、すでにたくさんのことを学んでるもの」母さんが誇らしげにほほえむとテーブルの上に太陽が昇ったみたいになった。それに、母さんの言ったことは本当だった。ほかの子が絵本を見ているとき、ぼくたちは画集を見てたんだから。「さっそく今週末から、美術館と画廊巡りをはじめましょう。ふたりで絵のコンテストをしてもいいわよ」

ジュードが鮮やかな蛍光ブルーのゲロをテーブルにぶちまけたけど、気づいたのは、ぼくだけだった。ジュードの絵は悪くないけど、ぼくとは違う。ぼくにとって、毎日八時間、腹の手術を受けてるようなものだった学校がそうじゃなくなったのは、みんなが、ぼくと喋ったり、ぼくの顔を殴ったりするより、似顔絵を描いてもらいたがってるってことに気づいたからだ。ジュードの顔を殴りたがるやつはいない。ジュードはきらきら輝いてて、面白くて、ふつうだから。革命家じゃない。誰とでも喋る。ぼくはぼくと喋る。ジュードとももちろん喋るけど、たいていは声を出さずに喋る。ぼくたちはいつもそうしてる。母さんともだ。母さんは別世界からやってきたひとだから（手短に証拠を。今までのところ、母さんは壁を通り抜けたり、意志の力で家を持ちあげたり、時間を止めたりっていうような完全にイカレたことはやってないけど、いくつか証拠はある。例えばついこのあいだも、母さんが朝、いつもみたいにテラスに出て紅茶を飲んでるとき、そっちへいこうとしたら、空中に浮かんでた。少なくとも、ぼくにはそう見えた。さらに、決定的証拠。母さんには両親がいない。捨て子なんだ！　赤ん坊のとき、ネヴァダ州のレノにあるどこかの教会の前に捨てられていた。妖精が置いていったんだ）。あ、そうだ、あと、ぼくはとなりのラスカルとも喋る。どこからどう見ても、馬だけど、やつとも喋る。

だから、バブルって呼ばれるわけだ。

たいていぼくは人質みたいな気持ちで暮らしてる。

父さんがテーブルに肘をついた。「ダイアナ、少し話をもどそう。先走りすぎていると思う。むかしの夢はもう……」

母さんは父さんにそれ以上言わせなかった。歯をぎりぎりいわせ、下品な言葉の辞書を開くまいとしてる。いや、核戦争かも。「ノアとジュード、お皿を持って、部屋にいきなさい。

お父さんと話があるから」

　ぼくたちは動かなかった。「ノアとジュード、早く」

「ジュード、ノア」父さんも言う。

　ぼくは皿を持って、ジュードのうしろにひっつくようにしてダイニングを出た。ジュードがぼくのほうに伸ばした手を、握る。それで、ジュードの服がクマノミみたいにカラフルなことに気づいた。ジュードに服の作り方を教えたのは、おばあちゃんだ。そのとき、開いている窓から、となりに新しくきたオウムのヨゲンシャの声がした。「いったいラルフはどこにいるんだ？」オウムはかん高い声で言った。「いったいラルフはどこにいるんだ？」ヨゲンシャが喋れる言葉はそれだけで、二十四時間年中無休でそればっかり言っている。ラルフが誰かなんて、誰も知らないし、もちろん居場所なんてわからない。

「クソバカオウムめ！」父さんがものすごい勢いでどなったので、みんなの髪がぶわっと舞いあがった。

「本気じゃないからね」ぼくは心の中でヨゲンシャに謝ってから、実際に声に出して言っていたことに気づいた。ときどき言葉はイボガエルみたいに口から飛びだしてしまう。父さんに、今のは鳥に言ったんだって言い訳しかけて、やめた。そんなこと言って、父さんが気に入るわけない。そしたら、代わりにヤギみたいなヘンな声が出てしまった。父さんと母さんが、おかしな顔でぼくを見る。ジュードとぼくは慌てて廊下へ出た。

　部屋へいくと、ぼくたちはソファーにすわった。父さんたちの話を聞こうと思って、テレビはつけなかったけど、押し殺した声で話してるので、内容までは聞き取れない。ジュードが皿を持ってくるのを忘れたので、ぼくのピザをふたりでかわりばんこに食べた。食べ終わると、ジュードが言った。「おばあちゃんは、もっとすごいことを言ってよこすと思ってたんだ。天国は海だったよ、とか。わかるでしょ？」

ぼくはソファーによりかかった。ジュードとふたりきりになれて、ほっとしていた。ジュードとふたりのときは、人質に取られたような気持ちにならない。「ああ、そうだよ。天国にはもちろん海があるよ。ただ、紫色なんだ。それに、砂浜はブルーで、空はヘラ・グリーンだ」

ジュードはにっこり笑って、しばらく考えたあと、言った。「それで、疲れると、花の中へ潜りこんで眠るの。昼のあいだはみんな、音じゃなくて、色で喋るのよ、だからすごく静かなの」目を閉じて、ゆっくりとつづける。「人は恋に落ちると、炎になって燃えあがる」ジュードはこの遊びが好きだった。おばあちゃんのお気に入りのひとつだ。小さいころ、ぼくたちはよくおばあちゃんとこの遊びをしていた。「さあ、わたしを連れてってちょうだい」って、よくおばあちゃんは言っていた。「ふたりとも、わたしをここから出しとくれ！」とか。

ジュードが目を開けると、顔から魔法が消え去った。ジュードはため息をついた。

「なに？」ぼくはきいた。

「わたしはＣＳＡにはいかない。そんなところにいくのは、エイリアンだけよ」

「そうよ、変人だけ。カリフォルニア・エイリアン高校って、みんな呼んでる」
「エイリアン？」

わお、やった。ありがとう、おばあちゃん。父さんには降参してもらうしかない。ぼくはぜったいに入る。アートを創る変人たち！　うれしくてうれしくて、トランポリンで跳んでるみたいに、心の中で跳ねまくった。

でも、ジュードはそうじゃなかった。すっかり暗くなってる。ジュードの気持ちを明るくしたくて、ぼくは言った。「きっとおばあちゃんは、ジュードの空飛ぶ女たちを見たんだよ。だから、ジュードもぼくも美術学校にいけって言ってんだ」ここから三つ先の入り江で、ジュードは濡れた砂を使って空飛ぶ女たちの像を創ってた。これまでも、誰も見てないと思ってるときに、マッシュポテトとか父さんのシェイビングクリームとかで創ってるのは見たことがあったけど、それと同じだ。ぼくは崖の上から、ジュードがスケールを大きくした砂バージョンの女たちを創っているのを見て、きっとおばあちゃんに話しかけようとしているんだってわかった。ジュードが考えてることは、いつだってわかる。でも、ジュードは、ぼくが考えてることはそんな簡単にはわからないみたいだ。ぼくの頭の中にはシャッターがあって、必要なときはすぐに下ろしてしまうから。最近は下ろしてることが多い。

（題名：少年の中に隠れてる少年の中に隠れてる少年）

「あんなの、アートじゃないよ。あれは……」ジュードはそれ以上は言わなかった。「今回のことは、ノアのためよ。それに、そうやってビーチでわたしのあとをつけてくるの、やめてよね。わたしが誰かとキスしてたら、どうするのよ？」

「誰と？」ジュードより二時間三十七分十三秒若いだけだけど、いつも弟気分にさせられる。ぼくはそれが嫌だった。「誰とキスするんだよ？　キスしたこと、あるの？」

「昨日なにがあったか、話せば、教えてあげる。なにかあったってことはわかってるのよ。だから、今朝はいつもみたいにいっしょに学校へいけなかったんでしょ」そう、ゼファーとフライに会いたくなかったからだ。高校は、中学のとなりにある。やつらには二度と会いたくない。ジュードが腕に触れた。「誰かがノアになにかしたり、なにか言ったりしたら、わたしに言って」

ジュードがぼくの心に入ってこようとするので、シャッターを閉めた。すばやくピシャッと、片側にぼく、反対側にジュードを置きざりにして。昨日の事件は、今までのちょっとしたショーとは違う。去年、サッカーの試合で、ジュードが生きた岩石マイケル・スタインの顔にパンチしたときとは。ぼくがめちゃくちゃクールな蟻塚にちょっと気を取られただけで、マイケルがどんくさい呼ばわりしたからだ。あと、ビーチじゅうのサーフィンバカたちが見ている前で、父さんとジュードが海に流されかけたぼくを引っぱりあげなきゃならなかったときとか。そう、今回は違う。今回の秘密は、はだしの足の下で石炭がずっと燃えてるようなものだ。ぼくは立ちあがって、逃げだそうとした。ジュードにはテレパシーで伝わりかねない――そのとき、どなり声が聞こえてきた。

家が真っ二つに裂けそうな声。最近じゃ、おなじみ。

またソファーに身を沈める。ジュードがこっちを見た。ジュードの目は、ものすごく淡い氷河《グレイシヤ》ブルーだ。描くときはいつも、ほとんど白で塗る。ふだんは、ジュードの目を見ると、ふわふわ浮いているような気持ちになって、もこもこの雲のことを考えたり、ハープの音楽が聞こえたりする。でも、今、その目には純粋な恐怖しか浮かんでなかった。ほかのことはすべて忘れ去られてる。

(題名:沸いたやかんみたいな声でどなり合ってる父さんと母さん)

ジュードは、小さいころみたいなピカピカの飾りモールの声で言った。「おばあちゃんがあの学校へわたしたちをいかせたいのは、本当にそれが理由だと思う? わたしの空飛ぶ砂の女を見たから?」

「うん」ぼくはうそをついた。本当は、ジュードの言う通りだと思う。ジュードのほうが正しいなんて、初めてだけど。美術学校の話は、ぼくのためだと思う。

ジュードがすっとこっちへよって、ぼくたちは肩をくっつけ合った。これがぼくたち。ぼくたちのポーズ。ぎゅっとからだを押しつけ合う。母さんのお腹の中にいたときの超音波写真でもそうだったし、昨日、フライが破った絵も、このポーズをしていた。この地球上のたいていの人とは違って、ぼくたちは最初の細胞からいっしょで、この世にもいっしょに出てきた。だから、ジュードがぼくたちふたりを代表して喋ることに誰も気づかないし、四本の手ならピアノを弾けるのにひとりじゃ弾けないし、ぜったいじゃんけんもしない。この十三年間、一度も違う手を出したことがなかった。いつだって、グーが二個、パーが二個、チョキが二個。だからぼくは自分たちを描くときは、このポーズか、そうじゃないときは、半身の姿で描いた。

　押しつけ合ったからだから、穏やかさが溢れ出す。ジュードが息を吸い、ぼくもいっしょになって呼吸する。もうこんなことをする年齢じゃないかもしれないけど、かまわない。前をむいてたけど、ジュードがにっこりしているのが見えた。いっしょに息を吐き、いっしょに吸う。吐いて、吸って、吐いて、吸って、吐いて、吸って。木々さえ、昨日、森でなにがあったのか思い出せなくなり、父さんと母さんの声が怒声から音楽に変わり、ぼくたちが同じ年齢なだけじゃなくて、完全なひとりの人間になるまで、呼吸しつづける。

　一週間後、すべてが変わった。

　その日は土曜日で、母さんとジュードとぼくは町の美術館の屋上にあるカフェにいた。なぜなら、母さんが言い争いに勝ち、ぼくたちはふたりとも一年後にカリフォルニア美術学校《CSA》を受験することになったからだ。

　テーブルのむかいで、ジュードは母さんと喋りつつ、ぼくに無言の殺しの脅迫を送ってきてる。自分よりぼくの絵のほうがいいと思ってるからで、ぼくたちはコンテストをしているからだ。審査員は母さん。まあ、確かに、ジュードの絵を直してやろうとしたのは、よくなかったかもしれない。ジュードは、ぼくが絵をだめにしようとしてると思った。それに関しては、ノーコメント。

　ジュードはいたずらっぽく目をぐるって回してみせた。マグニチュードで言えば、6.3ってところ。ジュードにもう一度、テーブルの下で強力なキックをお見舞いしてやろうかと思ったけど、やめておいた。その代わりに、ホットチョコレートを飲みながら、左側にいる年上の子たちをこっそり観察しはじめる。ぼくの二メートル半のコンクリート製ドークに関するかぎり、まだ大丈夫。頭の中は妄想だらけだけど。（題名：ひとかけらずつ、殺人アリの餌になる少年）。もしかしたらゼファーは本当に誰にも言う気がないのかもしれない。となりのテーブルの子たちは全員、耳たぶにゴムリングを入れ、眉にピアスを開けて、カワウソみたいにジョークを言い合ってる。カリフォルニア美術学校《CSA》の学生かもしれないな、と思う。そう思ったとたん、全身が楽器になったみたいにかき鳴らされる。ひとりは満月みたいに丸い顔で、ブルーの目も大きくてまん丸で、はじけるような赤い唇をしてて、ルノワールの絵に出てきそうだ。ぼく好みの口。テーブルの下で、ズボンの上に指で彼の顔をスケッチしていたら、見ているのに気づかれてしまった。でも、にらみつけてきたりしないで、ウィンクしたんだ、ゆっくりと。かん違いなんかじゃない。それから、また友だちのほうに視線をもどしたけど、ぼくはたちまち固体から液体になった。

　ぼくにウィンクした。まるで「知ってるよ」っていうみたいに。でも、悪い気はしなかった。ぜんぜんしなかった。それどころか、顔がにやけてしょうがなかったくらい。そしたら——やった、また彼はこっちを見て、笑ってくれた。顔がカアッと熱くなる。

　ぼくは母さんとジュードに意識を集中させようとした。ふたりは、おばあちゃんのハチャメチャなバイブルの話をしている。またか。おかしな考えの百科事典みたいよ、と母さんが言っている。そして、おばあちゃんがどうやっていろんな場所や人からアイデアを集めたかってことを、話しはじめる。自分がやっていた洋品店でもレジの横に広げておいて、お客が荒唐無稽なでたらめを書きこめるようにしていたらしい。

「最後のページにはね、不慮の死を遂げたときは、ジュードに渡すようにって書いてあるのよ」母さんが言った。

「わたしに？」ジュードは例の得意げな顔でぼくを見た。「わたしだけに？」包装紙に包まれて、リボンでもかけられたみたいな顔だ。なんだよ。まるでぼくもバイブルをほしがってるみたいじゃないか。

母さんが言う。「こう書いてあるのよ。このすばらしい本を死後、孫娘のジュード・スウィートワインに贈ることとする。スウィートワイン家の才能を持つ最後の子へ」

ぼくはテーブルに鮮やかな緑色のゲロを吐く。

スウィートワインおばあちゃんは、ジュードが舌を花みたいな形にできることを知ったとき、ジュードにはスウィートワイン家の直感力が受け継がれているって考えた。ジュードとぼくが四歳のときだ。そのあと何日か、ジュードは鏡の前で、ぼくの舌を指でぐいぐい押して、舌を花の形にする方法を教えようとした。そうすれば、ぼくもスウィートワイン家の才能がもらえるから。でも、むだだった。舌をひらひらさせたり、カールさせたりはできたけど、花を咲かせることはできなかった。

振りかえって、カワウソたちのテーブルを見た。みんな、帰る用意をしはじめてる。ぼくにウインクした顔の丸い彼は、リュックを肩にかけると、声は出さずに口だけ動かしてぼくに「じゃあ」って言った。

ぼくはごくりとつばを飲みこんで、うつむいた。顔に火がつく。

それから、頭の中で彼の絵を描きはじめた。

数分後にこっちに意識をもどすと、母さんはまだジュード相手に喋っていた。「わたしはスウィートワインおばあちゃんみたいに車の中にちょっとだけ出てくるんじゃなくて、思いっきり派手にしつこく取《と》り憑《つ》くから。片っ端から首を突っこむ幽霊になってやるわ」そう言って、母さんはいつもみたいに低く響く笑い声をあげ、両手をぐるぐる回した。「わたしは自分のやりたいことはやるから。やっかい払いしようたってそうはいかないわよ！　無理無理！」そして、またブワッハッハと笑った。

ヘンなのは、母さんがいきなり暴風に巻きこまれたみたいに見えたことだ。髪が風にあおられ、服も小さくうねってる。送風口かなにかあるのかと思ってテーブルの下を見たけど、そんなものはない。ほら、これも証拠だ。ほかの家のお母さんには、自分専属の天気なんてない。母さんが仔犬にむけるようなやさしい笑みを浮かべたのを見て、ぼくはふいに胸が詰まるような感覚に襲われた。

そのあと、ジュードと母さんが、どんな幽霊になるか、さらに具体的に話しはじめると、ぼくはシャッターを閉めて閉じこもった。母さんが死んだら、太陽は昇らなくなる。以上。

その先なんてない。

代わりに、今日のことを考えはじめた。絵を一枚一枚見てまわりながら、絵にぼくを食いつくしてくれって言ったこと。絵が応じてくれたこと。

美術館にいるあいだじゅう、皮膚がしっくりフィットするみたいに違和感がなかったこと。足首のところがたるんだり、頭が締めつけられたりするような感覚が一度もなかったこと。

母さんがテーブルでドラムロールをはじめたので、われに返った。「ジャジャーン、では、スケッチブックを見せてもらいましょうか」母さんはわくわくしたようすで言った。ぼくは、常設展のほうでパステル画を四枚描いていた。シャガールと、フランツ・マルク、それからピカソが二枚。その四枚を選んだのは、ぼくが見てるのと同じくらい、絵もぼくのことを見てたから。母さんには、そのまま模写しなくてもいいって言われていた。だから、模写はせずに、オリジナルを取り入れ、頭の中で揺さぶってぼくまみれにしてから、また外へ出したのだ。

「ぼくが先に見せる」ぼくはスケッチブックを母さんの手に押しつけるようにして渡した。ジュードのあきれたって目の回し具合が、マグニチュード7.2まであがる。建物全体がぐらぐら揺れるくらい。でも、かまわない。一刻も早く見てほしい。今日、絵を描いているとき、なにかが変わった。自分の目が、もっといい目と交換されたみたいな感じ。母さんにも気づいてほしい。

母さんがゆっくりとページをめくっていく。それから、首に提げていた老眼鏡をかけて、もう一度見直した。さらに、もう一度。途中で、ぼくが珍獣のホシバナモグラになっちゃったんじゃないかって顔でこっちを見てから、また絵に視線をもどす。

カフェの話し声も、エスプレッソマシンの音も、皿やコップがガチャガチャぶつかる音もすべて聞こえなくなり、絵のパーツの上を漂う母さんの人さし指だけを見る。母さんの目を通して、見る。そしたら、見える――よく描けた絵が。ロケットを打ちあげたような気分になってくる。ぼくはぜったいCSAに入る！　しかも、まだ準備期間はまる一年ある。すでに美術のグレイディ先生に、放課後に油絵の具の混ぜ方を教えてほしいと頼んで、オーケーをもらっていた。母さんは、今度こそ見終わったと思うと、また最初にもどって、見はじめる。やめられなくなってる！　母さんの顔が幸せで埋めつくされている。ああ、ぼくは頭がくらくらしてくる。

　すると、攻撃が始まる。ジュードが爆弾を落としてくる。（題名：うらやましくてどうかなりそうになってるジュード。肌はライム色。髪は黄緑色《シャルトリューズ》。目は深緑色《フォレスト》。全身が、グリーン、グリーン、グリーン）ジュードは砂糖の袋を開けて、少しテーブルにこぼし、指につけてスケッチブックの表紙にぐいと押しつける。おばあちゃんのバイブルにある、願かけだ。ぼくは、腹の中が渦巻くような気分に襲われる。もう母さんの手からスケッチブックを取り返さなきゃ。でも、やらない。やれない。

　スウィートワインおばあちゃんはジュードとぼくの手相を読むたびに、ふたりとも人生を軽く十回はだいなしにするくらい嫉妬深いと言っていた。それは当たってる。ジュードと自分を描くとき、皮膚を透明にして、腹の中にガラガラヘビを描く。ぼくは数匹。ジュードは十七匹。

ついに母さんはスケッチブックを閉じて、ぼくに返した。「コンテストなんて、バカバカしいわ。これから一年は、毎週土曜日、絵を見たり、技術を勉強したりしましょう。ね、いいと思わない？」

ジュードのスケッチブックを見もしないうちから、母さんはそう言った。

そして、ホットチョコレートを手に取ったけど、飲まなかった。「信じられない」母さんはゆっくりと頭を振った。「まさかジュードのスケッチブックのことを忘れてる？「シャガールの感性と、ゴーギャンの色を持ち合わせてる。でも、視点はまったくノア独自のものよ。まだこんなに若いのに。すばらしいわ、ノア。すばらしい」

（題名：光の湖に飛びこむ少年）

「ほんとに？」ぼくは囁くようにたずねる。

「本当よ」母さんは真剣な顔で答える。「衝撃を受けたわ」母さんの顔が、いつもとどこか違う。真ん中からカーテンを左右に開いた感じ。こっそりジュードのほうを見る。心の隅っこでくしゃくしゃに丸まってるのがわかる。ぼくがいつもピンチのときにするように。ぼくの中には、這ってようやく入れるような狭いスペースがあって、ぜったいにほかの人間は入ることができない。ジュードにもそんな場所があったなんて、知らなかった。

母さんは気づいていない。ふだん母さんはどんなことにも気づく。でも、今はなにも気づかないまま、夢を見てるみたいに、ぼーっとすわってる。

けれども、ついにはっとわれに返って、言った。でも、遅かった。「ジュード、スケッチブックを見せて。どんなのを描いたのか、わくわくするわ」

「いいよ」ジュードは金モールの声で言った。スケッチブックはすでにかばんの奥深くにしまわれていた。

ジュードとぼくはいろんなゲームをする。ジュードのお気に入りは、「死ぬなら、どっち?」(ジュードは凍死、ぼくは焼死)と、「助けるのはどっち?」。「助けるのはどっち?」は、母さんと父さんが溺れていたら、どっちを先に助ける? ってやつだ。(ぼくは当然、母さん、ジュードはそのときの気分次第)。これには、ほかのバージョンもある。ぼくたちふたりが溺れていたら、父さんはどっちを先に助けると思う? ってやつ。(ジュード)。でも、母さんバージョンは、十三年間、ぼくたちを悩ませてきた。母さんがどっちを先に助けるか、まったくわからなかったから。

今日までは。

ジュードとぼくは目すら合わせなかった。ぼくたちは、答えを知ってしまった。

幸運の歴史

ジュード　十六歳（三年後）

わたしはここにいる。

カリフォルニア美術学校《CSA》のアトリエで、四つ葉のクローバーをポケットに入れて、自分の作品のとなりに立っている。午前中いっぱい、学校の外のクローバーの生えた一角で這い回ってたのに、むだだった――ぜんぶ摘まれたあと。でも、それから、そうだ！　ってわけで、瞬間強力接着剤でふつうの三つ葉に四枚目の葉をくっつけ、セロハンで包んで、スウェットのポケットに入れてるタマネギのとなりに忍ばせた。

わたしは熱心な信者だ。バイブルを持ち歩いてる。っていっても、ギデオン教会の聖書《バイブル》じゃなくて、スウィートワインおばあちゃんのバイブル。例えば、こんなことが書いてある。

四つ葉のクローバーを持っていれば

あらゆる邪悪な影響をしりぞけられる
（美術学校は、邪悪な影響の巣窟《そうくつ》だから。特に今日は――わたしの作品の講評日ってだけじゃなくて、アドバイザーとの面談もあって、放校になるかもしれない）
重病になりたくないなら、ポケットにタマネギを入れておくこと
（実行済。気をつけるに越したことはないからね）
男の子からオレンジをもらうと、彼への想いは深くなる
（当たってるかどうか、結論はまだ。これまでオレンジをくれた男の子はいないから）
幽霊の足は地面につかない
（これについては、もうちょっとあとで話すから）
ベルが鳴った。
そして、みんながきた。粘土《クレイ》の二年クラスだ。一人残らず、わたしを枕で窒息死させる気満々。じゃ、言いすぎか。つまり、わたしの作品をあぜんとして見てる。課題は、これまでとは別の自画像《セルフポートレイト》。わたしは抽象に挑戦した。まあ、要は、謎の塊。ドガはバレリーナを作り、わたしは塊を作ったってわけ。一度割れて、糊でくっつけてある。これが、八個目の作

品。

「ここにはなにがあると思う？」サンディ・エリスが言う。すぐれた陶芸家にして、粘土《クレイ》の講師、そして、わたしのアドバイザー。これが、彼お得意の講評のはじめ方。

誰もなにも言わない。カリフォルニア・エイリアン校で行われているフィードバック・サンドイッチ法では、最初と終わりは誉め言葉で、あいだでひどいこと、つまり本音を言いまくることになってる――つまり、誉め言葉で批判をサンドイッチするわけ。

頭は動かさずに、目だけで部屋をさっと見わたす。二年生のクレイ・クラスの子は、CSAの学生のとてもいいサンプルだ。ありとあらゆる方法で、個性的だってことをアピールしてる。わたしみたいなどこにでもいるようなふつうの人間は（目立たない程度のチック症があるけど、ま、なにもない人なんていないし）、例外なのだ。

そう、わかってる。この学校にむいてるのはノアで、わたしじゃない。

サンディは薄い色のついた丸メガネ越しに、クラスの子たちをじっと見る。

いつもならみんながこぞって喋りはじめるのに、聞こえるのは、蛍光灯のジーって音だけ。

ママのお古の腕時計をちらっと見る。二年前に車が崖から飛びだして即死したときに、ママがつけてた時計。わたしの腕で、時を刻んでる。

十二月の雨は、予期せぬ葬式を運んでくる

（ママが死ぬ前、十二月はほとんど雨だった）

「さあ、みんな、〈壊れたわたし＝塊　その8〉の好意的印象は？」サンディはまばらなひげをゆっくりとなでる。そっくりな動物に変身するとしたら（子どものころ、ノアにしょっちゅうやらされたゲーム）、サンディは雄ヤギだ。「これまで視点について話してきた。ＣＪの作品について、話してみようじゃないか」

ＣＪっていうのは、わたしのこと。有名な女ガンマン「災難《カラミティ》を運ぶジェーン」に引っかけて、カラミティ・ジュードの頭文字をとったわけ。次々作品が割れるっていう「災難」のせいで、こう呼ばれるようになった。窯《かま》の中で割れるだけじゃない。去年、陶芸のアトリエでは、わたしの作品が夜中にいきなり棚から飛びだしたってことになってる。アトリエには誰もいなかったし、窓はぜんぶ閉まっていて、一番近い地震はインドネシアだったっていうのに。夜警の人は首をひねっていた。

そう、わたし以外はみんな。

ケイレブ・カートライトがなにも言わずに両手をあげた。彼の寡黙な男路線にブレはないって感じ。黒のタートルネックに黒のスキニージーンズ、黒のアイライナーに、黒の山高帽。ケイレブは、アーティストのたまり場的なところなら、かなりイケてるタイプ。もちろん、だからってどうだってわけじゃないけど。わたしは今、ボーイ・ボイコット中だから。男の子の視線をシャットアウトするシャッターと、安全第一の透明人間用（つまり、誰の視界にも入らない人間になるための）ユニフォームでフル装備してる。

透明人間になる方法。カールしたブロンドを一メートル切り落とし、残った髪は黒い縁なし帽の中へ押しこむ。タトゥーは誰の目にも触れないようにカバー。着るのは、ぶかぶかのパーカーとジーンズのみ。靴はスニーカー。あとは、黙ってること。

（たまに、自分でバイブルに項目を書き加えることもある）

ケイレブはアトリエを見まわした。「これは、みんなを代表して言うんだからな」そして、いったん黙り、わたしを船から放り出すのに完璧な言葉を、細心の注意を払って選んだ。

「ＣＪの作品を批評するのは不可能だ。なぜなら、これみたいに、いつだってぶち壊されてから糊でくっつけてある。つまり、毎回、ハンプティ・ダンプティについて真面目に論議することになってしまう」

自分が牧場にいるところを思い浮かべた。学校のカウンセラーが、精神が不安定になったときはそうしろって言ったから。おばあちゃんふうに言えば「心のネジが足りなくなったら」ってこと。

あ、一応結果をお知らせしとくけど、自作四つ葉のクローバーは効き目なし。

「ふむ、それはそれ自体としてどういう意味だと思う？」サンディがクラスのみんなに問いかける。

〈悪く取らないでくれよでもさ男〉ランダル・ブラウンがつばを飛ばして喋りだす。ランダルはこのイヤミ集団のスターで、作品批評の場では、「悪く取らないでくれよ、でもさ」とつけさえすれば、悪くしか取りようのないことを言ってもいいと思ってる。頭に一発、精神安定剤の矢をぶちこんでやりたいタイプ。「本当だったら、もっといろいろなことを主張するはずなんだ、そう、意図的にこうなったなら」ランダルはわたしを見た。ほらきた。「つまりさ、CJ、悪く取らないでくれよ、でもさ、これって、きみの根本的な不注意と関係してると思うんだ。窯であれだけ毎回破損が起こることを合理的に説明しようとすれば、きみがちゃんと粘土《クレイ》を練ってないか、作品をむらなく乾かしていないか、どちらかだろ」

はい正解！　びっくり！

あのね、この世には、合理的な説明がつかないこともあるのよ。ふしぎなことは、現実に起こる。作品が批評されてるときに喋るのが許されていれば、あとそれから、一生どっかに閉じこめられることはありませんっていうサイン入りの供述書を、誰かエラい人、そう、例えば神さまからもらえるなら、こう言ったと思う。「わたしのほかにもいない？　怒りのあまり墓から出てきて、作品をぶっ壊す母親がいる人、いないの？」

そしたら、わたしがなにを相手に戦ってるか、わかってもらえるのに。

「ランダルがいい点をついてくれた」サンディが言う。「われわれの経験やアートの評価において、意図するということは大切か？　もしCJの最終作品が粉々になったとしたら、もともとのコンセプトは問題になるか？　言ってみれば、プロセスの問題か、結果の問題かってことなのか？」

クラス中の子たちが、幸せなミツバチの巣みたいに低くうなった。サンディが、作品ができあがったあとも、作家はなおも関係しつづけるのか、という理論的な議論に持っていったから。

わたしはピクルスのことを考えるほうがいいけど。

「わたしもだよ、ユダヤの伝統の、水気たっぷりの大きいディルのピクルスがいいね。うーん、おいしそうじゃないか」頭の中でスウィートワインおばあちゃんの声がした。おばあちゃんも死んでるって点ではママと同じだけど、ものを壊すだけのママと違って、声を出すし、姿だってしょっちゅう見せる。おばあちゃんは霊界のいい刑事役、ママは悪い刑事役ってわけ。悪い刑事がひどいことをしたあと、いい刑事が登場して、容疑者の信頼を勝ち取るって作戦。おばあちゃんが頭の中で喋りつづけているあいだ、わたしはせいいっぱい無表情をよそおった。「ハア、まあいいけどね。退屈だねえ。確かに、おまえもずいぶんとまたつまらないものを創ったもんだね。それにしても、どうしてこう回りくどいやり方をするんだい？はっきりと次はがんばれって言って、次の犠牲者に移ればいいじゃないか。例えばそこの、頭からバナナを生やしている子とか」

「あれは、ブロンドをドレッドヘアにしてるんだって」わたしは口を動かさないように注意しながら、心の中で言う。

「わたしは、さっさとこの場から逃げろって言ってるんだよ」おばあちゃんが言う。

「同感」

目立たない程度のチックってさっき言ったっけ？　正直、目立たない程度とは言えないかも。

でも、念のため言っとくと、世界の人口の二十二パーセントが幽霊を見てる。つまり、世界中で十五億人ってこと（両親が教授だと、異常なリサーチ能力が身につくんだよね）。

毎回そっくりの退屈な議論がつづいてるあいだ、わたしはひとり、ゲームを楽しんでいた。「死ぬなら、どっち？」わたしは、このゲームの現チャンピオン。このゲームは見かけほど単純じゃない。同じ程度にぞっとする方法を考えるのは、かなりの技術が必要だ。例えば、ガラスの破片をひとつかみずつ食べるか、それとも――

そこで、思考が途切れた。っていうのも、フィッシュ（名字はなし）が手を挙げたから。びっくりしたのは、わたしだけじゃない。フィッシュはふだん、わたしと同じでいつも黙ってる。だから、これはすごいことなのだ。

「CJは優れた技術を持っています」フィッシュの舌ピアスが、口の中で星みたいにきらりと光った。「あたしの意見は、彼女の作品を壊したのは幽霊じゃないかってことです」みんな、ちょっと無遠慮すぎるんじゃないかってくらい大笑いした。サンディもだ。わたしは打ちのめされた。フィッシュはジョークを言ったんじゃない。わたしにはわかる。フィッシュはわたしの目を見て、手首を持ちあげると、かすかに左右に振った。パンクっぽいブレスレットをつけてる。完璧なコーディネート。紫の髪に、びっしりタトゥーの入った腕、とげとげしい態度、ぜんぶぴったり。それから、ブレスレットのチャームに目が吸い寄せられた。

ルビーみたいに赤いシーグラス（ガラスびんとかの破片が砂や波にもまれてきれいな形や色になった、あれ）が三つ、プラスティックの四つ葉のクローバーがふたつ、タコノマクラの鳥（タコノマクラはウニの一種で、割れると中から鳥の形のかけらが出てくる）がいっぱい。ぜんぶ、ボロボロの黒い革ひもから下がってる。すごい。われながらあんなにたくさんの幸運のお守りをフィッシュのカバンやポケットに入れてたなんて。いつも、幽霊っぽいメイクの下で、すごく悲しそうにしてたから。でも、どうして入れたのがわたしだってわかったんだろう？　ほかの子たちも知ってるわけ？　あのビクビクした新入生とかも？　あの子もぜったいネジが足りない。だから、タコノマクラの鳥をどっさりあげた。

でも、フィッシュの発表とブレスレットは、一発の打ち上げ花火で終わった。それから一時間、みんなは一人ひとり〈壊れたわたし＝塊　その8〉をメッタ刺しにしていき、わたしは、目の前の自分の手をひたすら見つめた。関節のところが白く浮きあがってる。むずむずする。かなりする。思わず手を開いて、こっそりチェックした。虫に刺された跡も、湿疹もない。壊死性筋膜炎、一般的には壊疽《えそ》の兆候を示す赤い発疹がないかも、ちゃんとチェックした。このへんはぜんぶ、パパの医学雑誌で読んだ知識――

そうか、決めた！　死ぬならどっち？　は、ガラスの破片をひとつかみずつ食べるか、それとも、壊死性筋膜炎にかかるか、にしよう。

フェリシティ・スタイルズの声がして（つまり、もうすぐ終わりってこと！）、どっちの死に方を選ぶかっていう脳みそをぎゅうぎゅう絞るような難問から、はっと現実に返った。

ちなみに、ガラスの破片を食べるほうに傾きかけてたところだった。

「サンディ、あたしが締めをしてもいい？」フェリシティはいつもの通りたずねた。華やかで快活な南カリフォルニア訛りで、毎回講評会の終わりに長くて退屈な話《スピーチ》をする。例えるなら、喋る花。福音主義者のラッパスイセンってとこ。フィッシュはこっそり胸に短剣を突き立てる真似をした。わたしはにやっと笑い返して、心の準備をした。「あたしはひたすら悲しいことだって思うの」フェリシティは言ってからいったん言葉を切り、部屋の雰囲気が完全に自分のものになるのを待った。たいして時間はかからなかった。なぜなら、彼女は声だけじゃなくて、見かけも動きもラッパスイセンだから。わたしたちはみんな、「人間ため息」と化して彼女を取り巻く。フェリシティはわたしの塊へ手をさしのべた。「この作品に、あたしはこの広い、広い、世界すべての痛みを感じる」この広い、広い、ってところを言うあいだに、地球が一周した。「なぜなら、あたしたちはみんな、壊れてバラバラになってるから。だって、そうでしょ？　あたしはそうよ。この広い、広い世界すべてがそう。あたしたちはせいいっぱい努力するけど、その結果はいつもいつもこれ。それが、ＣＪの作品があたしに語りかけることよ。そして、あたしは心の底から悲しくなる」フェリシティはまっすぐわたしのほうを見た。「あたしには、あなたがどんなに不幸かわかる、本当よ、ＣＪ」フェリシティの目は大きくて、吸いこまれそうだ。ああ、だから美術学校は嫌いなのよ。フェリシティは拳をかかげると、ぎゅっと胸に押しつけ、三度たたきながら言った。「あたしには――あなたの気持ちが――わかる」

ほかにどうしようもなくて、わたしがフェリシティの仲間の花みたいにうなずき返したとき、〈壊れたわたし＝塊　その8〉が載っているテーブルがいきなり壊れ、わたしのセルフ・ポートレイトは床に転げ落ちて、粉々に割れた。また。

（あんまりじゃない？）心の中でママに言う。

「ほらね」フィッシュが大きな声で言う。「幽霊よ」

今回は誰も笑ったりしなかった。ケイレブは「ありえない」って首を振った。ランダルは「なんなんだよ？」って。いやー、わたしもまったく同意見。映画のキャスパーとかスウィートワインおばあちゃんとは違って、ママはフレンドリーな幽霊じゃない。

サンディはテーブルの下に潜りこんだ。「ネジが一本、外れてる」サンディはあっけにとられたように言った。

わたしはこういうときのために常備してるほうきを取ってきて、壊れた〈壊れたわたし＝塊　その8〉の破片を集めはじめた。みんなはぼそぼそと、わたしがついてないとかそんなことをつぶやいてる。ゴミ箱に破片を捨て、ついでに役立たずの手作りクローバーもセルフ・ポートレイトの残骸の上に放りこんだ。

もしかしたらサンディは気の毒に思って、冬休み後まで面談を延期してくれるかもしれない。明日から休みだし。でも、サンディは口だけ動かして「研究室」と言うと、ドアのほうを指さした。わたしはアトリエを突っ切って、ドアへむかった。

つねに右足から先に歩くこと
災難は左からやってくるから

わたしは、サンディの正面に置いてあるものすごく大きくて豪華な革張りの椅子に身を沈めた。サンディは、テーブルのネジのことを謝って、フィッシュの幽霊説は合っているかもしれないね、ＣＪ？　とジョークを言った。

一応、社交辞令で笑ってみせる。

サンディの指が机でピアノを弾いている。ふたりとも喋らない。わたしはぜんぜん苦にならない。

サンディの左側に、ミケランジェロのダビデ像の実物大の複製品が飾ってある。もろい午後の陽射しを浴びていきいきして見え、今にも胸がすうっと膨らんで、最初の息を吐くんじゃないかと思ってしまう。サンディはわたしの視線をたどって振りかえると、堂々たる石像を眺めた。

「きみのお母さんの書いた伝記はとてつもないよ」沈黙を破って、サンディは言った。「大胆不敵に、彼の性的関心を分析している。あれだけの称賛を浴びたのも当然だ」サンディはメガネを外すと、机の上に置いた。「話を聞こう、ＣＪ」

わたしは窓の外をちらりと見た。長々と延びているビーチは霧に埋《う》もれてる。「かなりの霧になりそうですね」ロストコーヴの町の自慢のひとつは、しょっちゅう消えることだ。

「先住民の人たちは、霧には、眠りにつけない死者の魂が含まれてると信じてたって知ってますか？」出典は、おばあちゃんのバイブル。

「本当かい？」サンディがひげをなでるので、手についている粘土《クレイ》のかけらがそっちへ移動していく。「面白いな。しかし今は、きみのことを話さなければ。今の状況はとても深刻だ」

今のも、自分の話のつもりだったんだけど。

再び沈黙が優勢になる……そしてわたしはついに、ガラスの破片のほうに決めた。これがファイナル・アンサー。

サンディはため息をついた。わたしが迷惑をかけてるから？　わたしはいつも人に迷惑をかけてる。それには気づいてる。前はそうじゃなかったのに。

「いいかい、ＣＪ、きみにとっては非常につらい時期だったのは、わかってる」サンディはやさしい雄ヤギの目で探るようにわたしの顔を見つめた。これって拷問。「だから去年一年は、ほとんどのことに目をつぶってきた。あのような痛ましい事故があったから」サンディは、〈お母さんを亡くしてかわいそう〉の顔をした。大人はみんな、わたしと喋ってると、どこかの時点でこの顔になる。まるでパラシュートなしで飛行機から突き落とされたみたいに、万事終わりだって顔。なぜなら、母親はパラシュートだから。目を伏せたひょうしに、サンディの腕にメラノーマがあるのに気づく。命に関わる病気だ。サンディが死んでしまうって思ってすぐに、メラノーマじゃなくて粘土《クレイ》のかけらだと気づいて、ほっとした。「だが、

ＣＳＡは規律が厳しい学校なんだ」声がさっきより重々しくなる。「アトリエの授業をパスできないと、除籍の理由になる。そこで、今回は、執行猶予を与えようってことになったんだ」サンディは身を乗り出した。「窯の中で作品が破損することを言ってるんじゃないよ。そういうことは起こる。確かに、きみの作品ばかりのような気がするから、技術とかフォーカスの問題ではという疑問もなくはないが、それより、きみが自ら孤立して、努力しようという気持ちに欠けていることのほうが、われわれは気になっている。国中の若いアーティストたちが、うちの学校に入りたくて門をたたいてるってことをわかってもらわなきゃならない。きみの席を狙ってるってことをね」

わたしの席は、ノアにこそふさわしい。ママの幽霊がわたしの創ったものを片っ端から壊すのは、それを伝えたいから？

もちろん、そう。

わたしは息を吸いこんで言った。「なら、そういう人を入れてあげてください。実際、彼らのほうがふさわしいと思います。わたしなんかより」わたしは顔をあげて、サンディのあっけにとられたような目をまっすぐ見た。「わたしはここにむいてないと思います」

「なるほど。きみはそう感じてるかもしれないが、ＣＳＡ側はそうは思っていない。このわたしもだ」サンディはメガネを手に取ると、粘土《クレイ》が飛び散ったシャツで拭いた。メガネはますます汚くなった。「きみが砂で創った女たちの彫像には、すばらしい独創性を感じさせるものがあった。願書といっしょに提出したポートフォリオにあった作品のことだ」

は?

サンディは遠くの音楽を聴いているかのように一瞬、目を閉じた。「あの女たちは喜びに溢れ、移り気だった。彼女たちには、動きと感情があった」

なんの話?

「サンディ、わたしが提出したのは、ドレスの型紙とサンプルで作ったドレスです。砂の彫像のことは、小論文に書いただけです」

「ああ、小論文の内容も覚えているよ。ドレスもね。すばらしかった。うちに、ファッション科がないのは残念だ。しかし、きみが今、その椅子にすわっている理由は、あのすばらしい砂の彫像の写真のおかげだ」

あの彫像を撮った写真なんて、ない。

どういうこと?　『トワイライト・ゾーン』のエピソードに入りこんで、頭がくらくらしはじめる。

だって、誰もあの彫像を見たことがないはず。間違いない。だって、像を創るときはいつも必ずビーチのずっと先の、ぽつんと離れた入り江までいくようにしてたし、できた作品は満ち潮が洗い流したはずだから……でも、一度だけ、ううん、正確には二度、ノアはわたしのあとをつけて、作品を創るのを見たって言ってた。でも、写真も撮ったわけ?　しかもそれをCSAに送るなんて?　そんなこと、ぜったいにありえない。

わたしがCSAに入って、自分は入れなかったと知ったとき、ノアはそれまで描いたものをすべて破り捨てた。落書きすら残さずに。それ以来、鉛筆にもパステルにも木炭にも絵筆にも、触れようとしない。

げんこつでコッコッと机をたたいているサンディのほうをこっそり見あげる。え、待って？ 今、わたしの砂の影像はすばらしかったって言った？ 言ったような気がする。わたしが先を聞く気になっているのに気づいて、サンディは机をたたくのをやめて、話をつづけた。「ここでの最初の一年間で、きみたちが理論漬けにされてるのはわかってる。しかし、お互いに基本にもどろうじゃないか。CJ、ごく簡単な質問だ。もう創りたいものはないのか？ きみは、すでにその若さでつらい経験をしてきた。だったら、なにか言いたいことはないのか？ なにか言わなければならないことは？」サンディは真剣な面持ちで身を乗り出した。「なぜなら、それがすべてだからだ。あとのことは関係ない。わたしたちはこの両手を使って、祈るんだ。それが、アーティストなんだ」

わたしの中でなにかがほぐれはじめる。ほぐれてほしくないのに。

「考えてみるんだ」今度はやさしい口調になって、サンディが言う。「もう一度きく。この世界には、きみにとってどうしても必要な、きみの二本の手でしか創り出すことのできないものはないのか？」

胸に焼けるような痛みが走る。

「どうなんだ、CJ？」サンディがたたみかけるように言う。

ある。でも、それは決してやってはいけないことだ。例の牧場を思い浮かべなきゃ。

「ありません」わたしは言う。

サンディは顔をしかめる。「本当とは思えない」

「ないんです」わたしは膝の上で力いっぱい両手を握りしめる。「ありません。ゼロなんです」

サンディはがっかりしたように首を振った。「なら、いい」

わたしはダビデ像を見あげた……。

「CJ、聞いてるのか？」

「はい、聞いてます。ごめんなさい」サンディへ視線をもどす。

サンディはみるからにうろたえていた。なんで？　どうしてそんなに気にするの？　さっき自分で、わたしの席を死ぬほどほしがっている若いアーティストはごまんといるって言ったのに。「きみのお父さんと話さないとならない。きみは、人生のチャンスを手放そうとしてるんだ。本当にそれがきみの望みなのか？」

また視線がダビデ像のほうへさまよう。まるで光でできてるみたい。なにがほしいかって？　わたしがほしいのはただひとつ――

そのとき、ダビデが壁から飛び降りて、力づよい石の腕でわたしを抱きあげ、耳元で囁いた。

ミケランジェロが自分を創ったのは、五百年前だよ、って。

「本当に転校したいんだね？」

「いやです！」その声の激しさに、サンディもわたし自身も仰天した。「わたし、石で創りたいんです」ダビデを指さす。頭の中でアイデアが爆発する。「創らなきゃならないものはあります」荒々しい気分になってくる。空気を必死で吸おうとしてるみたいに。「どうしても創らなきゃならないものが」この学校に入ってから、ずっと創りたかったけど、ママが壊したらと思うと、耐えられなかった。とにかく耐えられなかった。

「それを聞いて非常にうれしいよ」サンディはパンと手をたたいた。

「でも、粘土《クレイ》じゃだめなんです。窯で焼くものじゃ。石でないと」

「弾性があるからな」サンディがにっこり笑う。わかってくれたらしい。まあ、ぜんぶじゃないけど。

「そうです」石なら、ママにもそう簡単には壊せない！　それに、もっと大切なのは、今度創ろうとしてる作品なら、ママは壊したがらないだろうってこと。ママをびっくりさせてやる。ママと話をするんだ。それにはこの方法しかない。「ジュード、ごめんなさい、あなたがそんなことを考えてたなんて、ぜんぜん知らなかったのよ」ママはきっとわたしにそう囁く。

そして、きっと、もしかしたらだけど、わたしのことを許してくれる。

それから、サンディがずっと喋っていたことに気づいた。わたしの頭の中で音楽が盛りあがってるとか、母と娘の和解劇が繰り広げられているとか、夢にも思わずに。わたしは集中しようとした。

「問題は、イヴァンが一年間イタリアにいってるから、今、うちの学科に手を貸せる人間がいないってことなんだ。粘土《クレイ》で作って、ブロンズで成形するのでもいいっていうのなら、わたしでも——」

「いえ、石じゃないとだめなんです。硬ければ硬いほどいいです、花崗岩でもいいくらい」

そうよ、天才的アイデア。

サンディは、いつもの野原で草を食《は》むご機嫌なヤギにもどって笑った。「なるほど、もしかしたら、そうだな。もしかしたら……学校の外の人間に指導を頼んでもかまわないかい？」

「はい」ほんとに？　超ラッキー。

サンディはひげをなでながら考えこんだ。

まだ考えてる。

「なにか？」わたしはきいた。

「いや、ちょうどぴったりの人間がいるんだ」サンディは眉毛をくいっとあげた。「すばらしい彫刻家だよ。巨匠と呼べる、最後の彫刻家のひとりかもしれない。いや、でも、だめだ。無理に決まってる」サンディは、アイデアを手で押しのけるようなしぐさをした。「彼はもう、教えていないからな。作品も発表していない。なにかあったらしいんだ。それがなにかは誰も知らないし、そもそもその前から、彼は違うんだ、つまり……ええと、なんて言えばいいかな？」サンディは天井を見あげ、言葉を探した。「ただの人間じゃない」サンディは笑うと、机の上に積みあげられた雑誌の山を引っかき回しはじめた。「たぐいまれな彫刻家にして、とんでもない雄弁家だ。大学院のときに、彼の講義を聴いていたが、すばらしかった。彼は――」

「人間じゃないなら、なんなんです?」わたしは興味を引かれて、口を挟んだ。

「そうだな……」サンディはにっこり笑った。「本当のことを言って、きみのお母さんが一番うまい言い方をしていたよ」

「母が?」スウィートワイン家の才能がなくても、誰だってこれはしるしだと思うだろう。

「そうだ。きみのお母さんは〈明日のアート〉誌に彼の記事を書いたんだよ、おかしなものだな。ちょうどこのあいだ、インタビューを読んだばかりだったんだ」サンディは、ママが記事を書いていた雑誌を何冊か、パラパラとめくったけど、その記事は見つけられなかった。

「まあいい」サンディはあきらめて、椅子によりかかった。「思い出してみよう……ええと、きみのお母さんはどういう言葉を使ってたっけ? ああ、そうそう、こう書いてたんだ。『部屋に入ってくるなり、壁をぜんぶ倒してしまう、彼はそういう人だ』ってね」

部屋に入ってくるなり、壁をぜんぶ倒してしまう人?「名前はなんていうんですか?」

息苦しいような気がしながらたずねる。

サンディはぐっと唇をむすんだまま、わたしをしばらくじっと見つめた。それから、心を決めたように言った。「まずわたしが電話をしよう。それでうまくいったら、冬休み明けに彼のところへいってみるといい」サンディは紙に名前と住所を書くと、わたしに渡した。

そして、ほほえみながら言った。「ちゃんと警告はしたからね」

　スウィートワインおばあちゃんとわたしは、なにも見えない霧の中で忘却に迷いこんでいた。地面に垂れこめるもやの中を、ロストコーヴの海岸沿いから離れた平地にあるデイストリートへむかって歩いていく。そこに、ギジェルモ・ガルシアのアトリエがある。これが、サンディが紙に書いてくれた彫刻家の名前だった。わたしは待つのはいやだった。とにかくいきたかった。

　学校を出る前、〈大神官《オラクル》〉に相談した。つまり、グーグルさまのこと。インターネット検索は、紅茶の葉占いやタロットカードよりもいい。まず質問を入力する。「わたしは悪人ですか？」「この頭痛の症状は、手術ができないタイプの脳腫瘍ですか？」「どうして母親の幽霊はわたしに話しかけてこないんですか？」「ノアのことをどうすればいいですか？」それから、検索結果をよりわけて、答えを決めればいい。

　わたしは質問を入力した。「ギジェルモ・ガルシアに指導教官になってくれるよう頼むべきですか？」すると、〈インタビュー・マガジン〉の表紙のリンクが表示された。クリックする。表紙の写真は、色の黒い堂々とした感じの、放射性ビームを発射しそうなグリーンの瞳の男が、ロマンティックなロダンの〈接吻〉にバットを振りおろそうとしてるところだった。キャプションは、「ギジェルモ・ガルシア。彫刻界のロックスター」。わたしはそこで手を止めた。心臓病の症状に襲われたから。

「その服を着てると、不良みたいだね」スウィートワインおばあちゃんがすっとわたしの横に現われた。地面から軽く三十センチは浮きあがってる。陰気な天気なんて気にも留めずに、赤紫色《マゼンタ》の日傘をくるりと回した。いつも通りめかしこんでいて、着ているひとを波立つ夕焼けのように見せる、カラフルな散らし模様のふわふわワンピースに、映画スターみたいな巨大なべっ甲のサングラスをかけてる。足は、はだし。浮かんでるなら、靴はいらないもんね。幽霊は足のむきが逆についてるっていうけど、おばあちゃんの足はラッキーなことに前をむいてた。

あちらの世界からもどってきた者は、足が逆さについていることがある。

(気持ち悪すぎ。おばあちゃんの足がまともでよかった)

おばあちゃんはつづけた。「まるであの子みたいだよ、ほら、ええとなんだっけ。リーシズピーシズの歌を歌ってた子」

「〈エミネム〉のこと?」わたしはにやっとした。霧が濃いので、郵便ポストとか電柱とか木にぶつからないように両腕を前に出して歩かないとならない。

「そう、それそれ!」おばあちゃんはパラソルで歩道をたたいた。「リーシズピーシズが、ピーナツバターキャンディの名前だってことは知ってたよ。そうそう、その歌手のことだよ」パラソルの先端がわたしにむけられる。「それで、自分で作った服のほうは、ぜんぶ部屋にしまいこんでるのかい。こっけいだね」おばあちゃんは、世界記録の長さを誇るため息をついた。「求婚者はどうなってるんだい？」

「求婚者なんていないわよ」

「問題はそこだよ」おばあちゃんは、われながらいいことを言うねって感じでカッカと笑った。

子どもを二人連れた女の人とすれちがった。子どもは、霧の日用の迷子ひも、要は犬用のリードとたいして変わらないひもをつけられてる。霧の季節、ロストコーヴでは珍しくない。

自分の着ている透明人間用ユニフォームを見おろす。おばあちゃんはいまだにわかってない。「男の子といるのは、コオロギを殺したり、家の中に小鳥が飛びこんできたりするより危険なの。知ってるでしょ」ちなみに、ぜんぶ死の前兆。

「ばかばかしい。あんたの手のひらには人がうらやむような愛情線があるんだよ。弟とそっくりなのがね。でも、運命だって、ときには尻をひっぱたいてやらないとならないんだよ。等身大のカブみたいなかっこうをするのはやめるんだね。それから、髪を元通りに伸ばしておくれよ」

「外見のことばっかり」

おばあちゃんはわざとらしく咳払いをした。

こっちも咳払い返しをして、反撃に出る。「心配させたくないけど、おばあちゃんの足、むきがおかしくなってきてるよ。ほら、どんなにおしゃれしたって、足がうしろむきについてちゃ、終わりって言うでしょ」

おばあちゃんはえっと息を呑んで、足元を見た。「死んだ年寄りに心臓発作を起こさせる気かい！」

デイストリートに着いたころには、わたしはすっかりびしょ濡れになって、震えていた。通りの角に小さな教会がある。あそこなら、服を乾かして、からだを温め、ギジェルモ・ガルシアに指導教官を引き受けさせる戦略を練るのにぴったりだろう。

「わたしは外で待ってるよ」おばあちゃんは言った。「ゆっくりしとくれ。わたしのことはかまわないでいいから。外の寒い霧の中に、たった一人で待っているわたしのことなんかね。靴もない、お金もない、おまけに死んでるんだから」おばあちゃんは、はだしの足指をくねらせた。

「さすが遠慮深いのねえ」わたしは教会へむかって歩きはじめた。

「クラーク・ゲーブルによろしく」おばあちゃんがうしろから叫んでいるのを聞きながら、わたしは取っ手の輪を引っぱって扉を開けた。ちなみに、クラーク・ゲーブルっていうのは、おばあちゃんが神さまに付けたあだ名。一歩、中へ入ったとたん、暖かい空気と光がどっとわたしを包みこむ。ママは教会をはしごするのが好きで、いつもノアとわたしを引き連れていった。でも、ミサが行われているときに、いくわけじゃない。聖なる場所にすわってるのが好きなだけなんだって言ってた。今じゃ、わたしも同じ。

神の助けが必要なときは、礼拝の場で瓶のふたを開け、

出るときに閉めること

（ママは、子どものころ、里子の「境遇」から逃れたくて、近くの教会によく隠れてたって話してくれたことがある。一瓶分の助けじゃ、足りなかったんじゃないかと思うけど、ママはそのころの話をほとんどしようとしなかった）

教会の中は、船を思わせる美しい空間だった。濃い色の木と明るいステンドグラスが組み合わされ、ステンドグラスの図柄は、ああ！　ノアが箱船を造っているところと、箱船に乗ってくる動物たちを出迎えているところだった。ノア、ノア、ノア、ノア。わたしはため息をついた。

双子一組につき、天使がひとりと悪魔がひとりいる

二列目の席にすわる。腕をごしごしこすって温めながら、ギジェルモ・ガルシアになんて言おうか考える。〈壊れたわたし＝塊〉は〈彫刻界のロックスター〉になんて言えばいい？　入ってくるなり、部屋中の壁を倒してしまうような人物に？　どうすればこれが急を要することだって、伝えられる？　この彫刻を造ることが――

ガタンと大きな音がして、思考が断ち切られ、わたしは席から飛び出しそうになり、心臓はわたしから飛び出しそうになった。

「うわっ、クソ！　驚かすなよ！」イギリス訛りの押し殺したような低い声がして、祭壇の前で男がかがんで、床に落とした燭台を拾っているのが目に入った。「ああ、神よ！　教会でクソなんて言ってしまいました。あ、今度は、軽々しく神の名を口にしちまった」男はからだを起こすと、テーブルの上に燭台を置き、ちょっと見たことがないくらいゆがんだ笑みを浮かべた。ピカソの絵みたい。「これで呪われたな。まあいいか」左の頬にジグザグの傷跡があり、鼻のつけねから唇にかけて、もう一本ある。男はわざとわたしに聞こえるようなささやき声でつづけた。「もともと天国なんてクソだと思ってるからな。ばかげたふわふわの雲も、脳がしびれちまうような真っ白さも、独りよがりの偽善者やろうどもも」笑みと、それにつられたゆがみが、彼の顔を完全に乗っ取る。非対称の顔に、むこうみずで性急な感じのする笑み。欠けた歯がのぞく。めちゃめちゃワイルドで、カッコよくて、規則なんてクソ食らえ的な感じ。あ、でも、だからどうってわけじゃないから！

（ふうん）

顔に目立つ特徴があるということは、性格にも同じような特徴があるという暗示

だいたいどこから現われたわけ？　どこって意味では、イギリスからっぽいけど、一人芝居の途中にテレポートしてきたわけじゃないよね？

「ごめん」やっとわたしの存在を受け入れたらしく、彼は小声で言った。それで、自分が胸

に手を当て、口をあんぐりと開けたまま固まっていたことに気づいた。慌ててからだをしゃんと伸ばす。「驚かすつもりはなかったんだ。ほかにも誰かいるなんて、思いもしなかったから。ここは、いつも誰もいないんだ」つまり、この教会にしょっちゅうきてるってこと？きっと懺悔《ざんげ》ね。罪深そうな顔してるし。それも、きわどい罪を犯してそう。彼は祭壇のうしろのドアを指さした。「こっそり入って、写真を撮ってたんだ」そして、言葉をとぎらせると、首をかしげるようにしてわたしをまじまじと見た。襟元から青いタトゥーがのぞいているのが見えた。「おいおい、そろそろ黙ってくれよ。そんなおしゃべりじゃ、こっちは口も挟めやしない」

自分の顔にじわじわと笑みが広がるのがわかった。ボーイ・ボイコット中なのに、彼は、かなりすてきだ。だからどうってわけじゃないけど。罪深そうで頭がよさそうだし、背がすごく高いし、くしゃくしゃのブラウンの髪が片方の目にかかってるし、黒いレザーのライダースジャケットを死ぬほどクールに着こなしてる――けど、だからどうってわけじゃないから！　肩にかけてるボロボロのメッセンジャーバッグには、本がたくさん入ってる。大学の教科書？　かも。まだ高校生だとしても、間違いなく最終学年。首にカメラをかけている。と思ったら、レンズをわたしにむけた。

「やめて」わたしは屋根を吹っ飛ばすような声で叫ぶと、さっとしゃがんで、信者席のうしろに隠れた。だって、きっと濡れて冷えきったフェレットみたいだし。濡れて冷えきったフェレットみたいなわたしの写真なんて、彼に持ってほしくない。それに、そんな虚栄心は別

としても、
写真を一枚撮られるごとに、魂が削られ、寿命が短くなるんだから。

「ふーん、まあいいや」彼は言った。「きみもあれか、カメラに魂とられて悲しいとか、そういうタイプ」わたしは彼を見返した。まさかダジャレ？　「どっちにしろ、あまり大きな声を出さないで。ここは教会だからね」そしてまた、顔がカオスになる笑みを浮かべ、カメラを木の天井へむけて、シャッターを押した。もうひとつ（だからどうってわけじゃないけど）、気になることがある。彼の顔に、なんとなく見覚えがある気がする。前に会ったことがあるような気もするけど、いつ、どこでだか、見当もつかない。

わたしは縁なし帽を脱ぐと、ほったらかしでくしゃくしゃに絡み合った髪を指でとかした……男の子をシャットアウトするシャッターはどこいっちゃったわけ！　なに考えてんの？　思い出して。彼だって、ほかの生き物と同じように朽ちていく。それに、わたしは、バイブルが手放せない〈壊れたわたし＝塊〉で、病気にかかってないのにかかってるって思いこむ心気症の傾向があって、しかも、友だちは想像の産物だけって人間なんだから（ごめん、おばあちゃん）。それに、彼は、世界中の黒猫と、割れた鏡を合わせたよりもすごい不運を運んでくるかもしれないし。ひとりでいるほうがふさわしい女の子っていうのもいるし。

縁なし帽をかぶり直す前に、彼がふつうの大きさの声で言った。低くて、まろやかな声。「気が変わった？　変えてよ。どうしても撮りたいんだ」彼はまたカメラをむけた。

気が変わるなんてありえないからって首を振って、帽子をかぶると、ぐいっと、マジで目の上まで引っぱりおろした。それから人さし指を唇に当てて、シイイイって言った。見てる人にとっては、彼の気を引こうとしてるように見えなくもないかもしれないけど、幸い、見てる人はいなかった。これくらいいいよね。たぶん二度と会えないし。

「わかった、じゃあ、一瞬、おれたちがどこにいるか忘れよう」彼はまたささやき声にもどって、にっこり笑った。そして、こっちが決まり悪くなるくらい長いあいだ、わたしをじっと見つめた。スポットライトを当てられてるみたい。っていうか、こんなふうに人を見るのって、法律で禁止されてないわけ？　胸がドキドキしはじめる。「写真、撮れなくて残念だな。こんなこと言うのもなんだけど、そうやってすわってると、天使みたいなのに」それから、今、言ったことを反復するように、唇をぎゅっと閉じた。「変装した天使だな。天から落っこちて、そのへんのやつの服を借りたって感じ」

なんて答えればいいわけ？　胸のドキドキが削岩機並みになってる。

「ま、天使の地位を捨てたいと思ったとしても、責められないな」彼はまたにこっと笑い、わたしはくらくらする。「死すべき運命にある迷える人間たちといたほうが、ずっと楽しいだろうから。さっきも言ったけど」間違いなくむだ話の才能がある。わたしも前はそうだった。今からじゃ、想像もできないだろうけど。きっと彼に、わたしのあごは針金で閉じられてるって思われてる。

ああもう！　またさっきみたいな目でわたしを見てる。肌の下まで見透かそうとしているように。

「撮らせて」彼は言って、レンズを回す。質問っていうより命令に近い。「一枚だけ」その言い方から、そう、眼差しや、ううん、全身から、なにか一歩も引かない強硬さみたいなものが感じられた。わたしをつなぎ止めていたものが、ふっとほどけた。

そして、気がつくと、わたしはうなずいていた。信じられないけど、うなずいていた。虚栄心とか、魂とられるとか、年齢だって、どうでもいい。「いいわ」声が妙にかすれる。「一枚だけね」彼に催眠術をかけられたのかも。それって、現実にある。つまり、催眠術をかけられる人って、本当にいる。バイブルに書いてあるんだから。

彼は、一番前の列の信者席のうしろにしゃがむと、カメラをのぞきながら、何回かレンズを回した。「ああ、いい。完璧だ。クソ完璧」

一枚どころか百枚くらい撮ってるのはわかったけど、もうどうでもよかった。熱い震えがからだを駆け巡り、彼はシャッターを切りつづける。そうだ、うん、いい、めちゃくちゃいい、完璧だ、そうだ、そう！　クソ、マジかよ、うそだろ、信じられない。まるでキスしてるみたい。ううん、それ以上。自分がどんな顔をしてるか、想像もつかない。

「きみは間違いなく彼女だ」最後に彼はそう言うと、レンズにキャップをかぶせた。

「誰のこと?」

　でも、彼は答えずに、席のあいだの通路をこっちへむかって歩いてきた。ひょろひょろしたけだるい歩き方は、夏を思わせる。レンズにキャップをつけたとたん、緊張がほぐれ、トップギアからノーギアになった感じ。近づいてくるにつれ、片方の目がグリーンで、もう片方がブラウンだってわかった。まるでひとつのからだにふたりの人間が、そう、情熱的な人間がふたりいるみたい。

「さてと」彼はわたしの横にきて、言った。そして、なにか言いたそうに黙ったので、「きみは間違いなく彼女だ」っていうのがどういう意味なのか説明してくれるのかと思ったけど、結局「あとは彼に任せる」とだけ言って、クラーク・ゲーブルを指さした。この至近距離から見ると、やっぱりうそでしょってくらいカッコよくて、プラス、彼に会うのは初めてじゃないって確信した。

　認めるわよ、だからどうってわけじゃないけど。

　握手とか肩に触れるとかあるかと思ったけど、彼はなにもせずにわたしの横を通りすぎていった。振りかえって、麦わらでもくわえてそうな感じでぶらぶら歩いていく彼のうしろ姿を眺める。そのままさっき教会に入ったときは置いてあるなんて気づかなかった三脚をひょいと担いで、扉から出ていった。振りかえらなかったけど、空いているほうの手をあげて、かすかに振った。まるでわたしが見てるのは、わかってるみたいに。

　まあ、見てたんだけど。

それから数分後、からだが乾いて、温まってきたので、教会を出た。危ないところで、なにかから逃れたって気がする。スウィートワインおばあちゃんは、見るかぎりではどこにもいなかった。

彫刻家のアトリエの番地を探しながら、どんどん歩いていく。

はっきり言っとくけど、彼みたいな男はクリプトナイトだ。あの、スーパーマンの超能力を吸い取っちゃうっていう石のこと。ほかにも彼みたいな男に会ったことがあるわけじゃないけどね。キスされてないのにキスされたような、ううん、部屋の反対側から奪われたような気にさせられる男。だいたい、わたしが男子立ち入り禁止中だって気づいたようすもなかったし。っていうか、今だって禁止中だし、これからだって変更予定はないし。油断禁物。

結局のところ、ママは正しかったのかも。わたしは、ママの言う「ああいう子」にはなりたくない。なるわけにはいかない。

死ぬ直前に言われたことは、現実になる

（わたしはパーティにいくところだった。ママは「本当にああいう子になりたいわけ？」って言って、鏡に映ったわたしを指さした。ママが死ぬ前の晩だった。）

ママがそう言ったのは、それが初めてじゃなかった。本当にああいう子になりたいわけ、ジュード？

で、そう、わたしはなりたかった。「ああいう子」はママの関心を引けたから。ほかの人の関心も引けたし。

特に、丘《ヒル》の年上の男子の気を引くことができた。ゼファーことマイケル・レイブンズとか。喋りかけられたり、波を捕まえるために割りこませてくれたり、夜、メールとかメッセージをくれるたびに、話しながらなにげなく触れてきたりするたびに、わたしはぼーっとなって気が遠くなりかけた。ビキニのショーツについてるプラスティックの輪っかに指を入れて、ぐっと引きよせられ、耳元で囁かれたときとか。「ついてこいよ」

わたしはついていった。

イヤならそう言っていいんだよ、ってゼファーは言った。

彼の息は荒くて、大きな手がわたしのからだじゅうをまさぐり、指が入ってきて、砂が背中を焼いて、お腹の入れたばかりの天使のタトゥーがひりひりした。太陽が焼けるように熱い。イヤならそう言っていいんだよ、ジュード。彼はそう言った。でも、反対の意味みたいに聞こえた。彼のからだは海と同じくらい重く感じられて、彼の手の中でビキニのショーツがすでにくしゃくしゃに丸められてて、わたしは見つかりたくないって思ってた波に見つかって、水中へ引きこまれ、息ができなくなって、どこにいるのかさえわからなくなって、二度と水面には浮かびあがれないって気がした。イヤならそう言っていい。その言葉がふたりのあいだでとどろく。どうしてイヤって言わなかったんだろう？　口が砂でいっぱいになったような気がしてた。それから世界中が砂でいっぱいになった気がした。わたしはなにも言わなかった。少なくとも、声に出しては言わなかった。

それはあっという間だった。わたしたちは、みんながいるところよりいくつか先の入り江の、ビーチを歩いている人たちからは見えない岩陰にいた。数分前まで、波のことや、わたしにタトゥーを入れてくれた彼の友だちや、前の晩いったパーティのことを話していた。パーティでは、ゼファーの膝に乗って、人生初のビールを飲んだ。わたしは十四歳になったばかり。ゼファーはわたしよりまるまる四歳年上だった。

それから、ふっと話が途切れ、ゼファーがキスをしてきた。わたしたちの初めてのキス。わたしはキスを返した。彼の唇は塩の味がした。日焼け止めのココナッツの香りがした。キスの合間に、彼はわたしの名前を囁きはじめた。口の中がやけどしそうっていう感じで。それから、黄色のビキニのトップをわきにずらし、わたしのからだを見てごくんとのどを鳴らした。わたしはビキニを元にもどした。彼に見つめられたからじゃなくて、見つめられたいと思ってることが恥ずかしかったから。男の子にブラもなにもつけない姿を見られたのは初めてだった。頬がカアッと熱くなる。ゼファーはほほえんだ。彼の瞳は大きくて黒かったから、目全体が黒く見えた。ゼファーはわたしを砂の上に横たえ、もう一度ゆっくりとビキニをずらした。今度はわたしも抵抗しなかった。ゼファーがじっと見るままにする。頬が燃えあがるままにする。からだの中に、彼の息づかいを感じる。ゼファーが胸にキスしはじめた。それが好きかどうかは、よくわからなかった。それから、ゼファーの唇がわたしの唇に重ねられ、息ができないほど強く押しつけられた。彼の目はなにも見なくなり、手が、そう手だけが、からだじゅうをまさぐった。ゼファーが、イヤって言ってもいいって言いだしたのも、そしてわたしがイヤって言わなかったのも、そのとき。それから、ゼファーのからだがのしかかってきて、わたしを熱い砂に押しつけ、砂に埋《うず》めた。わたしはずっと自分に言い聞かせつづけた。大丈夫、うまくやれる。やれるはず。大丈夫、平気、平気。でも、平気じゃなかったし、うまくもやれなかった。

自分の沈黙に埋《う》もれることができるなんて、知らなかった。

そして、終わった。

そして、すべてが終わった。

ほかにもいろいろあったけど、今はそこまで考えたくない。あとはこのことだけ——わたしは長いブロンドの髪を切り、未来永劫男の子を遠ざけようって誓った。なぜなら、ゼファーとのことがあったあと、ママが死んだから。直後に。わたしのせいだ。わたしがあんなことをしたせいで不運をもたらしたから。

だから、このボーイ・ボイコットは気まぐれとかじゃない。わたしにとって、男の子は、石けんとかシャンプーとか刈った芝生とかサッカーの練習の汗とか日焼け止めローションとかグリーンの波の中で何時間も過ごしたあとの海のにおいじゃなくなった。男の子のにおいは死のにおいになった。

息をはあーっと吐き出し、頭の中の考えを蹴り散らして、脈動する湿った空気を肺の奥深くまで吸いこむ。そして、ギジェルモ・ガルシアのアトリエを探しはじめた。今、考えなきゃいけないのは、ママのことと、あの彫像を創ることだ。これからは、この手を使って願いを叶える。心の底から強く願って。

それからしばらくして、わたしは大きなレンガ造りの倉庫の前に立った。デイストリート二二五番地。

かろうじて霧は晴れ、世界のボリュームがぐんと低くなった――静けさの中にわたしだけがいる。

玄関にベルはなかった。か、あったんだけど、取り外されたか、野生動物に食いちぎられたか知らないけど、とにかく、ボロボロの電線の束だけが突き出ていた。さすが人付き合いがよさそう。サンディが言っていたのは、冗談じゃなかったらしい。わたしは幸運を祈って左手の指を交差させると、右手でドアをノックした。

反応なし。

まわりを見まわして、おばあちゃんを探した。毎日のスケジュールをプリントアウトして、わたしに渡しといてくれるといいんだけど。それから、もう一度ノックした。

さらに、もう一度ノックしたけど、さっきまでの勢いはなかった。やっぱりマズかったかもって思いはじめたから。サンディは、この彫刻家は人間じゃないって言ってたけど、それって、よく考えたら、どういう意味？　それに、ママは壁がどうこうって書いたんだよね？　それって、なんだか、そう、あまり安全って感じがしなくない？　っていうか、そもそもこんなふうにいきなり訪ねるなんて、わたしってば、なに考えてるわけ？　サンディが、ギジェルモ・ガルシアと話して、精神状態を確かめるのを待つべきだったんじゃ？　わたしはくるりと背中をむけると、階段を駆け下りて、霧の中へ飛びこんで、消えようとした。そのとき、ドアがギイと音を立てて開いた。

ホラー映画っぽい感じで。

数世紀のあいだ、眠ってましたって感じの大柄な男が、ドア枠に縁取られるようにして立っていた。イーゴリだ、って思った。人間にしろそうじゃないにしろ、名前があるとすれば、イーゴリだって。黒い髪が頭を覆いつくし、さらに這い進んでゴワゴワのひげになって、ぴんぴんとあちこちに飛びだしてる。

頭髪とひげの量の多さは、
制御できない性格を表わしている
（疑問の余地なし）

手のひらは真っ青で、厚いたこがたくさんできていた。生まれてからずっと、手で歩いてきたみたいだ。あの写真と同一人物に見えない。ギジェルモ・ガルシアのはずがない。彫刻界のロックスターじゃない。

「ごめんなさい」わたしはあわてて言った。「おじゃまするつもりはなかったんですけど」

ここから逃げださなきゃ。この人が誰にしろ、〈悪く取らないでよでも〉ぜったい愛くるしい子どもをとって食ってる。

男が目にかかった髪を払いのけると、瞳の色が飛びだしてきた。蛍光に近いライトグリーン。あの写真と同じだ。ってことは、やっぱりギジェルモ・ガルシアなんだ。頭も心もすべてが、すぐさま逃げろって言ってるのに、わたしは目をそらすことができない。それに、あのイギリス人の彼と同じで、イーゴリも人をじろじろ見るのは失礼だって教わったことがないらしい。わたしたちは完全に膠着状態で、視線と視線がくっついて離れなくなってたから。でも、そうしたら、ギジェルモ・ガルシアがいきなりなにもないところにつまずいて、転びかけた。ドアをつかんで、なんとかからだを支える。もしかして酔っぱらってる？　息を思いきり吸いこんでみると、やっぱり、かすかにアルコールのつんとした甘い匂いが鼻をついた。

なにかあったらしいんだ、ってサンディは言ってた。それがなにかは誰も知らない、とも。

「大丈夫ですか？」かろうじて聞こえるような声でたずねた。まるでギジェルモ・ガルシアが時間から転げ落ちてしまったみたいに。

「いいや」ギジェルモ・ガルシアはきっぱりと答えた。「大丈夫じゃない」スペイン語のアクセントが顔を出す。

わたしはその答えにびっくりして、気がつくとこう考えていた。〈そうなんですね！　実はわたしもなんです。わたしもぜんぜん大丈夫じゃありません。もうずっと大丈夫じゃないんです）しかも、それをこの頭のおかしい男にむかって言いたい衝動に駆られた。わたしも彼といっしょに時間から転げ落ちちゃったのかも。

　ギジェルモ・ガルシアは人物調査記録でもつけようって勢いで、わたしを上から下まで眺めてる。サンディとママの言ったことは合っていた。彼はふつうじゃない。そしてまた、わたしの目まで視線をもどした。電気ショックみたいな衝撃に、からだの芯まで貫かれる。

「帰れ」ギジェルモ・ガルシアは有無を言わさぬ口調で言った。次の角まで響くような大きな声だった。「おまえが誰にしろ、なんの用にしろ、二度とくるな」そして、足元をふらつかせながら背をむけると、ドアノブをつかんでからだを支え、バタンとドアを閉めた。

　わたしはぼうぜんと立ちつくし、霧が少しずつわたしのからだを消していった。

　それから、もう一度ノックした。強く。帰る気はない。帰れない。あの彫像を創らなきゃいけないんだから。

「いいじゃない。それでこそ、わたしの孫だよ」頭の中でおばあちゃんの声がした。

　でも、今回ドアを開けたのは、イーゴリじゃなかった。教会のイギリス人の彼だった。

　え、なに、どうして？

　わたしを見て、彼の左右違う色の目が驚きで輝いた。アトリエの中から、なにかをたたいたり、ぶつけたり、壊したりしてるような音が聞こえてくる。超人たちが家具投げコンテストでもやってるとか？「今はマズい」彼は言った。すると、スペイン語のどなり声が爆発し、イーゴリが車を部屋の反対側に投げつけた――ような音がした。イギリス人の彼はうしろを振りかえって、それからまたわたしを見た。もともとどこか野性的な顔が、不安でますます野性的になってる。さっきの自信過剰で軽薄な陽気さは影を潜めていた。「本当に申し訳ない」彼は、映画に出てくるイギリス人の執事みたいに礼儀正しく言うと、それ以上ひと言も言わずにわたしの鼻先でドアを閉めた。

三十分後、おばあちゃんとわたしはビーチを見下ろすしげみの中に隠れて、必要となれば、ノアを助けようと待っていた。酔っ払いのイーゴリの家からの帰り道、今度はどうやって訪問しようか、懲りもせずあれこれ作戦を練りながら歩いていると、わたしのスパイ、ヘザーから緊急メールが送られてきたのだ。あと十五分でノアが〈悪魔の崖〉に着く。

ノアと海が関係する場合、油断は禁物だ。

わたしが最後に海に入ったのは、ノアを助け出したときだ。二年前、ママが死んだ二週間後に、ノアは今回と同じ〈悪魔の崖〉から飛び降りて、激流に呑まれて溺れかけた。(わたしの二倍くらい大きいくせに、胸は石みたいに動かなくなって、目がひっくり返ちゃってる)ノアをようやく岸まで運びあげて、蘇生させたときには、怒りが頂点に達していて、もう一度海へ落としてやりたい気持ちだった。

双子は引き離されると、魂はこっそり逃げ出して、
片割れを探しにいく

　このあたりは、霧はほとんど消えていた。三方を海に囲まれ、あとは一面森に覆われているので、ロストコーヴが突き当たりになる。これ以上西へいけば、世界から転がり落ちてしまう。断崖の上を仰ぎ、大陸の端っこにしがみつくように立っている家々の中に、うちの赤い家が見えないか探す。むかしは、崖のてっぺんに住んでいるって、すごくいいと思ってた。しょっちゅうサーフィンしたり、泳いだりしてたから、陸にあがっても、地面が岸につながれたボートみたいに揺れている気がした。

　岩棚を見る。まだノアはいない。

　おばあちゃんがサングラス越しにわたしを見た。「変わった二人組だね、あの外国人たちは。年上のほうは、どう見てもネジがぜんぶ吹っ飛んでたよ」

「言われなくてもわかってるわよ」わたしは冷たい砂に手を埋《うず》めた。あの毛むくじゃらで酔っ払いの家具投げイーゴリに、どうしたら指導教官を引き受けさせることができるだろう？　それに、もし引き受けてもらったとして、あのイギリス男をどうやって避ければいいわけ？　あんなやつ、そのへんにゴロゴロいそうだし、ハンサムでも気が利いてもいないけど！　ボイコット中なのに、たかが数分で、ぐにゃぐにゃのダメダメにされたりしてないけど！　しかも教会で――なんてことないけど！

　カモメの群れが翼を広げ、かん高い鳴き声をあげながら、波へむかって急降下してきた。なぜかいまだに、酔っ払いのイーゴリに、わたしも大丈夫じゃないって言えばよかったと思いつづけてる。

おばあちゃんが空へむかってパラソルを解き放った。顔をあげて、ピンクの円がくるくる回りながら鋼色《はがねいろ》の空にのぼっていくのを見つめる。美しかった。まだ絵を描いていたころのノアなら、描きそう。すると、おばあちゃんが言った。「あの子のことはどうにかしなきゃね。それはわかってるだろ。あの子は第二のシャガールになるはずだったんで、ドアストッパーになられちゃ困るんだ。ジュード、あんたは弟の番人なんだからね」

これは、おばあちゃんお得意のくりかえし文句。まるでわたしの良心みたい。実際、学校のカウンセラーはおばあちゃんとママの幽霊のことを、そう言っていた。たいしてくわしく話してないことを考えれば、かなり鋭い意見かも。

一度、カウンセラーに言われて、瞑想させられたことがある。森の中を歩いてるところを想像して、見えたものをカウンセラーに言うってやつ。もちろん、木が見えた。それから、家が一軒現われた。でも、入り口が見あたらない。ドアも窓もない。ものすごくいらいらした。そしたら、カウンセラーは、その家はわたしだって言った。罪の意識が牢獄になってるということよ、だって。それから、カウンセラーのところへいくのはやめた。

気づいたら、気味の悪い発疹がないか手のひらを調べていた。皮膚幼虫移行症だと困るから。そしたら、おばあちゃんがなんだいそれは？って感じで目をぐるりと回して見せた。それを見て、思わずくらくらする。わたしのこの癖、おばあちゃんから移ったんだ。

「十二指腸虫」わたしはおずおずと言った。

「不健全だよ」おばあちゃんが小言を言った。「みんなのためだと思って、あんたの父親の医学雑誌を読むのはやめとくれ」

　おばあちゃんは死んでから三年以上経ってるけど、二年前まではこんなふうにわたしのところへきたりしなかった。ママが死んでから数日経ったころ、わたしは押し入れから古いシンガーミシンを引っぱりだした。スイッチを入れて、ハチドリの心音みたいな聞き慣れた音がしはじめたとたん、おばあちゃんがいつもみたいに針を何本かくわえて横の椅子にすわっていた。「ジグザグ縫いは大はやりするよ。すそが華やかになるからね。まあ、見てるんだね」

　おばあちゃんとわたしは、よくいっしょに縫い物をしていた。それに、幸運探し仲間でもあった。四つ葉のクローバーとか、タコノマクラの鳥とか、赤いシーグラスとか、ハート型の雲とか、春に最初に咲いたラッパスイセンとか、テントウムシとか、大きすぎる帽子をかぶった女の人とか。賭けるなら、ぜんぶの馬に賭けとくのが一番だよ、っておばあちゃんは言っていた。ほら早く、願いをかけるんだよ、とか。わたしはぜんぶ言われた通りにした。当時わたしはおばあちゃんの信者だったから。ううん、今も。

「あ、きた」おばあちゃんに言う。ノアがいつ飛びこむかと思って、心臓がドキドキしはじめる。

　ノアとヘザーは崖の縁に立って、沖まで続く白い波を眺めている。ノアは水着姿で、ヘザーはブルーのロングコートを着てる。ヘザーはノアのスパイにぴったりだ。いつもノアから、大声を出せば聞こえる距離にいるから。ヘザーはノアの守護動物みたいな存在。穏やかで、変わってて、妖精みたいで。きっとどこか秘密の場所に妖精の粉をいっぱいためこんでる。わたしたちはずいぶん前から、〈ノアを溺れさせない条約〉をひそかに結んでいる。唯一の問題は、ヘザー自身もライフガードにむいてるとは言えないこと。海には入ろうとしない。

次の瞬間、ノアは十字架に磔《はりつけ》になってるみたいに両腕を左右に伸ばし、崖から飛び降りた。それを見たとたん、アドレナリンがどっと噴き出す。

そして、いつもと同じことが起こった。ノアの動きがスローモーションみたいになったのだ。うまく説明できないけど、このまま永遠に海面に到達しなそうに見える。何度かまばたきしても、まだ、綱渡りをしているみたいに空中で止まってる。いつもそうなので、今では、ノアは重力を操るすべを知っているか、わたしの頭のネジがかなり失われているか、どっちかだと思うようになった。不安を抱えてると時空間の認識が大きく変わることがあるとかって、どこかで読んだ覚えがあるし。

ノアはたいてい、飛び降りるときは、水平線のほうを向いて、崖のほうは見ない。だから、これまで一度も、落ちてくるノアの全身を正面から見たことはなかった。首をのけぞらせ、胸をぐっと前につき出している。遠くからでも、むかしみたいに開けっぴろげな表情を浮かべてるのがわかる。すると、ノアは指先で惨めな空を支えようとするみたいに、両腕をかかげた。

「ごらんよ」おばあちゃんの声には驚嘆の響きがあった。「あれはノアだ。むかしのあの子がもどってきたんだよ。空を飛んでるよ」

「ノアの描いてた絵みたい」わたしは囁くような声で答える。

だから、何度も飛びこんでたの？　ほんの一瞬でもむかしの自分にもどれるように？　なぜなら、起こりうる中で一番ひどいことが、ノアの身に起こってしまったから。ノアはふつうになってしまった。今では、ネジはちゃんと締まってる。

ひとつだけ、おかしいところは、〈悪魔の崖〉から飛び降りることにこだわりつづけてること。

ようやくノアは海に落ちる。落下のスピードが速くなったようすもなく、まるで親切な巨人にそっと降ろしてもらったみたいに、水しぶきひとつあがらない。それから、沈んでいく。わたしは心の中でノアに言う。「ゴール」。でも、双子のテレパシーはとっくに失われている。ママが死んだとき、ノアはわたしからの回線を閉ざしてしまった。そして、いろいろなことがあって、今じゃ、お互いを避けてる。ううん、避けてるどころか、拒絶してる。

ノアの腕が一度だけ、大きくぐるんと回った。海水は凍るように冷たいはずだ。穿いてるのも、わたしがお守りのハーブを縫いこんでおいた水着じゃない。確かに、崖の下のめちゃめちゃな流れの中を懸命に泳いではいる……なんとか危険なところは脱した。はあっと大きな声を出して息を吐き、わたしは初めて自分が息を止めていたことに気づいた。

ノアは這うようにしてビーチにあがると、うなだれて背中を丸め、崖をのぼりはじめた。なにを考えているのかは、神ことクラーク・ゲーブルのみぞ知る、ってやつ。たったさっき、ノアの顔に浮かんでいた、むかしの面影はもう跡形もない。魂はまた、深い海溝へもどってしまった。

わたしの望み。ノアの手をつかんで、時間をさかのぼり、肩にかけたマントみたいに年月を払い落とすこと。

でも、ものごとっていうのは、思ったようにはならない。

運命をひっくり返すには、ナイフを風の方向へむけて野原に立つこと

秘密の美術館

ノア　十三歳六ヶ月

近隣のテロの脅威の確率はさがった。父さんの双眼鏡で、森からうちの前の通りや断崖を見て、さらに裏の海まで見わたす。屋根の上は、一番の偵察地点だ。フライとゼファーは、サーフボードに乗ってパドリングしてる。やつらだっていうのは、すぐわかる。頭の上で〈脳が沸騰してる、目つきの変なイカレやろう〉って説明がぴかぴか光ってるから。よし。一時間以内に丘《ヒル》の下のカリフォルニア美術学校《CSA》にいかなきゃならないけど、今日は、フライに捕まらないように森を走っていく必要はないってことだ。堂々と通りを歩いていける。ゼファーはなぜか（ジュードに惚れてるから？　本物のバカだから？）今じゃ、ぼくのことを放っておいてくれてる。でも、フライは、ぼくのいくとこ、いくとこ、肉にありつこうとする犬みたいに現われる。今年の夏は、ぼくを〈悪魔の崖〉から投げ落とすってことがやつの至上目的らしい。

頭の中の世界で、腹を空かせたホホジロザメの群れをやつらのところへ送りこんでいたとき、ビーチにジュードがいるのが見えたので、双眼鏡の焦点を合わせた。今年の春から、ぼくの代わりにつるむようになった女の子たちがまわりにいる。何キロも離れたところからでもぎらついて見える日焼けした肌と鮮やかな色のビキニのスズメバチ集団だ。スズメバチのことならよく知ってる。一匹が遭難信号を出せば、たちまち巣全体が襲ってくる。ぼくみたいな人間には命取りだ。

母さんは、ジュードが今みたいなふるまいをするのはホルモンのせいだって言うけど、本当はぼくを憎んでるからだってわかってる。ジュードはずいぶん前に美術館にくるのをやめてしまった。それはよかったかもしれない。なぜなら、くるたびに、ジュードの影がぼくの影を絞め殺そうとしたから。壁に映ってるときにも見たし、床の上でも見た。最近じゃ、ときどき夜中にジュードの影がベッドに忍び寄ってきて、ぼくの頭から夢を引っぱりだそうとすることもある。でも、美術館にいく代わりにジュードがなにをしてるか、ぼくは知ってる。もう三回も、ジュードの首筋にキスマークがついてるのを見た。虫に刺されたのよ、だって。なるほどね。ジュードとコートニー・バレットが週末に自転車で走っているのをこっそり見てたときに、聞いたんだ、どっちがたくさんの男の子とキスできるかって話してるのを。

(題名：男の子を次々髪に編みこんでいくジュード)

事実。ジュードは、影にぼくを追わせる必要はない。母さんをビーチに連れていって、波にさらわれる前に、砂で創った空飛ぶ女たちの彫像を見せりゃいいんだ。見せさえすれば、すべてが変わる。でも、ぼくはそれを望んでいない。

その逆だ。

このあいだも、ジュードが砂で彫像を作っているのを崖の上から見ていた。ジュードはいつもの、三つ先の入り江にいた。そのとき作ってたのは、丸みを帯びたからだつきの大きな女の人で、いつもみたいに浅浮き彫り《バスレリーフ》だけど、そのときのは、途中から鳥になっていた。あまりにすばらしくて、頭がうわんうわん言いだしたくらい。父さんのカメラで写真を撮ったけど、自分でも最低だって思うようなひどい考えが浮かんできて、ジュードの姿が見えなくなって、声も届かないところまでいくのを待ってすぐさま、崖からすべり降りて、砂浜を駆けていった。ホエザルみたいに吠えながら。そう、あのときの声はすごかった。そして、すばらしい鳥女に全身で体当たりして、跡形もなくなるまで蹴りまくった。波が運び去るまで待つことすらできなかったのだ。全身砂だらけになって、目や耳やのどにまで入りこんで、そのあと数日のあいだ、ベッドや服や爪のあいだで砂を見つけた。でも、そうせずにはいられなかったのだ。あまりにすばらしかったから。

もし母さんが散歩にいって、あれを見つけたら？

もし才能を持ってるのが、ジュードのほうだったら？　そうじゃない保証なんてどこにもない。ジュードは家くらいある波に乗れるし、どんなところからも跳べる。どこにでもなじめる肌と、友だちと、父さんと、スウィートワイン家の才能と、肺と足と、えらとひれまで持ってるんだ。

ジュードは光を発する。ぼくは闇を発する。

（題名：双子。懐中電灯と懐中電闇）

こんなことばかり考えてると、からだがタオルみたいにぎゅうぎゅう絞られるような気持ちがする。

そして、あらゆるものから色がぐるぐる回りながら抜けていく。（題名：灰色の草の上で灰色のリンゴを食べる灰色のノア）

双眼鏡を、色の抜けた丘へもどし、さらに、二軒先の色の抜けた家の前に停まっている色の抜けたバンへむける——

「いったいラルフはどこにいるんだ？　いったいラルフはどこにいるんだ？」となりの予言者オウムが叫ぶ。

「知らないよ、誰も知らないみたいだよ」声をひそめて返事をしながら、引っ越し屋に焦点を合わせる。昨日と同じふたりだ。色は抜けてない。むしろ、その反対だ。馬だ、ふたりとも。すでに、ひとりは栗毛で、もうひとりは月毛《パロミノ》って決めてる。黒いピアノを家の中へ運びこんでいる。双眼鏡の倍率を高くしていくと、赤くなったひたいに汗が噴き出て、首を伝い、肌に張りついた白いシャツに透明なしみができているのまで見える……この双眼鏡はすごい。栗毛の男が腕をあげるたびに、シャツの下から、すべすべした腹の日焼けした肌がのぞく。ダビテ像の筋肉よりすごいくらいだ。ぼくはすわって、曲げた膝に肘を乗せ、さらに見つづける。ゆらめくような、渇望するような感覚にとらわれる。今度は、ソファーを持って、正面の階段をあがっていく――

でも、そこでぼくは双眼鏡を下ろした。なぜなら、ぼくが見ている家の屋根の上に少年がいて、望遠鏡をぼくにむけていたからだ。いつからいたんだ？　髪のあいだからそっと彼を観察する。ギャング映画に出てきそうな、おかしな帽子の下から、サーファーっぽい色の抜けた髪がピンピン飛びだしている。双眼鏡を使わなくても、彼が笑ってるのはわかった。ぼくのことを笑ってるのか？　もう？　ぼくが引っ越し屋を見てたって、バレたとか？　まさかぼくが……ってことも？　そうだ、そうに決まってる。拳を握りしめる。恐怖がのどにこみあげる。いや、そうじゃないかもしれない。新しく引っ越してきたけどよろしくってことじゃないか？　ぼくが見てたのはピアノだって思ってるかも。それに、サーフィンバカはふつう、望遠鏡なんて持ってないだろ？　あんな帽子だって。

ぼくが立ちあがると、彼はポケットからなにかとりだし、腕を大きく振りかぶって、ふたりのあいだの家の上空にむかって投げた。うわっ。反射的に手のひらを突き出す。真ん中になにかがぴしゃりとあたった。手に穴があいて、手首が折れたんじゃないかと思ったけど、ぼくは平気な顔をした。

「ナイスキャッチ！」彼は叫んだ。

へえ！　そんなことを言われたのは、生まれて初めてだ。父さんに聞かせたかった。ついでに新聞のレポーターもいりゃよかったのに。ぼくは、ボールを投げたりキャッチしたり蹴ったりドリブルしたりってことに対してアレルギーを持ってる。ノアはチームプレイヤーじゃないな。そんなの、あたりまえだ。革命家はチームプレイヤーなんかじゃないんだ。

手の中の、平らな黒い石をまじまじと見る。二十五セント硬貨くらいの大きさで、一面にひびが入ってる。これをどうしろっていうんだ？　彼のほうへ目をやる。望遠鏡を上へむけてる。動物に例えるとしたらなんだ？　あの髪からすると、ホワイトタイガーとか？　だいたいなにを見てるんだ？　星は昼間も空にあって、ぼくたちには見えなくても輝いてるなんて、これまで考えたこともなかった。彼はもうこっちを見なかった。ぼくは石をポケットにすべりこませた。

「いったいラルフはどこにいるんだ？」家の壁に立てかけたはしごを急いで降りていると、オウムの声がした。今のやつがラルフかもしれない、とふっと思う。ついにラルフのご登場ってわけだ。

通りをすばやく渡ると、結局森の小径を使って丘を下り、ＣＳＡへいった。さっきの少年に会うのが恥ずかしかったからだ。それに、再びすべてのものに色がもどると、森の中は神秘的な美しさだった。

人間は、すべてを支配しているのは人間だと思ってるけど、そうじゃない。支配しているのは、木々だ。

ぼくは走りだし、空気へと姿を変えていく。青い風となって空に舞いあがり、自分のあとを追いかけるように、緑の中へ、緑の陰の中へと沈んでいって、混ざり合い、黄色を、そう、けばけばしい黄色をつむいで、オオカミのパンクヘアの紫に真っ正面から突っこむ。そして、そのすべてを吸いこみ、どんどん内に取り入れて（題名：最高にすごい手榴弾を爆発させる少年）、今ではすっかり幸せになって、息を切らしてあえぎ、そのせいで自分のちっぽけなからだの中に何千という命が詰めこまれているような気持ちになる。すると、いつの間にかＣＳＡに着いていた。

二週間前に学校が終わると、ぼくは偵察を始めた。誰もいないときに、アトリエの窓から中をのぞく。ここの生徒たちの作品を見ずにはいられない。自分より優れているかどうか見ずにはいられない、自分に本当に見こみがあるかどうかを確かめずにはいられない。この六ヶ月間、放課後はほとんど毎日学校に残って、グレイディ先生に油絵を教わっていた。先生は、母さんやぼくと同じくらい、ぼくにＣＳＡへ入ってほしいと思ってると思う。

でも、作品はどこかにしまわれているらしく、これまで何度ものぞきにきてるけど、絵一枚見たことはなかった。でも、その代わりに偶然、実物のモデルを使った人体スケッチの授業に行き当たった。本館とは別の建物にあるアトリエで、建物の片面すべてが、老齢樹の森にすっぽり包まれている。すごい奇跡だ。つまり、授業に参加しない手はないだろ？　もちろん、見つからないように外から窓越しにってことだけど。

今日ここにきたのも、そのため。今までの二回の授業は、ミサイルみたいな胸をした本物の女の子が裸になって台の上にすわってるのを、ものすごい勢いで描いていくっていうもの。毎回三分で描きあげなきゃならない。最高にクールだ。つま先立ちで中をのぞきこんで、それからかがんで描かなきゃならないとしても。でも、それくらい、どうってことない。そんなことより、教師の話が聞こえさえすればいい。すでに木炭の新しい持ち方を学んだから、モーターがついてるみたいに描くことができるようになった。

今日は、教室に着いたのはぼくが一番だった。暖まった建物の壁によりかかって、木々のあいだからさしこむ陽射しで息が詰まりそうになりながら、授業が始まるのを待つ。ポケットからさっきの黒い石を出してみた。屋根の上の少年は、どうしてこれをくれたんだろう？なんであんなふうに笑ったんだ？　意地の悪い笑い方じゃなかった。それは、間違いない。あれは、もっと——そのとき、音が聞こえた。人間の立てる音だ。小枝の折れる音、足音だ。

森の中へ逃げこもうとしたとき、建物の反対側の壁でなにかが動いたのがちらりと見えた。また小枝の折れる音がして、足音は遠のいていった。さっきまでなにもなかった地面の上に、茶色の袋が置いてある。なんかへんだ。ちょっと待ってから、そっとそちらのほうまでいって、角からのぞいてみた。誰もいない。袋のところにもどって、目からX線が出ればいいのにと思いながら、しゃがむと、片手で袋を振って開けた。ボトルが入ってる。サファイア・ジンだ。半分ほど残ってる。ここに隠してるんだな。いそいで袋にもどすと、地面に置いて、元いた場所にもどった。そこまで焦らなくったって、別にあれくらいで逮捕されたり、ブラックリストに載ってCSAに入れなくなったりってことはないのに。

窓からアトリエをのぞきこむと、もう生徒たちがきていた。太鼓腹を抱えながら喋る白ひげの教師は、生徒の一人とドアのところで話してる。残りの生徒たちは、イーゼルにスケッチブックをセットしていた。やっぱり思った通りだ。この学校では天井の照明をつける必要はない。みんな、きらきら輝く血を持ってるから。全員革命家なのだ。バブルの集まりなんだ。バカやサーフィンやろうやスズメバチ女はいないいんだ。

　モデルが着がえるスペースにかけられたカーテンが開いて、ブルーのローブを着た背の高い男が出てきた。そう、今日は男だ。男はローブを脱いで、フックにかけ、裸のまま台のほうへ歩いていくと、階段を跳び越えようとして落ちかけ、ジョークを言ってみんなを笑わせた。なんて言ったのかは聞こえなかった。っていうのも、からだの中で熱風が吹き荒れてたから。彼はものすごく裸だった。女の子のモデルよりも、はるかに。女の子はすわって細い腕でからだの一部を隠すけど、彼は手を腰に当て、挑むように立っている。そう、神のように。息が苦しくなる。すると、誰かがなにか言った。ぼくには聞こえなかったけど、モデルはにやっと笑った。笑うと、目も鼻も口もたちまち崩れて、見たことがないくらいぐしゃぐしゃになる。割れた鏡に映った顔みたいに。わお。

　スケッチブックを壁に押しつけるようにして右手と右膝で支えた。左手の震えが止まるのを待って、描きはじめる。手元は見ずに、彼だけを見る。彼のからだを描きながら、彼の輪郭や曲線、筋肉、骨、すべてを感じ、目を通して指先へ伝える。教師の声が、岸に打ち寄せる波のように響く。でも、ぼくにはなにも聞こえない……でも、モデルの声は聞こえた。十分後？　それとも、一時間後？　「そろそろ休憩しませんか？」イギリスのアクセントだ。彼は腕をぐっと伸ばして振り、それから脚も振った。ぼくも真似して、からだがすっかりこわばっていたことに気づく。右腕はすっかりしびれてるし、片足でバランスを取っていたせいで、壁に押しつけられていたほうの膝がジンジンして感覚がない。更衣室のほうへ歩いていくモデルへ目をやると、かすかにふらついてる。それを見て、さっきの茶色い紙袋は彼のだと気づいた。

一分後、彼はローブを着て、のろのろと教室のドアのほうへむかった。接着剤でくっついているみたいな動きだ。このへんの大学に通ってるんだろうか？　このあいだの女の子のモデルはそうだと、教師が言っていた。紙袋のところへこようとしてるんだ、って思ったのと同時に、煙草のにおいがして、足音が聞こえた。森へ逃げこもうとしたけど、なぜか足が動かない。

モデルの青年は角を曲がるとすぐに、建物の壁に背中をずるずると這わせるようにして、すわりこんだ。ほんの数メートル先にぼくがいるのに、気づいてるようすはない。ブルーのローブが、王のマントみたいにぎらぎら光っている。彼は煙草を地面に突き刺すと、うつむいて頭を抱えた。え、これって？　次の瞬間、わかった。これこそ本物の、頭を抱え、悲嘆に暮れているポーズだ。溢れ出る悲しみがここまで伝わってくる。

（題名：塵となって飛ばされる青年）

彼は紙袋へ手を伸ばすと、瓶を取りだして、ふたを開け、目を閉じて一気にのどへ流しこんだ。あんなふうにアルコールを飲んでいいわけがない。あんな、オレンジジュースみたいに。見てちゃいけないのはわかっていた。立ち入り禁止ゾーンだって。筋肉ひとつ、動かすまいとする。ぼくの存在を感じとられないように、見られてるって気づかれないように。そのまま数秒間、彼は目を閉じて、湿布みたいにボトルを顔に押しつけていた。陽の光が彼の上を流れ落ちていく。彼が選ばれた者であるかのように。それから、彼はまた一口すすり、目を開けて、こっちへ顔をむけた。

彼の視線を遮るように思わず両腕をあげる。彼は驚いて、後ずさった。「ウソだろ！　どっから現われたんだ？」

どこをどう探しても言葉は出てこなかった。

彼はすぐに気を取り直した。「心臓が止まるかと思ったよ」それから、しゃっくりしながら笑いはじめた。ぼくを見て、壁に立てかけてあるスケッチブックを見て、正面から描かれた自分の顔を見た。そして、瓶のふたを閉めた。

「舌がなくなっちまったのか？　あれ、アメリカでもこういう言い方する？」

ぼくはうなずいた。

「なら、よかった。こっちにきてまだ数ヶ月なんだ」彼は壁でからだを支えるようにして、立ちあがった。「よく見せてくれ」彼はふらふらしながらこっちへ歩いてきた。ロープのポケットから煙草の箱をとりだして、おぼつかない手つきで一本抜き出す。さっきの悲しみはあっという間に蒸発してしまったようだった。そのとき、ぼくはあることに気づいて、目を見張った。

「左右の目の色が違う」思わず口をついて出た。シベリアンハスキーの目みたいだ！

「よかった、喋れるじゃないか！」彼がにやっとすると、また顔で暴動が勃発した。彼は煙草に火をつけると、煙を深く吸いこみ、ドラゴンのように鼻から出した。それから、自分の目を指さして言った。「虹彩異色症だよ。むかしなら、魔女といっしょに火あぶりにされるところだ」史上最高にクールだって言いたかったけど、もちろん言わなかった。彼の裸を見たってことしか考えられない。彼を見たんだって。頬が、今感じてる熱さに比例する赤さになってないことを祈る。彼はスケッチブックのほうへあごをしゃくった。「見てもいいか？」

ぼくは、見せていいのかわからなくてためらった。「ほら」彼は促すように言って、スケッチブックのほうを指し示した。歌ってるみたいな喋り方だ。ぼくはスケッチブックを拾って、彼に差しだした。タコみたいなかっこうをしてたのは、スケッチブックを置く台がないからだとか、描いてるときはめったに手元は見ないとか、めちゃくちゃ下手だとか、言い訳したかった。ぼくの血は輝いてないんだって。でも、それらすべてを飲みこんで、黙ってた。「すごいな」彼は興奮気味に言った。「すごくいい」本気で言ってるように聞こえた。「夏のクラスに参加する金がないとか？」

「ここの生徒じゃないんだ」

「入るべきだよ」そう言われて、頬がますます熱くなった。彼が煙草を壁に押しつけて火を消したので、赤い火の粉がパラパラとふった。やっぱり地元の人間じゃない。今は山火事の季節だ。あらゆるものが、燃えあがろうとしてるのに。

「次の休憩時間に、スケッチブックの台をこっそり持ち出せるかやってみるよ」彼は紙袋を岩の横に隠した。それから片手をあげ、人さし指をぼくにむけた。「そっちも言わない、こっちも言わない」仲間同士って感じで。ぼくはにっこり笑って、うなずいた。イギリス人はクソやろうなんかじゃないじゃないか！　将来、あっちへ引っ越そう。ウィリアム・ブレイクもイギリス人だし。世界一イケてる画家のフランシス・ベーコンもそうだ。ぼくは彼が歩き去っていくのを見送った。のろのろ歩いてるせいで死ぬほど時間がかかったし、そのあいだにもっと彼になにか言いたかったけど、なにを言えばいいかわからなかった。でも、彼が角を曲がろうとしたとき、ふと思いついた。「絵を描くの？」

「おれはただのクズだよ」彼は言って、建物の壁につかまった。「最低《ブラディ》のクズやろうさ。そっちは本物のアーティストだけどな」そして、いってしまった。

スケッチブックを拾いあげると、自分の描いた彼の絵を見た。広い肩、細いウェスト、長い脚、へそのあたりの毛が下へ下へとつづいている。「最低《ブラディ》のクズだよ」最低《ブラディ》って、彼のはじけるようなイギリスふうのアクセントで言ってみる。頭がくらくらする。「ぼくは最低《ブラディ》のクズアーティストだよ。最低《ブラディ》のクズさ」何度かくりかえすうちに、どんどん声が大きく、熱がこもっていく。それから、自分が木を相手に喋ってるってことに気づいて、元の場所にもどった。

そのあとの授業で、彼は何度かぼくのほうを見て、ウィンクした。そうさ、ぼくたちは今や共犯者なんだ！　そして次の休憩時間になると、本当にスケッチブックの台と、窓から中が見やすいように踏み台を持ってきてくれた。ぼくは両方の台をセットすると（ぴったりだった)、瓶の酒をちびちびやりながら煙草を吸っている彼のとなりの壁によりかかった。めちゃめちゃクールになった気分だった。サングラスをかけてる感じ——別にかけてないけど。ぼくたちは友だちなんだ、そっちとこっちって呼び合う仲なんだ。でも、今回は、彼はなにも言ってこなかった。黙ってる。目もぼんやり曇ってた。自分の水たまりの中に溶けてしまったみたいに。

「大丈夫?」ぼくはきいた。

「いや。大丈夫じゃない」そう言って、彼は火のついている煙草を乾いた草の上に放り投げると、立ちあがって、じゃあとも言わず、振りかえりもせずに、ふらふらと歩いていってしまった。ぼくは、彼の捨てた火を踏み消した。さっき舞いあがったのと同じくらい、気分が落ちこんでた。

踏み台のおかげで、生徒たちの足元まで見えたから、そのあとのことは、細かいところまで見ていた。教師はドアのところでモデルを待ち受けていて、廊下に出るようにうながした。教室にもどってきたとき、イギリス人の彼はうなだれていた。そのまま、教室を横切って更衣室へ入り、服を着て出てきたときは、さっきの休憩時間のときよりさらに途方に暮れて、ぼうぜんとしたようすだった。そして、一度も生徒たちのほうも、ぼくのほうも見ずに、教室を出ていった。

教師は、モデルは酒に酔っていたから、CSAでは二度と使わないだの、そうしたことに関してCSAは一切容赦しないだの、ぐだぐだ喋りつづけた。そして、スケッチの残りは、記憶で仕上げるようにと言った。イギリス人の彼がもどってくるかもしれない、少なくとも酒瓶は取りにくるかも、と思ってしばらく待ってみたけど、こなかったので、ぼくは来週のために踏み台とスケッチブックの台をしげみの中に隠すと、また森へ入っていった。

ところが、数歩もいかないうちに、屋根の上にいた少年と会った。木によりかかって、さっきと同じ笑みを浮かべ、同じ深緑の帽子を手でぐるぐる回してる。髪は白い炎をあげるたき火みたいだ。

ぼくは目をしばたたかせた。ときどき幻を見るから。

さらに、二、三度まばたきする。すると、自分が存在してることを証明するみたいに、少年は口を開いた。

「授業はどうだった？」まるで自分がここにいることがちっとも変じゃないみたいに、ぼくが教室の中じゃなくて外で絵を描いているのがごくふつうのことみたいに、知り合いでもないのに知り合いみたいに笑ってることも、それどころかぼくのあとをつけてきたことだってまったくふつうのことみたいに、彼は言った。だって、あとをつけたんじゃなきゃ、今、彼がここにいることの説明がつかない。

「ああ、そうだよ。あとをつけてきたんだ。ぼくの心の声が聞こえたみたいに、少年は答えた。ただし、おれはおれの用事で忙しかったけど」そう言って、彼は石がぎっしり詰めこまれたスーツケースを指さした。岩を集めてるってこと？　しかも、スーツケースに入れて持ち歩いてる？「隕石用のカバンは、まだ引っ越し荷物の中なんだ」ぼくは、それが説明になっているかのようにうなずいた。隕石っていうのは、地面じゃなくて空にあるものなんじゃないのか？　少年をまじまじと見つめる。ぼくよりちょっと年上だ。背も高いし、からだも大きい。彼の目を描くなら、何色だろう？　ぜんぜん思いつかない。今日は、最高にすばらしい目の持ち主に会う日ってことらしい。彼の目は、きれいなライトブラウンで、ほとんど黄色って言ってもいいけど、銅色とも言えるし、さらにグリーンのかけらが散っている。でも、目をぐっと細めてるせいで、見えるのは色のひらめきだけだ。すごくクールだ。似てるのは、ホワイトタイガーじゃないかも……

「見すぎだよ」彼が言った。

恥ずかしくて、目を伏せた。これじゃ、シロナガスクジラ級にダサい。首がカアッと熱くなって、チクチクする。つま先で松の落葉を集めて、ピラミッドを作る。

すると、彼が言った。「今日は、さっきの酔っ払いをさんざん見てたから、見るのが癖になったのかもな」えっ？　ぼくは顔をあげた。ずっと見てたってこと？　彼は興味深そうにぼくのスケッチブックを見た。「裸だったんだ？」息をヒュッと吸いこみながらそう言ったので、腹がズンと重くなった。冷静な顔を保とうとする。彼は、ぼくが引っ越し屋を見ていたのを見て、そのあとここまでつけてきたんだ。すると、彼はまた、スケッチブックを見た。イギリス人の彼の裸を見せてほしいってことか？　たぶんそうだ。ぼくも見せたい。ああ、最低だ。さっきのよりももっと激しい熱風が、ぼくのからだの中を吹き抜けていく。もはや完全に乗っ取られ、脳によるコントロールができなくなってる。彼のおかしな銅色の目のせいだ。この細めた目のせいで、催眠術にかけられてるんだ。すると、彼はにやっと笑った。でも、口の半分だけで笑ったので、前歯のあいだに隙間があるのに気づいた。それも、めちゃくちゃクールだ。彼は笑いを含んだ声で言った。「あのさ、どうやって帰ればいいか、わからないんだよ。帰ろうとしたんだけど、またここにもどっちゃってさ。だから、道案内してもらおうと思ってずっと待ってたんだ」そして、帽子を頭に載せた。

ぼくは帰る方向を指さすと、乗っ取られたからだで無理やり歩きはじめた。彼は石が入ってるスーツケースを閉じると（マジか？）、取っ手をつかんで、ついてきた。あまり彼のほうを見ないようにする。追っ払いたい。ような気がする。じっと木を見つめたまま、歩きつづける。木なら、見てても安心だから。

なにも言わないし。

スケッチブックの裸の絵を見せてくれとも言わないし。

帰り道はかなりあったし、ほとんどが上り坂で、そのあいだも、日の光は刻一刻と森から流れ出していった。となりを歩いてる彼は、スーツケースをしきりに左右に持ち替えてる。重いにちがいないのに、跳ねるように歩いてる。脚にバネでもついてるみたいだ。

しばらく歩いているうちに、森のおかげで落ち着いてきた。

もしかしたら、彼のおかげかもしれないけど。

彼といっしょに歩くのは、悪くなかったから。

彼にはどこか、「平穏な世界」としか言いようのないものに包まれている感じがあった――指の先から平穏さを発してるような感じ。いつの間にかぼくはすっかりリラックスしていた。そう、超自然的にリラックスしていて、冷蔵庫の外に出しっぱなしのバターみたいになってた。こんなこと、ふつうないのに。

彼はしょっちゅう立ち止まっては石を拾って、しげしげと眺め、また地面へ捨てるか、スウェットのポケットに突っこんだ。スウェットが重さでだんだんと下がってきてる。そのたびに、ぼくはなにを探しているのかききたいと思いながら、突っ立って待っていた。どうしてついてきたのかも、ききたいし、望遠鏡のことも、昼間でも星が見えるのかってことも、どこからきたのかも、名前も、サーフィンはするのかどうかも、何歳なのかも、次の秋からどこの学校へいくのかも、ぜんぶききたい。何度か、さりげない感じで質問しようとしたけど、そのたびに言葉がのどで引っかかって、どうしても声に出すことができなかった。それで結局諦めて、いつもみたいに目に見えない筆を取り出すと、頭の中で絵を描きはじめた。それそうか、あの石は、空にふわふわ飛んでいかないようにするための重しなのかもしれない……

ぼくたちは灰のような色の夕暮れの中を歩いて歩いて歩きつづけた。森が徐々に眠りにつきはじめる。木々は次々並んで横になり、小川は流れを止め、草は地面に沈んでいき、動物たちは影と入れ替わり、そしてぼくたちもそれに倣《なら》う。

ようやく森を出て、うちのある通りにもどると、彼はガバッと振りかえった。「ああクソ、なんだよ！　こんな長いあいだ、喋らなかったのは初めてだ。生まれて初めてだよ！　息を止めてるみたいだった！　自分と競争してたんだ。いつもこうなの？」

「こうって？」声がかすれた。

「なんだよ！」彼は叫んだ。「今のが、最初に口にした言葉だって、気づいてる？」気づいてなかった。「おいおい。仏陀《ブッダ》かなにかみたいだな。うちのおふくろは仏教徒なんだ。いつも無言の瞑想にいってるんだけどさ。あんなのやめて、きみとつるめばいいのにな。あ、そうだ、あれは喋ったうちに入れてないよ、もちろん。『ぼくは最低《ブラディ》のクズアーティストだよ。最低《ブラディ》のクズさ』ってやつ」最後のところは、思いきりイギリスふうのアクセントで言って、大笑いした。

　聞いてたんだ！　ぼくが木にむかって喋ってるのを！　一気に大量の血が頭にのぼって、そのまま吹っ飛びそうになる。これまでずっと黙って歩いてた反動で、彼はどうかなったみたいに笑いつづけてる。ふだんからしょっちゅう笑ってるタイプだってわかるし、こんなに簡単に笑いが止まらなくなって、しかもすごく楽しそうなようすを見てたら、笑われてるのは自分だってわかってたけど、悪い気はしなくて、むしろ受け入れられてるって感じがして、それどころか、こっちまで頭がふわふわしてきて、腹の底から笑いがシュワシュワとわきあがってきた。だって、あんなふうに一人でイギリスのアクセントで喋りまくってたなんて、超笑えるだろ。そこへ彼がまた、わざとすごいイギリス訛りで「ぼくは最低《ブラディ》のクズアーティストだよ」って言うから、ぼくもすかさず「最低《ブラディ》のクズさ」って言って、そしたら、とたんに抑えていたなにかが解き放たれ、ぼくははじけたように笑いはじめた。彼がまた最低《ブラディ》のクズアーティストって言って、ぼくも最低《ブラディ》のクズさって返して、そうなったらもう、ふたりとも本当に笑いが止まらなくなって、マジで腹を抱えてげらげら笑って、いつまでも収まらなくて、っていうのも、片方がようやく収まりそうになると、もう片方が「最低《ブラディ》のクズアーティスト」ってやり出すからで、ぼくたちはまた最初からくりかえすはめになった。

それでもようやくふたりとも笑いが収まってみると、いったい自分になにが起きたのか、ぼくはぜんぜんわからなかった。こんなの、初めてだ。空を飛んだとか、そんな気分だった。

そしたら、彼がスケッチブックを指さした。「じゃあ、いつもはスケッチブックの中だけで喋るんだ？」

「そういうこと」ぼくは答えた。街灯の下に立っていたので、あまりじろじろ見ないようにしたけど、難しかった。世界が時計みたいに止まれば、好きなだけ見ていられるのに。彼の顔で、なにかが起ころうとしてる。なにかすごく輝かしいものが外へ出ようとしてる――けど、ダムが光の壁を押しとどめてる。彼の魂は太陽かもしれない。太陽の魂を持った人物に会うのは初めてだ。

彼を帰さないために、もっとなにか言いたい。めちゃくちゃ気分がいい。緑の葉が生い茂ってるような気分のよさだ。「ぼくは頭の中で絵を描くんだ。さっきもずっと描いてた」今まで誰にも言ったことはなかった。ジュードにさえ言ったことがないのに、どうして彼に話したのかわからない。これまで秘密の美術館には誰も入れたことはなかったのに。

「なにを？」

「きみ」

驚きで彼の目が見開かれる。言うんじゃなかった。言うつもりなんてなかったのに、気づいたら、口から飛びだしてた。空気がパチパチと音を立てはじめ、彼の笑みが消える。数メートル先に、灯台みたいにぼくの家が見える。自分でもわからないうちに、灯台へむかって通りを渡っていた。腹のあたりがむかむかする。ぜんぶだいなしにしてしまった。最後の一筆が、いつも必ず絵をだいなしにするみたいに。明日、彼はきっとフライといっしょにぼくを〈悪魔の崖〉から投げ落とすだろう。きっとあのスーツケースの石を――

うちの前の階段までできたときに、声がした。「どんなふうに描いたの？」興味津々って感じで、バカにした感じはみじんもなかった。

ぼくは振りかえった。彼は、街灯の光の届かないところに立っていた。道路にぼんやりと浮かぶ影だけが見える。描いたのはまさにこんな絵。眠っている森のはるか上空に彼が浮かんでて、さらにその数十センチ上で緑の帽子がくるくる回ってる。手に持ったスーツケースのふたは開いていて、中から空いっぱいの星が溢れ出している。

でも、そんなことは言えなかった。言えるわけがない。だから、また前をむいて、玄関の階段を駆けあがり、ドアを開けて、振りかえりもせずに中に入った。

次の朝、廊下からジュードがぼくの名前を呼んでいるのが聞こえた。つまり、あと数秒で部屋に押し入ってくるってことだ。ぼくはさっとスケッチブックのページをめくった。なにを描いていたか、見られたくない。銅色の目をした笑い上戸の岩石収集家兼星空観察者が、緑の帽子と星を詰めこんだスーツケースを持って、空に浮かんでる絵。これで三枚目だ。やっと完璧な色を見つけ、目を細めてる感じもうまく描けた。絵の中の彼の目を見るだけで、本物の目に見られたときみたいに、からだが乗っ取られたような気になる。うまく描けたうれしさで、椅子のまわりをぐるぐる五十回ほど歩きまわって、ようやく落ち着いてきたところだった。

パステルを取りあげて、昨日の夜、仕上げた裸のイギリス人のポートレイトを描いてるふりをする。キュービズムの画法で描いたから、粉々に割れた鏡に映したように見える。ジュードがハイヒールとブルーの超ミニってかっこうでよろめきながら入ってきた。最近じゃ、母さんとジュードは、ジュードが着る服のことでいつでもけんかしてる。着る服って言うか、ほとんど着てないことが問題なわけだけど。うねった髪が揺れてる。こんなふうに髪が濡れてると、いつもはジュードのふわふわしたおとぎ話的なところがなくなって、もっとふつうの感じになって、みんなに近づくけど、今日は違う。顔じゅう、あれこれ塗りたくってる。化粧も、母さんとジュードのけんかの種だ。ほかにも、ジュードが門限を破ることとか、口答えすることとか、ドアをバタンと閉めることとか、違う学校の男子とメールのやりとりしてることとか、年上のサーフィンバカとサーフィンしてることとか、〈死人の岩壁〉〈丘《ヒル》で一番高くて、怖い飛びこみポイント〉から飛びこむこととか、毎晩のように友だちのスズメバチの誰かの家に泊まりたがることとか、〈ボイリング・ポイント〉とかいうブランドの口紅に小遣いを使っちゃうこととか、寝室の窓から抜け出すこととか。要は、あらゆることでけんかしてるってこと。誰もきかないから言わないけど、ジュードは魔王ベルゼブブジュードになって、ロストコーヴじゅうの男からキスされたがってるんだと思う。美術館にいった最初の日に、母さんがジュードのスケッチブックを見るのを忘れたせいで。

あと、ぼくたちが置いていったせいで。ジャクソン・ポロック展だった。母さんとぼくは「One : Number 31, 1950」っていう作品の前で永遠にたたずんでいた。だって、信じられなかった！　美術館から出たあとも、ポロックの蜘蛛の脚みたいな鮮やかな絵の具使いに、ぼくたちも、まわりの歩道を歩いてる人たちも、建物も、彼のテクニックについての車の中での会話もぜんぶ、覆いつくされていたから、橋を半分渡るまで、ジュードがいないことに気づかなかった。

「たいへんだわ、どうしよう、どうしよう」母さんは猛スピードできた道をもどった。おかげで、ぼくは内臓がぜんぶ飛び出しそうだった。キキキッとタイヤを鳴らして美術館の前に車をとめると、ジュードが膝に顔を埋《うず》めて、歩道にすわりこんでいた。くしゃくしゃに丸めた紙みたいに見えた。

本当のことを言って、母さんとぼくは、三人で出かけるときに、ジュードの存在を意識しないことに慣れてしまってたんだと思う。

ジュードは箱を持っていた。それをベッドの上に置くと、うしろから近づいてきて、ぼくの肩越しに机の上をのぞきこんだ。濡れた髪が首筋に触れる。ぼくは払いのけた。

裸のイギリス人がスケッチブックからぼくたちを見あげた。惨めさにひき殺される前の、バラバラになった彼の姿を描きたかったから、ふだんよりも抽象的な描き方をしていた。本人が見ても、自分とわからないかもしれないけど、悪くない出来だった。

「それ、誰？」ジュードがきいた。

「誰でもない」

「本気できいてるの。誰？」ジュードはしつこくきいてきた。

「想像で描いただけだよ」ぼくは言って、濡れたリスのしっぽみたいな髪を、また首から払いのけた。

「違う。彼は実在の人よ。ノアのウソは、わかるもん」

「ウソじゃないよ。本当だって」ジュードには話したくなかった。ジュードにはなにひとつ、教えたくなかった。だって、もしジュードまで、ＣＳＡの授業をこっそり受けるようになったら？

ジュードは横にきて、身を乗り出すと、しげしげと絵を見た。

「実在だったらよかったのに。すっごくクールだもん。すごく……なんかこう……なにか持ってるって言うか……」おかしい。ジュードはもう、ぼくの作品を見てもこんなふうに反応しなくなってたのに。いつもは口の中にクソが詰まってるみたいな顔をする。ジュードは胸の前で腕を組んだ。今じゃ、巨人《タイタン》同士がぶつかり合ってるみたいにデカくなってる。「もらってもいい？」

　ウソだろ。今まで一度も、絵をほしがったことなんてなかったのに。ぼくは絵をあげることについては、かなり嫌なやつだ。「太陽と星と海と地球上の木ぜんぶと引き替えなら、考えてもいいよ」ジュードが決してうんと言わないのを知ってて、ぼくは言った。ジュードは、ぼくがどれだけ太陽をほしがってるか、知ってる。ぼくたちは五歳のときに、世界をふたつにわけた。ぼくはこの瞬間を完全に楽しんでいた。全世界の支配権を初めて手にしかけていたから。

「本気？」ジュードはからだをまっすぐに起こした。ジュードの背がどんどん高くなってることに、いらだちを感じる。夜のあいだにぐいぐい伸ばされてるみたいだ。「それじゃ、わたしのところには、花しか残らないじゃん」

　やっぱり。ジュードはぜったいにうんと言わない。これで終わりだ。でも、そうじゃなかった。ジュードは手を伸ばして、スケッチブックを縦に持つと、イギリス人が話しかけてくるんじゃないかって感じで、じっとポートレイトを見つめた。

「いいわ」ジュードは言った。「木と星と海ね。了解」

「太陽もだよ、ジュード」

「あ、そうか」ジュードがそう言ったので、ぼくは耳を疑った。「太陽もあげる」

「それじゃ、ほとんどぜんぶぼくのものってことだよ！　ジュード、頭がおかしくなったんじゃないの⁉」

「その代わりに彼をもらったから」ジュードは慎重に裸のイギリス人のページを破りとると、ありがたいことに下の絵には気づかずに、そのままベッドへ持っていって、腰かけた。「新しくきた子に会った？　すっごい変わり者よ」ぼくは思わずスケッチブックを見下ろした。その変わり者が爆発して、部屋中に色をまき散らしてる。「羽根つきの緑の帽子をかぶってるの。ダサすぎ」ジュードは最近するようになった、酔っ払いみたいな笑い声を響かせた。「ノアよりも変わり者かも」そこで、ジュードはいったん言葉を切る。ぼくは待った。ジュードがぼくの姉に、今のスズメバチ・バージョンじゃないむかしのジュードにもどることを祈って。「まあ、ノアほどじゃないかもね」ぼくは顔を背けた。ジュードのひたいで触角が前後に揺れてる。ぼくを刺し殺しにきたんだ。「ノアみたいなヘンなやつはいないから」前に、テレビでマレーシアに住むジバクアリの番組を見たことがある。（スズメバチなどの）敵をじゅうぶん引きつけて、体内にある毒爆弾を爆発させるのだ。

「どうしてなのよ」ブーンブーン。

ジュードはすっかり勢いづいている。ぼくは爆発までのカウントダウンをはじめる。10、9、8、7――

「いつもいつも、どうしてそんなに、そんなにノアなわけ？」ブーンブーン。「それって……」ジュードは最後まで言わなかった。

「なんだよ？」ぼくは手に持ったパステルを、首の骨みたいにペキンと折った。

ジュードは両手をあげた。「恥ずかしいわよ。でしょ？」

「少なくともぼくはぼくのままだ」

「どういう意味よ？」ジュードは言って、それから、言い訳がましい口ぶりでつづけた。「わたしにはなんの問題もないわよ。ほかに友だちがいるのが問題？　ノア以外の友だちが」

「ぼくにもほかの友だちくらいいる」そう言って、ちらっとスケッチブックを見た。

「へええ、誰？　ノアの友だちって誰よ？　想像上のお友だちは数に入らないわよ。絵に描いたお友だちも」
6、5、4――わからないのは、ジバクアリは、敵を滅ぼす過程で自分も死ぬのかってことだ。
「例えば、その新しくきた子とか」ぼくは言って、ポケットに手を入れると、彼がくれた石を握りしめた。「あいつはヘンなやつなんかじゃない」ヘンなやつじゃないか！　石を入れたスーツケースを持ってるんだぞ！

「あの子がノアの友だち？　でしょうね。そんなに仲いいなら教えてよ、なんて名前なの？」

そうきたか。

「だと思ったわ」ジュードは切り捨てるように言った。もう耐えられない。ぼくはジュード・アレルギーだ。目の前の壁に飾ってあるシャガールの複製を見て、ぐるぐる渦を巻いている夢の中に飛びこもうとする。現実の人生は吹っ飛んだ。ぼくは、人生アレルギーなんだ。あの新しくきた子と笑ってたときは、現実の人生って感じはしなかった。これっぽっちも。ジュードといるのも、むかしは現実の人生じゃないみたいだった。でも今は、クズ同然の、息詰まるような現実そのものだ。しばらくしてジュードはまた喋りはじめたけど、その声は辛辣《しんらつ》でこわばっていた。「いったいどうしたらよかったわけ？　わたしはほかに友だちを作るしかなかった。あんたは引きこもってダサい絵を描いて、ママとあのバカみたいな学校にこだわりつづけてるんだから」

ダサい絵？

いくぞ。3、2、1。ぼくは、唯一持っているものを爆発させた。「ジュードは嫉妬してるだけだろ。今じゃ、ずっと嫉妬しっぱなしだ」

スケッチブックをめくってなにも描いてないページを開くと、鉛筆を持って描きはじめた（題名：スズメバチの姉）。いや、（題名：蜘蛛の姉）だ。そっちのほうが合ってる。毒でからだをいっぱいにして、暗闇の中を毛深い八本脚でカサコソ這い回ってんだから。

ふたりのあいだの沈黙で鼓膜が破けそうになったとき、ぼくは振りむいて、ジュードを見た。大きなブルーの目がきらきら輝いて、ぼくを見ていた。スズメバチはきれいに消え去っていた。蜘蛛もいない。

ぼくは鉛筆を置いた。

ようやく聞き取れるほどの小さな声で、ジュードは言った。「ママはわたしのママでもあるのよ。どうして独り占めするの？」

罪悪感のキックが腹に命中した。またシャガールのほうにむき直り、どうかぼくを吸いこんでくれと願ったとき、父さんが部屋の入り口をふさぐように姿を現わした。首にタオルをかけ、なにも着ていない胸は日に焼けている。父さんの髪も濡れていた。ジュードといっしょに泳いでたんだろう。今では、なにをするのもいっしょだから。

父さんはなにごとだというように、首をかしげた。部屋中にバラバラになったからだや内臓が飛び散ってるのが見えるかのように。「どうした？　なんの問題もないか？」

ぼくたちはふたりともうなずいた。父さんはドアの枠に片手をかけると、入り口ぜんぶを、アメリカ本土ぜんぶを、埋めつくした。どれほど父さんを憎んで、どれほど父さんみたいになりたいと願ってることか。

むかしから、父さんの上に家が倒れてくればいいのにと思ってたわけじゃない。小さいころ、ジュードとぼくはよく二羽のヒナみたいに、そう、父さんのヒナみたいにビーチにすわって、父さんが泳ぎ終わってポセイドンのように白い水しぶきを飛ばしながら海面に現われるのを待っていた。父さんが目の前に立つと、太陽が欠け、頭を振ると、水滴が塩からい雨のように降りそそいだ。父さんは先にぼくのほうへ手を伸ばして肩に乗せ、それからよいしょっとジュードを反対の肩に乗せると、そのままのしのしと丘の上の家へ連れ帰ってくれた。ほかの、ぺらぺらの父親とビーチに残された子どもたちは、うらやましくて死にそうになりながらぼくたちを見ていた。

でもそれは、ぼくがぼくだってことに、父さんが気づく前の話だ。あの日、父さんはふたりを肩に乗せたままビーチでUターンをして、丘の上じゃなくて、海へもどりはじめた。海は荒れていて、白い波が立っていた。四方から波が押しよせる中、父さんはどんどん沖へ、沖へと歩いていく。ぼくは、ベルトみたいにしっかりぼくを抱いている父さんの腕にしがみついた。父さんがいるんだから、なんの心配もない。毎朝、太陽を引っぱりだして、夜に沈めるのは、この手なんだから。

するとと、父さんは飛びこめと言った。

聞き間違いだと思った次の瞬間、キャアアと興奮した声をあげて、ジュードが父さんの肩からジャンプした。落ちていくときも、バカみたいに笑ってたし、海に呑みこまれてから、海面に顔を出したときもまだ、バカみたいに笑ってた。幸せなリンゴのようにぷかぷか浮いて、スイミングスクールで習った通りに脚をバタバタさせてる。一方のぼくは、父さんの腕が離れるのを感じて、父さんの頭にかじりつき、髪につかまろうとし、耳にすがろうとし、つるつるしてる背中にしがみつこうとしたけど、どこもつかめなかった。

「沈むか泳ぐかだぞ、ノア」父さんが厳しい声で言ったのと同時に、シートベルトだった腕はパチンコになり、ぼくを海へ放り投げた。

ぼくは沈んだ。

ずっと

ずっと

海の

底まで。

(題名：ノアとナマコ)

最初の〈壊れた傘トーク〉は、その夜だった。怖いときも勇気を出さなきゃいけない、それが男ってものなんだ、と父さんは言った。タフに振る舞わなきゃいけない、背中を伸ばしてしゃんと立ち、必死で戦って、ボールで遊び、父さんの目を見て、喋る前に考えるんだ。双子のジュードがいなかったら、単為ナントカで生まれたんじゃないかと思うところだぞ。ジュードがいなかったら。ジュードがいなかったら、今ごろ、サッカー場でぼこぼこにやられてるだろう。ジュードがいないのか？　女の子に代わりに戦ってもらって、恥ずかしくないのか？　しょっちゅうひとりでいて、平気なのか？　え、平気なのか、ノア？　どうなんだ？　どうなんだ？

もうわかってる。黙って！　平気じゃないに決まってる。

いつもいつもそんなに「自分」でいる必要があるのか、ノア？

今じゃ、ジュードと父さんは仲間だ。前みたいに、ジュードとぼくじゃない。だから、おあいにくさま。この上、どうして母さんまで共有しなきゃいけないんだ？

「今日の午後、ぜったいだから」ジュードが父さんに言ってる。父さんは、ジュードがまるで虹だっていうようにほほえんで、巨人みたいにのしのし部屋に入ってくると、愛情たっぷりにぼくの頭をなでて、脳震盪《のうしんとう》を起こさせた。

外で、ヨゲンシャがかん高い声をあげた。「いったいラルフはどこにいるんだ？　いったいラルフはどこにいるんだ？」

父さんは素手でオウムを絞め殺す真似をすると、ぼくに言った。「その髪型はなんだ？

そんなふうに長く伸ばしてると、ラファエル前派みたいだぞ」母さんから伝染したせいで、父さんは美術オンチのくせして、ぼくをバカにするくらいの知識は持ってる。

「ラファエル前派の絵、好きなんだよ」ぼくはぼそりと言った。

「絵が好きなのと、その絵のモデルみたいなかっこうをするのは、違うだろ、え、ボス？」そしてまた頭をぴしゃりとやった。二度目の脳震盪。

父さんが出ていくと、ジュードは言った。「わたしは長い髪、好きだよ」そのひと言が、ふたりのあいだのゲッとかオエッをすべて吸いとり、ぼくのゴキブリみたいな卑劣な考えも消え去った。ジュードはためらいながら、明るい声を出して言った。「いっしょに遊ぶ？」

振り返りながら、ぼくたちは細胞ひとつひとつまでいっしょに作られたんだってことをまた思い出す。目や手もないころから、いっしょにいたんだ。魂が届けられるより前から。

ジュードは、持ってきた箱からボードのようなものを取り出した。

「なにそれ？」

「いったいラルフはどこにいるんだ？　いったいラルフはどこにいるんだ？」ヨゲンシャがあいかわらず取り乱した調子で叫んだ。ジュードはベッドの横の窓から身を乗り出して、大声で言った。「悪いけど、誰も知らないから！」ジュードもヨゲンシャに話しかけてるなんて、知らなかった。顔が自然とにんまりする。

「ウイジャ盤。おばあちゃんの部屋で見つけたの。前におばあちゃんとやったことあるんだ。ボードに文字とかＹＥＳとかＮＯとか書いてあって、質問をすると、返事がもらえるってや

「誰から?」なにかの映画で見たことがあるような気がすると思いながら、たずねた。

「わかるでしょ、霊よ」ジュードはにやっとして、おおげさに眉毛を上下させた。自分の唇が笑みの形になるのがわかる。ジュードとまた仲間になるのを、どれだけ望んでいただろう！　なにもかもむかしのようになってほしいって。

「いいよ、やろう」

ジュードの顔がぱっと明るくなった。「こっちきて」さっきの最低でくだらなくてムカつく会話なんてなかったみたいだった。ふたりともボロボロになんてなってなかったみたいに。こんなにあっという間に変われるものなんだ？

ジュードがやり方を説明した。先のとがった「ガイド」は軽く握るようにして、霊がぼくの手を通して「ガイド」を、ボードの上に書かれた文字やYESやNOのほうへ動かせるようにしなければならない。

「じゃあ、質問するからね」ジュードは言って、目を閉じ、十字架にかけられているみたいに両腕を広げた。

ぼくは笑いだした。「ぼくがヘンだって？　ヘンなのはどっちだよ？」

ジュードは片目を開けた。「こういうふうにやらなきゃいけないんだってば。おばあちゃんに教わったんだから」そして、また目を閉じた。「さあ、霊よ。わたしからの質問です。Mはわたしのことを愛していますか？」

「Mって誰?」

「誰だっていいでしょ」

「マイケル・スタイン?」

「ゲッ、やめてよ!」

「まさかマックス・フラッカーじゃないだろ!」

「かんべん!」

「じゃあ、誰だよ?」

「ノア、じゃまばっかしてたら、霊がこないよ。誰か言うつもりはないから」

「わかったよ」

ジュードは両腕を広げ、もう一度霊にたずねると、両手を「ガイド」に乗せた。

ぼくも手を乗せた。「ガイド」は、最短コースでNOへいった。もちろん、自分で押したのはわかっていた。

「ズルしたわね!」ジュードが叫んだ。

次は、ズルはしなかったけど、それでも答えはNOだった。

ジュードはいらだった顔をした。「もう一回」

今回は、ジュードがYESへ押していったのがわかった。「今度はそっちがズルだ」

「わかった。もう一回」

答えはNOだった。

「これで最後」ジュードは言った。

やっぱりNO。

ジュードはため息をついた。「じゃあ、ノアの番」

目を閉じて、心の中で質問をした。来年はCSAに入れる？

「声に出さなきゃ」ジュードがむっとして言った。

「どうして？」

「霊には、心の声は聞こえないから」

「どうしてわかるんだよ？」

「わかるの。ほら、言って。あと、腕をの伸ばすのも忘れないでよ」

「わかったよ」ぼくは両腕を十字架みたいに横へ突き出すと、質問した。「来年はCSAに入れますか？」

「そんな質問、むだよ。入れるに決まってんだから」

「間違いなく入れるかどうか、知りたいんだ」

そのあと、ぼくはジュードに十回以上、やらせた。そのたびに、「ガイド」はNOへいった。ついにジュードはボードをひっくり返した。「こんなの、バカみたい」ジュードは言ったけど、そう思っていないことはわかった。Mはジュードを愛してないし、ぼくはCSAに入れない。

「ジュードが入れるか、きいてみようよ」ぼくは言った。

「バカバカしいよ。入れるわけないんだから。そもそも出願するかもわからないし。わたしはみんなといっしょにルーズベルト校にいきたいんだから。ルーズベルトには、水泳部があるのよ」

「やってみようよ」

答えはYESだった。

次も。

その次も。

その次も。


これ以上、目を覚ましたままベッドに横になっていることができなくて、服を着て、屋根の上にのぼった。あの少年もいるかもしれないと思ったけど、いなかった。あたりまえだ。まだ六時にもなってなくて、ようやくうっすら明るくなってきたところなんだから。でも、釣られた魚みたいにベッドの上でバタンバタン寝返りを打ってるあいだ、きっと彼も起きていて、屋根の上にのぼって、屋根を通り抜ける電気ビームを指から発射して、ぼくを眠らせないようにしてるんだって想像してた。でも、違ったわけだ。こんなところにいるのは、薄れていくまぬけな月と、夜明けのコンサートのためにロストコーヴに集まってきた、ギャーギャー鳴いてるカモメたちだけだ。こんなに朝早く、外に出たことはなかったので、ここまでうるさいなんて知らなかった。それに、木になりすまして身をよせあっている灰色の老人たちが、ひどくわびしく見えた。

屋根の上にすわって、スケッチブックの真っ白いページを開き、描こうとしたけど、集中できなかった。まともな線一本、引けない。ウイジャ盤のせいだ。あれが合っていて、ジュードがCSAに入れて、ぼくが入れなかったら？　クソあほフランクリン・フライのクローンみたいなやつら三千人と、ルーズベルト校に通わなきゃならなくなったら？　ぼくの絵はへたくそだったら？　なぜならぼくは、ジュードが言ったように恥ずかしい人間だから。父さんもそう思ってるだけだったら？　母さんとグレイディ先生がぼくをかわいそうに思ってるだけだったら？　去年の冬、森でフライとゼファーに捕まったときのことを思い出して、ぼくは頭を抱えた。頬の熱さが、手のひらに伝わってくる。

(連作題名：壊れた傘　88番)

顔をあげて、新しくきた少年のうちの屋根をもう一度見る。ぼくがぼくだってことに、彼が気づいてたら？　冷たい風がぼくの中を吹き抜けていった。まるでぼくが空き部屋みたいに。そしてふいに、なにもかもひどいことになるんだって、ぼくは終わりなんだって、わかった。いや、ぼくだけじゃなくて、この陰気でうす汚くて灰色の世界も。

あおむけになって、両腕を思いっきり広げて囁く。「助けて」

しばらくして、車庫の扉の開く音が聞こえた。両肘をついてからだを起こすと、空は青色になっていた。空色《アズール》だ。一層ブルーが濃くなった海は、紺碧《セルリアン》。地上では、木々が信じられないような緑の渦となり、鮮やかでこってりした卵みたいな黄色がそこいらじゅうにこぼれ出てる。最高にすてきだ。この世の終わりは、キャンセルになったに違いない。

(題名:風景画 神が線からはみ出して色を塗ったとき)

からだを起こすと、どこの車庫かわかった。彼のうちのだ。

数年にも思える数秒後、彼がゆっくりと出てきた。胸の前に、ダッフル生地の黒い袋を抱えてる。あれが、隕石用のカバンか? 隕石専用のカバンを持ってるなんて! 銀河系のかけらをカバンに入れて持ち歩いてるってことか。信じられない。ほんの一日前に会ったばかりの人間を見ただけでこんなに興奮するなと自分に言い聞かせて、ぼくをふわふわと舞いあがらせた風船に穴を開けようとする。たとえその彼が、カバンに入れた銀河系を持ち歩いていたとしても!

(題名:太平洋を西へ飛ばされていく少年と風船の最後の姿)

彼は道路を渡って森の入り口までいくと、ぼくたちが笑いの発作を起こしたところでいったん止まり、一瞬迷ってから、振りかえってまっすぐぼくを見た。ぼくがずっとそこにいたのがわかってたみたいに。夜明けからずっと彼を待っていたことを。目が合い、背骨を電流が駆けあがる。彼がテレパシーでついてこいと言っているのを、はっきり感じる。ジュードとしか経験したことのなかった一種の意思融合のあと、彼は前をむいて、木立の中へ入っていった。

あとについていきたかった。心から、ものすごく、どうしても。でも、無理だ。足が屋根にくっついてる。どうしてだ? なにが問題なんだ? 彼だって昨日、CSAまでぼくのあとをつけてきたじゃないか！　みんな、友だちを作る。誰だってそうだ。ぼくにだってできる。だいたいぼくたちはもう――ふたりであんなふうに、どうかなったみたいに笑い合った仲なんだから。よし、いこう。ぼくはスケッチブックをリュックにすべりこませ、はしごを降りて、森の入り口へむかった。

森の小径を見たけど、彼の姿はなかった。足音が聞こえないかと思って耳を澄ませても、聞こえるのは耳の中でドクドク脈が打ってる音だけだ。そのまま小径を歩いていって、最初のカーブを曲がると、彼が地面に膝をついて背中を丸めていた。なにか手に持ってるものを虫眼鏡で調べてる。ああ、ついてこようなんて、どうして思ったんだ。なんて声をかければいいか、わからない。それに、こういうとき、手はどこにやればいいんだ？　帰ろう、今すぐに。じりじりとうしろに下がりはじめたとき、彼がこっちを振りむいて、ぼくを見あげた。「ああ、きたか」彼はなんでもないみたいに言って、立ちあがると、手に持っていたものを地面に落とした。たいていの人間はもう一度会うと、第一印象と違うものだけど、彼はそうじゃなかった。ぼくの記憶にある通り、ちらちら光ってる。光のショーみたいに。彼はこっちに歩いてきた。「この森のことは知らないから。だからひょっとして……」彼は最後まで言わずに、あいまいな笑みを浮かべた。彼はクソバカなんかじゃない。「そういや、なんて名前？」手を伸ばせば触れられるくらい、そばかすの数を数えようと思えば数えられるくらい近くまできて、彼は言った。こっちは、手をどうしたらいいかわからないっていうのに。どうしてみんな、手のやり場がわかってるんだろう？　ポケットだ！　思いついて、ほっとした。そうだよ、ポケットだよ。ポケットばんざい！　ぼくは手を安全なところへすべりこませ、彼から目をそらした。彼の目にはそうさせるなにかがあった。どこか見なきゃならない場合は、口元を見ればいい。

彼の目はまだぼくに注がれてる。口元だけに全神経を集中させていても、それがわかる。で、今、彼はなにかきかなかったっけ？　きいたはずだ。ＩＱが急降下してる。

「当ててみようか」彼が言う。「ヴァンとか？　いや、わかった。マイルズだ。だな。どっから見ても、マイルズだ」

「ノア」いきなり知識が舞い降りてきましたって感じで、ぼくは言った。「ノアっていうんだ。ノア・スウィートワイン」ほんとに、ぼくって、ダメだ。

「ほんとに？」

「ああ、もちろん」妙に陽気な声が出た。今では、両手とも完全かつ完璧に閉じこめられてる。ポケットっていうのは、手用の監獄なんだな。けど、出したとたん、いきなりシンバルみたいにパンとたたいてしまった。ウソだろ。「あ、そっちは？」ぼくは彼の口にむかってたずねた。ＩＱは植物レベルまで下がりつつあったけど、彼にだって名前があるはずだってことをかろうじて思い出したのだ。

「ブライアン」彼は言ったけど、それだけだった。ぼくとちがって、ちゃんと脳が機能してるから。

口を見るっていうのも、あまりいいアイデアじゃなかったみたいだ。特に、喋ってると、舌がしょっちゅう前歯の隙間にくるのが見える。だから、代わりに木を見ることにした。

「何歳？」ぼくは木にたずねた。

「十四。そっちは？」

「同じ」おい！

ブライアンは、ぼくを信じてうなずいた。そりゃそうだ。ウソをつく理由なんてないんだから。じゃあ、なんでついたんだよ！

「東海岸で、寄宿学校にいってるんだ。来年、高二になる」ぼくが木にむかって困惑した顔をしてるのに気づいたんだろう、ブライアンは付け加えた。「幼稚園は飛ばしたんだ」

「ぼくは、カ《C》リフォル《S》ニア美《A》術学校にいってる」ぼくの許しもなく、セリフが勝手に口から飛びだす。

　そっとブライアンのようすをうかがった。眉毛がくっとあがったのを見て、ぼくは思い出した。あそこじゃ、壁っていう壁に「カ《C》リフォル《S》ニア美《A》術学校」って書いてある。ブライアンがぼくを見たのは、壁の内側じゃなくて、外側だ。だいたい裸のイギリス人に、ＣＳＡの生徒じゃないって言ったのも聞いてたかもしれない。

　選択肢はふたつ。家に逃げ帰って、ブライアンが寄宿学校にもどるまで二ヶ月間、閉じこもってるか――

「ま、本当はいってないんだ」今じゃ、本当にブライアンのことが見られなくなって、ぼくは木にむかって告白した。「少なくとも今はね。入りたいって思ってるだけ。死ぬほど入りたくって、それしか考えられないくらい。それに、本当はまだ十三歳なんだ。もうすぐ十四だけど。えっと、あと五ヶ月でね。十一月二十一日だよ。画家のマグリットと同じ誕生日なんだ。マグリットは、あの、顔の真ん前に緑のリンゴが命中してる男の絵を描いた画家だよ。見たことあるかもね。胴体のところに鳥かごがある男の絵とか。めちゃくちゃクールで、イカれてるんだ。ああ、あと、鳥が飛んでて、でも雲が鳥の外側じゃなくて内側に描かれてる絵もある。マジですごいんだよ――」ぼくははっと黙った。落ち着け。これじゃ、いつまでもつづけそうだ。目の前のオークの木に、絵について一枚残らず説明したくなってたから。

そろそろと目を動かしてブライアンのほうを見た。黙ったまま、いつもの細めた目でじっとぼくを見つめてる。なんで黙ってるんだ？　ぼくが言葉をぜんぶ使いつくしたから？　ぼくがウソをついたから、引いたのか？　ウソをついて、ウソを取り消して、それから頭がやられてるみたいに美術史の講義を始めたから。どうしておとなしく屋根の上にいなかったんだ？　どこかにすわりたい。友だちを作るっていうのは、異常なストレスだ。ぼくはつばを何度も何度も飲みこんだ。

そしたら、ようやくブライアンはひょいと肩をすくめた。「すごいな」唇に小さな笑みが浮かぶ。「最低《ブラディ》のクズだな」イギリス訛りで言う。

「そういうこと」

ふたりの目が合い、ぼくたちはふたりとも同じ空気でできてるみたいに笑いだす。

すると、さっきまでそしらぬようすだった森もいっしょに笑いだす。松とユーカリの香りを思いきり吸いこむ。マネシツグミの声と、遠くから、カモメの鳴き声ととどろくような濤声が聞こえる。ブライアンのほんの数メートル先で、三頭の鹿が草を食んでいるのが見えた。

ブライアンは、隕石のカバンを両手でごそごそと探っていた。

「このへんにはピューマがいるんだ。木の上で眠ってる」

「すごいな」ブライアンはまだカバンを探しながら言った。「見たことある？」

「ううん。ボブキャットならある。二回」

「おれはクマを見たよ」ブライアンはもごもごと言いながら、あいかわらずカバンを探ってる。なにを探してるんだ？

「クマ！　すごい。クマは大好きなんだ。ヒグマ？　クロクマ？」

「クロクマ。母グマで子グマを二匹連れてた。ヨセミテ公園だよ」

ブライアンも動物番組が好きなのかもしれないと思いながら、クマの話をもっと詳しく聞きたくて、質問攻めにしようとしたとき、ブライアンは探していたものを見つけた。なんの変哲もない石をかかげてる。ただのなんでもない石の塊じゃなくて、エリマキトカゲかリーフィーシードラゴンでも見せてるような顔で。「これだよ」ブライアンは言って、石をぼくの手に持たせた。ずっしりと重くて、手首がぐっと反り返った。ぼくは落とさないように、もう一方の手で支えた。「これは間違いない。磁化ニッケルだ。爆発した星だよ」ブライアンは、リュックから飛びだしているぼくのスケッチブックを指さした。「絵に描いていいよ」ぼくは手の中の黒い塊を眺めた。これが星？　これ以上、描いても面白くなさそうなものはないって思ったけど、ぼくは答えた。「うん、そうする」

「よかった」ブライアンは言って、ぼくに背をむけた。ぼくが手に星を持ったまま、どうしたらいいのかわからずに立っていると、ブライアンはまたこっちを見て、言った。「いっしょにくる？　そっちのぶんの拡大鏡も持ってきたよ」

それを聞いて、地面がぐらりと揺れた。つまり、家を出る前から、ぼくがくるのをわかってたってことだ。ブライアンはわかってた。ぼくもわかってた。ぼくたちふたりとも、わかってたんだ。

（題名：自分の頭の上に立ってるぼく！）

ブライアンはうしろのポケットからもう一本の拡大鏡を出すと、差しだした。

「いいね」ぼくはブライアンに追いついて、拡大鏡の柄をつかんだ。

「スケッチブックに分類して書いていくといいよ。ふたりで見つけたものを書いてもいいし。ほんとにすごいんだ」

「なにを探すの？」ぼくはきいた。

「宇宙のゴミ」ブライアンはわかりきったことのように言った。「空は、いつだって落ちてきてるんだ。いつもね。これからわかるよ。ふつうの人はなにも知らないけど」

そう、ふつうの人はなにも知らない。ぼくたちみたいな革命家じゃないから。

でも、数時間たっても隕石はひとつも見つからなかった。空のゴミのかけらすら、ない。

でも、どうでもよかった。分類する（っていうのが、どういう意味かよくわからないけど）

代わりに、午前中のほとんどは、腹ばいになって、拡大鏡でナメクジや虫を見ていたんだけど、そのあいだじゅう、ブライアンは磁気熊手を使って地面をガリガリこすりながら、ぼくの頭に銀河系に関するわけのわからない言葉を詰めこんだ。そう、磁気熊手だ。ブライアン作の。ブライアンみたいにクールなやつはいない。

それに、ブライアンも間違いなく、別世界からやってきたタイプだ。母さんみたいに別の王国じゃなくて、たぶん太陽が六個ある太陽系外惑星（たった今、習った言葉）から。それなら、すべて説明がつく。望遠鏡のことも、故郷の星のかけらを探してることも、赤色巨星とか白色矮星《わいせい》とか黄色矮星（!!!）（ぼくはさっそく絵を描きはじめた）についてアインシュタイン級の話ができることも、彼の引きこまれるような目も、何度も笑わせてくれるところも。そう、まるでぼくが、たくさん友だちがいて、「マジで？」とか「だろ？」みたいなことを完璧なタイミングで言えて、すっかり世界になじんでる人間だっていうみたいに。それに、平穏な世界も本物だ。ブライアンのまわりでは、ハチドリがのんびりと飛び、果物も彼の手のひらに落ちてくる。セコイア杉の垂れた葉までしゃんと顔をあげる。それから、ぼくも。こんなにくつろいだ気持ちになったのは、初めてだ。しょっちゅう肉体を忘れてさまよい出ては、もどらなきゃならなかったくらい。

（題名：少年が世界に催眠術をかけるのを見つめる少年）

ぼくはこの「別世界からやってきた人間説」を、小川のへりにある粘板岩にすわってるときに話した。まるで岩のボートに乗ってるみたいに、川がゆったりと流れていく。

「ブライアンの仲間はうまくやったってことだ。ブライアンは完全に地球人に見えるから」ぼくは言った。

ブライアンはかすかな笑みを浮かべた。頰の高いところにえくぼができることに、初めて気づく。「確かに。ちゃんとうまいこと準備してくれたよな。野球までできるし」ブライアンは川に小石を投げこんだ。ぼくは石が沈むのを見ていた。すると、ブライアンは片方の眉をくいっとあげてぼくを見た。「でも、ノアはさ……」

ぼくは小石を拾って、ブライアンの小石が沈んだところへむかって投げた。「そう、なんの準備もなし。いきなりこの世界に放りこまれたんだよ。だから、まるでダメなんだ」ジョークのつもりだったけど、深刻な口調になってしまった。本当のことみたいに。なぜなら、本当のことだから。ぼくは、必要な情報が配られる日に、休んでしまったとしか思えない。

ブライアンは下唇をなめたけど、なにも言わなかった。

ふいに雰囲気が変わる。理由はわからない。

前髪のうしろから、ブライアンを観察する。ポートレイトを描くうちに、相手がなにを隠してるかを知るためには長い時間、見なければならないとわかってきた。相手の内側の顔を見抜いて、それを把握する。それができれば、そっくりだって相手が驚愕するようなポートレイトが描ける。

ブライアンの内側の顔は、不安そうだった。

「じゃあ、あの絵は……」ブライアンはためらいがちに話しはじめたけど、いったん言葉をときらせ、また下唇をなめた。緊張してる？　そうみたいだ。今の今まで、ブライアンが緊張するなんて、思ってもいなかった。ブライアンが緊張してると思うと、こっちまで緊張してくる。ブライアンはまた、唇をなめた。舌でさっと下唇をなぞる。緊張したときの、くせなのか？　ぼくはごくりとつばを呑みこんだ。ブライアンがもう一度やるのを待ってしまう。いや、やれって念じてしまう。ブライアンもぼくの口元を見てる？　耐えきれなくなって、ぼくは下唇をなめた。

ブライアンは顔を背けて、生体工学的な手首の動きで、矢継ぎ早に小石を投げた。石は、水面を軽やかに跳ねていく。ブライアンの首の血管が脈打っている。ブライアンが酸素を二酸化炭素に変えるのを、じっと見つめる。彼が存在して、存在して、存在するのを。つづきを言うだろうか？　最後まで？　さらに数世紀の沈黙がつづき、空気が激しく揺れ、いきいきしてくる。ブライアンが眠らせていた分子がすべて目覚めたみたいに。それで、はっと気づいた。ブライアンが言ってるのは、昨日の裸体の絵のことだ。そのことだろ？　稲妻みたいにひらめく。

「イギリス人の？」妙に高い声になってしまった。ああ、これじゃ子どもだ。早く声変わりすればいいのに。

ブライアンはつばを呑みこむと、こっちをむいた。「そうじゃない。頭の中で絵を描くだけじゃなくて、実際にも描くのかなと思っただけだよ」

「ときどきね」

「じゃあ、描いた?」ブライアンの目が隙をついて、網みたいなものにぼくをからめとる。彼の名前を呼んでみたくなる。

「なにを?」時間稼ぎでききかえした。心臓が胸の中で暴れまくってる。ブライアンがどの絵のことを言ってるのか、もうわかってる。

「つまり――」ブライアンは下唇をなめた。「おれの絵を?」

なにかに乗り移られたみたいに、ぼくはスケッチブックをつかみ出すと、ブライアンの絵の最終版が描かれてるページを開いた。そして、ブライアンに渡すと、彼の目がすばやく上から下へ、下から上へと動くのを見つめた。気に入っただろうか? 体温がカアッとあがる。わからない。ブライアンの目を通して絵を見ようとする。そして、あー、今すぐぼくを殺してくれって気持ちでいっぱいになる。ぼくが描いたブライアンは、最高速度で魔法の壁にぶち当たってるところだ。学校で描くようなふつうのポートレイトじゃない。ふつう、こんなふうに友だちを描かないってことに気づいて、死にそうになる。頭がくらくらしはじめる。線も角度も色もすべてが、ぼくが彼のことを好きだって叫んでる。ビニールでぐるぐる巻きにされて動けなくなったような気がする。そして、ブライアンはまだなにも言おうとしない。ひと言も!

馬になりたい。

「気に入らなきゃいけないとか、そういうんじゃないから」ぼくはようやくそれだけ言って、スケッチブックを取り返そうとした。頭が爆発しそうだ。「別にだからどうこうってことじゃないんだ。ぼくはいろんな人の絵を描くから」喋りはじめたら、止められなくなった。「人じゃなくても、なんだって描くんだよ。フンコロガシだって、ジャガイモだって、流木も、ただの土の山も、セコイアの切り株とかも――」

「冗談だろ？」ブライアンは遮って、スケッチブックをぼくの手から遠ざけた。今度赤くなったのは、ブライアンのほうだった。「めちゃくちゃ気に入ったよ」ブライアンはいったん黙る。ぼくはブライアンが息を吸うのを見ている。呼吸がすごく速い。「この絵のおれ、北極光みたいだ」北極光ってなんのことかは知らないけど、言い方でクールなものだってことはわかる。

胸の中で回路がはじけた。あるってことも知らなかった回路が。

「馬に生まれなくてよかった！」そして、ブライアンに「え？」ときかえされて初めて、自分が声に出して言っていたことに気づく。

「なんでもない。なんでもないんだ」心を落ち着けて、ニヤニヤするのをやめようとした。空っていつもこんな赤紫色《マゼンタ》だったか？

ブライアンは昨日みたいに腹の底から笑った。「おまえって、マジで変わってるよな。今、馬に生まれなくてよかったって言わなかったか？」

「言ってないよ」ぼくは笑いをこらえようとして、失敗した。『そうじゃなくて――」でも、それ以上言う前に、やつの声がこの完璧な時間をぶち壊した。「ヒューッ、アッアツだな！」ぼくは凍りついた。カバ並みのクソ台詞でぼくたちをあざ笑ったのが誰か、すぐにわかったからだ。やつは、ぼくに追跡装置を埋めこんでるに違いない。そうじゃなきゃ、説明がつかない。

いっしょに、デカザルもいた。猿人やろう。ゼファーがいないのは、せめてもの救いだ。

「ひと泳ぎといくか、バブル？」フライが言った。

世界の反対側へ逃げこめって合図だ。

逃げよう！　テレパシーでブライアンに伝えた。

けれどもブライアンの顔を見ると、レンガの壁で囲まれてた。逃げるのは、彼のやり方じゃないってことだ。最悪な状況だ。ぼくはつばをゴクリと呑みこんだ。

そして、大声で言った。「消えろよ、イカレたクソやろう！」でも、口から出たのは、完全な沈黙。だから、今度は、やつらにむかって山を投げつけようとした。が、びくともしない。

全身全霊で願う。ブライアンの前で恥をかかせないでください。

フライはぼくからブライアンのほうに目を移した。にやにやしてる。「いい帽子じゃねえか」

「だろ」ブライアンは落ち着きはらって答えた。北半球の空気はおれのもんだって感じで。ブライアンは間違いなく〈壊れた傘〉じゃない。頭にゴミが詰まってるクソアホどもを怖がるようすは、みじんもない。

フライは片方の眉をあげた。脂ぎったでかいひたいが地形図みたいにでこぼこになる。ブライアンは、このイカレたバカの関心を引いてしまった。ああクソ。ぼくは、猿人やろうの力を測ろうとした。ジャイアンツの野球帽をかぶったコンクリートの板みたいだ。両手はスウェットのポケット。生地を通して、手榴弾みたいな手が見える。右の手首の太さを目測する。あのぶんじゃ、拳はぼくの顔くらいありそうだ。ぼくは今まで本当に殴られたことはない。小突き回されるだけだ。絵が思い浮かぶ。拳がぶつかった瞬間、頭の中から絵の具が飛び出す絵が。

（題名：ドカン！）

「ホモ同士でヤッてんのか？」フライはブライアンにむかって言った。からだじゅうの筋肉がこわばる。

ブライアンはゆっくりと立ちあがった。「謝るなら今のうちだぞ」フライに言う。声は氷のように冷ややかで落ち着きはらっていたけど、目は逆だった。岩のボートのおかげでさらに数十センチ高くなっているせいもあり、ブライアンは全員を見下ろした。隕石の重いカバンをさげたままだ。ぼくも立ちあがろうとしたけど、脚が消えてた。

「謝るってなにを？　ホモをホモって呼んだことか？」

猿人やろうが笑った。地面が揺れる。タイペイの地面が。

フライはすっかり楽しんでる。このあたりじゃ、やつにたてつく人間はいない。ホモとかなよっちいとか、言われつづけてるぼくたちみたいな年下の負け犬は、なおさらだ。

「ジョークのつもりか？　おれはぜんぜん面白くないけどな」ブライアンは一歩うしろにさ

がり、岩の一番高いところに立った。さっきとは別人だ。ダース・ベイダーだ。平穏な世界はブライアンの人さし指に吸いこまれ、人間の内臓を食らいそうな顔つきになってる。付け合わせは、眼球と足の指のソテー。

憎しみが波のように溢れ出してくる。

逃げてサーカスにでも入りたい気持ちだったけど、深く息を吸いこんで、この数分でさらに細くなった腕を、やっぱりいきなりへこんだ胸の前で組む。威圧感を与えるために、ワニとかサメとかブラックピラニアを思い浮かべるけど、うまくいかない。それから、ミツアナグマのことを思い出した。重量比で考えれば、地上最強の動物だ。見かけからは想像もつかない毛の生えた小さな殺し屋。ぼくは目を細め、ぐっと歯を食いしばった。

すると、最悪なことが起こった。フライと猿人やろうがぼくを見て、笑い出したのだ。

「うわあああ、こえーよ、バブル」フライはわざとらしい声で言った。猿人が真似をして腕を組むと、フライは超笑えると思ったらしく、すぐに真似をした。

ぼくは息を止めて、地面に崩れ落ちまいとした。

「そろそろ本当に謝って、消えるんだな」うしろから声がした。「でないと、このあとどうなっても知らないぞ」

ぼくはぱっと振りむいた。イカレてるのか？　自分がフライの半分で、猿人の三分の一の大きさしかないって気づいてないのか？　ぼくがぼくでしかないってことに？　あのカバンにマシンガンでも入ってるのか？

　でも、ブライアンは平然と岩の上に立ち、右手と左手で石をキャッチボールしている。ぼくのポケットに入ってるような石だ。三人とも、手と手のあいだを石が行き来するようすをじっと見つめた。ほとんど手が動いてないから、意思の力で石を跳ばしてるみたいに見える。「帰る気はないみたいだな」ブライアンは自分の手にむかって言うと、顔をあげてフライと猿人のほうを見た。それでも、石を投げるリズムは変わらない。すごい。「じゃあ、ひとつききたいことがあるんだ」ブライアンはゆっくりと用心深い笑みを浮かべた。でも、首筋の血管が猛烈な勢いで脈打ってるのが見える。次に口にすることで、全員の息の根を止めようとしてるみたいに。

　フライは猿人をちらりと見た。ぼくたちの死体をどうするか無言で取り決めを交わしたに違いない。

　ぼくは再びぐっと息を止めた。三人とも、ブライアンが口を開くのを待って、行き交う石を、催眠術にかけられたように見つめている。空気が、暴力の予感でジリジリと焼ける。本物の暴力だ。頭を包帯でぐるぐる巻きにされて、チューブが本だけ出てる状態で、病院のベッドに横たわるレベルだ。テレビでやってるような殴り合いレベル。見てるだけで気分が悪くなるから、テレビの音を消さずにはいられないけど、父さんがそばにいるときは、黙って耐えるしかない。グレイディ先生が、美術室に置いてあるぼくの絵を母さんに渡してくれることを祈った。そうすれば、ぼくの葬式で飾れる。最初で最後の個展。

（題名：並んで葬られたブライアンとノア）

ぼくは拳を握りしめるけど、殴るときは親指を中にするのか外にするのかも思い出せない。どうして父さんは取っ組み合いの方法なんて教えたんだ？　なんで取っ組み合いなんだよ？　殴り合いの仕方を教えてくれりゃよかったんだ。ぼくの指はどうなる？　このあとも、絵を描くことができるだろうか？　ピカソなら、きっとけんかしたことがあるだろう。ゴッホとゴーギャンもけんかした。大丈夫だ。うまくいく。目のまわりのあざなんて、クールだし、カラフルだ。

すると、ブライアンがいきなりぱっと宙で石をつかみ、時間を止めた。

「ききたいことっていうのは」ブライアンはわざとゆっくりと言った。「おまえらを檻から出したのは、どこのどいつかってことだよ」

「こいつ、イカレてんのか？」フライが猿人に言うと、猿人は猿人語でわけのわからないことを呟いた。そして、ふたりは襲いかかろうと――

スウィートワインおばあちゃんにすぐにそっちへいくから、と言いかけたとき、ブライアンの腕がさっと振りおろされ、次の瞬間フライが悲鳴をあげて、耳元を押さえた。「なんだ⁉」すると今度は猿人がギャッと叫んで、頭を抱えた。ぱっと振りむくと、ブライアンがカバンに手を突っこんでいた。フライも猿人もかがみこんでる。隕石がうなり声をあげて襲いかかる。雨あられと降りそそぎ、音速でやつらの頭蓋骨の横をかすめ、すぐに光速になって、やつらの髪を剃りかねないほど近くをヒュンヒュンと飛んでいく。あと一ミリ近ければ、やつらの脳の活動を永遠に停止させる距離だ。「やめてくれ！」猿人が悲鳴をあげた。ワープ速度でふりそそぐ空のかけらの中を、ふたりは頭を抱え、身をよじり、逃げまどう。ブライアンはマシン、まさにマシンガンだった。いっぺんに二個や三個はあたりまえ、アンダースローに、オーバースローに、両手投げ。あまりの速さに腕がかすんでる。ブライアン自身もかすんで見える。どの石、いや星も、わずかにそれ、フライと猿人のぎりぎりをかすめていく。とうとうふたりは地面の上で丸まって、両腕で頭を抱えて叫んだ。「お願いだから、やめてくれ！」

「謝罪の言葉がまだ聞こえないけどな」ブライアンは言って、フライにむかって石を投げた。石は頭のすぐ横をかすめ、ぼくまで思わず縮みあがった。さらにあと数個。「二回分、謝れ。ノアに一回。おれに一回。心をこめてな」

「悪かった」フライは完全にショック状態だった。どれか一個、頭に当たったのかもしれない。「だから、やめてくれ」

「そんな言い方じゃだめだ」

さらに隕石の大軍が、時速十億マイルでやつらの頭蓋骨めがけて降りそそいだ。

フライは悲鳴をあげた。「ごめん、ノア、ごめん、おまえの名前、知らねえよ」

「ブライアンだ」

「ごめん、ブライアン！」

「今の謝罪を受け入れるか、ノア？」

ぼくはうなずいた。神と神の息子は格下げになった。

「さあ、消えろ」ブライアンはふたりに言った。「次は、わざと外したりしないからな」

ふたりは、隕石の第二の雨の中を頭を抱えて右往左往しながら、ぼくたちから逃げていった。そう、やつらのほうが、ぼくたちから。

「ピッチャー?」ぼくはスケッチブックをつかんだ。

ブライアンはうなずいた。ブライアンの顔のまわりにできた壁から、かすかな笑みがのぞいた。ブライアンは岩の上から飛び降りると、隕石を拾って、カバンにもどしはじめた。ぼくは剣のように地面に置かれていた磁気熊手をつかんだ。彼は誰よりも頭に魔法が詰まってる。ピカソやポロックや母さんよりも。ぼくたちは小川を跳び越え、どんどん森の奥へ、家と反対方向へ入っていった。ブライアンはぼくと同じくらい速く進んだ。ジャンボジェットどころか彗星だってつかまえられそうなくらいに。

「ぼくたちは死んだも同然だってわかってる?」ぼくは大きな声で叫んだ。フライたちは仕返ししてくるに違いない。

「そうともかぎらないよ」ブライアンは叫び返した。

そうかもしれない、とぼくは思った。ぼくたちは無敵なんだ。

光速で走っていると、地面が割れ、ぼくたちは階段を駆けあがっていくみたいに空へのぼっていった。

スケッチの手を止め、目を閉じて、椅子の背によりかかる。頭の中でなら、瞬間でブライアンの絵を描ける。

「なによ？」声がした。「瞑想でもしてるの？　ヨガ行者《スワーミー》スウィートワインって、語呂がいいよね」

　ぼくは目を閉じたまま言った。「ジュード、入ってくるなよ」

「今週ずっと、どこにいってたの？」

「べつに」

「なにしてたのよ？」

「べつに」

　ブライアンがフライと猿人に隕石を投げつけて以来毎朝、つまり正確には五日間、ぼくは屋根の上でブライアンを待った。頭がおかしくなったみたいに首を一メートルくらい伸ばして、ブライアンちの車庫の扉が開くのを待ちつづける。そうすれば、またふたりで森へいって、非現実の存在になれるから。そう、あの感じはそうとしか、言い表わせない。

（題名：ジャンプして、そのまま落ちてこないふたりの少年）

「そんなにブライアンっていいやつなんだ？」ぼくは目を開けた。今では、ジュードもブライアンの名前を知っていた。もう、「あんな変わり者」じゃなくなったってことか？　ライムグリーンのパジャマのズボンと、フクシアピンクのタンクトップを着て入り口のところによりかかってるジュードは、遊歩道で売ってる渦巻きキャンディーみたいだ。目を細めて見れば、たいていの女の子は棒つきキャンディーに見える。

ジュードは片手を前に伸ばして、きらきらしている紫色のマニキュアをいろいろな角度から眺めた。「みんな、ブライアンのことを野球の神さまみたいに話してるわよ。メジャーリーグにでもいくみたいな勢いで。フライのいとこも夏でこっちにきてるんだけど、弟が東部でブライアンと同じ学校にいってるんだって。まさかり《ジ・アクス》ってあだ名されてるらしいわよ。まさかり投法ってこと？」

ぼくは噴き出した。まさかり《ジ・アクス》。ブライアンはまさかり《ジ・アクス》って呼ばれてるのか！　ぼくはスケッチブックのページを開くと、絵を描きはじめた。

だから、仕返ししてこないのか？　このあいだも馬のラスカルと話し合いをしてたとき、フライが通りかかったけど、オレゴンに逃げなきゃって思うより前に、ぼくを指さして「よう」と言った。それだけだった。

「で、どうなの？」ジュードがきいた。今夜は髪が血に飢えてるみたいに、部屋中をのたうち回ってる。家具に巣くい、椅子の脚にからまって、壁を埋めつくそうとする。最後は、ぼくの番だ。

「なにが？」

「いいやつかってことよ、バブル。新しい親友はいいやつなの？」

「いいやつだよ」バブルってところは無視して、答えた。

「だけど、ノアは人間が嫌いでしょ」ジュードの声に嫉妬の響きが入りこむ。「じゃ、ブライアンはどの動物ってわけ？」人さし指に髪をきつく巻きつけたせいで、指先が赤く膨らんで、破裂寸前の球根みたいだ。

「ハムスター」

ジュードは笑った。「へえ、なるほど。まさかり《アクス》なのにハムスターってわけ？」

シャッターなんかじゃ生ぬるい。ぼくとブライアンのまわりに万里の長城を巡らせることができるなら、そうしただろう。「で、Mって誰？」ウイジャ盤のことを思い出して、ぼくはきいた。

「誰でもない」

ならいい。ぼくは机のほうをむいて、まさかり《アクス》の絵を描こうとした——

すると、ジュードが言った。「死ぬならどっちがいい？　ガソリンを飲んで、口の中にマッチを放りこむのと、生き埋めになるのと」

「爆発」ぼくは、口元がにやけるのを隠そうとしながら答えた。この数ヶ月間、ぼくを無視しつづけたあげく、こんなふうに機嫌を取ろうとするんだから。「あたりまえだろ。決まってるよ」

「はいはい。今のは、ウォーミングアップよ。ひさしぶりだからね。じゃあ——」

窓をたたく音がした。

「まさかブライアン？　窓から？」ジュードの声が興奮してるのが、気に障った。

でも、本当にブライアンか？　夜に？　確かに、なにげない感じでぼくの部屋の場所を十回くらい教えといたのには（通りに面してて、入りやすい）、まあ、もちろん、理由がないはずがない。ぼくは立ちあがると、窓のところまでいって、ブラインドのあいだからのぞいた。本当にブライアンだ。どこからどこまでも本物の。ときどきぜんぶ自分の想像なんじゃないかって、天から見下ろしたら、ぼくが森の真ん中で一日じゅうひとりで喋ったり笑ったりしてるのが見えるんじゃないかって、思うことがある。

ブライアンは部屋の明かりで縁取られて、コンセントに足を突っこんだみたいに見えた。いつもの帽子はかぶってないので、髪の毛が電気を通したみたいに跳ねまくってる。目もきらきら輝いていた。ぼくは窓を開けた。

「会ってみたかったんだ！」ジュードがうしろで言った。

ぼくは会わせたくない。ぜったいに。今すぐジュードが穴に落ちりゃいいのに。

ぼくはかがんで、窓からせいいっぱい身を乗り出し、窓をふさいで、ジュードに外を見せまいと、そして、ブライアンに中を見せまいとした。ひんやりとした空気が顔をなでる。

「やあ」夜にブライアンがくるなんていつものことだって感じで、体内エンジンをふかしまくってなんていないって感じで、ぼくは言った。

「出てこいよ」ブライアンは言った。「ほら。とうとう晴れたんだよ。月も出てない。銀河系間の最高の祭が見られるぞ」

ダヴィンチがモナリザを描いてるアトリエにいられるのと、ブライアンと夜に屋根の上へのぼるのと、どっちを選ぶかって聞かれたら――屋根を選ぶ。このあいだ、宇宙人侵略の映画にいかないかって言われたときも、気を失いそうになった。ジャクソン・ポロックとのウォールペインティング・パーティより、暗い映画館で二時間ブライアンのとなりにすわるほうを選ぶ。一日、ブライアンと森で過ごすのはいいんだけど、ひとつ問題があって、それは森が広すぎるってことだった。車のトランクのほうがいい。指ぬきの中とか。

窓を独り占めしようという努力もむなしく、わきへ押しのけられて、ジュードがぐいぐい頭を押しこんできた。さらに肩まで外に出したから、ぼくたちは双頭の怪物みたいになった。ジュードを見たブライアンの顔がぱっと明るくなったのを見て、船酔いがした。

(題名：水責め後、四つ裂きになったジュード)

「こんばんは。ブライアン・コネリー」ジュードがちゃらちゃらした弾むような声で言うのを聞いて、体温が数度下がった。こんな話し方、いつ覚えたんだよ？

「へえ、ぜんぜん似てないんだな」ブライアンは驚いたように言った。「ノアとそっくりなんだと思ってた。違うのは——」

「オッパイだけだって？」ジュードは言葉を挟んだ。ブライアンにむかってオッパイだって⁉

だいたいどうしてブライアンはジュードが誰と似てるかなんてことを考えてたんだよ？

ブライアンはいつものかすかな笑みを浮かべた。ジュードが、ブライアンの流し目のとりこになる前に、ブライアンの顔に袋をかぶせたい。男用のブルカってないのか？　少なくともまだ唇はなめてない。「そう、そういうこと」ブライアンはジュードに言って、それから、唇をなめた。「ま、その言葉は使わなかったと思うけどね」

終わりだ。ブライアンは目をぐっと細めた。ぼくの姉は棒つきキャンディーだ。みんなの大好物。一方のぼくの頭はキャベツとすげ替えられたのに。

「いっしょにおいでよ」ブライアンはジュードに言った。「きみの弟に双子座を見せようとしてたんだ。ちょうどぴったりだろ」きみの弟？　ぼくはジュードの弟って存在になったのか？

（題名：世界の果ての新しい家にいるジュード）

ジュードが「最高！」とか「いくいく！」とか「ブライアン大好き！」とか言うまえに、ぼくは肘鉄を食らわした。唯一の現実的な解決法だ。すると、ジュードはものすごい力でやりかえしてきた。レストランや家の食卓の下でこっそり戦うのは慣れっこだったから、ブライアンに気づかれないようにするのは楽勝だったけど、ぼくは思わず言った。「ジュードはこられないんだ。ソドジオコアしにウブドワソーにいかなきゃいけないから――」適当な音をつなげて言葉らしきものを発し、ブライアンの頭の中でぶつかり合ってなんらかの意味を成すことを期待しつつ、すばらしく鈍くさい動きで窓台にあがって、カエル跳びで飛び降り、ぎりぎりのところでなんとかブライアンに突っこまずに両脚で着地した。からだを起こして、目にかかった髪を払いのけると、ひたいが湿ってた。振りかえって、窓の下枠をつかんで一気に引き下ろそうとしたけど、最後の最後で姉の首を切り落とすのは思いとどまった。本当はすごくいいアイデアに思えたけど。その代わりに、ジュードの肩をぐいと押して、首を絞めようとする黄色い髪と、紫の爪と、ブルーに輝く瞳と、ぷるんぷるん上下している胸ごと中へ押しこんだ――

「ちょっと、ノア。わかったから」ぼくが窓をピシャッと閉める前に、ジュードはなんとか言った。「よろしくね」

ブライアンは「こっちこそ」って言って、コツンと窓ガラスをたたいた。ジュードはなにもかもわかってるって感じで自信たっぷりにほほえんで、自信たっぷりに窓ガラスをコンコンってたたき返した。これまでもふたりでずっとコンコンやり合ってて、ホワイトタイガーと棒つきキャンディーだけに通じるモールス信号があるって感じで。

ブライアンとぼくは黙って歩いていった。ぼくは全身汗だくだった。学校のカフェテリアで、素っ裸で、からだを隠すものはぺらぺらの四角いナプキンしかないっていう夢から目覚めたときみたいな気持ち。

ブライアンは、今あったことを簡潔に要約した。「イカレてるよ」

ぼくはため息をついて、ボソボソと答えた。「わかってるよ、アインシュタイン」

そしたら、驚いたことに、ブライアンは笑い出した。ぼくは心底ほっとした。噴水みたいな、山みたいな笑いだった。「超イカレてるって」ブライアンは空手チョップで空を切った。「姉さんを窓で真っ二つにするかと思ったよ！」そう言って、ブライアンはどうかなったみたいに跳ねまわった。気がつくと、ぼくもいっしょになって跳ねまわっていた。そこへ、ヨゲンシャが「いったいラルフはどこにいるんだ？」をやり出したもんだから、ぼくたちはますますふざけまわった。いったいラルフはどこにいるんだ？

「なんなんだよ、あのアホオウム」ブライアンは両手で頭を抱えた。「おれたちでラルフを見つけてやんなきゃな。それしかない、国家存亡の危機だ」

ジュードがいっしょにこなかったことは、ぜんぜん気にしてないみたいだ。ぜんぶぼくの勝手な想像だったのか？　ジュードを見てうれしそうな顔なんてしなかったのか？　ジュードの言葉に赤面もしてない？　そもそも棒つきキャンディーは嫌いだとか？

「まさかり《ジ・アクス》だって？」ぼくはすっかり気持ちが軽くなって、言った。

「やめてくれ」ブライアンはうめいた。「さっそくかよ」恥ずかしいのと、得意なのと半々って感じだ。ブライアンは右腕をあげた。「まさかり《アクス》にちょっかいを出すやつはいない」まさかりがぼくの肩に振りおろされ、ぼくはよろめいた。ちょうど街灯の下だったから、今、触れられたことでぼくの内面で起こった変化が顔に出てませんようにって祈る。ブライアンがぼくに触れたのは、これが初めてだった。

ブライアンのあとについて屋根まではしごをのぼっていくあいだも、肩はまだずきずきしていて、どうかこのはしごが永遠につづいてくれますようにと願う。（題名：二人の少年から出てきた二人の少年）。のぼりながら、闇の中で植物が伸びていく音が聞こえ、体内を血液が猛スピードで駆け巡るのを感じる。

すると、ジャスミンの香りがぼくたちを呑みこんだ。

スウィートワインおばあちゃんは、秘密を明かしたくないなら、夜に咲いてるジャスミンの香りを吸いこまないようにするんだよ、って言っていた。警察は、嘘発見器なんか使うくらいなら、容疑者にラッパの形をした白い花を持たせりゃいいんだよ、って。このでためな格言だけは本当だったらいいのに、と思う。ブライアンの秘密を知りたいから。

屋根にあがると、ブライアンはスウェットのポケットから懐中電灯を出して、まわりを照らしながら望遠鏡のところまでいった。懐中電灯の光が白じゃなくて、赤い。これだと、おれたちの暗視能力が損なわれずにすむんだ、とブライアンは説明した。おれたちの！

ブライアンがしゃがんで、望遠鏡の下に置いてあるカバンを探ってるあいだ、ぼくは砕ける波の音を聞きながら、凍りつくようなはてしない闇の中を魚たちが泳いでいる情景を思い浮かべていた。

「ぼくは一生魚にはなれない」ぼくは言った。

「おれもだよ」ブライアンの声は、懐中電灯の柄のせいでくぐもっていた。探すのに両手を使えるように、懐中電灯を口にくわえていたからだ。

「ウナギならなんとかなるかも」そう言いながら、ふだんはひとりごとでしか言わないようなことを、声に出して話せることが、いまだに信じられなかった。「からだのパーツに電気を帯びてるところがあるなんて、いいと思わない？　ブライアンの髪みたいだ」

懐中電灯を通してブライアンのくぐもった笑いに撃ち抜かれ、幸福感で息が止まりそうになる。ここ数年のあいだ、ずっと無口だったのは、なんでも話せるブライアンがいなかったからじゃないかって思いはじめる。ブライアンはカバンから本を一冊取り出すと、立ちあがって、パラパラとめくり、探しているページを見つけた。そして、そのページを開いたまま、ぼくに持たせ、ものすごく近くまでからだをよせて、手に持ち替えた懐中電灯で本を照らした。「ここだよ。双子座だ」

ブライアンの髪が頬に触れ、首にかかる。

泣きはじめる直前のような気持ちがこみあげる。

「あの星が」と言って、ブライアンは指をさす。「カストルだ。あっちがポルックス。双子座の頭なんだよ」ブライアンはポケットからペンを出すと、絵を描きはじめた。暗いところで光るペンだ。すごい。星と星を光る線でつないでいくと、ふたりの人間の姿が現われた。

ブライアンのシャンプーのにおいがする。汗のにおいも。深く吸いこむ。音を立てないように。

「ふたりとも男だ。カストルは人間で、死ぬ運命にあったけど、ポルックスは不死だった」

男はふつう、男にこんなに近づくものなのか？　これまでそういうことにもっと注意しとけばよかった。自分の手が震えてることに気づいて、この手がそのまま伸びていって、ブライアンのむき出しの手首や首に触れないという百パーセントの確信が持てなかったので、安全な手の監獄にすべりこませる。そして、ブライアンのくれた石を握りしめた。

「カストルが死んだとき、ポルックスは悲しみにくれて、自分の不死性をカストルに分け与えたいと願ったんだ。それで、ふたりとも天の上で暮らすことになったんだよ」

「ぼくもそうするだろうな」ぼくは言った。「ぜったいにそうする」

「そうなんだ？　双子ってそういうものなんだな」ブライアンは意味を取り違えて言った。

「さっきの窓ギロチンを見たあとじゃ、とてもそうとは思えないけどね」顔が赤くなるのがわかった。なぜなら、ぼくが言ったのはブライアンのことだったから。そうだ、ブライアンになら不死性を分け与えられる。ぼくが言ったのはきみのことだ。そう叫びたい。

ブライアンは望遠鏡のほうにかがんで、なにかを調整してる。「双子座は、船を難破から守るって言われてるんだ。セントエルモの火として船乗りのもとに現われる。セントエルモの火ってなんのことか知ってる？」ブライアンは答えを待たずに、アインシュタインモードに突入した。「天気が悪いときに、プラズマが発生して光る現象なんだ。帯電した粒子が分裂することで、電界が生まれ、それがコロナ放電を引き起こして——」

「すごいな」

ブライアンは笑ったけど、理解できない説明をつづけた。要点はわかった。双子座は、ものを燃えあがらせるってこと。すると、ブライアンが振りかえって、ぼくの顔に懐中電灯をあてた。「そんなことが起こるなんて、ありえないだろ。でも、起こるんだよ、それもしょっちゅうね」

ブライアンは個性の塊だ。アインシュタイン男。怖れを知らない、隕石投げの神。イカレた笑い上戸。そしてまさかり！　それだけじゃない。ぼくにはわかる。ほかにも隠されているものがある。もっと本質的なもの。じゃなかったら、どうして内なる顔があんなに不安そうなんだ？

懐中電灯を奪いとって、ブライアンを照らす。風でシャツがはためいて、胸に張りついてる。手で押さえて、平らにしたい。したくてしたくて、口の中がからからになる。

今回は、見つめていたのはぼくだけじゃなかった。

「ジャスミンの香りをかぐと、秘密を話してしまうんだって」ブライアンに言う。低い声で。

「この香りはジャスミンなんだ?」ブライアンが手で空気をかきまわす。

ぼくはうなずく。懐中電灯が彼の顔を照らしている。尋問してるみたいに。

「どうしておれが秘密を隠してると思うんだ?」ブライアンは腕を組む。

「秘密がない人間なんている?」

「なら、ノアのも話せよ」

ぼくはほとんど無害だけど、ブライアンから秘密を引き出せるくらいの、きわどい秘密を選ぶ。「人をスパイしてる」

「誰を?」

「えっと、基本的には誰でも。ふだんは絵を描いてるけど、そうじゃないとき。木の陰とかしげみの中に隠れたり、双眼鏡を持って屋根にのぼったり、いろんなところで」

「見つかったことある?」

「うん。二回。二回とも見つけたのはブライアンだよ」

ブライアンはクスッと笑った。「じゃあ……おれをスパイしたこともある?」そう聞かれて、はっと息を呑む。本当のことを言えば、さんざん調べた結果、ブライアンの部屋はスパイできないのがわかって諦めたのだ。

「ないよ。じゃ、そっちの番」

「いいよ」ブライアンは海のほうをさし示した。「おれは泳げないんだ」

「ほんとに？」

「ああ。水が嫌いなんだ。音を聞くのも嫌なくらい。風呂も怖い。サメも怖い。ここに住んでるのすら怖い。じゃ、ノアの番」

「スポーツが嫌いだ」

「でも、足は速いじゃん」

ぼくは肩をすくめた。「はい、そっち」

「オッケー」ブライアンは唇をなめてから、ゆっくりと息を吐き出した。「閉所恐怖症なんだ。今はもう、宇宙飛行士にはなれない。最悪だ」ブライアンは顔をしかめた。

「むかしは違ったの？」

「ああ」ブライアンが顔を背けた瞬間、彼の内なる顔がかいま見えた。「そっちの番」

ぼくは懐中電灯を消した。

ぼくの番。ぼくの番。ぼくの番。きみの胸に手をあてたい。いっしょに指ぬきの中に入りたい。

「父親の車に傷をつけたことがある」ぼくは言った。

「学校から望遠鏡を盗んだ」ブライアンが言う。

懐中電灯を消してたほうが、言いやすい。木からリンゴが落ちるみたいに、言葉が闇の中に落ちていく。

「ラスカルってむかいの家の馬は、ぼくに話しかける」

ブライアンが笑ってるのがわかる。でも、それから、真剣な顔になる。「父さんが出ていった」

ぼくは一瞬、黙りこむ。「うちの父親も出ていけばいいのに」

「だめだよ、そんなこと言っちゃ」ブライアンは真剣に言う。「最低だよ。母さんはLostConnectionsのサイトで延々と父さんに伝言を書いてるよ。父さんが見ることなんて、ないのに。みじめだよ」しんとなる。「あれ、まだおれの番？　頭の中で数学の問題を解いてる。いつもね。ピッチャーマウンドでもやってる」

「今も？」

「今も」

「ぼくが頭の中で絵を描いてるみたいに」

「ああ、たぶん同じだと思う」

「自分がだめなんじゃないかって怖いんだ」ぼくは言った。

ブライアンは笑った。「おれもだよ」

「マジでだめなんじゃないかって」

「おれもだって」ブライアンも言う。

ぼくたちは一瞬、黙りこんだ。下では濤声がとどろいている。

目を閉じて、息を吸った。「誰にもキスしたことがない」

「誰にも？　誰にもって、本当にひとりもしてないってこと？」どういう意味の質問だろう？

「うん、ひとりもってこと」

一瞬が、伸びて、伸びて、伸びて――

そして、パチンと切れた。「母親の友だちに迫られたことがある」

マジか。ぼくはまた、懐中電灯をブライアンの顔に当てた。ブライアンは恥ずかしそうな、ちょっと不安げな顔をして目をしばたたかせた。ブライアンがごくり、ごくりと、二回つばを呑みこむあいだ、ぼくはじっとのどぼとけを見ていた。

「何歳の人？　迫られたってどのくらい？」ぼくはきいたけど、本当にききたいのは違うことだった。その友だちっていうのが、彼なのか彼女なのかを知りたい。彼なのか？

「そんな年じゃないよ。けっこう迫られた。一回だけだよ。たいしたことじゃない」ブライアンはぼくの手から懐中電灯を奪うと、望遠鏡にもどって、会話を終わらせた。たいしたことだったに違いない。「けっこう」については、10の10の100乗くらい質問したかったけど、ぐっとこらえた。

彼のからだが去ったあとの冷たい空気の中で待つ。

「よし」しばらくすると、ブライアンが言った。「セット完了」

望遠鏡のうしろに回って、レンズからのぞきこむと、星という星がいっせいに降ってきた。

宇宙でシャワーを浴びてるみたいに。ぼくは息を呑んだ。

「ビビると思ってた」ブライアンが言った。

「すごいよ。ゴッホはかわいそうに。〈星月夜〉はもっとすごい作品になったかもしれないのに」

「やっぱりな！」ブライアンはうれしそうに叫んだ。「おれが画家だったら、頭がおかしくなってただろうな」なにかにつかまらないと。ブライアン以外に。ぼくは望遠鏡の脚を一本、つかんだ。こんなに興奮してなにかを見せてくれた人はいない。母さんですら、ここまでじゃなかった。しかも、今のは、ぼくのことを画家って呼んでくれたのに等しい。

（題名：腕いっぱいの空気を空気に投げつける）

ブライアンはぼくのうしろにきた。「じゃあ、今度はこれを見てみて。きっと、頭がどうかなっちまうよ」ブライアンがぼくの肩越しに身を乗り出して、なにかレバーみたいなものを下げると、星がさらに近くに押しよせてきた。ブライアンの言う通り、ぼくは実際、どうかなりそうだったけど、星のせいじゃなかった。「双子座が見える？　四分円の上の右側にある」なにも見えなかった。目を閉じてたから。今、関心があるのは、この屋根の上で起こってることだけだ。どう答えればいいだろう、彼の手がレバーの上に置かれたままで、彼がすぐ近くにいるままで、彼の息が首のうしろにかかってるままにするには。見えるって言ったら、ブライアンはうしろに下がってしまうだろう。見えないって言ったら、もう一度望遠鏡を調整するあいだ、もう少しこのままでいられるかもしれない。「見えないみたい」ぼくは言った。声がうわずって、ざらついてる。答えは合っていた。なぜなら、「じゃあ、こうかな」って言って、星だけじゃなくてブライアンもぐっとこっちに近づいたから。

心臓の鼓動が止まった。

背中がブライアンの胸にくっついている。あと一センチうしろに下がったら、彼の腕の中に飛びこんで、これが映画なら、って言ってもぼくは見たことはないけど、ブライアンはぼくをなでまわし、そう、きっとそうなって、それから、ぼくはブライアンのほうにむき直って、熱いワックスみたいに溶け合うんだ。頭の中でそのシーンが上映されたけど、実際はぴくりとも動かなかった。

「どう?」ブライアンはその言葉を話すっていうより、息を吐くみたいに言った。その瞬間、彼も同じように感じてるんだってわかった。船を守って、ものを燃えあがらせるという、空のふたりのことを考える。なんの前触れもなくあっという間に。「こんなになるなんて信じられないだろ」ブライアンがふたりのことを言う。「でも、なるんだ」

なる。

ぼくたちも。

「帰らなきゃ」ぼくはどうすることもできずに言う。

からだじゅうの細胞という細胞が言いたがってることと逆のことを言ってしまうのはなぜ?

「そうか」ブライアンは言った。「だな」

スズメバチ女子軍団。コートニー・バレット、クレメンタイン・コーエン、ルル・メンデス、ヘザー・なんとかが、森の入り口にある大きな岩によりかかっていた。次の日の午後、ブライアンとぼくが森から出ようとしたら、いたのだ。ぼくたちを見たとたん、コートニーは岩から飛び降りて、腰に手を当て、ピンクのビキニ姿の人間バリケードになってぼくたちの行く手をふさいだ。おかげで、世界でもっとも過小評価されている、役立たずのブロブフィッシュについての話は遮られてしまった。ミツユビナマケモノの陰に永遠に隠れつづけてるけど、すごいんだ。その前に、ブライアンは、ネットで読んだっていうクロアチアの磁石少年の話をしていた。少年の家族や友だちがコインを投げると、くっついたらしい。フライパンも。ブライアンは、それがありえるって話を難しい言葉を使いまくって説明してくれたけど、ぜんぜんわからなかった。

「ねえ」コートニーが声をかけてきた。コートニーはほかのスズメバチより一歳年上で、来年高校生だから、ブライアンと同じ年だ。笑うと、真っ赤な口紅と白光りする歯だけが目立って、こっちを威嚇《いかく》してるみたいだ。頭についてる触角は、まっすぐブライアンにむけられていた。「わあ、へんてこな帽子の下にそんな目が隠されてたなんてね！」コートニーのビキニトップは、二枚のピンクの布きれとひもだけでできていて、ほんの一部しか隠せていない。コートニーがひもを引っぱると、首をまわるように残っている白いラインが下からのぞいた。コートニーは、ギターの弦みたいにひもをはじいた。

　ぼくは、ブライアンがそれを見ているのを見た。それから、ブライアンが見られているのを見た。コートニーは、ブライアンの広い胸を水みたいに流れ落ちてるTシャツや、野球で鍛えた日に焼けた腕や、めちゃくちゃクールな歯の隙間や、細めた目や、そばかすや、スズメバチの頭じゃ形容できないような目の色を、なめまわすように眺めた。

「幸運の帽子の代わりに、抗議させてもらうよ」ブライアンがよどみなくさめた感じで答えるのを聞いて、耳たぶを突き刺されたような気がした。もうひとりのブライアンが姿を現わしつつある。ぼくが好きになれそうもない、もうひとりのブライアンが。

　ジュードも同じだって、思い当たる。誰といっしょにいるかによって、自分を変える。ヒキガエルが、皮膚の色を変えるみたいに。どうしてぼくはぼくでしか、いられないんだ？

　コートニーはわざとらしくふくれっ面をしてみせた。「怒らせるつもりじゃなかったの」そして、ビキニのひもを離すと、二本の長い指でブライアンの帽子の縁をはじいた。爪は、ジュードと同じ紫色に塗られていた。「どうして幸運なの？」コートニーは頭をかたむけ、全世界をかたむけて、あらゆるものが自分のほうに流れてくるようにした。ジュードに、誘いかけるような話し方を教えたのは、こいつだ。そういえば、ジュードはどこだ？　この待ち伏せに参加しないはずないだろ？

「これをかぶってるといいことが起こるからだよ」そう言ったとき、ブライアンが十億分の一秒、ぼくを見たような気がしたけど、それを言うなら、たいていのことは、あってもおかしくないけどかぎりなくありそうもないことばかりだ。例えば、世界平和とか、夏の雪嵐とか、青いタンポポとか、昨日の夜、屋根の上で起こったとぼくが思ってることとか。あれは、ただの思い違いだったんだろうか？　十秒ごとに、つまり一日じゅう、思い出すたびに、気が遠くなってるのに。

　クレメンタインは、岩の上でＣＳＡの女の子のモデルと似てなくもないポーズをとって（クレメンタインのからだは、三つの三角形でできてた）、コートニーと同じスズメバチ語で言った。「ＬＡからきたフライのいとこが、あなたの投げた石が当たってれば、あなたがメジャーリーグにいったときに、傷跡を見せてお金を取れたのにって言ってたわ」クレメンタインはこのセリフをぜんぶ、自分の紫の爪にむかって言った。なんだよ。フライと猿人がやられたって話は、スズメバチ軍団にはこんなふうに伝わってんのか？

「聞いてよかったよ。今度、やつがバカな真似したら、まともに歩けないようにしてやるよ」

　それを聞いて、女子たちのあいだにざわめきが駆け抜けた。オエッ。吐き気がする。嫌な感じがこみあげてくる。ジュードがこの紫爪集団に入ってるってことだけじゃない。もっと嫌な感じが。ブライアンはクールだってことだ。ブライアンの宇宙人の友だちは、ブライアンを人間として通用するってレベルじゃなくて、超人レベルに仕立てあげたみたいだ。寄宿学校では、超絶な人気なんだろう。ちやほやされてる体育会系の人気者！　どうして今まで気づかなかったんだ？　銀河核のまわりを回ってる球状星団についてオタクのごたくを並べつづけてたせいで、完全に見誤ってた。あの饒舌《じょうぜつ》は、今みたいなやつらといるときは影を潜めてる。人気があるやつっていうのは、燃えない素材の服で包まれてるってことくらい知ってるだろ？　人気があるやつは革命家じゃないってことくらいわかってるだろうが！

ブライアンの手首をつかんで、森へもどりたかった。悪いけど、ブライアンを見つけたのはぼくが先だって、こいつらに言ってやりたかった。でも、それから思い直した。違う、そうじゃない。ブライアンがぼくを見つけたんだ。ブライアンがホワイトタイガーみたいにぼくのあとをつけてきたんだ。ブライアンがそっちの「自分」を選んで、いつも変わらないでいてくれたらいいのに、とぼくは願った。

クレメンタインはあいかわらず自分の爪にむかって言った。「ジ・アクスって呼んでもいい？　それともただアクス、のほうがいい？　あああああ」クレメンタインはイボイノシシそっくりな声をあげた。「アクスって、すごくよくない？」

「ブライアンでいいよ。今はオフシーズンだし」

「オッケー、ブライアン」コートニーは自分がその名前を発明したって感じで言った。「ふたりとも、〈スポット〉にいこうよ」そして、ぼくを見た。「ジュードもいるし」

ぼくは、ぼくだとわかられていることにショックを受けた。自分のキャベツ頭がぼくの同意なしにうなずくのがわかった。

コートニーは、しかめっ面と紙一重の顔でほほえんだ。「お姉さんがあなたのこと、神童だって言ってたわよ」そして、またビキニのひもをひっぱった。「いつかあたしのこと、描かせてあげてもいいわよ」

ブライアンは胸の前で腕を組んだ。「そうじゃない。絵のモデルに使ってもらえたら、そっちがラッキーなんだ」

ぼくは二千メートル背が高くなった。

でも、そしたらコートニーは自分の手首をぴしゃりとやって、媚《こ》びるようにブライアンに言った。「あたしったら。わかったわ」

さあ、そろそろ近所に火をつけるころらしい。最悪なのは、コートニーの下手な言い訳にブライアンがいつものかすかな笑いを浮かべたことだ。それを見て、コートニーはすかさずお得意の輝くばかりの笑みを返した。

(題名：青色になったビニール袋の中の少年)

イソシギが数羽、ラスカルの厩《うまや》のほうへさあっと道路の上を渡っていった。やっぱり馬に生まれればよかった。

少し間が空いたあと、ルルが岩からすべり降りてきて、コートニーの横に立った。クレメンタインも降りてきて、ルルの横にすべりこむ。スズメバチが群れはじめた。ヘザーだけが、岩の上に残ってる。

「サーフィンはする？」ルルがブライアンにきいた。

「海にはあまり興味はないんだ」

「海に興味がない？」ルルとコートニーは同時に悲鳴をあげた。でも、このあり得ない反応も、クレメンタインのセリフの前にかすんだ。「その帽子、かぶってみてもいい？」

「だめよ、あたしにかぶらせて」コートニーが言う。

「あたしもかぶりたい！」とルル。

なんなんだよ、って思ったところへ、スズメバチっぽさのない笑い声が聞こえてきた。そっちを見ると、ヘザーが同情したようにぼくを見返した。わたしだけには、ぼくの首に載ってるキャベツが見えてるって感じで。ぼくはそれまでヘザーがそこにいるのを忘れてた。っていうか、そもそも存在すらあまり覚えてなかった。確か、ヘザーもぼくたちと同じ公立中に通ってるスズメバチ軍団のひとりだ。ぼくと似てる黒のカールした毛がくしゃくしゃになって小さい顔のまわりに垂れてる。触角はない。それに、棒つきキャンディーってよりはカエルに似てた。アマガエルの一種って感じ。彼女を描くなら、オークの木にちょこんとすわって隠れてるところだ。爪を見る。うすいブルーだった。

ブライアンは帽子を脱いだ。「ほら」

「誰か選んで」コートニーが自信満々で言った。

「無理だよ」ブライアンは指で帽子をぐるぐる回しはじめた。「でも……」くいっと手首をひねって、ブライアンはひょいと帽子をぼくにかぶせた。ぼくはたちまち舞いあがった。さっきのはぜんぶ取り消し。やっぱり彼は革命家だ。

でも、気づいたら、みんなが笑ってた。ブライアンも、まるでこんなに笑えることはないってみたいに。

「ずるいわ」コートニーは、帽子かけかなにかみたいにぼくから帽子を取ると、ブライアンに返した。「さあ、選んで」

ブライアンはコートニーにむかってにっこりほほえんで、歯の隙間を見せつけると、コートニーに帽子をななめにかぶせた。わかってただろって感じで。コートニーは、あからさまに任務達成って感じの表情を浮かべた。

ブライアンはうしろへからだを反らせるようにして、コートニーを眺めた。「似合ってるよ」

ブライアンの頭を蹴飛ばしてやりたい。

その代わりに、うしろから風にすくいとられるがままに、崖から海へ放りだされた。

「帰んなきゃ」いつかどこかで誰かが誰かにそう言っていたのを思い出して、ぼくは言った。学校だか、テレビだか、映画だか、そもそも今世紀じゃないかもしれないけど、そんなことかまいやしなかったし、とにかく蒸発するか、ぺしゃんこになるか、泣きだすかする前に、ここから去らなきゃってことしか、頭になかった。一瞬、ブライアンもいっしょにくるかもって期待したけど、「じゃあ、あとでな」だけだった。

ぼくの心臓はからだから出ていって、ヒッチハイクで北を目指し、フェリーに乗ってベーリング海を渡り、シロクマとアイベックスと長い角のヤギといっしょにシベリアに根を下ろして、ついにちっぽけな氷河になった。

やっぱりぼくの思い違いだったんだ。昨日の夜、あったことは、実際はこうだったんだ。つまり、ブライアンは望遠鏡のレバーを調節した。それだけだ。ぼくがたまたまそこに立ってただけ。ノアは想像力がありすぎます。毎回通知表にはそう書かれてたじゃないか。母さんは笑って、言ってたっけ。「ヒョウは、からだの模様を消したりできないでしょ？」

うちに帰ると、すぐに通りに面してる窓のところへいって、ブライアンたちのようすをうかがった。空はオレンジ色の雲でいっぱいで、雲がひとつ落ちてくるたびに、ブライアンは風船みたいにバットで打ち返してる。ブライアンが、木になってる実とか、空に浮かんでる雲みたいに、女の子たちに催眠術をかけてるのが見える。そう、ぼくにかけたみたいに。へザーだけが、なんの影響も受けてないみたいに、岩の上に寝っ転がって、ブライアンじゃなくて空のオレンジ色のパラダイスを眺めてる。

ぼくは自分に言い聞かせる。ブライアンは、ぼくを見つけたわけじゃない。ぼくのあとをつけてきたわけじゃない。ホワイトタイガーなんかじゃない。ただ、新しく引っ越してきて、たまたま同じ年くらいの子に会って、間違えて友だちになってしまっただけなんだ。でも、イケてる子たちがきて、彼を救ってくれたってわけ。

現実は残酷だ。世界は、サイズの合わない靴みたいなものだ。どうしてみんな、耐えられるんだ？

（題名：立ち入り禁止）

母さんの足音が聞こえたと思ったら、次の瞬間、母さんの温かい手が肩に触れた。「きれいな空よね？」母さんの香水の香りを吸いこむ。種類を変えたみたいだ。今度のは森のにおいがする。木とか土のにおいに、母さんの香りが混ざり合ってる。目を閉じる。のどに塊がこみあげてくる。母さんが引っぱりあげたみたいに。なんとか押さえこもうとして、ぼくは言う。「願書提出まで、あと六ヶ月しかない」

母さんはぼくの肩をぎゅっとつかむ。「ノアは自慢の息子よ」穏やかで、深く、安らかな声で言う。「どれだけ自慢に思ってるか、わかってる？」それは、わかってる。でもほかのことはなにもわからない。ぼくがうなずくと、母さんはぼくに腕を回して抱きしめる。「ノアはわたしのひらめきの源なの」ぼくたちふたりは空中へと昇っていく。母さんはぼくの本当の目になる。母さんが見るまでは、なにも描いたり色を塗ったりしない。まるでなにも見えないみたいに、母さんがいつもの表情を浮かべて、「ノアは世界を創り替えているのよ。絵を描くことで」って言うまでは。ブライアンの絵を見せたくてたまらなくなる。でも、できない。そしたら、ぼくの考えていることが聞こえたみたいに、ブライアンがこっちを見た。その姿が炎のような光の中で影になって浮かびあがり、完璧な絵になってるから、わきにおろした指がむずむずしはじめる。でも、もうブライアンのことを描いたりするもんか。「美の中毒になるのは、悪いことじゃないわ」母さんは夢見心地で言う。「エマーソンが言ってるわ。『美は神がその手で書いた文字』だって」母さんが芸術家であることについて話すときの声を聞くといつも、胸の中に空がまるまる入ってるような気持ちになる。「わたしも美の中毒なの」母さんは囁く。「たいていのアーティストはそうよ」

「母さんはアーティストとは違うでしょ」ぼくは囁き返す。

母さんは答えない。からだが緊張するのがわかる。なぜかはわからない。

「いったいラルフはどこにいるんだ？　いったいラルフはどこにいるんだ？」

とたんに母さんの緊張がほぐれ、笑い出す。「ラルフはこっちへむかってるって気がするわ。再臨は間近だって」母さんが後頭部にキスをする。「ぜんぶうまくいくから」母さんは人間専門の修理工で、ぼくの調子が悪いときはいつもすぐにわかる。だから今もそう言ってくれたんだって思ったとき、母さんは言った。「みんなにとって、いいようになるから。約束する」

再び絨毯の上に着地する前に、母さんはいなくなった。ぼくはひとり、闇が部屋を満たすまで、窓の外をじっと見つづける。五人がそろって〈スポット〉のほうへいってしまうまで。コートニーの幸運な頭にはまだ、ブライアンの幸運の帽子が載っていた。

みんなのあとを、のろのろとヘザーが歩いていく。まだ空を見あげたまま。小鳥だ、とぼくは思う。ヘザーはカエルなんかじゃない。ぼくは間違っていた。

なにもかも。

次の朝、夜が明けても、屋根にはのぼらなかった。なぜなら、ブライアンが五千キロ離れた寄宿学校に帰るまで、二度と寝室から出ないことにしたから。あとたった七週間だ。のどが渇いたら、植物にやる水を飲めばいい。ベッドに寝転がって、天井に貼ってあるムンクの〈叫び〉の複製を見る。ぼくが描いたんだったらよかったのに。怒りにくるった男の絵。今のぼくみたいに。

ジュードと母さんが、壁のむこう側で言い争ってる。だんだん声が大きくなる。ジュードは今では、ぼくを嫌ってる以上に母さんのことを嫌ってる。

母さん：二十五歳になれば、二十五歳らしくする時間はいくらでもあるのよ、ジュード

ジュード：ただのリップよ

母さん：リップなんてつけなくていいのよ。嫌われついでに言うけど、そのスカートも短すぎるわ

ジュード：これ、よくない？　わたしが作ったのよ

母さん：もう少し長くすればよかったわね。鏡を見てごらんなさい。本当にああいう子になりたいの？

ジュード：じゃあ、どうなれって言うの？　言っとくけど、鏡に映ってる『ああいう子』はわたしだから！

母さん：最近、あなたがどんどん手に負えなくなってて、怖いのよ。もうあなたのことがわからない

ジュード：へえ、わたしもママのことがわからないわよ

最近の母さんはちょっとおかしい。それには、ぼくも気づいてる。例えば、信号が青になっても、ぼーっとしてて、クラクションを鳴らされて慌ててアクセルを踏むとか。今日は書

斎で仕事だって言ったのに、こっそりスパイしてると、屋根裏から持ってきた箱の中の古い写真を一枚一枚眺めてるだけとか。

母さんの中では馬が走ってる。ぼくには、馬たちの足音が聞こえる。

今日、母さんとジュードは母と娘の日を過ごすために、いっしょに街へいくことになってる。仲直りできるかもしれないから。でも、スタートからうまくいってないみたいだ。むかしは、ふたりが買い物にいくと、父さんはぼくを野球の試合に連れていこうとしたけど、最近はもう、諦めてる。ぼくがアメフトの試合のあいだじゅう、グラウンドじゃなくて、観客のほうを見て、ナプキンに顔をスケッチしてたからだ。あれは、野球の試合だったっけ？

野球。まさかり。帽子。

ジュードがドアを連打して、いいよって言うのも待たずに勢いよく開けた。たぶん母さんが勝ったんだろう。口紅も塗ってないし、膝まであるカラフルなサンドレスを着てたから。おばあちゃんがデザインしたやつだ。孔雀のしっぽみたい。髪もおとなしくなってて、穏やかな黄色い湖のように顔を縁取ってる。

「今日は家にいたんだね」ジュードはぼくを見て、心底うれしそうだった。ジュードはドア枠によりかかって言った。「ブライアンとわたしが溺れてたら、どっちを先に助ける？」

「ジュード」きかれたのが昨日じゃなくてよかったと思いながら、ぼくは答えた。

「パパとわたしだったら？」

「かんべんしてよ。ジュードに決まってるだろ」

「母さんとわたしは？」

一瞬、間を空けてから、答えた。「ジュード」

「間が空いた」

「空いてない」

「空いたわよ。でもいいわ。わたしのせいだし。じゃあ、今度はそっちがきいて」

「母さんとぼくだったら？」

「ノアよ。いつだってノアを一番に助ける」ジュードの瞳は、晴れた空の色だった。「このあいだの夜、わたしの首を切り落とすところだったけどね」にやっと笑う。「いいわよ。認めるわ。ここんとこ、わたしの態度はひどかったものね？」

「どうかしてたよ」

ジュードは目をひんむいてみせたので、最低の気分だったのに笑ってしまった。「わかるでしょ。あの子たち、悪くはないんだけど、すっごくふつうなのよ。たいくつなの」ジュードは、バレリーナの真似してへたくそなジャンプをすると、ベッドの上に着地して、ぼくを肩で押した。ぼくは目を閉じた。「ひさしぶり」ジュードは囁いた。

「ひさしぶりすぎだよ」

ぼくたちはいっしょに、息を吸って、吐いて、吸って、吐く。ジュードに手を握られ、カワウソはちょうどこんなふうに手をつないであおむけにぷかぷか浮いて、夜のあいだに離ればなれにならないように眠ることを思い出す。

しばらくすると、ジュードがげんこつを作る。ぼくも同じようにする。

「1、2、3、ハイ、」同時に言う。

石と石。

はさみとはさみ。

石と石。

紙と紙。

はさみとはさみ。

「ほら、やっぱり！」ジュードが叫ぶ。「わたしたち、まだできる！　できるじゃん！」そして、ぱっと立ちあがる。「今夜は、アニマル・チャンネルを見よう。それとも映画にする？ノアが選んで」

「いいよ」

「わたしはね――」

「ぼくも」そう答える。ジュードがなんて言おうとしたか、わかるから。ぼくだって、むかしのぼくたちにもどりたい。

（題名：目隠ししてシーソーに乗る姉と弟）

ジュードは笑って、ぼくの腕に触れる。「悲しまないで」その言い方が温かくて、空気の色が変わる。「昨日の夜、壁を通して聞こえたの」小さいころは、もっとひどかった。ひとりが泣くと、もうひとりも泣く。たとえ、ロストコーヴの端と端にいたとしても。もう、そんなふうにはならないと思ってた。

「大丈夫」ぼくは答える。

ジュードはうなずく。「じゃあ、今夜ね。それまでに、ママとわたしが刺し違えなければだけど」ジュードは敬礼をして、出ていった。

どうしてこんなことが可能かわからないけど、可能なのだ。見るたびに、まったく同じ絵に見えたり、まったく違う絵に見えたりする。今のジュードとぼくは、そんなふうだった。

しばらくして、今日は木曜日だったことを思い出した。CSAの人体スケッチの授業日だ。ってことは、引きこもるのはやめにしなきゃならない。だいたい、ブライアンが難燃性の服を着た体育会系のイケてるやつで、コートニー・バレットみたいなビッチなスズメバチ女が好きだからって、どうしてぼくが引きこもってなきゃいけないんだ？

スケッチブック台と踏み台は、先週置いたところにあった。ぼくは台をセットしながら、CSAに入学すること以外はどうでもいいし、残りの夏休みはジュードとつるめるって自分に言い聞かせた。あと、ラスカルもいる。母さんと美術館にもいける。ブライアンがいなくたっていい。

授業が始まった。今日は、また別の女の子のモデルだった。教師はデッサンの中心にくるポジティブスペースと、背景の空白部分にあたるネガティブスペースについて話してる。形のまわりに空間を描くことで、形そのものを明らかにする。これまでそんなふうに描いたことはなかったので、モデルの女の子でないものを描くことによって彼女そのものを描くことに没頭した。

　なのに、二時限目は、壁によりかかってすわり、教わったばかりの方法でブライアンを描きはじめた。一生、ブライアンのことは描かないって誓ったはずなのに、描かずにいられなかった。ぼくの中にいるブライアンを、外に出さなきゃならない。次から次へとスケッチを描いていく。

　すっかり集中していたので、誰かが近づいてきたことにも気づかなかった。ふいに光が遮られたので、ぼくは驚いて飛びのいた。思わずわけのわからないことを言ってしまい、気恥ずかしいと思うのと同時に、ようやく脳が追いついてきて、目の前に立っている人物を認識した。ブライアンだ。隕石のカバンも、磁気熊手も持ってない。ってことは、はるばるここまできたのは、ぼくを探すためってことだ。つまり、前回だってそうだったんだ。ぼくは必死でうれしさを押し隠そうとした。

「今朝、待ってたのに」ブライアンは下唇をなめた。それがあまりに不安そうで、あまりに完璧だったので、胸の奥がきりきりと痛んだ。ブライアンはぼくのスケッチブックのほうへさっと目をやった。ぼくは見られる前にひっくり返すと、立ちあがって、教室の中に喋っているのが聞こえないように森へもどろうと手で合図した。そして、膝がガクガクしたり、反対に、踊り出したりしないように祈りながら、スケッチブック台と踏み台をまた隠した。

　ブライアンは、この前と同じ木のそばで待っていた。

「で、あのイギリス人は、今日もきてたの？」歩き出すと、ブライアンはきいた。

ぼくに、声から感じ取れる感情があるとすれば、嫉妬だった。ジュードと付き合ってきた賜物ってやつ。ぼくは幸福感に酔いしれながら息を吸いこんだ。「彼は先週、首になったんだ」

「酒のせいで？」

「そう」

森は静かで、ぼくたちのザクッザクッという足音と、どこかで鳴いているマネシツグミの声だけが聞こえる。

「ノア？」

ぼくはすっと息を吸いこんだ。名前を呼ばれるだけで、こんな気持ちにさせられるなんて。

「なに？」ブライアンの顔にはいろいろな感情が渦巻いてるけど、それがなにかはわからない。代わりに自分のスニーカーをじっと見つめる。

沈黙の時間が流れていく。

「こういうことなんだ」しばらくしてやっとブライアンが言った。ブライアンは足を止めて、オークの樹の皮をむき始めた。「最初に属していた惑星系から押し出された星っていうのは、たくさんあるんだ。そういった星は、ひとりで宇宙の深奥をさまよいつづける。太陽もない宇宙を孤独にさまようんだ、永遠に……」

ブライアンの目は、ぼくになにかを理解してくれと訴えていた。今、彼の言ったことを考えてみる。前にもこの話をしていた。太陽のない宇宙をひとりぼっちで漂う星の話を。でも、だからなんだっていうんだ？　ぼくみたいなアウトサイダーになりたくないってことか？　なら、いいさ。ぼくは引き返そうとした。

「いくな」ブライアンはぼくの袖をつかんだ。ブライアンがぼくの袖をつかんだ！

地球の自転が止まる。

「ああ、クソ」ブライアンは唇をなめて、絶望的な眼差しでぼくを見た。「いいから……から……」

ビビってる？　ブライアンが？

「いいから、心配するな。わかったか？」その言葉はブライアンの口から飛び出すと、ぼくの心臓に巻きついて、胸の外へ放り投げた。ぼくにはわかった、ブライアンがなにを言いたいのか。

「心配するなってなにを？」困らせてやろうとして、言う。

ブライアンはかすかに笑った。「小惑星が頭に落ちてくるかもしれないってことさ。その可能性はかぎりなく低いから」

「よかった。じゃ、心配するのはやめるよ」

そして、ぼくは心配するのはやめた。

だから、数秒後にブライアンがにやにやしながら、「さっきなにを描いてたか、見えてたからな」って言ったときも、心配しなかった。

その夜、ジュードとの約束をすっぽかして、それから毎晩、ジュードのことはほったらかしだったけど、心配しなかった。ジュードが帰ってきたとき、ブライアンとスズメバチがうちのテラスにいたことも、スズメバチたちがぼくに絵を描いてもらうために、雑誌の写真みたいなポーズをとっていたことも、心配しなかった。その夜に、ジュードが「ママだけじゃ、足りないわけ？　わたしの友だちもぜんぶ盗む気？」って言ったときだって、まったく心配しなかった。

それが、その夏、ジュードがぼくに話しかけた最後の言葉になったけど、それさえも心配しなかった。

ブライアンたちとつるむようになったせいで、ぼくがクールってことになったときも、心配しなかった。そう、このぼくが！　ブライアンと大勢のサーフィンバカやスズメバチたちと〈スポット〉にたむろして、ブライアンの平穏な世界にすっぽり包まれても、人質になったような気はぜんぜんしなかったし、手のやり場だってたいていはわかったし、誰もぼくを崖から放り投げようとしなかったし、フランクリン・フライが新しくつけた「ピカソ」ってあだ名以外の名前で呼んだりもしなかった。

みんなと同じふりをすることや、ヒキガエルのようにからだの色を変えることが思ってたほど難しくないってわかっても、心配しなかった。ぼくは、前よりは少し燃えにくい服を着るようになったのだ。

ブライアンとふたりきりで森へいったり、ブライアンのうちの屋根にのぼったり、ブライアンのうちのリビングで野球（なんだってよかった）を見てるときに、ブライアンがぼくたちのあいだに電気柵を立てても、心配はしなかった。柵に触って死の危険を冒すような真似は一度もしなかったけど、〈スポット〉みたいにみんながいる場所へいくと、電気柵は消えて、ぼくたちはぎこちない磁石になって、ぶつかって跳ね返ったり、手や腕や足や肩同士がかすったりすることもあった。ジンを飲んだってことくらいしか特に理由もないのに、背中をたたいたり、脚をぴしゃりとやることだってあった。

宇宙人侵略の映画のあいだずっと、ぼくたちの脚は顕微鏡で見ないとわからないくらい少しずつ動いた。ブライアンの脚は右へ、右へ、さらに右へ。ぼくの脚は左へ、左へ、さらに左へ。そうやって近寄っていって、ついにぶつかると、ぎゅっと押しつけ合う。一秒、二秒、三秒、四秒、五秒、六秒、七秒、そう、甘い八秒間。それから、ぼくは立ちあがって、トイレにいく。じゃないと、爆発しそうだから。席にもどって、また同じくりかえしになる。でも、今度は、すぐさま脚はぶつかり合い、ブライアンは肘かけの下でぼくの手をつかみ、ぐっと握りしめる。そして、ぼくたちは感電死する。

そのあいだ、ぼくはぜんぜん心配しなかった。ヘザーがぼくの右隣に、コートニーがブライアンの左隣にいたとしても。

コートニーがまだブライアンに帽子を返していないことも、ヘザーが時代がかったグレーの瞳をじっとぼくに注いでることも、ぼくは心配しなかった。

そう、ぼくは心配しなかった。ブライアンとぼくは一度もキスをしたことがなくても。どれだけブライアンをマインドコントロールしようとしても、どれだけ神に祈っても、森や、ばったり出会ったあらゆるものに祈ったとしても、ブライアンはキスしようとしなかった。

でも、なによりも重要なのは、うちに帰ってきて、キッチンのテーブルにジュードから母さんへの手紙が置いてあるのを見ても、心配しなかったことだ。手紙には、ビーチへきて、砂で創った彫像を見てほしいと書いてあった。ぼくは手紙を取って、ゴミ箱の一番下に突っこんだ。そのときも、ぼくはぜんぜん心配しなかった。本当には心配しなかったんだ。そのせいで腹が痛くなっても、いや、腹じゃなくて、魂が痛んでも。自分がそんなことができるってことも、実際したことも、心配しやしなかった。

心配すべきだったのに。

死ぬほど心配すべきだったのに。


ブライアンは明日の朝、寄宿学校にもどる。だから、今夜は地下に潜って彼を探してる。今までパーティに出たことはなかったので、まるで数キロメートルの地下にいるような気がするなんて知らなかった。髪に火がついた悪魔たちが歩きまわってる。ここにいる連中には、ぼくは見えないはずだ。子どもすぎるとか、痩せすぎてるとか、そんな理由で。コートニーは、両親が留守のあいだにお姉さんが開くパーティに加えてもらって、ブライアンの送別パーティをすることにした。ぼくはブライアンを送り出すなんて嫌だった。いっしょに送り出されたかった。タンザニア行きの飛行機に乗って、セレンゲティ国立公園のウシカモシカの大移動を見にいきたかった。

煙の立ちこめた、人でいっぱいのホールへいくと、みんな、彫像みたいに壁にからだを押しつけてた。ちゃんとした方向をむいてる顔は、ひとつとしてない。となりの部屋では、てんでばらばらになってるのはからだだった。みんな、踊ってる。ブライアンがまだきていないのを確認すると、ぼくは壁によりかかって、派手な服にピアスをつけた子たちが汗を光らせて腕をぐるぐる回してるようすを見物した。ジャンプしたり、からだを揺らしたり、ぐるぐる回ったり、飛んでいったりしてる。ぼくは、音楽にむしばまれながら、ひたすら見つめて、見つめて、見つめつづけ、新しい目を手に入れた——と思ったとき、手が、いや、かぎ爪が肩にくいこんだ。振り返ると、くるくる巻いた赤毛をこれでもかっていうほど垂らした年上の女の子が立っていた。きらきら光る短いブラウンのワンピースを着ていて、ぼくよりはるかに背が高い。腕には上から下まで、めちゃくちゃかっこいいドラゴンのタトゥーが絡みついて、赤とオレンジの炎を噴いていた。「迷子？」彼女は音楽に負けないように声を張りあげて、五歳の子に話しかけるみたいな言い方できいた。

どうやらぼくは透明人間じゃなかったらしい。彼女は顔じゅうきらきらしてて、アイスブルーの目のまわりにはひときわきらめくエメラルドグリーンの翼が描かれていた。瞳は、コウモリたちの棲《す》みかみたいな黒い巨大なほら穴だ。「かわいいわね」彼女はぼくの耳元でどなった。変わった訛りがある。ドラキュラっぽい。見かけはクリムトの絵の女の人。「この髪とか」彼女はぼくの巻き毛が完全にまっすぐになるまで引っぱった。彼女から目がそらせない。なぜなら、悪魔からは目がそらせないから。「その大きくて、暗くて、情熱的な目とか」ゆっくりときつい訛りの英語で言う。ひと言ひと言念入りに発音している感じがする。いつの間にか音楽が少し小さくなっていて、おかげで彼女の声のトーンも少し下がった。「中学生の女の子たちに追いかけられてるでしょ」ぼくは首を横に振った。「今にそうなるわ、ぜったい」彼女はにっこりする。牙に真っ赤な口紅が傷のようについている。「女の子とキスしたこと、ある？」また首を横に振る。彼女にはうそはつけないし、どっちにしろ、悪魔の呪いはとけそうにない。すると、いきなり彼女のかさついた唇が、ぼくの唇に押しつけられた。上唇と下唇のあいだに。煙草の煙とリップグロスかなにかの甘すぎる味がした。一日じゅう、日なたに出してたオレンジみたいな味。目を開けてたから、彼女の頬で眠ってる黒い蜘蛛みたいなまつげが見えた。本当にキスしてる！　どうして？　すると、彼女はからだを引いて、目を開け、ぼくの顔に浮かんでる表情を見て、笑いはじめた。そしてまた、かぎ爪のような手をぼくの肩にかけると、かがんで、耳元で囁いた。「何年後かにまたね」それから、背中をむけて、悪魔のしっぽを振りながら長い生脚で歩き去っていった。腕の、火を吐くドラゴンのタトゥーが肩まで這いあがって、首に巻きつくのが見えた。

今のことは、本当にあったのか？　それとも、ただの空想？　いや、そうじゃない。だって、空想なら、相手に彼女は選ばないから。口に手を当て、唇をぬぐう。指に赤い色がついていた。彼女の口紅だ。やっぱり本当にあったんだ。人はみんな、日に当たりすぎて腐ったオレンジみたいな味がするのか？　ブライアンも？

ブライアン。

ぼくは玄関へむかった。外でブライアンを待ち伏せして、最後の夜はパーティなんかじゃなくて、屋根の上で過ごそうって言おう。初めから、そうしたかったんだから。そうしたら、最後の最後で星がぜんぶ落ちてきて、この夏ずっと起こらなかったことがついに起こるかもしれない。けど、玄関ホールに入ったとたん、ブライアンがコートニーのあとについて階段をのぼっていくのが見えた。カミソリみたいに人混みを切り裂いて、男にはうなずき、女の子にはほほえみながら、すっかりなじんでるって感じで。どうしてどこにでもなじめるんだ？

（題名：世界じゅうの錠に合う鍵をぜんぶ持ってる少年）

階段の上までいくと、ブライアンは振りかえった。手すりに手をかけて、前へ身を乗り出すようにして、部屋を見まわしてる。ぼくを探してるのか？　そうだ、そうに決まってる、と思ったとたん、ぼくは滝に姿を変えてしまう。感情で死ぬことはあるのか？　ぼくはあると思う。もはや絵すら描くことができない。その感情が襲ってきたら――今や、しょっちゅう襲ってくるんだけど――あおむけに横たわって、押し流されるままになるしかない。

コートニーがブライアンの腕を引っぱり、ブライアンはぼくを見つけないまま、去っていく。そしてぼくはまた、人間にもどる。

うつむいたまま、無理やり足を前に出すようにして階段をのぼりはじめる。誰とも目を合わせたくない。誰にも話しかけてほしくないし、キスもしてほしくない！　パーティでは理由もなくやたらにキスしたりするものなのか？　ぼくはなにも知らない。あともう少しで二階に着くというとき、腕に手をかけられた。またか？　ゴス・ファッションのシマリスって感じの小さな女の子が、ビールの入った赤いプラスティックのコップを差し出した。「はい、これ」女の子はにっこり笑った。「必要そうな顔してたから」ぼくはお礼を言って、また階段をのぼっていく。確かに必要かもしれない。女の子の声がした。「彼、イケてない？」誰かが返事をした。「年下キラーね」マジか。ガレージでこっそり父さんのウェイトで鍛えたのもむだってことらしい。ここにいるやつらはみんな、ぼくのことを幼稚園児だと思ってる。でも、イケてるって？　そんなこと、ありえないだろ？　女の子がぼくを見るのは、ぼくが変わってるからだと思ってた。カッコいいからなんて、思ったこともない。母さんは、ハンサムですてきでカッコいいわよって言うけど、それは母親の役目だから。自分がイケてるかどうかって、どうしたらわかるんだ？　赤毛のキス魔はぼくの目のことを情熱的って言ってなかったか？

ブライアンも、ぼくのことをイケてると思ってる？

そう思ったとたん、股間に反応がきて、はっとなる。映画館で、座席の肘かけの下からぼくの手を握ったじゃないか。ますます脳が冴えわたる。足を止め、息を吸って、心を落ち着けようと、ビールを一口する――つもりが、思いきりゴクリと飲んでしまった。そんなにひどい味じゃない。ぼくはまた階段をあがりはじめた。

二階は、一階と正反対で、天国だった。廊下に長い白いカーペットが敷いてあって、白い雲みたいな壁の両側にドアが並んでる。

ブライアンとコートニーが入ったのはどの部屋だ？　ふたりきりだったら？　キスしてたら？　それより先までしてたら？　コートニーはもう、シャツは脱いでるかもしれない。もう一口ビールを飲む。ブライアンがコートニーの胸をなめてたら？　男って本当にそれが好きだ。ブライアンは心配するなって言った。心配するなって。心配するなって。あれはつまりふたりだけに通じる暗号だよな？　コートニー・バレットの胸をなめたりしないっていう。心配で頭がおかしくなりそうになって、ビールをのどに流しこむ。

映画では、最後の夜にかならずめちゃくちゃひどいことが起こるんだ。

ぼくは廊下を左へいって、わずかに開いてるように見えるドアのほうへいこうとした。そしたら、壁のくぼんだところで、夢中になっていちゃついてるやつらがいた。そっと下がって、のぞく。男のほうは、信じられないような背中をしてて、ジーンズを穿いてる腰はくっと締まってる。女の子のほうは男のからだと壁のあいだに挟まってる。男の頭は、いくら激しくキスしてもしたりないって感じですごい勢いで動いてる。早く先へ進めって自分に言い聞かせたとき、ふと女の子の手が目に留まった。男の背中に回された手は、女の子の手じゃない。でもまさか、男の手だなんてこと、ありえない。胸がぞくぞくしはじめる。からだを左へかたむけると、ふたりの顔がちらりと見えた。両方とも、がっしりした男の顔だ。月みたいに目を閉じて、鼻をぶつけ合い、唇を押しつけ合い、からだを互いに這わせるように動かしてる。脚がガクガクしはじめ、からだじゅうが震え出す。（題名：地震）。男同士がこんなふうにキスしてるのを見るのは初めてだ。まるで世界の終わりって感じで。頭の中で想像したことはあったけど、この半分もよくなかった。似てさえいなかった。それくらい激しかった。

うしろへ下がって、ふたりから見えないところまでくると、壁でからだを支えた。

悲しかったわけじゃない。その反対だった。だから、どうして涙が溢れ出したのか、わからなかった。

そのとき、廊下の反対側からキィとドアの開く音がしたので、ぼくは手の甲で顔を拭いて、そっちを見た。ヘザーが部屋から出てくるところだった。ぼくの中のあらゆるものが静止した。こんなときにヘザーに会うなんて、最悪だ。最高の映画から、なんの代わり映えもしないいつもの午後にもどってきたような感じだった。

「ウソ！」ヘザーは叫んで、ぱっと顔を赤くした。「ちょうどノアを探しにいこうとしてたの」ぼくは頭をさっと振って、髪でせいいっぱい顔を隠そうとした。ヘザーはこっちへ歩いてきた。ぼくたち三人のところにどんどん近づいてくる。ぼくはぱっと前へ出て、手前で彼女を止めようとした。ヘザーがますますうれしそうに笑ったので、ぼくがすっとんできたのは自分に会えて喜んでるんだって勘違いしてるのがわかった。キスしているふたりを、彼女から、全世界から、守りたかっただけなのに。

（題名：エデンの園のアダムとアダム）

ヘザーのところまでいくと、ぼくは笑みを作ろうとした。うまくいかない。そしたら、うしろから抑えたような笑いと、くぐもった声でなにか言うのが聞こえた。ヘザーは首を伸ばしてぼくのうしろを見ようとした。

「みんなはどこ？」ヘザーの注意をこっちへむけようとして、ぼくはきいた。自分がまだ震えてるのに気づいて、空いているほうの手をポケットに突っこむ。

「どうしたの？」ヘザーは首をかしげた。「なんだかヘンよ」ヘザーの落ち着いたグレーの目が探るようにぼくを見た。「いつもヘンだけど、もっとヘンってことかな」ヘザーのやさしい笑みを見て、ぼくは少し気が楽になった。ヘザーとぼくには秘密があるけど、それがなにか、ぼくにはぜんぜんわからない。

ヘザーに、今のことを話せたらよかったのに、と思った。別にぼくはキスの当事者じゃないけど、さっきの悪魔のキスとは違って、まるで自分のことみたいに感じていた。本当は、悪魔のキスのほうが当事者なのに。なぜかそういう気がしなかった。でも、ヘザーにどう話すんだ？　これを絵にするときは、ぼくの肌を透明にして、ぼくのからだの中にいる動物がぜんぶ、檻から逃げ出してるところを描こう。

「ビールのせいかな」ぼくは言った。

ヘザーはクスクス笑って、赤いプラスティックのコップを持ちあげると、ぼくのコップにコツンと当てた。「あたしも」

ヘザーがクスクス笑う声を聞いて、ぎょっとした。ふだんは、そういう子じゃない。むしろ、反対のタイプだ。ヘザーといっしょにいると、誰もいない教会にすわってるみたいな気がする。だから、彼女のことが好きなのだ。静かで、真面目で、千歳くらいで、風と喋れそうに見えるから。いつもヘザーを描くときは、飛ぼうとしているみたいに腕を高くあげているところか、祈ってるみたいに手を合わせているところを描く。そう、クスクス笑ったりする子じゃないんだ。

「いこうよ。もうみんなきてるよ」ヘザーはドアのほうを指さした。「みんな、待ってたんだよ。特にあたしってことだけど」ヘザーはまたクスクス笑って、からだの中で水蒸気が噴き出したみたいに真っ赤になった。ぼくはひどく嫌な気持ちになった。

書斎みたいな部屋に入っていくと、すぐに、部屋の奥でコートニーと話しているブライアンが目に入った。目をつぶってぱっと開けたら、ふたりしてあの壁のくぼみにいた男たちのからだに入ってればいいのに。一応、やってみる。それから、一分でいいからブライアンとああいうふうになるためなら、指を何本ひきかえにできるか、考える。七本。いや、八本でもいい。親指とあと一本あれば、絵は描ける。

部屋を見まわすと、いつも〈スポット〉にたむろしてるスズメバチ軍団とサーフィンバカたちがいた。年上のフライとゼファーと猿人はいない。たぶん、一階にいるんだろう。今ではぼくも慣れてたし、むこうもぼくに慣れてた。知らない子も何人かいる。たぶんコートニーがいってる私立校の子たちだろう。みんな、なにかを待ってるみたいに落ちつかなげにそわそわしながら立ってる。部屋が息づかいに満ちてる。そして、ジュードの存在に満ち満ちてる。ジュードは窓枠によりかかって、五百人の男にいっぺんに話すみたいに喋ってた。母さんが家の外ではぜったいに着るなって言った、ピチピチでフリルのついた手製の赤いワンピースを着てる。ジュードがいるのを見て、ぼくは驚いた。この夏ずっと、怒ってぼくを避けてたし、今日、ぼくがここにくるのは知ってたはずだから。母さんになんて言って出てきたんだろう。ぼくは、ブライアンにお別れを言いにいくとしか言わなかった。母さんが、こういうパーティに出ることを許すはずがない。

ヘザーと部屋に入っていくときに、ジュードと目が合った。ジュードは、（たとえ世界に光が降って、雪が紫色で、カエルが喋って、夕焼けが一年間続いたって、あんたが母親を盗んで、友だちを奪った双子の弟っていう事実の埋め合わせにはならないから）って目でぼくを見ると、またハーレムの男たちとの会話にもどった。

嫌な予感がつのる。

再びブライアンのほうを見ると、あいかわらず本棚によりかかって、コートニーと話してた。なんの話をしてるんだ？　そっちのほうへ歩きながら耳を澄ますと、ヘザーが自分に話しかけてることに気づいた。

「ほんと、バカみたいよ。こんなゲーム、五年生のころからしてなかったのに。まあ、いいわ。皮肉をこめてやるわけなんだから。でしょ？」ずっと喋ってたのか？

「ゲームって？」

ぼくたちの声を聞いて、コートニーが振りかえった。「ああ、よかったじゃん」コートニーが軽くつつくと、ヘザーはまたクスクス笑った。コートニーはぼくのほうを見て、言った。

「今日は、ラッキーナイトよ、ピカソ。ゲームは好き？」

「あんまり。っていうか、好きじゃない」

「このゲームは気に入るわよ、ぜったい。なつかしいゲームなんだから。このあいだ、ヘザーとジュードとあたしで、むかしのパーティの話になったの。ルールは簡単よ。男女ひとりずつがペアになって、クローゼットの中に七分間入るだけ。で、どうなるかってこと」ブライアンはぼくと目を合わせようとしない。「大丈夫だって、ピカソ。ペアはもう決まってるんだから」ヘザーの耳が真っ赤になった。そして、コートニーと腕を組んで、ぷっと噴き出した。ぼくは腹がしくしくしだした。「ほらあ、しっかり」コートニーはぼくにむかって言った。「ちょっとした『後押し』があるから、大丈夫」

だろうな。

わかってた。なぜなら、ふいにジュードの髪がくるくるととぐろを巻いて、蛇の大群みたいにこっちへ這ってきたから。ジュードと、ってコートニーは言った。ってことは、これはジュードのアイデアなのか？　母さんへのメモをぼくが捨てたって知ってるから？　ぼくのブライアンへの気持ちを知ってるから？

（題名：双子。ガラガラヘビの髪をしたジュードと、ガラガラヘビの腕をしたノア）

口の中に金属の味が広がっていく。ブライアンは、これからテストでもあるってみたいに、本棚の本のタイトルに見入ってる。

「好きだ」ぼくは彼に言ったけど、実際出てきた言葉は、「よう」だった。

「めちゃめちゃ好きだよ」ブライアンは答えたけど、実際言ったのは「おう」だった。まだ目を合わせようとしない。

コートニーは、小さなテーブルに置いてあったブライアンの帽子を手に取った。中にたたんだ紙切れがいっぱい入っている。「もう、男の子全員の名前が入ってるから。もちろん、ピカソのも」コートニーはぼくに言った。「で、女の子が引くの」

コートニーとヘザーはむこうへ歩いていった。ふたりが声の届かないところまでいくと、ぼくはすぐにブライアンに言った。「出よう」ブライアンが答えないので、もう一度言った。「ここから出よう。この窓から出ればいい」すぐ横の窓を見ると、台があって、楽にのぼれそうな木が立っていた。これなら簡単だ。「いこう、ブライアン」

「おれはいきたくないんだ」ブライアンはいらついた声で言った。「ただのくだらないゲームだろ。どうだっていい。たいしたことじゃない」

ぼくはまじまじとブライアンを見た。ブライアンはやりたいのか？　やりたいんだ。そういうことなんだ。

コートニーとふたりになりたいんだ。あらかじめペアが決まってて、決めてるのがコートニーなら、そうなるに決まってる。だから、ぼくと目を合わせようとしないんだ。顔から血の気が引くのがわかった。でも、じゃあ、どうして心配するな、なんて言ったんだ？　どうしてぼくの手を握ったんだ？　今までは、なんだったんだ？

からだの中で、空っぽの檻がガタガタ揺れはじめた。

ベージュ色の醜悪な部屋の、ベージュ色の醜悪な椅子につまずいて、倒れこむ。椅子は石みたいに固くて、背骨が真っ二つに折れる。ぼくは半分に折れたまま椅子にすわって、残りのビールをオレンジジュースみたいに一気飲みしながら、あの日、イギリス人がジンをのどに流しこんでたのを思い出す。さらに、誰かが置いていったビールのコップも取って、それも飲み干す。煉獄だ、とぼくは思う。一階が地獄で、廊下が天国なら、ここは煉獄に違いない。煉獄はどういうところなんだっけ？　煉獄を描いた絵は見たことがあるけど、思い出せない。頭がひどくぼんやりしてる。もしかして、酔っぱらったのか？

照明がチカチカしはじめる。コートニーがスイッチのところにいて、となりにヘザーがいる。「みなさーん、お待ちかねの時間でーす」

最初にクレメンタインが手を伸ばし、デクスターって名前の男を選んだ。初めて見る背の高い男で、クールな髪型に、からだの十倍はありそうな服を着てる。ふたりが立ちあがって、いかにもこんなのはガキの遊びだって顔でクローゼットにむかうと、みんな、冷やかしたり、がんばれって叫んだり、くだらないことをどなった。コートニーが、みんなに見せつけるようにタイマーをセットする。頭の中が、コートニーへの憎しみで溢れかえる。ブライアンとクローゼットに入る前に、暴走してきたカミツキガメの大軍にやられりゃいいんだ。

ぼくは肘かけにつかまるようにして立ちあがると、ありえないくらい生い茂ってるジュードのブロンドを切り開いて進み、トイレまでいった。冷たい水で顔を洗う。ビールのせいだ。顔をあげる。鏡の中のぼくはまだぼくのままだ。ぼくの中身はまだぼくだ。だろ？　よくわからない。それに、どう見てもぼくはイケてない。やせっぽちで、情けなくて、父さんの肩から海に飛びこむこともできない臆病者だ。沈むか泳ぐかの世界なんだ、ノア。

部屋にもどったとたん、一斉攻撃に遭った。「ほら、選ばれたわよお」「ヘザーが選んだのよ」「あんたの番よ、ピカソ」

ごくりとつばを呑みこむ。ブライアンはまだ背をむけて、本の背表紙を見てる。すると、ヘザーがぼくの手を取って、ウォークインクローゼットのほうへ引っぱっていった。嫌がる犬の革ひもを引っぱろうとしてるみたいに、ヘザーの腕が伸びきってる。

クローゼットを見ると、数え切れないほどのダークスーツがぎっしりかかってるのが見えた。葬式の列みたいに。

ヘザーは電気を消して、恥ずかしそうに小声で言った。「ノアを見つけられるように、手伝ってね」ぶら下がっているスーツの中に逃げこんで、タイマーが鳴るまでお悔やみの列に交じってようかと思ったけど、そのとき、ヘザーがぶつかってきて、きゃっと笑った。そして、すぐさまぼくの腕を探りあてたけど、その触れ方は、二枚の落葉みたいにかすかだった。

「別にしなくたっていいのよ」ヘザーは囁いた。それから、きいた。「ノアはしたい？」

ヘザーの息が顔にかかる。髪は、哀しい花の香りがした。

「いいよ」ぼくはそう言ったけど、ぴくりとも動かない。

時間が過ぎていく。ものすごく長く感じられ、クローゼットから出るころには、大学生になってるか、もしかしたら死んでるんじゃないかって思う。でも、本当は七分のうちの七秒すら経ってないことはわかってた。頭の中で数を数えてたから。七分間は何秒あるのか計算していると、ヘザーのひんやりとした小さな手がぼくの腕を離れて、頬に触れ、唇に彼女の唇が一回すっとかすめた。それからもう一回。二回目はそのままそこにとどまって、それはまるで羽根にキスされたみたいで、いや、そうじゃなくて、もっとすべすべした、そう花びらにキスされたみたいで、すごく柔らかかった。柔らかすぎるくらい。ぼくたちは花びらなんだ。さっきの壁のくぼみの地震みたいなキスを思い出して、また泣きたくなる。今回は、悲しいから。それに、怖いから。それに、こんなに自分の肌がしっくりきていないって感じたことはなかったから。

（題名：ミキサーの中の少年）

自分の腕が力なくわきに垂れたままなのに気づく。このままじゃマズいような気がして、片方の手をヘザーの腰にそえてみる。今度もまた、違和感がせりあがるけど、手を動かす前に、ヘザーの唇が開き、ぼくもいっしょに開く。そんなに嫌な感じはしない。ヘザーは熟れすぎたオレンジの味じゃなくて、ミントみたいな味がする。今さっき、ミントをなめたみたいに。彼女の舌がするりと入ってきて、ぼくはどんな味がするんだろうって思う。舌の濡れた感触にショックを受ける。濡れていて、温かい。そして、舌っぽい。ぼくの舌はどこへもいこうとしない。動け、ヘザーの口の中に入れ、って念じるけど、言うことをきかない。計算ができた。七分間は四百二十秒で、たぶん二十秒が過ぎたから、つまりあと四百秒残ってるってこと。ああ、ウソだろ、信じられない。

そのときだった。意識の闇の中からブライアンが現われて、映画館のときみたいにぼくの手を取ったのだ。そしてぐっと自分のほうに引きよせた。彼の汗のにおいがして、声が聞こえた。ノア。骨までとろけるような声でぼくの名前を呼ぶ。ぼくの手がヘザーの髪の中に入って、ぼくはからだを押しつけ、ヘザーを抱き寄せて、舌を奥まで入れ……

ふたりとも、タイマーの音を聞き損なったに違いない。いきなり電気がついて、また葬列の男たちに囲まれていた。もちろんコートニーもいて、ウォークインクローゼットの入り口ではめていない腕時計をたたく真似をした。「ほら、そこのアツアツカップル、時間よ」ぼくは光に攻め入られて、百回以上まばたきをした。ヘザーはぼーっとして、うっとりした表情をしてる。どこからどう見ても、百パーセントヘザーだ。ひどいことをしてしまった。ヘザーに。自分に。ブライアンに。ブライアンにとっては、どうでもいいことだろうけど。だとしても、罪悪感があった。一階にいた悪魔みたいな女の子が、キスでぼくまで悪魔に変えてしまったのかもしれない。

「すてき」ヘザーは囁いた。「こんなの……今まで……すてき。最高だった」

ヘザーは足元がふらついてた。下を見て、ズボンが膨らんでないことを確認する。ヘザーがぼくの手を取って、ふたりして冬眠から目覚めてまだふらついてる仔グマみたいにクローゼットから出ていった。みんなが口笛を吹いたり、「ベッドはあっちにあるよ」みたいなくだらないことを叫びはじめる。

部屋を見まわしてブライアンを探す。まだ本の背表紙を見てるだろうって思ったけど、違った。前に一度だけ見た、怒りで塗り固められた顔をしてる。ぼくの頭にむかって隕石を投げつけてやるって顔、しかも今回は外すつもりはないって顔。

なぜ?

ヘザーはスズメバチ軍団のほうへ走っていった。部屋中が、ジュードの髪にすっかり呑みこまれてる。いや、宇宙全体が。ぼくはリクライニングチェアにすわりこむ。なにひとつ、わからない。

(ただのくだらないゲームだろ)

ってブライアンは言った。

(たいしたことじゃない)

って。でも、ブライアンは、お母さんの友だち(彼氏?)に迫られた話をしたときも、たいしたことじゃないって言ったし、けど、本当はたいしたことだったように見えた。もしかしたら、たいしたことじゃないって言うのは、超ぐちゃぐちゃだっていう意味の暗号なのかもしれない。

(ごめん)

ぼくは心の中でブライアンに謝る。

(あれはきみだったんだ、ぼくはきみにキスしたつもりだったんだ)

って。

頭を抱えてると、うしろの男たちの会話が聞きたくもないのに聞こえてきた。一回の会話でどれだけゲイっぽいことを言えるか競ってるらしい。そのとき、誰かがぼくの肩に触れた。ヘザーだった。

ぼくはヘザーにむかってうなずいて、髪で顔を隠そうとした。意思の力でヘザーを追いはらおうとする。アマゾンくらいまで……ヘザーがからだをこわばらせたのが伝わってくる。あんなキスのあとで、どうして一万キロ離れたジャングルへ追いはらわれなきゃいけないのか、わからないからだと思う。ヘザーのことをこんなふうに思う自分が嫌になるけど、ほかにどうすればいいかわからない。髪のあいだからそっと見あげると、ヘザーはいなくなっていた。それで、自分が息を止めていたことに気づく。止めていた息を吐きはじめたとき、ブライアンがクローゼットに入っていくのが見えた。いっしょにいるのは、コートニーじゃない。ぼくの姉だった。

ぼくの。


どうして？　そんなはずない。ぼくは何度も何度もまばたきしたけど、やっぱり間違いなかった。コートニーのほうを見ると、ブライアンの帽子に手を突っこんでる。どうしてこうなったんだろうって感じで紙を広げてる。どうしてかっていえば、ジュードのせいだ。まさかここまでやるなんて。

どうにかしなくちゃ。

「だめだ！」ぼくはガバッと立ちあがる。「だめだ！」

でも、それは想像の中だけだ。

机に置いてあるタイマーのところへ走っていって、ひっつかんで、鳴らす。何度も、何度も、鳴らす。

これも、想像の中だけ。

ぼくはなにもしない。

ぼくはなにもできない。

骨抜きにされたから。

(題名：下処理された魚)

ブライアンとジュードがキスをする。

今、この瞬間にも、キスをしてるかもしれない。

ぼくはなんとか立ちあがり、部屋を出て、階段を降り、玄関から外へ出る。一歩足を踏み出すごとに転びそうになりながら、玄関ポーチをよろよろと歩く。庭にいる子たちがぼやけた影みたいに見える。そのあいだをおぼつかない足取りで抜け、うしろから刺してくる黒い空気の中を歩き、道路へむかう。ふと気づくと、ぼうぜんとしながらも、熱烈に愛し合ってキスしまくってたあのふたりを探してる。でも、彼らはいない。きっとあれは幻影だったんだ。

あのふたりは存在しないんだ。

森のほうへ目をむけると、木という木が倒れてくる。

（題名：砕け散るガラスの少年たち）

　うしろから、ろれつの回らないイギリス訛りの声が聞こえる。「隠れアーティストじゃないか」振り返ると、裸のイギリス人がいる。でも、今は、革ジャンとジーンズにブーツを履いてる。同じイカレた顔に、イカレた笑みを浮かべて。同じ、左右の色の違う目で。ジュードが、彼の絵とひきかえに太陽と星と海と木を諦めたことを思い出す。あの絵を盗んでやる。ジュードからなにもかも奪ってやる。

　溺れたら、さらに沈めてやる。

「きみのこと、知ってるよ」イギリス人は足元をふらつかせながら、なにかの酒の瓶でぼくを指す。

「間違いだよ」ぼくは言う。「ぼくのことを知っているやつなんていない」

　彼の目から一瞬、くもりが消える。「確かにそうだな」

　ぼくたちは一瞬、なにも言わずに見つめ合う。彼の裸体を思い出すけど、なんとも思わない。なぜなら、ぼくは死んでるから。モグラといっしょに地下で暮らし、空気の代わりに泥を吸って暮らすんだ。

「なんて呼ばれてんだ？」彼がきいた。

　なんて呼ばれてるか？　変な質問だな。バブルだよ、と頭の中で答える。ぼくはバブルって呼ばれてるのさ。

「ピカソ」

彼の眉毛がくいっとあがった。「からかってんのか？」

なんでだよ？

イギリス人はあいかわらずろれつの回らない口で、まわりの空気に言葉を投げつけた。「なるほどね、そんな名前つけといて、ぜんぜんプレッシャーでもない、名前負けもしないだろってか？　シェイクスピアって名付けるのと同じだな。いったいなに考えたんだ、きみの親は？」そして、ぐいっと酒をあおった。

木々の倒れた森に祈る。どうかブライアンが窓から外を見て、ぼくが裸のイギリス人といっしょにいるところを見ますように。ジュードも見ますように。

「映画から出てきたみたいだね」考えるのと同時に、口から出ていた。

彼は笑った。万華鏡みたいにくるくる表情が変わる。「B級映画ってとこだな。もう何週間も公園で寝てるんだ。ひと晩だけ、留置所だったけどな」

留置所？　犯罪者なのか？　確かにそう見える。「どうして？」ぼくはきいた。

「酔っぱらって、風紀を乱したから。平和を乱したのさ。平和を乱して逮捕されるなんて、聞いたことあるか？」ぼくは必死で、ろれつの回らないセリフを聞き取ろうとした。「きみは、きちんとしてるか、ピカソ？　きちんとしてるやつなんているのか？」ぼくが首を横に振ると、彼はうなずいた。「そう言ってやったんだよ。乱そうにも、平和なんてないだろってね。何度もおまわりに言ってやったんだ。へ、い、わ、な、ん、て、そ、ん、ざ、い、し、な、い、ってね」そう言うと、煙草を二本くわえて、ひとつずつ火をつけ、両方いっぺんに吸った。一度に二本煙草を吸う人間を見たのは初めてだ。鼻と口から灰色の煙がもうもうと出てきた。それから、一本差し出したので、ぼくは受け取った。だって、そうするよりほかにないだろ？「きみが通っていないお上品な美術学校からも追い出されたしな」彼はよろめいて、ぼくの肩につかまった。「かまいやしない。どうせ本当は十八歳じゃないことがバレたら、追い出されてたんだから」彼がかなりふらついてるので、ぐっと脚を踏ん張る。それから、煙草を持ってることを思い出して、唇に持っていったけど、吸いこんだとたん、ごほごほ咳きこんだ。でも、彼は気づいてない。きっと、街灯に話しかける連中並みに酔っぱらってて、ぼくは街灯ってとこなんだろう。酒の瓶を取りあげて、中身をぶちまけてやりたくなる。

「いかなきゃ」ぼくは言った。ブライアンとジュードが暗闇の中でまさぐり合ってるところが浮かんできたからだ。からだじゅうをまさぐり合ってるところが。やめようと思うのに、やめられない。

「ああ」イギリス人はぼくを見ずに答えた。「だな」

「そっちも家に帰ったほうがいいんじゃない？」言ってから、公園に寝泊まりしてることを思い出した。あと、留置所と。

彼はうなずいた。顔じゅうに絶望を張りつけて。

ぼくは歩き出した。真っ先に煙草を投げ捨てる。数歩歩いたところで、「ピカソ」と呼ばれて、振りかえった。

彼は酒の瓶でぼくを指していた。「何回か、ギジェルモ・ガルシアって頭のイカレた彫刻家のところでモデルをしたことがあるんだ。やつんところには、生徒がわんさかきてる。きみが午後にひょっこり現われたところで、気づきもしないだろうさ。あそこなら、モデルのいる部屋の中に入れるぞ。もうひとりのピカソみたいにね」

「場所は？」彼が住所を言うと、ぼくは頭の中で何回かくりかえして暗記した。いくつもりなわけじゃないけど。双子の姉殺しの罪で、牢屋に入る予定だから。

ジュードが今回のことを計画したんだ。間違いない。ぼくにはわかる。ジュードはずっと、母さんのことでぼくに腹を立ててた。スズメバチ軍団のことでも。それに、母さんへのメモがゴミ箱の奥に捨てられてたのを、見つけたに違いない。だから、復讐したんだ。ブライアンの名前が書かれた紙をあらかじめ手に持ってたとか、そんなところだ。

ほかのスズメバチは気づかないまま、ジュードにけしかけられてぼくを攻撃したんだ。

家へむかって丘を下ってるあいだも、ブライアンとジュードのイメージが絨毯爆撃みたいに降りそそぐ。ブライアンはジュードの髪に、光に、ノーマルさに、からめとられてる。それが、ブライアンの望みなんだ。だから、ぼくたちのあいだに柵を作ってたんだ。柵を立てて、さらに電気を通して、ぼくが、バカで根暗なぼくが、ぜったいに入ってこないようにしてたんだ。ヘザーに激しくキスしたことを思い出す。最低だ。ブライアンもあんなふうにジュードにキスしてるのか？　ジュードも？　ノイズのモンスターがぼくの体内で暴れ、外に出ようとする。この最低な夜すべてが、外へ出ようとする。ぼくは道路の端へ走っていって、飲んだビールを一滴のこらず吐く。吸いこんだ煙草を、ついたうそを、おぞましいキスをすべて嘔吐する。あとには、カタカタと鳴る骨しか残らなくなるまで。

うちに帰ると、リビングに明かりがついていたので、部屋の窓から中に入る。窓はいつも、少しだけ開けてある。ブライアンがこっそり入ってこようって気になったときのために。この夏、寝る前に毎回想像してた。自分にうんざりする。自分の妄想にも。

（題名：風景画　崩壊した世界）

寝室の明かりをつけて、まっすぐ父さんのカメラのところへいくけど、いつも置いてあるベッドの下にない。目で部屋を引っかき回し、机の上にピンを抜いた手榴弾みたいに置いてあるのを見つけて、ふうっと息を吐き出す。誰が動かしたんだ？　誰だよ？　ぼくが置いたのか？　たぶんそうだろうけど、わからない。カメラをひっつかみ、写真を表示させる。最初に出てきたのは、去年、おばあちゃんが死んだときの写真だった。まるまるとした大きな砂の女が笑いながら、空へむかって打ちあげられようとしているみたいに腕を広げている。最高にすばらしい作品。消去ボタンに指をあて、力をこめて押す。殺意をこめて。残りの写真も画面に呼び出す。一枚ごとに、ますますすばらしく、ふしぎで、クールになっていくのを、一枚一枚消去していく。そしてとうとう、姉の才能の証拠は跡形もなく世界から消え去り、ぼくのだけが残る。

それから、リビングの横をこっそり抜けて（母さんと父さんは、戦争映画が流れている前で眠っていた）、ジュードの部屋へいくと、壁に貼ってある裸のイギリス人の絵をはがし、ズタズタに引き裂いて、紙吹雪みたいに床にばらまいた。それから、自分の部屋にもどり、ブライアンの絵を破りはじめた。死ぬほど時間がかかる。たくさんあったから。ようやくぜんぶ破り終えると、ブライアンの残骸を黒いゴミ袋三袋に詰め、ベッドの下にしまいこんだ。明日、捨てるつもりだった。一枚のこらず、〈悪魔の崖〉から。

ブライアンは泳げないから。

ぜんぶ終わっても、ジュードはまだ帰ってこなかった。もう夏の門限を一時間過ぎている。ぼくは想像することしかできない。したってしょうがないのに。

この石を握りしめるのも、ブライアンが窓から入ってくるよう祈るのも、やめるんだ。こないんだから。

幸運の歴史

ジュード　十六歳

この手を使って願いを叶える。サンディが言ったみたいに。

〈オラクル〉――予言者のお告げを使って。

自分の机にすわって、（むかしながらのやり方で）ギジェルモ・ガルシア、またの名を酔っ払いのイーゴリ、またの名を彫刻界のロックスターについて、できるだけたくさん調べる。わたしはどうしてもこの彫刻を創らなきゃならないし、それはどうしても石じゃなくちゃダメで、それに手を貸せるのは彼だけだから。ママと話すには、この方法しかない。これしかないって、感じる。

でも、その前に、このレモンから地獄を吸いこまなきゃならない。レモンは、恋愛体質のオレンジの天敵だから。

愛を凝固させるのは、
舌に載せたレモンだけ

つぼみのうちに摘み取っておかないと。

おばあちゃんが口を挟んできた。「ほほう、なぁるほど、あのお方だね。『お方』って言ったって、ミスター・クラーク・ゲーブルのことじゃないよ。あの、悪い……イギリスの……オオカミだろ？」おばあちゃんは最後のところを、絞り出すように言った。

「なんの話だか、わからないし」心の中でおばあちゃんに言う。「ああもう、ぜんぶわからない！」今度は、心の外で言う。

そしたら、止まらなくなった。せいいっぱいイギリス風のアクセントで言う。「そんなお喋りじゃ、こっちは口も挟めやしない」教会で彼に見せまいとした笑みが顔に広がって、わたしは壁にむかってにやける。

うわあ、クラーク・ゲーブル、かんべんして。

半分に切ったレモンを口に押しこみ、おばあちゃんを押しやって、あのイギリス人の彼はリンパ腺が腫れてて、ヘルペスで、虫歯で、キスできない三重苦なんだって、自分に言い聞かせる。ロストコーヴのカッコいい男の子たちと変わらない、って。

ばい菌よ、命に関わるばい菌。イギリスのばい菌。

頭じゅうしわだらけになりそうな酸っぱさが広がり、ボーイ・ボイコットが再び厳格に実施される。ラップトップを起動して、ママのインタビューを見つけるために〈オラクル〉に文字を打ちこむ。「ギジェルモ・ガルシア　明日のアート」。ヒットしない。〈明日のアート〉はバックナンバーをネット公開してないらしい。もう一度彼の名前を打ちこみ、画像検索する。

画面は、花崗岩の巨人たちに侵略される。

巨大な岩の生物。歩く山。表現の爆発。たちまち心を奪われる。イーゴリはわたしに「大丈夫じゃない」って言った。それを言うなら、彼の作品も同じだ。レビューやコメントをどんどんブックマークし、心が沈むと同時に膨らむような作品を選んで、新しいスクリーンセイバーにする。それから、本棚から彫刻の教科書を取る。彼の作品が載ってたはず。こんなすばらしい作品が載ってなきゃおかしい。

彼の作品を見つけて、正真正銘イカレてる経歴を読み、それからもう一回読む。教科書っていうより、おばあちゃんのバイブルにありそうな経歴だったから。そして、そのページを破りとって、すでにぱんぱんになってる革表紙のノートに挟んだとき、玄関のドアが開く音がして、騒がしい声と廊下を歩く足音が聞こえてきた。

ノアだ。

ドアを閉めておけばよかった。ベッドの下に隠れるとか？　行動に移す前に、ノアたちがどやどややってきて、見せ物小屋のヒゲ女かなにかみたいにわたしのことをのぞいてから、ノアの部屋に入っていった。あの、楽しげに騒いでる体育会系の超絶ノーマルなティーンエイジャーの軍団の中に、弟がいるのだ。

心して聞いて。

ノアはルーズベルト校で運動部に入った。

もちろん、アメフトじゃなくて、クロスカントリーだったし、ヘザーも同じ部だったけど、それでも信じられない。ノアがああいう子たちの仲間になるなんて。

そしたら、ノアが引き返してきたから、びっくりした。ノアが部屋に入ってくると、まるでママが目の前に立ったような気がした。むかしからそうだったけど、わたしはブロンドでパパ似、ノアは黒い髪でママ似。でも、最近じゃ、ノアはちょっと気味悪いくらいママに似てきてて、だから心臓をつかまれたみたいに感じた。一方のわたしはぜんぜんママに似たところがない。むかしからそう。わたしとママがいっしょにいるところを見た人は、ぜったい養子だって思いこんでた。

ノアがわたしの部屋にくるなんて、かなりめずらしい。胃がきりきり痛む。今じゃ、ノアがそばにくると、緊張する。それが、すごく嫌だった。それに、今日、サンディが言ったことが頭に浮かぶ。わたしが知らない間に、誰かが空飛ぶ女たちの砂の彫像の写真を撮って、CSAに送ってたってこと。ノアでしかありえない。つまり、ノアはわたしをCSAに入れ、自分はルーズベルト校にいくことになってしまったってこと。

レモンから、罪悪感の味がした。

「あのさ」ノアは泥だらけのランニングシューズをカーペットになすりつけながら言った。

泥が、白いカーペットの奥へ奥へと入りこんでいく。でも、わたしはなにも言わない。ノアがわたしの耳を切り落としても、わたしはなにも言わないだろう。ノアの顔は、今日の朝、崖から飛んでるのを見たときと反対で、ぴたりと閉ざされ南京錠がかかってる。「今週、父さんが留守にするのは知ってるよね。だから、みんなで――」ノアは自分の部屋のほうへあごをしゃくる。音楽と笑い声と均一性が鳴り響いてる。「パーティをしようかと思ったんだけど。いい？」

わたしはノアを見つめ、宇宙人か、クラーク・ゲーブルか、とにかく彼の魂をさらったやつに、お願いだからわたしの弟を返してくれと願う。ヤバい連中と付き合ったり、パーティをするだけじゃなくて、今のノアは女の子とデートし、髪をこざっぱりと刈りあげ、〈スポット〉にたむろし、パパとスポーツを観戦するのだ。ほかの十六歳の男の子なら、なんの問題もない。でも、ノアにとっては、それが意味するのはひとつのことでしかない。精神の死。間違った物語の書かれた本と同じ。わたしの変わり者の革命家だった弟は、燃えない服で身を固め、仲間内のスラングを使う。もちろんパパは大喜びで、ノアとヘザーが付き合ってるって信じてる。もちろん、そうじゃない。今の状況が危機的だってわかってるのは、わたしだけらしい。

「えっと、ジュード、歯にレモンがくっついてるってわかってる？」

「もちろんわかってるわよ」変な喋り方になってしまった。まあ、レモンが口に入ってるんだから、あたりまえだけど。でも、ひらめいた！　言葉の壁ができたのをいいことに、それに乗じて、わたしはまっすぐノアを見て言った。「わたしの弟になにしたの？　弟に会ったら、わたしが寂しがってたって言っといて。わたしが――」

「は？　まじないのレモンを歯にくっつけてちゃ、なに言ってるかわかんないよ」ノアがパパみたいにあきれた感じで首を振ったのを見て、反撃に出るなってわかった。わたしが関心を示したから、うろたえてるんだ。つまり、今、わたしたちはフィフティー・フィフティーってこと。「このあいだ、宿題をするのに、ジュードのラップトップを借りたんだよ、ヘザーがぼくのを使ってたから。で、検索履歴を見たんだけど」あー、マズい。「なに、あれ。ひと晩でどれだけ病気を考えつくわけ。それに、あの死亡記事――カリフォルニア州じゅうの死亡記事を読んでるんじゃないの？」さあ、今こそ、カウンセラーが言ったみたいに牧場のイメージを思い浮かべなきゃ。すると、ノアはわたしが膝に広げてたバイブルを指さした。「それに、そのヤバいノート、しばらく見るのやめたら？　でさ、出かけろよ。死んだおばあちゃん以外の人間と喋ったら？　死ぬこと以外のことを考えろよ。今のままじゃ――」

　わたしは、口からレモンを取り出した。「なによ？　恥ずかしい？」むかし、自分がノアに同じセリフを言ったことを思い出す。ノアのことを、恥ずかしいって言ったことを。そして、以前の自分にうんざりする。わたしたち、性格が入れ違っちゃったとか？　三年生のとき、美術のマイケルズ先生が、自画像《セルフ・ポートレイト》を描かせた。そのとき、ノアとわたしは教室の端と端にすわってて、お互いちらとも見ずに、お互いを描いた。ときどき、そう、まさに今も、あのときと同じ気持ちがする。

「恥ずかしいなんて、言おうとしてない」ノアは髪をかきあげようとして、もう長い髪はないことに気づき、代わりに首のうしろに手をやった。

「ううん、そうに決まってる」

「わかったよ、確かにそうさ。なぜなら、ほんとに恥ずかしいからだよ。今日、ランチの金を払おうとしたら、これが出てきたよ」ノアはポケットに手を入れて、わたしが入れておいたビタミンやミネラルたっぷりの豆や種を出してみせた。

「ノアのためを思ってるだけよ。ノアが正真正銘のアーティチョークだとしてもね」

「マジでイカレてるよ」

「わたしにとって、イカレてるっていうのはどういうことか、教えてあげようか？　母親の三回忌にパーティをするってことよ」

ノアの顔に一瞬、裂け目が開いたけど、またすぐに閉じた。「そこにいるってわかってるんだから！」わたしは本物のノアにむかって叫びたかった。本当だ、わたしにはわかってる。なぜなら、
1．〈悪魔の崖〉から飛びこむことに異常なほど取り憑かれてるし、今日、飛んでたときの崇高っていってもいい表情がなによりの証拠。
2．ノアが、椅子でぐったりしてたり、ベッドに横たわってたり、ソファーで丸くなってるときに、顔の前で手を振っても、まばたきすらしないことがある。目が見えなくなっちゃったみたいに。そういうとき、どこにいるの？　そこでは、なにしてるの？　きっと絵を描い

てるんだ、とわたしは思ってる。ノアはすっかりノーマルっていう難攻不落の砦を築きあげたけど、内側にはイカレた秘密の美術館があるんだって。

そして一番の証拠はこれ。3．わたしが発見したところによると（検索履歴を盗み見るのは、そっちばっかりじゃないってこと）、バーチャルリアリティやSNSに関心のないアメリカでただひとりのティーンエイジャーで、めったにネットに接続しないノアが、LostConnections.com っていうサイトに、同じメッセージを、毎週のように投稿してるってこと。

チェックしたけど、一度も返事はきていない。メッセージがブライアン宛だってことは、間違いない。ママのお葬式以来、会ってないし、わたしが知るかぎり、彼の母親が引っ越してから一度もロストコーヴにはもどってきてない。

念のため言っとくと、あのころブライアンとノアがどういう関係だったか、みんなわかってないみたいだけど、わたしにはわかってる。あの夏、ノアは毎日、ブライアンと出かけて、夜まで帰ってこなかった。自分とブライアンの絵を描きつづけて、しまいには指がすりむけて腫れて、冷蔵庫へいって氷のトレイに手を埋めてたのも知ってる。ノアは気づいてないけど、わたしは廊下からずっと見ていた。冷蔵庫に崩れるようによりかかって、冷たい扉にひたいを当て、目を閉じて、夢の世界へいっていたのを。

朝、出かけたあと、ベッドの下に隠していた秘密のスケッチブックをわたしが見ていたことも、ノアは知らない。まるでノアはまったく新しい色のスペクトルを発見したみたいだった。想像力の星雲を新たに発見したみたいだった。わたしを捨てて。

はっきり言う。わたしはなによりも、あのとき、ブライアンとクローゼットに入ったことを後悔してる。でも、ふたりの物語が終わったのは、あの夜じゃない。

あのときいろいろやったことを、しなければよかったと思ってる。

ブライアンとクローゼットに入ったのが一番ひどいことなら、まだよかったのにって。


右利きの双子は本当のことを言い、左利きの双子はうそを言う。

（ノアとわたしはふたりとも左利き）


ノアは自分の足を見てる。食い入るように。ノアがなにを考えてるのかわからなくて、骨の中が空洞になったような気持ちになる。すると、ノアが顔をあげた。「母さんの三回忌には、パーティはしない。前の日だよ」口早に言う。黒い目が和らいだ。ママの目そっくりに。ゼファー・レイブンズみたいなハイドアウェイ・ヒルのサーファー連中がわたしの半径数メートル以内にくるってだけで嫌だったけど、「じゃあ、すれば」ってわたしは言った。まだまじないのレモンを歯に張りつけてたら、こう言ったのに。「ごめん。今までのことぜんぶ」って。

「たまにはこない？」ノアは壁のほうを指さした。「そこにあるやつを着てさ」わたしの部屋は、わたしの部屋じゃないみたいに、なにからなにまで女の子女の子してる。壁には、自作のワンピースが、ふわふわのもそうじゃないのも、ずらりとかかってる。友だちが並んでるみたいに。

肩をすくめて答える。「集まりみたいのにはいかないから。ワンピースも着ない」

「前はいってただろ。ワンピースだって着てたし」

「ノアだって、前は絵を描いたり、男の子を好きになったり、馬に話しかけたり、わたしの誕生日プレゼントに窓から月を取ってくれたりしてたじゃん」とは言わなかった。

ママが生き返っても、警察の容疑者の列から、ノアのこともわたしのことも見つけられないだろう。

それを言うなら、いきなり部屋の入り口に現われたパパのことだって、きっとわからない。『ベンジャミン・スウィートワイン：後編』は、土器みたいな灰色のざらざらした肌になってしまった。いつも大きすぎるズボンを不格好にベルトで留めてて、かかしみたい。ベルトを引き抜かれたら、干し草の山になっちゃいそう。パパがこんなふうに様変わりしてしまったのは、わたしのせいかもしれない。おばあちゃんとわたしが台所を占領して、バイブルを料理本代わりに料理するようになったから。

悲しみに暮れる家族に喜びを取りもどすためには
すべての料理に、砕いた卵の殻を大さじ三杯ずつ振りかけること

　パパは今じゃ、いつもこんなふうに現われる。なんの前触れもなく、例えばほら、足音もさせないで、いきなり。思わずパパの靴を見るけど、ちゃんと中に足もあるし、床にくっついているし、つま先がうしろむきについてたりもしない。よかった。じゃあ、うちの家族で幽霊なのは誰だろう。どうして死んだ親が生きてる親より存在感があって、大きな割合を占めてるんだろう。パパが帰ってきたってわかるのは、トイレの流れる音かテレビの音がするから。パパはもう、ジャズも聴かないし、泳ぎにもいかない。たいてい途方に暮れたような顔でぼんやり遠くを見つめてる。解けない数学の方程式を解こうとしてるみたいに。

　あと、散歩にいく。

　パパの散歩はお葬式の翌日、ママの友だちや同僚がまだいっぱい家にいるときから始まった。「散歩にいってくる」パパはわたしに言って、わたし（とどこにいるかわからないノア）を置いて、腰をかがめるようにして裏口から出ていったきり、みんなが帰るまでもどらなかった。次の日も同じだった。「散歩にいってくる」そして、その次の日も、次の週も、次の月も、次の年も、パパは散歩にいき、みんなに、ここから二十五キロもある古炭鉱道でパパを見かけたとか、さらに遠いバンディットビーチで見たとか言われた。わたしは、パパが車にひかれたり、荒波にさらわれたり、ピューマに襲われたりするところを想像した。パパは帰ってこないんじゃないかって。最初のころは、パパが出かけるときに待ち伏せして、いっしょにいっていいかきいたけど、「少し考える時間がほしいんだよ、ジュード」って言われるだけだった。

そうやってパパが考えてるあいだ、わたしは事故を知らせる電話を待っていた。きっとこう言われる。「事故がありました」って。

事故があったとき、ママはパパに会いにいくところだった。そのころ、ふたりは別居して一ヶ月になろうとしていて、パパはホテルに泊まっていた。ママはあの日の午後、出かける前に、これからパパに、もどってきてまた家族みんなで暮らしたいって言いにいくつもりだってノアに言った。

でも、死んでしまった。

暗い考えを追いはらおうとして、わたしは言った。「パパ、からだが骨化しちゃう病気ってなかったっけ？　病気にかかった人が、石牢みたいに自分のからだに閉じこめられちゃう病気。パパの医学雑誌で読んだ覚えがあるんだけど」

パパとノアは、またかっていう顔で視線を交わした。ああ、クラーク・ゲーブル、なんなのよこれ。

パパが答えた。「ＦＯＰっていう病気だ。非常にめずらしい病気だよ。きわめてめずらしい、ほとんど見られない病気だ」

「あ、別に、自分がかかってるかもしれないとか、そんなふうに思ってるわけじゃないから」少なくとも、その病気そのものにかかってるとは思ってない。比喩的な意味では、わたしたち三人ともかかってるかもって思ってるけど。でも、そんなことは言わない。本当のわたしたちはニセモノの自分の奥深くに埋《うず》もれてるんだよ、なんてことは。パパの医学雑誌は、おばあちゃんのバイブルと同じくらい参考になることもある。

「いったいラルフはどこにいるんだ？　いったいラルフはどこにいるんだ？」おかげで、一瞬、家族が一体となる！　わたしたちはそろって、スウィートワインおばあちゃんみたいに大げさにあきれた顔をしてみせる。でも、すぐにパパのひたいにしわがよる。「ジュード、どうしてポケットに大きなタマネギを入れてるのか、説明してくれるかい？」

下へ目をやると、スウェットのポケットがぱっくりと口を開け、わたしの〈病気除け〉が丸見えになってる。すっかり忘れてた。イギリス人の彼にも見られた？　ああ、最低。

「ジュード、まじめな話――」また、バイブルをめぐる癖とか、おばあちゃんとの遠距離通話とか（ママとのつながりのことは知らないから）についてのアーティチョーク的説教を食らうんだろうと思ったけど、そこで終わった。なぜなら、パパがスタンガンにやられたから。

「パパ？」パパの顔が真っ白になってる。もともと白かったから、ますますってほうが正しいけど。「パパ？」もう一度、呼びかけてから、取り乱したようすの視線をたどって、パソコンの画面を見る。〈死を嘆く家族〉のせい？　見たことのあるギジェルモ・ガルシアの作品の中で一番好きなものだった。でも、同時にひどく心がかき乱される。三体の悲しみに打ちひしがれた巨大な石像を見ると、自然と自分たちの姿を思い出すから。パパとノアとわたしがママのお墓の上で、今にもママのあとを追って転げ落ちそうになりながら立っているところを。きっとパパも、同じことを思ったんだ。

ノアを見ると、ノアまで、まったく同じ状態で食い入るように画面を見つめていた。南京錠はなくなってる。感情が赤々と輝きだし、顔や首や手まで覆っている。これって、いい兆しかも。芸術に反応してるってことだから。

「わかる」わたしはふたりに言った。「すばらしい作品でしょ?」

でも、ふたりとも答えない。それどころか、聞こえているかさえ、不明。

すると、パパがそっけなく言った。「散歩にいってくる」すると、ノアも同じそっけない口調で、「友だちが」と言って、ふたりとも出ていってしまった。

それで、わたしだけをイカレてる呼ばわりするわけ?

つまり。わたしは自分がヤバいってことはわかってる。毎日のように、心のネジが抜け飛んで、そこいらじゅうに散らばるのを見てる。パパとノアが心配なのは、ふたりとも自分たちは大丈夫だと思ってるから。

窓までいって、開くと、海鳥たちがぶきみに鳴きたてる声が聞こえてきた。そして、冬の海のとどろきが。すばらしい波の音が。一瞬、サーフボードに乗って、冷たい海の空気を肺いっぱいに吸いこみながら、ブレイクゾーンを猛烈なスピードで渡っていく感覚にとらわれる。と思ったら、ノアを岸へむかって引きずっていくところに変わる。またあの、二年前のノアが溺れかけた日にもどって、ひとかきごとにノアの重みで海中に引っぱりこまれていく

——いや。

いやよ。

窓を閉め、シェードをぐいと引きおろす。

双子のひとりが切られれば、もうひとりが血を流す

その夜遅く、ギジェルモ・ガルシアについてもっと調べようとしてパソコンを開くと、保存しておいたブックマークが消去されていた。

そして、〈死を嘆く家族〉のスクリーンセイバーは、一輪の紫のチューリップに替えられていた。

ノアを問いただしても、なんの話だかわからないって言った。たぶんうそだ。

ノアのパーティでみんな、大騒ぎしている。パパは寄生虫会議で一週間、留守にしてる。クリスマスは最低だった。わたしは、一足先に新年の誓いをたてた。ううん、新年の革命。なにかっていうと、今夜、もう一度ギジェルモ・ガルシアのアトリエへいって、指導教官になってくれって頼む。冬休みに入ってから今日まで、わたしはずっと尻ごみしてた。だって、もしだめだって言われたら？　じゃあ、もしいいって言われたら？　もし彫刻刀で殴られたら？　あのイギリス人がアトリエにいたら？　いなかったら？　ギジェルモ・ガルシアじゃなくて、彼に彫刻刀で殴られたら？　もしママが粘土《クレイ》と同じくらい簡単に石も壊せたら？　わたしの腕の湿疹がなにかおそろしい病気の兆候だったら？

などなど。

さっきわたしはそういう質問をぜんぶ〈オラクル〉へぶちこんだ。結果は明確だった。今、やるしかない。ノアのパーティにきてる子たち（ゼファーもいる）が、タンスで押さえてあるわたしの部屋のドアをしょっちゅうノックしにくるから、その気になったっていうのもある。そこで、わたしは窓辺に置いてある十二羽のタコノマクラの小鳥をぜんぶ、スウェットのポケットの中に突っこむと、窓から外へ出た。ラッキーアイテムとしては、四つ葉のクローバーとか、赤いシーグラスにさえかなわないけど、がんばってもらうしかない。

道路の真ん中の黄色い反射板をたどって、丘をくだっていく。車がこないか、連続殺人鬼がきやしないか、耳を澄ませる。また吹雪。幽霊が出そう。だいたい、そもそもちっともいいアイデアじゃなかったかも。でも、もうやるって決めた以上、やるしかない。わたしは、冷たく濡れた無の中を走りはじめる。そして、どうかギジェルモ・ガルシアがふつうレベルの変人で、少女殺人鬼じゃありませんようにってクラーク・ゲーブルに祈り、イギリス人の彼がいるかどうかは考えないようにする。彼の左右違う色の目とか、パチパチはじけるような激しさとか、どこか見覚えのある顔とか、わたしを落ちた天使って言って、「きみは彼女だ」って言ったこととかを、考えないようにって考えているうちに、いつの間にかアトリエの前まできていた。ドアの下から、光が漏れてる。

酔っ払いのイーゴリは、中にいるってことだ。脂ぎった髪とか、ゴワゴワの黒いひげとか、たこのできた青い指のイメージで頭が溢れかえる。なんだか、むずむずする。もしかしたら、ギジェルモ・ガルシアにはシラミがいるかも。なにが言いたいかっていうと、もしわたしがシラミだったら、彼に寄生するかも。あの髪に。悪く取らないでよでも——オエッ。

二、三歩うしろに下がって、建物の横に並んでる窓を見る。ぜんぶ電気がついてる。アトリエは、あっちの奥の部屋に違いない。いい考えが浮かんでくる。最高にいいアイデア。なぜなら、気づかれずにアトリエの中をのぞく方法がありそう……ほら、やっぱり。あの裏の非常階段からなら見えそう。あの巨人たちが見たい。酔っ払いのイーゴリのことも。ガラス越しに見るなら、安全そうだし。ほんと、すごくいいアイデア。気がつくと、わたしは塀を乗りこえ、いかにも女の子が彫刻刀で殴られそうな、塀と壁のあいだの真っ暗な狭い道を小走りで裏へむかってた。

顔からすっ転ぶのは、おそろしい不運

（本当にある項目。おばあちゃんのバイブルにある知恵はとどまるところを知らない）

非常階段まで（生きて）たどり着くと、踊り場からこうこうと光が溢れているほうへむかってネズミのように静かにのぼりはじめた。

わたしってば、いったいなにやってんの？

ま、これをやってるってことよ。つまり、階段の一番上にしゃがんで、窓の下をカニみたいに這ってる。窓の下を通りすぎると、また立ちあがって、壁に抱きつくようにしてこうこうと電気のついている広い部屋をのぞいた——

——ら、いた。巨人たちが。巨大な巨人が。でも、写真のとは違う。ぜんぶ、カップルだ。部屋の奥で、巨大な石の像がダンスフロアにいるみたいに抱き合っている。動きの途中で凍りついてしまったみたいに。ううん、違う。抱き合ってるんじゃない。まだだ。「男」と「女」が情熱的に、そう、無我夢中で駆けより、相手の胸に飛びこもうとした瞬間、時間が止まってしまったって感じだ。

アドレナリンがからだの中を駆け巡る。〈インタビュー〉誌が、ロダンの〈接吻〉の前でギジェルモ・ガルシアに野球のバットを持たせたのも、わかる。だって、これと比べたら、すごく礼儀正しくて、その、退屈だし——

そんなことを考えていたら、皮膚の中に熱い血潮をとどめておけないって感じで、酔っ払いのイーゴリが部屋に躍りこんできた。でも、すっかりようすが変わってる。ひげも剃って、髪も洗って、粘土《クレイ》の飛び散った作業服を着てる。口に当てたペットボトルにも、粘土《クレイ》が飛び散ってる。彼の経歴には、粘土《クレイ》もやるなんて書いてなかった。ギジェルモ・ガルシアは、モーゼとともに砂漠を彷徨っていたみたいに水をグビグビ飲むと、空になったボトルをゴミ箱へ放りこんだ。

誰かが彼のコンセントを差しこんだんだ。

原子炉に。

みなさん、彫刻界のロックスター登場です。

ギジェルモ・ガルシアは部屋の真ん中にある制作途中の粘土《クレイ》のほうへ歩いていって、数メートル手前で立ち止まると、獲物を狙う肉食獣みたいにまわりをゆっくりと回りはじめた。低い声でなにか言ってるのが、窓のこっちまで聞こえてくる。もうひとり入ってくるんだろうと思って、ドアのほうを見る。ギジェルモ・ガルシアが夢中になって話してる相手、例えば、イギリス人の彼とか。そう思って胸がときめくけど、誰も入ってこない。ギジェルモ・ガルシアがなにを言ってるかまではわからない。スペイン語っぽく聞こえる。

もしかしたら、ギジェルモ・ガルシアにも幽霊が取り憑いてるのかも。それもいいかも。だってほら、わたしたち、共通点があるってことだから。

するといきなり、ギジェルモ・ガルシアが彫刻につかみかかった。いきなりだったので、思わず息を呑む。切れて垂れ下がった電線みたいな動き。でも、今は電気は流れていなくて、ひたいを彫像のお腹に押しつけてる。悪く取らないでよでも（また）、ヘンすぎ。作品の両側に大きな手のひらをあて、そのまま身動きせずにじっとしてる。祈ってるか、鼓動に耳を傾けてるか、頭が完全にやられてるか。そしたら、彼の手がゆっくりと上下左右に動き、作品の表面から粘土《クレイ》を少しずつこすり落として、床に投げ捨てはじめた。でも、そのあいだも、一度も、顔をあげて手元を見ようとしない。見えないまま、創ってるんだ。すごすぎ。

ノアにも見せてあげたい。ママにも。

ようやくギジェルモ・ガルシアはトランス状態から覚めたみたいに、よろよろとうしろに下がって、作業着のポケットから煙草の箱を取りだして火をつけ、近くにあるテーブルによりかかって煙を吸いこみながら彫像を眺めた。頭を左から右へかたむける。イカレた経歴を思い出す。コロンビアの代々墓石工の家に生まれ、五歳からノミを振るいはじめる。彼の創る天使像は並ぶものがないすばらしさで、墓地の近くに住む人は、死者を見守る彼の彫像たちが夜に歌うのを聞いたと、口々に言ったという。彫像のこの世のものとは思えないような歌声が、彼らの家まで運ばれてきて、夢の中にまで聞こえた、と。少年の石工は魔法をかけられているのだと、いや、悪魔に魅入られているのかもしれないと、うわさされたそうだ。

ちなみに、わたしは、悪魔のほうに一票。

部屋に入ってくるなり、壁をぜんぶ倒してしまう、彼はそういう人だ。確かにその通りね、ママ。そう思ったところで、はっと振り出しにもどる。よりによって彼に、どうやってわたしなんかの指導教官になってくれって頼む？　今日のギジェルモ・ガルシアは、イーゴリよりもはるかにおそろしいのに。

ギジェルモ・ガルシアは煙草を床に捨てると、テーブルに置いてあったコップから時間をかけてひと口すすった。と思ったら、いきなり粘土《クレイ》にむかって吐き出した。うわ、汚い！　それから、猛烈な勢いで濡れた部分をこすりはじめた。今度は、作業している箇所をひたと見すえている。すっかり没頭して、水を口に含んでは、吐きかけて、成形し、飲んでは、吐いて、成形し、をくりかえしてる。なにか必要なものを、どうしても手に入れたいものを、粘土《クレイ》から引き出そうとするみたいに。時間が過ぎていくにつれ、男と女の形が現われてきた。枝のように絡み合うふたりのからだが。

手を使って、願いを叶えようとしてるんだ。

どのくらい時間が経ったのか、わからない。わたしと何人かの巨大な石像のカップルは、ギジェルモ・ガルシアが作品を創るのを、濡れた粘土《クレイ》がしたたる手で髪を何度も何度もかきあげるのを見ていた。彼が彫像を創っているのか、彫像が彼を創っているのか、わからなくなるまで。

夜が明けたころ、わたしはまたギジェルモ・ガルシアのアトリエまでもどり、非常階段をこっそりのぼっていった。

そして、踊り場までいくと、もう一度窓枠の下を這って、昨日の夜と同じ、アトリエの中がよく見えるところまで移動し、中がぎりぎり見えるくらいまでそろそろと頭をあげた……ら、ギジェルモ・ガルシアはまだいた。きっといるって、なぜかわかってた。ギジェルモ・ガルシアはこっちに背をむけて、うなだれるようにして台座にすわっていた。すっかりぐったりしてるように見える。服も同じだ。ぜんぜん寝てないとか？　横にある粘土《クレイ》の彫像は完成したように見える。ってことは、やっぱり徹夜で作業してたに違いない。でも、わたしがここを離れたときとは、ぜんぜん違うものになってる。恋人たちはもう、互いの腕の中で絡み合ってはいない。男の像はあおむけになり、女の像は彼から逃れようと、彼の胸から離れようとしているように見える。

なんてひどい。

すると、ギジェルモ・ガルシアの肩が上下してることに気づいた。泣いてる？　じわじわと、わたしの中で暗い感情が膨らんでくる。肩をぎゅっとすぼめ、懸命につばを呑みこむ。別に泣きそうになったわけじゃない。

哀悼の涙は集めて
魂を癒《いや》すために飲むといい

(ママが死んで、一度も泣いたことはない。お葬式では、泣いてるふりをしなきゃならなかった。何度もこっそりお手洗いへいって、頬をつねって、目をゴシゴシこすって、その場にふさわしい感じに見えるようにした。もし泣いたら、そう、涙を一滴でも流したら、ハルマゲドンもといジュードマゲドンが起こるから。でも、ノアはわたしと反対だった。数ヶ月のあいだ、モンスーンと暮らしてるみたいだった)

窓を通して、彫刻家の声が聞こえる。空気から空気を吸いつくしてしまうような低く暗いうめき声が。ここにいちゃマズい。下りようと思ってかがんだひょうしに、昨日の夜、ポケットに幸運のタコノマクラの鳥を入れたのを思い出した。これは、彼にこそ必要かも。窓辺に小鳥を並べはじめたとき、部屋の中でなにかがさっと動いたのが目に入った。ギジェルモ・ガルシアの腕がぐいっとうしろに引かれ、ふらつきながら前へ――
「だめえ!」わたしはなにも考えずに叫ぶと、窓をたたいて、彼を止めようとした。彼の手が彫像を倒して、苦しむ恋人たちを死へ追いやるのを。

非常階段を駆け下りる直前、ギジェルモ・ガルシアがこっちを見あげるのを見た。彼の表情が、ショックから怒りに変わるのを。

塀を乗りこえかけたとき、ドアがこのあいだと同じホラー映画みたいな音を立てて開き、がっしりした巨体が現われるのが、視界の端に映った。選択肢はふたつしかない。もどって、待ち伏せ攻撃を食らうか、外の歩道に飛び降りて、死ぬ気で逃げるか。たいした選択でもないけど、と思いながら、なんとか足から着地した（ふうっ）けど、そのまま前につんのめって、顔からすっ転ぶというおそろしい不運に見舞われそうになったとき、大きな手が伸びてきて、わたしの腕をがっしとつかみ、支えてくれた。

「ありがとう」自分が言ってるのが聞こえた。ありがとう？　今、ありがとうって言った？「不吉な転び方をするところだった」わたしは彼の足にむかって説明すると、慌てて付け加えた。「転んだせいで脳に損傷を負うケースは、信じられないほどたくさんあるんです。もしそれが前頭葉だと、なんていうか、自分の人格ってものに別れのキスができるわけで、頭を打っただけで別人になれるなら、人間ってなんなんだろうって考えさせられるわけで。わかります？」ひえええええ。勢いに乗って、こんなところまできたのは、ギジェルモの粘土《クレイ》で汚れた特大の靴にむかって独白するためだったってわけ？「わたしに任せてくれるなら」わたしは今までであることも知らなかったギアを踏みこんで、さらに続ける。「もちろん、任せられるわけないいんですけど、あと、ファッション上の問題が持ちあがらなくてすむならなんですけど、この世に生まれ出てから死ぬまで全員、チタンのヘルメットをかぶることにすると思います。だって、いつ、なにが頭の上に落ちてきても、おかしくないんですから。そういうこと、考えたことありますか？　例えばエアコンだって、商店街でなにも考えずにベーグルを買ってるときに、二階の窓から落ちてきて、頭に命中する可能性だってあるんですから」ひと息つく。「それに、レンガだって。もちろん、空飛ぶレンガのことだって、考えなきゃいけません」

「空飛ぶレンガ？」彼の声は、雷とかなり共通点がある。

「ええ、空飛ぶレンガです」

「空飛ぶレンガ？」

なによ、頭が鈍いわけ？　「そうです。あと、ヤシの実とか。熱帯地方に住んでる場合ですけど」

「どうかしてるぞ」

「どうかしてるのはそっちよ」わたしは小声で言った。まだ、一度も顔をあげてない。そっちのほうがよさそうだから。

彼の口から、スペイン語が流れ出てくる。loca《クレイジー》って言葉が何度も出てきてるのは、わかる。激怒指数で言えば、十って感じ。強烈なにおいがする。悪く取らないでよでも、汗だくの類人猿。けど、アルコールの臭いは少しもしない。イーゴリはもういなくて、ここにいるのはイカレたロックスターってこと。

わたしはまだ、〈靴だけ見つづける作戦〉を続行してたから、はっきりとはわからなかったけど、どうやらギジェルモはわたしの腕を離して、腕を振り回しながらスペイン語を大声でまくし立てることにしたらしかった。腕か鳥が、わたしの頭の上をヒュンヒュン飛び交ってる。ようやくそれも収まって、怒りに満ちたスペイン語もだんだん小さくなると、わたしは勇気を振り絞って顔をあげ、自分が面とむかっている相手をちらりと見た。ヤバい。超高層ビルみたいに、ありえないくらいものものしい感じで腕を組んで戦闘態勢をとり、わたしのことを新生命体みたいにじろじろ見てる。でも、それはこっちも同じで、っていうのも、そう、この近さから見ると、彼は流砂の穴から這いあがってきたばかりって感じの、沼地のお化けみたい。全身粘土《クレイ》だらけ。そうじゃないのは、頬の泣いたあとと、わたしをにらみつけてる地獄の炎みたいな緑の目だけだ。

「で?」ギジェルモはいらついたようすで言った。まるでもう質問したのに、わたしが答えてないみたいに。

わたしはごくりとつばを呑みこんだ。「ごめんなさい。こんなつもりじゃなかったんです、つまり……」えっと、なんてつなげればいいわけ? 塀を乗りこえるつもりじゃなかったんです、非常階段をのぼるつもりじゃなかったんです、あなたの神経がやられちゃってるところを見るつもりじゃなかったんです、とか?

わたしはもう一度、がんばった。「昨日の夜、ここにきて――」

「ひと晩中、あそこでわたしを見ていたのか?」ギジェルモは吠えた。「このあいだ、帰れと言ったのに、またきて、ひと晩中のぞいていたのか?」

この調子じゃ、子をとって食うどころか、大人だってひとたまりもない。

「いいえ、ひと晩中じゃありません……」そう言って、気がつくと、また口走っていた。「指導教官になってほしいって頼みたかったんです。見習いとして働きます、なんだってやります。掃除だってなんだって。なぜなら、どうしてもある彫刻が創りたいんです」彼の目を見る。「創らなきゃならないんです、それも石で。いろいろあって。話しても信じないでしょうけど。それに、わたしの先生のサンディも、もう彫刻家はひとりしかいないって言ってたんです。事実上、世界にひとりだけだって」もしかして、少しだけ笑った? 「でも、ここにきたら、あなたはなんだか……よくわからないけど、それにもちろん、あなたには帰れって言われたから、帰ったけど、でもやっぱりもう一度頼んでみようって思って、昨日の晩、きたんです。でも、怖じ気づいちゃって、っていうのも、ほら、あなたってちょっと怖いし、つまり正直に言って、うわ、その、すっごく怖いから……」それを聞いて、ギジェルモ・ガルシアは眉をあげたので、ひたいの粘土《クレイ》にひびが入った。「でも、昨日の夜、あなたが作品を見ないで創ってるのを見て、あれは……」なんだったのか、考えようとしたけど、じゅうぶんに表現する言葉が見つからなかった。「信じられなかったんです、そう、信じられなかった。それから、こう思ったんです。もしかしたらあなたは、その、ちょっと魔法を使えるとかそういうんじゃないかって。っていうのも、彫刻の教科書には、あなたが子どものころ創っていた天使像のこととか載ってて、魔法をかけられてるか、悪魔に魅入られているかって言われてたって書いてあったからで、怒らないでくださいね。それに、今回のわたしの彫刻は、ぜったいに創らなきゃならなくって、助けが必要なんです。ああいった助けが。つまり、そうしたらちゃんと物事を正せるんじゃないかって、もし創れば、ある人がようやく理解してくれるんじゃないかって思ってて、それはわたしにとってとても大切なことで、本当に本当に大切で、っていうのも、その人はわたしのことなんてぜんぜんわかってなかったから。本当にわかってなかったんです。わたしがやったあることについて、めちゃくちゃ怒ってて……」息を吸いこんで、つづけた。「それに、わたしも悲しいんです」ため息をつく。「わたしも大丈夫じゃないんです。ぜんぜん。この前きたとき、それを言いたかったんです。サンディには、スクールカウンセラーのところにもいかされました。でも、カウンセラーは牧場を思い浮かべろって言うだけで……」もうおしまいだ。わたしは口を閉じて、救急隊員とかが拘束衣を持って到着するのを覚悟した。

この二年間で喋ったことすべてを合わせたよりも、たくさん喋った。

ギジェルモ・ガルシアは口に手を当て、わたしを眺めまわした。でも、さっきみたいに宇宙人を見てるっていうより、昨日の夜、彫刻を見ていたような目で。そして、ついに口を開いたけど、「警察に連絡する」って言わなかったから、わたしはびっくりして、胸をなで下ろした。ギジェルモはこう言ったのだ。「コーヒーでも飲もう。どうだね？　少し休みたいんだ」

ギジェルモ・ガルシアのあとについて、暗くてほこりっぽい廊下を歩いていった。ずらりと並んだ閉じられたドアのむこうには、十六歳の美術学生たちが鎖でつながれてるに違いない。わたしがここにきていることは誰も知らないんだってことが、頭をかすめる。ふいに墓石の石工だったたってことは、そんなにすてきなことじゃないんじゃないかって気がしてくる。

勇気を出すには、握りしめた手の中にむかって自分の名前を三回言うこと（どうせ握るなら、防犯用のコショウスプレーのほうがよくない、おばあちゃん？）

手にむかって三回、名前を唱える。六回、九回、十、十一……

ギジェルモ・ガルシアが振りかえって、ほほえむと、空中を指さす。「ギジェルモ・ガルシアの淹れたコーヒーほどうまいコーヒーはない」

わたしはほほえみ返す。特に殺人鬼的傾向があるって感じはしなかったけど、油断させて、アジトへ誘いこもうとしてるのかもしれない。ヘンゼルとグレーテルの魔女みたいに。

健康警報発動。呼吸装置用意。ふたつある高窓から、光の太い筋が差しこんで、この建物のほこりの全人口がとらえられている。床に目をやると、うわっ、ほこりが積もって、足跡がついてるし。おばあちゃんみたいにふわふわ浮かぶことができたら、ほこりを舞いあげないですむんだけど。それに、この暗さ。セメントの壁中に毒性の黒カビの胞子がたっぷりくっついてるに違いない。

広い部屋が現われた。

「郵便室だ」ギジェルモは言った。

ジョークじゃない。テーブルや椅子やソファーから、数ヶ月分、もしかしたら数年分の郵便物が封を切られることもないまま、地滑りを起こし、床の上に積みあがっていた。右側にボツリヌス菌がうようよしてるキッチン・スペースがあって、もうひとつドアと（きっとあそこが、猿ぐつわをはめられて縛られた人質の隠し場所だ）、ロフトにあがる階段があり（ぐちゃぐちゃのベッドが見える）、左側には、ああ、クラーク・ゲーブル、最高に幸せ！あったのだ、等身大の天使像が。ひと目見れば、ここに移されてくる前に、長いあいだ、戸外で過ごしていたのがわかる。

あの作品群の中のひとつだ。間違いない。大当たり！　ギジェルモ・ガルシアの経歴に、今でもコロンビアでは、国中からやってきた人々が、ギジェルモ・ガルシアの天使の冷たい石の耳に願いごとを囁くと書いてあった。目を見張るようなすばらしさ。わたしの身長と同じくらいあって、うしろにゆるやかに流した長い髪は、石じゃなくて、シルクでできてるみたいに見える。幅の広い卵形の顔は、幼子を愛おしげに見つめるかのように下をむき、背中には白由のように翼が生えていた。サンディの部屋にあるダビデ像と同じで、ひと息吹きこめば、生命を得て動き出しそうに見える。抱きついて歓声をあげたかったけど、代わりに、冷静な口調でこうきいた。「夜に歌を歌ってくれるんですか？」

「残念ながら、天使たちはわたしには歌ってくれないよ」

「ええ、わたしにも歌ってくれません」そう言うと、なぜかギジェルモはこっちをむいて、わたしにほほえみかけた。

ギジェルモが背をむけると、わたしはさっと左をむいて、足音を忍ばせて部屋の奥にむかった。抑えようがなかった。どうしても、今すぐ天使の耳に願いを囁きたい。

ギジェルモが腕を大きく振った。「ああ、そうだ、みんながそれをやる。本当に叶えばいいんだがな」

懐疑論者のセリフは無視して、貝殻の形をした完璧な耳に心の底からの願いを囁く。賭けるなら、ぜんぶの馬に賭けとくのが一番だよ。だもんね。囁き終わったとき、天使のうしろの壁一面にスケッチが貼られてるのが目に入った。ほとんどが人体、恋人たちだ。目鼻口の描かれていない男女が、抱き合ってる。ううん、相手の腕の中で爆発している。あっちの部屋にある巨人たちのための習作とか？　改めて郵便室を見まわして、壁のほとんどが同じように覆われているのに気づく。一箇所だけ、洞窟美術がとぎれたところがあり、額に入ってない大きな絵がかかってる。海を見下ろす崖で男と女がキスをしてる絵。ふたりのまわりの世界では、色が渦巻いている。色調は明るく大胆で、カンディンスキーか、ママが大好きだったフランツ・マルクに似ていた。

ギジェルモが絵も描くなんて知らなかった。

わたしはカンバスのほうへ歩いていった。ううん、逆かもしれない。壁にかかったまま、動かない絵もある。でも、この絵は違う。二次元から色が溢れ出し、わたしはその真ん中に捕らわれる。キスの真ん中に。ボーイ・ボイコット中じゃない女の子なら、あのイギリス人の彼はどこにいるんだろうって思わされるようなキス……

「紙の節約になるな」ギジェルモ・ガルシアに言われて、絵の横に貼ってある木のスケッチを無意識のうちに手でなぞってたことに初めて気づく。ギジェルモは大きな作業用のシンクによりかかって、わたしを見ている。

「その木は気に入ってるんだ」

「木ってクールだから」わたしは、ここにある裸体に、愛に、まわりに充満してる欲望に圧倒されて、うわのそらで答える。「でも、木は弟のものなんです、わたしのじゃなくて」なにも考えずにそう言いながら、彼の手をそっと見て、結婚指輪を探す。ない。それに、この建物には女の人がいた気配がない。でも、じゃあ、あの巨人のカップルは？　昨日の夜、創ってた、男のからだから逃れようとしてた女の人は？　それにこのキスの絵は？　欲望に満ち溢れてる洞窟絵画はなんなの？　酔っ払いのイーゴリは？　わたしが見た涙は？　サンディは、なにか事件があったと言っていた。事件って？　なんだったの？　まだ過去になっていないの？　ここには、おそろしいことがあったのを感じさせるなにかがある。

ギジェルモのひたいについている粘土《クレイ》が、彼の当惑を映すようによじれた。それで今、自分が木のことをなんて言ったか、気づいた。「ああ、えっと、子どものころ、弟とわたしで世界を分け合ってたんです。でも、弟が描いたキュービズムのポートレイトがどうしてもほしくて、弟に木と太陽と、あといくつかをあげなきゃならなくて」

ポートレイトの破片はまだビニール袋に入れて、ベッドの下にしまってある。ブライアンの送別パーティから帰ると、ノアがびりびりに破いて部屋中にまき散らしてた。そうよね、わたしにはラブストーリーの資格なんてない、ってそれを見てわたしは思った。もう今はないって。ラブストーリーは、わたしがたった今、弟にしたようなことができる女の子のためのものじゃないから。黒い心の持ち主のためのものじゃないから。

それでも、わたしは彼の破片をひとつ残らず集めた。元通りにしようと何度もやってみたけど、無理だった。今では、彼がどんなだったかも思い出せない。でも、初めてノアのスケッチブックに描かれた彼を見たときの気持ちは、決して忘れない。どうしても手に入れなきゃって思った。本物の太陽だって諦めただろう。だから、ノアに想像上の太陽をあげるくらい、なんともなかった。

「なるほど」ギジェルモ・ガルシアは言った。「その交渉はどのくらい続いてたのかい？世界を分ける交渉は？」

「継続中です」

ギジェルモはまた腕を組んで、戦闘態勢になった。どうやらこのポーズが好きらしい。

「力を持ってるんだな、きみと弟は。神のような力を。だが、正直なところ、きみはいい取引をしたとは思えんな」ギジェルモは首を振った。「さっき、悲しいと言っていたが、それが理由じゃないか？　太陽も木もないことが」

「星と海も失ったんです」わたしは言った。

「それはひどい」ギジェルモの目が、粘土《クレイ》のマスクの内側で大きく見開かれた。「交渉人としての才能はゼロだな。次は弁護士を雇え」彼の言い方には、面白がっているような響きがあった。

わたしはにっこりした。「花は失わないようにしなきゃ」

「よかった」

ふしぎなことが起こりつつあった。あまりにふしぎで、信じられないくらい。わたしは安らいでいた。よりにもよってここで、しかも、ギジェルモ・ガルシアといるのに。

あいにく、そんなことを考えているときに、猫に気づいた。しかも黒猫。ギジェルモはかがんで、不吉な黒い塊を抱きあげた。そして、首筋に頭をごりごり押しつけると、スペイン語であやすようになにか言った。連続殺人鬼はたいてい動物好きだって、どこかで読んだことがある。

「フリーダ・カーロだ」ギジェルモは振りかえって言った。「カーロは知ってるだろう？」

「もちろん」ママは、カーロと夫のディエゴ・リベラについて『カウント・ザ・ウェイズ』という本を書いた。隅から隅まで読んでいる。

「すばらしい画家だ……ひどく苦しんだ」ギジェルモは猫を抱きあげて、顔に近づけた。

「おまえと同じだな」そう猫に言うと、また床に下ろしてやった。猫はすぐにもどってきて、自分がわたしたちにもたらす悪運のことなど知らぬ顔で、ギジェルモの脚にからだをこすりつけた。

「猫の糞から、トキソプラズマ症とかカンピロバクター菌が人間に感染《うつ》ることはご存じですか?」

ギジェルモは眉をひそめて、ひたいの粘土《クレイ》をひびだらけにした。「いいや、知らないね。それに知りたくもない」そして、空中でろくろを回した。「ほら、もう頭から消し去ったよ。消えた、ぱっとね。きみもそうしたほうがいい。空飛ぶレンガの次はそれか。そんなもの、聞いたことすらない」

「目が見えなくなったり、もっとひどいことになることもあるんです。ありえるんです。みんな、ペットを飼うのがどれだけ危険なことか、知らないんです」

「きみはそう考えてるのか? 小さな仔猫を飼うのが危険だって」

「そういうことです。特に、黒猫はだめです。でも、それはぜんぜん次元の違う話だけど」

「わかった。それがきみの考えなんだな。じゃあ、わたしの考えを教えてやろう。きみは頭がおかしい」ギジェルモ・ガルシアは頭をのけぞらせて、笑った。全世界が暖かくなる。

「完全にloca《クレイジー》だ」そして、背をむけ、スペイン語で喋り出す。なにを言ってるかは、クラーク・ゲーブルのみぞ知るだけど、作業着を脱いで、フックにかけると、下はジーンズと黒いTシャツ姿で、ふつうの人みたいだった。そして、作業着の前ポケットからノートを取り出すと、ジーンズのうしろのポケットに入れ替えた。アイデア帳とか? CSAでは、アイデア帳をつねに持ち歩くようにって言われてる。わたしのノートにはなにも書いてないけど。ギジェルモ・ガルシアは、シンクの蛇口をふたつともいっぱいに開き、その下に片腕を差し入れ、それからもう片腕も入れて、業務用の石けんでごしごしこすりはじめた。茶色い水が濁った流れとなって落ちていく。と、今度は蛇口の下に頭を差し入れた。この分じゃ、しばらくかかりそう。

わたしはしゃがんで、あいかわらずギジェルモの脚のまわりをぐるぐる回ってる不吉な猫のフリーダと仲良くなろうとした。ほら、「敵は近くに置いておけ」って言うしね。ヘンなのは、フリーダとトキソプラズマと本当ならいろんな理由で怖くてたまらないはずの男といるのに、ここ数年なかったようなくつろいだ気持ちになってるってこと。わたしは床を引っかいて、猫の関心を引こうとした。「フリーダ」そっと呼ぶ。

ママがフリーダとリベラのことを書いた本のタイトル『カウント・ザ・ウェイズ』は、ママが大好きだったエリザベス・バレット・ブラウニングの詩からとってる。「暗記してるの？」ふたりでいっしょに森を散歩してるとき、ママに聞いたことがある。ママとふたりきりなんて、めずらしいことだった。

「もちろんよ」ママがうれしそうにスキップして、わたしを引きよせたので、からだの隅々まで幸せな気持ちが広がって、跳ねまわった。「どれだけあなたを愛しているか？」ママは暗唱をはじめた。きらきら輝く大きくて黒い目でわたしを見つめながら。わたしたちの髪は風に巻きあげられ、混じり合い、絡み合う。ブラウニングの詩は恋の歌だってことは知ってたけど、その日は、わたしたち母と娘のことを詠ってるように思えた。「数えさせて」ママは歌うように言った……え、待って。本当に歌ってる！「魂が届くかぎり、深く、広く、高く、愛してる――」

ママだ。ママが今、ここにいる。ママのしゃがれた低い声が、詩を暗唱してる、わたしにむかって！

「これまで生きてきたぶんすべての呼吸とほほえみをもって、愛してる。神が許すなら、死んだあともあなたをより愛しつづけよう」

「ママ？」わたしは囁く。「聞こえてるよ」

毎晩、ベッドに入る前にかならず、声を出してママにこの詩を読んでいた。まさにこういうことが起こるよう祈って。

「そっちは大丈夫か？」声をかけられ、わたしはギジェルモ・ガルシアの仮面を脱いだ顔を見あげた。海から出てきたばっかりって感じで、うしろになでつけられた黒い髪からポタポタと水が垂れ、タオルを肩にかけてる。

「大丈夫です」そう答えるけど、実際はぜんぜん大丈夫じゃない。わたしの母親の幽霊が、わたしに話しかけたんです。詩を暗唱してくれました。わたしを愛してるって言ってくれたんです、今でも愛してるって。

わたしは立ちあがった。どんなふうに見えてただろう？　猫もいないのに床にしゃがんで、完全にうわのそらで、死んだ母親に囁きかけてたんだから。

ギジェルモの顔は、ネットで見た写真と同じになってた。顔のパーツひとつひとつは印象的なんだけど、いっしょになると、縄張り争いをはじめて、領地を巡って、鼻は口と、口はきらめく目と戦ってるって感じ。グロテスクなのか、ゴージャスなのか、紙一重。

　むこうもこっちをじろじろ見ていた。

「きみの骨組みは――」ギジェルモは自分の頬に触れた。「かなり華奢《きゃしゃ》だな。鳥の骨のようだ」そして、視線を落とし、胸はさっさと通りすぎて、真ん中あたりで戸惑ったように止まった。タマネギが見えちゃってるか、ほかになにか、忘れちゃったけど、縁起担ぎで持ち歩いてたかもって思って下を見たけど、そうじゃなかった。パーカーの前を閉めてなかったので、ずり上がったTシャツの下から、お腹が丸見えになってた。ギジェルモはお腹を、タトゥーをじっと見てる。すると一歩前へ出て、ひと言も断らずに、タトゥーがぜんぶ見えるようにTシャツをまくりあげた。ちょっと！　ちょっとちょっとちょっと！　Tシャツを持ってる両手の指先から、熱がお腹に伝わってくる。心臓の鼓動が早くなる。これって、不適切だよね？　だって、彼、年上だし。パパくらいの年齢でしょ。まあ確かに、ぜんぜん父親っぽくないけど。

　それから、ギジェルモの顔を見て、彼にとっては、わたしのお腹が枠張りカンバスくらい興味深いんだってわかった。彼が魅入ってるのは、わたしじゃなくて、わたしのタトゥー。自分でもほっとしたのか、ムッとしたのか、わからなかった。

　目が合うと、いいだろうって感じでうなずいた。「腹にラファエルか。とてもいい」思わず笑みがこぼれた。彼もほほえむ。ママが死ぬ一週間前、それまで貯めてたお金をすべてつぎこんで、これを彫ったのだ。法定年齢に満たない子どもにタトゥーを入れてくれるゼファーの知り合いに頼んで。ラファエルの天使たちにしたのは、〈ノアジュード〉を思い出すから。ふたりっていうよりひとり。それに、空も飛べる。今から思えば、ママを怒らせるためにやったんだろうけど、結局ママに見せることさえできなかった……戦ってる最中に相手が死んじゃうことがあるなんて。相手を憎んでる真っ最中に？　ふたりのあいだのことがなにひとつ、解決しないうちに。

家族の誰かと仲直りするには、雨を器に受けて、いっぱいになったら、太陽が再び顔を出した瞬間に飲むとよい

（ママが死ぬ何ヶ月か前、わたしとママは仲直りするために、母娘水入らずで街へいった。ランチを食べながら、ママは、自分を捨てた母親をずっと心の中で探しつづけてる気がするって言った。わたしは言いたかった。うん、わたしもだよ、って）

ギジェルモはついてくるように合図をし、広々としたアトリエの入り口までできて、足を止めた。ほかの場所と違って、日当たりが良くて、比較的片づいている。ギジェルモは巨人たちの部屋のほうへむかって片手をあげた。「わたしの石たちだ。まあ、もう会ってるだろうが」

確かに会ってたけど、こんなふうに会ってはいなかった。巨人《タイタン》のようにこっちを見下ろしてる。

「自分が取るに足らないものだって気がする」わたしは言った。

「わたしもだ。アリみたいに」

「でも、創ったのは自分なのに」

「かもしれない。どうなんだろうな。なんとも言えん……」ギジェルモはわたしには聞き取れない声でブツブツ呟きながら、両手でオーケストラを指揮しつつ、奥のカウンターのほうへ歩いていった。ホットプレートが置いてあって、やかんが載せてある。

「ねえ、もしかしたら不思議の国のアリス症候群かも！」わたしはそうに決まってるって思って叫んだ。ギジェルモは振りかえった。「めちゃくちゃクールな神経学的症状で、ものの大きさが、ゆがめられて知覚されちゃうんです。この症状が出てる人はたいてい、あらゆるものがすごく小さく見えちゃって、ミニチュアの人間がミニカーを運転してるとか、そんなふうに感じられるんですけど、これみたいな場合もあるんです」わたしは、自分の診断の証拠として部屋へむかって両手を広げた。

でも、ギジェルモは自分が不思議の国のアリス症候群だとは思ってないみたいだった。なぜわかるかっていうと、またスペイン語でloca《クレイジー》を連発しながら、大きな音を立てて戸棚の引き出しを開けはじめたからだ。ギジェルモがコーヒーを淹れながらなにやら悪気のないことをわめいてるあいだ(もしかしたら、わたしのこと面白がってるのかも)、わたしは一番近くにあった恋人たちのまわりを回って、ざらざらした石の肌に指をすべらせていた。それから、ふたりのあいだに入りこんで、愛を失った巨大なからだに這いあがりたくて両手をぐっと上へ伸ばした。

やっぱりギジェルモが患ってるのは、別の症状かも。恋煩《こいわずら》いって可能性が高い。ここでくりかえされているモチーフが、なにかを表わしてるとすれば。

新しい診断は心の中だけにとどめておいて、カウンターのギジェルモのところへいった。ギジェルモはふたつのマグの上に置いてあるフィルターにやかんのお湯をそそぎながら、スペイン語で歌を口ずさみはじめた。とつぜんこみあげてきた、このなじみのない感覚に、思い当たる。幸福感だ、って。くつろいだ気持ちがさらに進化して、ものすごい幸福感に満たされる。おまけにもしかしたら、ギジェルモも同じ気持ちを感じてるのかもしれない。ほら、だって、歌とかも歌っちゃってるし。

もしかしてここに引っ越せる？ 荷物はミシンを持ってくれば、それでいいし。あとは、イギリス人の彼だけ、うまいこと避ければ……もしかしたら、ギジェルモの息子なのかも……最近まで知らなかった、イギリス育ちの私生児とか。きっとそうよ！

で……恋愛よけのレモンがないか、まわりを見まわす。

「約束通り、神々の霊酒だ」ギジェルモは湯気のあがっているマグをふたつ、テーブルに置いた。わたしは横の赤いソファーにすわった。「じゃあ、話をするか？」ギジェルモがとなりにすわると、猿人の臭いもついてきた。でも、ぜんぜん気にならなかった。太陽が数年で燃え尽きて、地球上のあらゆる命に終わりがきたとしても、まあ、数年ってことはなくて、五十億年後かもしれないけど、でも、だからどうかっていうと、別にどうでもいい。幸福っていうのは、すばらしいことだから。

ギジェルモはテーブルの上の砂糖の箱を取ると、自分のマグに大量に注ぎ、同じくらいの量をこぼした。

「運がいいってことです」わたしは言った。

「なにが？」

「砂糖をこぼすのが。塩をこぼすのは不吉だけど、砂糖は……」

「聞いたことあるよ」ギジェルモはほほえんで、手の甲で箱をバシンとたたいた。箱は落ちて、中身が床にぶちまかれた。「ほら」

喜びがわきあがる。「わざとやってもいいのかは、知らないですけど」

「もちろん、いいに決まってる」ギジェルモは机の上に置いてある、さっきのと同じようなノートのとなりから煙草の箱を取って、トントンとたたいて一本取り出した。そして、ソファーによりかかると、火をつけて、深く吸いこんだ。ふたりのあいだを、煙が渦を巻きながらのぼっていく。それから、ギジェルモはまたわたしのことをじっと観察した。「さっききみが外で言ったことはちゃんと聞いていた。そのことは、言っておく。ここに」ギジェルモは胸に手を当てた。「きみは正直だったから、わたしもきみに正直になろう」そう言って、わたしの目をのぞきこむ。めまいがする。「このあいだ、きみがここにきたとき、わたしは調子がよくなかった。ときどき、そういうときがあるのだ……きみに帰れと言ったのも覚えてる。ほかになにを言ったかは、覚えていない。あまり記憶にないのだ……あの週のことは」ギジェルモは煙草を振った。「だが、いいか、わたしがもう教えないのには、理由がある。わたしは持っていないのだ、きみが必要としているものを。もう持ってないんだ」ギジェルモは煙草の煙を吸いこむと、灰色の煙を長々と吐き出し、それから巨人たちのほうを指し示した。「わたしは彼らと同じなんだ。毎日のように、自分に言っている。最後には、自分で彫った石になると」

「わたしもです」思わず言う。「わたしも石でできてるんです。このあいだ、まさにそう思ったんです。うちの家族全員、そうだって。FOPっていう病気があって——」

「ちがう、ちがう、ちがう、ちがう。きみは石でできてるわけじゃない」ギジェルモは遮って言った。「FOPとかいう病気でもない。どんな病気でもないんだ」ギジェルモはたこだらけの指でそっとわたしの頬に触れ、そのまま動かさずに言った。「大丈夫。わかる人間がいるとすれば、それはわたしだ」

ギジェルモの目がやさしくなる。わたしは彼の目の中で泳ぐ。

ふいにからだの中がしんと静かになる。

わたしがうなずくと、ギジェルモはほほえんで、手を離した。なにが起こってるのかわからなくて、彼が手を置いていたところに手をやる。もう一度、わたしの顔に触れてほしくてたまらない。さっきみたいに頬に手を置いて、大丈夫だって何度も何度も言ってほしい。わたしが本当に大丈夫になるまで。

ギジェルモは煙草を足でもみ消した。「だが、わたしの話は別だ。わたしはもう、何年も教えていない。もう教えることもない。おそらく二度とな。だから……」

うそ。わたしは自分のからだを抱きしめる。完全に勘違いしてた。家に招き入れてコーヒーをごちそうしてくれたのは、イエスという意味だと思ってた。わたしに手を貸してくれるんだって。肺がふさがるような感覚が襲う。

「今は、作品を創りたいだけなんだ」ギジェルモの顔が暗く陰る。「わたしにはもう、それしかないんだ。できないんだ、それだけしか……」ギジェルモは最後まで言わずに、遠くを見るような目を巨人たちにむけた。「彼らのことしか考えたくないし、彼らにしか関心はない。わかるか？　そういうことなんだ」ぐっと重く、暗くなった声でギジェルモは言う。

わたしはじっと自分の手を見つめた。からだの中に、どんよりと重く黒々とした救いようのない失望がどんどんたまっていく。

「で、だ」ギジェルモはつづけた。「考えたんだが、きみはCSAの生徒なんだろう？　さっきサンディの名前を出してたから」わたしはうなずいた。「あそこなら、ほかに誰かいるだろう。イヴァンなんとかって教師がいなかったか？　同じ学科にいたはずだ。彼なら、その作品を創るのに手を貸してくれるんじゃないか？」

「イヴァン先生はイタリアにいるんです」声が震えた。ありえない。どうして今なの？　今だけはかんべんして！　でも、だめだった。この二年間で初めて涙が頬を流れ落ちた。わたしは慌ててぬぐった。何度も、何度も。「わかりました」わたしは立ちあがった。「本当です。大丈夫ですから。バカなお願いでした。コーヒーごちそうさまでした」ここから出なきゃ。

泣くのをやめなきゃ。からだの奥からものすごい勢いで嗚咽《おえつ》がこみあげてきて、わたしの鳥みたいにか細い骨を粉々に砕こうとしてる。ジュードマゲドンだ。両腕をからだに回すようにして肋骨を押さえ、震える足を無理やり前に出して、日のさんさんと降りそそぐアトリエを横切って、郵便室を抜け、暗くてかび臭い廊下を、明暗の差で目がほとんど見えない状態で歩きはじめたとき、ギジェルモのバリトンの声が呼び止めた。

「そんなふうに泣くくらい、その彫像は創らなきゃならないものなのか？」

わたしは振りかえった。ギジェルモは腕を組んで、キスの絵のとなりによりかかっていた。

「はい」わたしはしゃくりあげながら言った。それから、少し声を落ち着けて、もう一度言った。「はい」気を変えてくれるってこと？　嗚咽が収まっていく。

ギジェルモはあごをなでている。さっきより穏やかな顔をしている。「その彫像をそんなに創りたいのか？　なんとかっていう菌を持ってる猫と同居して命を危険にさらしてもいいくらいか？」

「はい、そうです。そうなんです。お願いします」

「冷たく容赦ない石の永遠性とひきかえに、粘土《クレイ》の温かく湿った息づかいを捨てられるんだな」

「はい、捨てられます」意味はよくわからないけど。

「明日の午後、またここへこい。作品集《ポートフォリオ》とスケッチブックを持ってくるんだ。それから、弟に太陽と木と星とぜんぶ返してくれるように言え。きみには入り用だと思うからな」

「引き受けてくれるってことですか？」

「そうだ。自分でも理由はわからんが、引き受ける」

部屋のむこうまで飛んでいって、ギジェルモに抱きつこうとした。

「やめてくれ」ギジェルモは人さし指を振った。「そんなうれしそうな顔をするな。先に言っておく。わたしの生徒はみな、わたしのことを嫌ってるんだ」


ギジェルモのアトリエの玄関のドアがカチリと閉まると、今、なにが起こったのか、よくわからないまま、よりかかった。映画を観たあととか、夢から覚めた直後みたいに、自分がどこにいるのかわからないような感じだ。願いを叶えてくれた美しい天使の石像に、何度も感謝を捧げる。でも、わたしのポートフォリオには壊れた器とかわけのわからない塊しかないっていう問題があるし、スケッチブックも持ってこいって言われたけど、わたしはスケッチはできない。去年も静物画はCだった。絵はノアの得意分野だ。

でも、どうだっていい。ギジェルモは引き受けるって言ったんだから。

まわりを見まわして、デイストリートのようすを頭に入れる。広い並木道で、大学生たちが住んでるぼろぼろのヴィクトリア時代の建物と、倉庫と、ぽつぽつと会社の事業所らしきところもあって、それからあの教会がある。この冬初めて見た太陽の光を、骨の髄まで染みこませる。そのとき、バイクがキキッと止まる音がした。そっちを見ると、すっかりインディアナポリス500マイルレースに出てる気になってるアドレナリン・ハイの乗り手が、バイクのわきが路面にこすれるような急角度でUターンして、こっちへきた。うわ、（悪く取らないでよでも）無謀運転の超バカ男。

エベル・ナイベル（アメリカのスタントマンでエンタテイナー）はもう一度、キキッとタイヤを鳴らして、今度は止まった。わたしから四メートルちょっとしか離れてない。そして、ヘルメットを脱いだ。

え？

そうか、そうに決まってる。

しかも、今日はサングラス姿。誰か、救急ヘリコプターを呼んで。

「よう、元気？　落ちた天使がもどってきたな」

彼は喋るっていうより、歌うように言った。言葉が鳥みたいに空中へ飛び立つ。それに、どうしてイギリス人ってわたしたちアメリカ人より賢そうに話すわけ？　ただあいさつするだけなのに、ノーベル賞ものだろって感じで。

パーカーのファスナーを首までしめた。

でも、防男子シャッターは下ろせそうもない。

無謀運転のバカには変わらないけど、でも、晴れた冬の日にバイクにまたがってる姿は、うそでしょってくらい決まってる。彼みたいな男は、バイク禁止にすべき。乗り物はポッピングでぴょんぴょん跳ねるだけってことにするとか。あ、ヒッピティ・ホップのほうが、もっといいかも。ほら、あの、ゴムでできてて、上にまたがってぴょんぴょん跳ねるやつ。イケてる男には、イギリスのアクセントとバイクを法律で禁止してもらわないと。

革ジャン着用なんてもってのほか。クールなサングラスもだめ。カッコいい男には、オールインワンのパジャマ着用を義務化すりゃいいのよ。

はいはい、わかってるって。ボイコット中、ボーイ・ボイコット中ですから。だとしても、今回はひと言くらい喋らないと。口がきけないと思われないように。

「よう、元気？」わたしは言った。セリフから、イギリス訛りまでそっくり真似て！　うわ、ウソでしょ。顔がカアッと熱くなる。そして、今度は訛らないように、あわてて言う。「すごいUターンだったね」

「ああ」彼はバイクから降りた。「おれは衝動を抑える力に問題があるらしくてね。少なくとも、しょっちゅうそう言われてる」

なるほど。不吉で衝動コントロール能力も欠如してる一八〇センチ男なわけね。わたしは、ギジェルモみたいに腕を組んだ。「前頭葉が発育不全なのかも。自制心をつかさどるのは前頭葉だから」

それを聞いて、彼は笑った。顔がいっぺんにいろんなところへいったみたいになる。「医学的意見をどうもありがとう。感謝感激だ」

彼を笑わせるのは、気分がいい。気楽で親しげで、感じのいい笑い。すごくすてき。あ、だからってどうってわけじゃないけど。正直、わたし自身、衝動コントロール能力には問題を抱えてる。少なくとも以前は。今は、コントロール能力はかなりあがってるはず。「具体的にどんな衝動を抑えられないの？」

「ひとつじゃきかないな。そこが問題なんだ」

確かに問題。わたしみたいな子を拷問するために生まれてきたってわけね。少なくとも十八歳にはなってると思うし、パーティでは壁によりかかってて、消防車色の真っ赤なミニドレスを着た脚の長い女の子が腰をくねらせて寄ってきても、ひとりでお酒をかっくらってるタイプ。まあ、確かに、最近あまりパーティにいってるとは言えないけど、映画をたくさん観てるからわかる。彼はそのタイプだって。勝手気ままな一匹オオカミで、ハリケーンの心を持ってて、大暴れして町を吹き抜け、女の子たちを通りすぎ、誤解だらけの悲劇的な人生を突っ走っていく。うちの美術学校にいるような、タトゥー入れて、ピアスして、親が金持ちで、フランス製の煙草を吸ってるようなニセモノじゃなくて、本物のワル。

賭けてもいい、ぜったい刑務所から出てきたばかり。

彼の健康状態を追究することにした。あくまで医学的研究のためで、彼に魅かれてるとか、彼の気を引こうとか、そういうんじゃない。「あのボタン――世界を終わらせる核兵器のボタンのある部屋にいて、ほかに誰もいなかったら、つまりボタンとあなただけだったら、ボタンを押す？　ポンって感じで？」

彼はまた、最高に気さくな笑い声をあげて、「ドッカーン！」って、爆発のジェスチャー付きで言った。

そう、ドッカーンだろうね。

彼はヘルメットを盗られないようにバイクのうしろにロックし、ハンドルバーにかかっていたカメラのカバンをおろした。カメラ。見たとたん条件反射みたいに、教会でカメラのファインダーを通して見られたときの気持ちを思い出して、目を伏せた。どうしてこう、わたしの肌ってすぐ赤くなるわけ？

「で、ロックスターになんの用だったんだ？」彼は言った。「当ててみようか。ほかの美大の女子学生と同じで、指導教官になってくれるよう頼みにきたんだろう」

ふうん、ずいぶんと意地悪な言い方。それに、わたしが町の美大に通ってると思ってるわけ？　大学生だって？

「引き受けてくれたわよ」わたしはムッとして、勝ち誇って言った。女だろうと男だろうと、わたしほど彼の助けを必要としてる学生はいないんだから。死んだ母親との関係を修復したい子なんて、ほかにいる？　すごいレア・ケースなんだから。

「本当に？」彼は異常なほどうれしそうな顔をした。「おめでとう」わたしはまた、彼の眼差しのスポットライトを浴びて、教会のときと同じめまいに襲われた。「信じられないよ。よくやったな。ギジェルモが学生の面倒を見なくなってから、ずいぶん経つのに」それを聞いて、ふいに落ち着かない気持ちになる。彼もそうみたい。ドッカーン、ドーン、ドドーン。そろそろいかなきゃ。つまり、脚を動かさないと。ジュードってば、脚を動かすのよ。

「ラッキーだったの」自分の足につまずかないようにしながら、彼の前を通りすぎて、パーカーのポケットに両手を突っこみ、片方の手でタマネギを、もう片方の手でお守りのハーブの入った袋を握りしめる。「真面目な話、それをヒッピティ・ホップと交換したほうがいいよ。ずっと安全だから」対女子的にもね、ってところは言わなかった。

「ヒッピティ・ホップってなに?」去っていくわたしの背中にむかって、彼がきいた。もちろん、だからってどうってわけじゃないけど、彼の口からイギリス訛りで聞くと、ヒッピティ・ホップっていう言葉が信じられないくらいかわいく聞こえた。

振りかえらずにわたしは答えた。「動物の形をした大きな丸いゴム製のおもちゃで、上にまたがってぴょんぴょん跳ねるの。耳につかまるんだよ」

「ああ、スペース・ホッパーのことか」彼は笑って、大きな声で言った。「イギリスでは、スペース・ホッパーって言うんだよ。むかし、緑色のを持ってた。恐竜型で、ゴジラって名前をつけてたんだ。当時のおれは、すごく独創的だったんだでね」わたしのは紫の馬で、ポニーって名前をつけてた。わたしも独創的だったらしい。「とにかく、また会えてよかったよ。まだ名前も知らないけどね。きみの写真、すごくよかったよ。あれから何度か、きみを探しに教会によってみたんだ。写真を見たいんじゃないかと思って」

わたしを探しに?

わたしは振りかえらなかった。頬がカアッと火照ってたから。何度か?　落ち着いて。落ち着くのよ。わたしは息を吸って、背中をむけたまま、あの日教会で彼がやったのと同じように片手をあげて振った。彼はまた笑った。ああ、クラーク・ゲーブル!　そしたら、彼の声がした。「ちょっと待って」

一瞬、無視しようかと思ったけど、衝動をコントロールできずに(ね?)振りかえった。

「そう言えば、ちょうど一個余計に持ってるから」彼は革ジャンのポケットからオレンジを取り出すと、わたしにむかって投げた。

ウソでしょ。これって現実？　オレンジ！　つまり、アンチ・レモン！

男の子が女の子にオレンジをあげると、女の子の彼への想いは深くなる

わたしは手を開いて受け止めた。

「ううん、だめ」投げ返す。

「変わったこと言うな」彼はオレンジを受け止めて、言った。「ほんと、変わった反応だよ。もう一度、最初からやってみるか。オレンジはいらない？　個余計に持ってるから」

「っていうか、わたしのほうこそ、オレンジをあげたいの」

彼の眉が片方、くいとあがった。「ふうん、そうか。それはありがたいけど、こいつはきみのオレンジじゃない」彼はオレンジをかかげて、にっこり笑った。「おれのオレンジだ」

わたしをウザがるんじゃなくて、面白がってくれる人はロストコーヴにはふたりしかいなくて、今日、そのふたりを見つけたってこと、ある？

「じゃあ、こういうのはどう？　あなたがこれをくれて、わたしがまたあなたにあげるの。それでいい？」

認める、わたしは彼の気を引こうとしてる。でも、しょうがない。だって、ほら、自転車

に乗るようなもんだし。自然とからだが動く感じ？

「じゃあ、それでいこう」彼はこっちに歩いてきた。近くまで、すぐ近くまで、やりたければ彼の傷を指でなぞれるくらい。慌てて閉じた縫い目みたい。それから、ブラウンの目にグリーンの点々が、グリーンのほうの目にはブラウンの点々があるのが見えた。セザンヌが描いたみたいに。印象派の目。まつげは煤みたいに真っ黒で優美。あんまり近くにいるから、彼のつやつやしたくしゃくしゃのブラウンの髪をかきあげたくなる。そのまま、目尻から扇形にうっすら広がっている細いしわをなぞり、その下の不安そうな暗い影に触れたい。そして、赤くつやややかな唇に。こんなに赤い唇の男の子っていない気がする。それに、ほかの子の顔はこんなにカラフルで鮮やかで、なんて言うか風情があって、最高に調子が狂ってて、暗さを湛えてて、予測できない音楽みたいでもない。

だからってどうってことじゃないから！

それに、彼がわたしと同じくらいまじまじとわたしの顔を見てることだって、どうってことない。わたしたちは、部屋の端と端で見つめ合ってる二枚の絵だ。この絵、前に見たことがある。でも、いつ、どこで？　彼に会ったことがあるなら、覚えてるはずだ。もしかして、映画に出てる俳優に似てるとか？　ミュージシャン？　彼の髪、いかにもセクシーなミュージシャンふうだし。ベース奏者の髪。

念のため言っとくと、呼吸って過大評価されてる。脳は、まるまる六分間、酸素なしでもいける。空気のない状態で三分経ったところで、彼が言った。「えっと、じゃあ、当面の問題として」彼はオレンジをかかげた。「きみが誰かはともかく、オレンジはいる？」
「うん、ありがとう」わたしはオレンジを受け取って、言った。「あなたが誰かはともかく、オレンジはいる？」
「いや、いらない」彼は両手をポケットにすべりこませた。「もう一個持ってるから」彼の顔がすごいことになって、ドーンと噴火して笑みを浮かべたかと思うと、あっという間に玄関までいって、階段を駆けあがり、中に入ってしまった。
まだまだ甘いし。
わたしは、彼のバイクのところへいって、ヘルメットの中にオレンジを入れた。
それから、歌いださないよう自制力を全開にした。わたしを探しに教会にきたって！　それも何度も！　あの日、言ったことを説明しようと思ったのかも。「きみは彼女だ」ってやつ。わたしは家へむかったけど、激しく後悔した。どうしてロックスターとの関係をたずねようって思わなかったんだろう。彼の名前も。年齢も。好きな写真家は誰かとか。あと――
目
を
さ
ま
せ。
足を止めた。思い出した。ボーイ・ボイコットは冗談なんかじゃない。義務なんだ。忘れてる場合じゃない。だめ。特に、今日はあの事故が起こった日なのに。
ううん、今日だけじゃなくてずっと。

不運に正体を知られたら、別人になれ

わたしはあの彫像を創って、ママと仲直りしなきゃいけないんだ。
この両手を使って、願いを叶えなきゃならない。
朝までにロストコーヴ中のレモンを残らず食べなきゃ。

次の日の午後、わたしはギジェルモ・ガルシアのほこりだらけ菌だらけの廊下を早足で歩いていた。っていうのも、ノックしても誰も出なかったから。汗だくになって緊張しながら、この十六年間のことを思い返す。わきに抱えたＣＳＡのポートフォリオには、割れた器やら塊やらの写真が入ってるだけ。そもそもこのポートフォリオがあるのだって、単に、作品の制作過程を逐一、写真に撮るように言われてるから。わたしの制作過程はまともからほど遠くて、才能の宣伝になんかぜんぜんなってない。地震のあとの陶器店の惨状報告書みたい。
郵便室に入ろうとしたとき、イギリス訛りの英語が聞こえて、胸の中でオーケストラの打楽器部《パーカッション》がいきなり演奏しはじめた。壁に背中を押しつけ、鼓動を鎮めようとする。彼がきてないといいと思ってた。きてるといいと思ってた。きてるといいと思うのをやめられればいいと思ってた。でも、わたしはちゃんと準備してきていた。

ろうそくの燃えさしを持ち歩けば、芽生えた恋心も消してくれる

（前の左ポケット）

鏡をお酢に浸すと、無用な関心をそらすことができる

（うしろのポケット）

傾いた心を変えたければ、頭にスズメバチの巣を載せよ

（ここまでやけにはなってない。今はまだ）

あー、でも、これは予想外。だって、これって、あれのときの声でしょ。間違いない。うめき声にあえぎ声、みだらな呟き。だから、誰も玄関に出てこなかったわけ？　イギリス訛りの声が聞こえた。「すごい、最高だ。ああ、最高だよ。どんなドラッグよりいい。うそじゃない。本当に最高だ」それから、長いうめき声。

今度は低い声がした。ギジェルモの声だ。ふたりは恋人同士だったんだ！　そうに決まってる。なんてわたしはバカだったの？　あのイギリス人の彼はギジェルモの恋人で、生き別れになってた息子なんかじゃない。でも、教会でわたしの写真を撮ってたときは、ストレー

トに見えた。昨日、アトリエの外で喋ったときだって。かなり熱心な感じだったし。わたしの読み違い？　それとも、バイとか？　それに、ギジェルモのヘテロセクシャル全開の作品はどう考えればいいわけ？

それに偏見かもしれないけど、いくらなんでも年の差がありすぎない？　たぶん四半世紀分は離れてるはずだけど。

わたし、帰ったほうがいい？　ふたりともどうやら落ち着いて、今は軽い会話を交わしてるだけっぽい。耳を澄ませる。イギリス人の彼が、ギジェルモに夕方にいっしょになんとかっていうサウナにいこうって言ってる。やっぱりゲイだ。なるほど。いいことじゃない。ボーイ・ボイコット続行が楽になるってことだし。オレンジのあるなしにかかわらず。

わたしはわざと音を立てて、床を踏みならし、何回か咳払いして、さらに二、三回、その場で足踏みしてから、廊下の角を曲がった。

目の前で、服を着たギジェルモとやっぱり服を着たイギリス人の彼が、チェス盤を挟んでむかい合っていた。たった今まで死ぬほどの快感のさなかにいた気配はなにもない。手には、食べかけのドーナツを持っている。

「賢いよな？」イギリス人の彼は、わたしを見るとすかさず言った。「誰だか知らないきみが、こんなごまかしをするなんて思ってもみなかったよ」そして、空いているほうの手を横に置いてあるメッセンジャーバッグに突っこんで、オレンジを取り出した。次の瞬間、オレンジは宙を飛んできて、わたしの手の中に収まった。彼の顔が五百万の幸せのかけらになった。「ナイスキャッチ」

彼は勝ち誇ってドーナツをひと口食べると、芝居がかったうめき声をあげた。なるほど。ゲイじゃなかった。恋人でもない。平均をはるかに上回るドーナツ好きってだけらしい。で、わたしはどうすればいいわけ？　わたしの透明人間用ユニフォームは、彼には通用しないっぽい。お酢に浸した鏡も、ろうそくの燃えさしも、以下同文。

オレンジをタマネギといっしょのポケットに突っこむと、帽子を引っぱりおろした。ギジェルモはふしぎそうにわたしを見た。「うちの住みこみの導師《グル》にはもう会ったのか。オスカーにいつも通り、教え導かれてるところなんだ」オスカー。イギリス人の彼には名前があって、オスカーっていうらしい。だからってどうってわけじゃないけど。でも、ギジェルモの発音の仕方がすごくよかった。オスカゥ、って感じ。「毎日、違うものを教えてもらう。今日はビクラムヨガだ」ああ、それがサウナね。「知ってるか？」

「熱くて汗だらけの部屋には、ものすごい数のバクテリアがいるってことは知ってます」わたしはギジェルモに言った。

ギジェルモは頭をのけぞらせて、心底おかしそうに笑った。「彼女は病原菌恐怖症なんだよ、オスカゥ！　わたしがフリーダ・カーロに殺されると思ってるんだ」それを聞いて、ほっと安らぐのを感じた。ギジェルモはわたしに安らぎをくれる。ギジェルモ・ガルシアが、彫刻界のロックスターが、わたしを安心させてくれるだなんて、誰も信じないだろうけど。もしかして、牧場ってギジェルモなのかも！

オスカーは顔に驚きの色を浮かべて、まじまじとギジェルモを見て、それからわたしを見た。「じゃ、ふたりはどうやって会ったんだ？」

わたしは、封を開いていない郵便物に埋もれた肘かけ椅子にポートフォリオとカバンを立てかけた。「非常階段でのぞき見してたところを、捕まったの」

オスカーは目を見開いたけど、またチェス盤に集中した。そして、駒を動かした。「で、まだ生きてるんだ？ たいしたもんだな」そして、残っていたドーナツを口に放りこむと、目をつぶってゆっくりとかんだ。彼が歓喜にとらわれていくのがわかる。マジで？ すごいドーナツに違いない。わたしは無理やり彼から視線を引きはがしたけど、かなり難しかった。

「口説き落とされたんだ」ギジェルモはオスカーの一手を吟味しながら言った。「むかし、きみに口説き落とされたのと同じでね。もうずいぶんになる」ギジェルモの顔が暗くなった。

「Ay cabrón」ギジェルモはスペイン語でブツブツ呟きながら、駒を軽く押すようにして進めた。

「Gはぼくの命を救ってくれたんだ」オスカーは感情のこもった声で言った。「あと、チェックメイト」オスカーは背もたれによりかかって、椅子のうしろの脚でバランスを取りながら言った。「通りの先のシニアセンターで、チェス講座があるみたいですよ」

ギジェルモは今度こそ、ドーナツとは関係なくうめいて、チェス盤をひっくり返したので、駒が飛び散った。「おまえが眠ってるあいだに、殺してやる」それを聞いたオスカーは笑いだし、ギジェルモはドーナツの入った白い紙袋をわたしに差し出した。

緊張しすぎて食べられそうにないので、断った。

「『過剰の道こそ、知恵の宮殿につながる』」オスカーはあいかわらず椅子のうしろの脚二本でバランスを取りながら言った。「ウィリアム・ブレイク」

ギジェルモが言った。「その通りだ。十二のステップのうちのひとつか、オスカァ？」わたしはオスカーを見た。十二のステップってまさか、アルコール依存症回復の十二のステップのこと？　アルコール依存者更生会に入ってるわけ？　若くてもアルコール依存になるなんて、知らなかった。それとも、匿名断薬会のほう？　そういえば、さっきもあのドーナツのこと、どんなドラッグよりもいいとか言ってなかった？　まさかヤク中？　そういえば、衝動のコントロールに問題があるって言ってたし。

「その通りです」オスカーはにっこり笑った。「知ってるのは、仲間だけですよね」

「どういういきさつでオスカーの命を救ったんですか？」わたしは知りたくてたまらなくて、ギジェルモにきいた。

でも、答えたのはオスカーだった。「おれが公園で薬と酒で死にかけてるのを見つけてくれたんだ。どうしてか、モデルをやってた男だって気づいてくれて。Gいわく、『オスカァを鹿みたいに肩に担いで――』」オスカーは、動作も含め、ギジェルモ・ガルシアの完璧な真似をしながらつづけた。「『そのまま、スーパーマンのように町を歩いて、このうちのロフトに運びこんだのさ』」そしてまた、自分にもどった。「おれが覚えてるのは、目が覚めたらギジェルモのおそろしい顔が目の前にあったってことだけだけどね」オスカーはいつもの顔が砕け散る笑みを浮かべた。「どうやってここにきたか、さっぱりわからなかった。異常な状況だったよ。Gはいきなり、おれにむかってどなりはじめるしさ。清潔にするなら、ここにいていい、あと、『一日、一回会合へいけ、わかったな、オスカゥ、午前中は匿名断薬会、午後はアルコール依存者更生会だ』。それから、たぶんおれがイギリス人だったからだろうけど、ウィンストン・チャーチルの言葉を引用した。『地獄のただ中にいるなら、そのまま突き進め』、わかったな、オスカゥ？　ってね。朝に昼に晩に同じことを言うんだから。『地獄のただ中にいるなら、そのまま突き進め』。だから、そうしたさ。おれはそのままどんどん突き進んで、今じゃ大学に通って、どっかの道ばたで行き倒れにならずにすんでる。そうやって、ギジェルモはおれの命を救ったんだ。かなりはしょってるし、消毒されてるけどな。実際、地獄だった」

だから、オスカーの顔には寿命がいくつも刻まれてるんだ。

あと、オスカーは大学生であることが判明。

自分のスニーカーを見ながら、チャーチルの言葉について考える。わたしにも地獄のただ中にいる時期があったのに、そのまま突き進む勇気がなかったんだとしたら？　わたしは止まってしまったんだ。一時停止ボタンを押しちゃったんだ。そして今も一時停止のままだとしたら？

ギジェルモが言った。「で、命を救ってもらったお礼に、それ以来一日も欠かさずわたしをチェスで負かしつづけてるわけだな」

机を挟んでむかい合っているふたりを見て、悟った。このふたりは、血がつながってないだけで、父と息子なんだ。家族って、このふたりみたいに見つけたり、選んだりできるなんて、知らなかった。それってすごくいい。パパとノアを、ギジェルモとオスカーとトレードしたい。

ギジェルモがわたしにむかって紙袋を振った。「最初の教えだ。わたしのアトリエは、民主主義ではない。ドーナツを取れ」

わたしは歩いていって、紙袋の中をのぞきこんだ。香りをかいだとたん、膝ががくがくした。大げさじゃない。「わあ」自分が言ってるのが聞こえる。ギジェルモとオスカーはにやっとした。わたしはドーナツをひとつ選んだ。チョコレートにつけてあるんじゃなくて、チョコレートに溺れてるやつ。おまけにまだ温かい。

「食べて思わず声をあげるほうに十ドル。思わず目を閉じるっていうのでもいいな」オスカーがこっちを見たのを見て、軽く脳出血を起こす。「いや、二十ドルにしよう。このあいだ、どうやってカメラの前に立たせたか、思い出した」あの日、わたしが教会でなにを考えてたか、わかってるってこと？

オスカーは賭け成立のしるしに手を差し出した。

わたしはその手を握った。とたんに、致死量ぎりぎりの電気がからだを駆け巡った。ああ、大ピンチ。

でも、くよくよ考えてるひまはない。ギジェルモとオスカーはわざとらしく目を凝らして、こっちを見てる。わたし、いつの間に巻きこまれちゃってるわけ？　ためらいながらドーナツを口元へ持っていく。そして、ひと口、小さめにかじった。目を閉じて、ポルノっぽい声をあげたくて死にそうになるけど、かろうじて我慢する。

　うう……思ってたより、難しいよ、これ！　二口目はさっきより大きくかじった。からだの細胞という細胞に、喜びがいきわたる。これって、ひとりだけのときに食べるべきで、ギジェルモとオスカーが腕を組んで、勝ち誇った顔で見下ろしている前で食べるもんじゃない。

　賭け金をつり上げないと。それにほら、おそろしい病気ならいっぱい知ってて、選び放題なわけでしょ？　感嘆の声が出なくなるような病気ならいくらでもある。細かいところまで鮮明に思い浮かべられるようなやつ。特に皮膚症状の出る病気とか、すごくいい。

「で、こういう病気があるの」わたしは言って、ひと口かじった。「スナノミ症っていって、ノミがからだの中に入って、皮膚の下に卵を産みつけるの。卵がかえって、動き回るようすが見えるのよ。からだじゅうを！」

　ふたりのぞっとした顔を眺める。ほうらね！　三口目を飲みこむ。

「なかなかやるな。ノミのくせに」ギジェルモがオスカーに言う。

「彼女に勝ち目はないですよ」オスカーが答える。

　わたしは、強力な武器を取り出した。

「あるインドネシアの漁師が、木の男《ツリーマン》って呼ばれてたの。なぜかっていうと、ヒトパピローマウイルスに感染して、全身、角みたいな形のイボだらけになったから。ぜんぶ切除したら、約六キロにもなったんだから」わたしはギジェルモを見て、それからオスカーを見ると、くりかえした。「六キロぶんのイボ！」

わたしは、気の毒な木の男の手足が、節くれ立った幹みたいにぶら下がっているようすを説明し、そのおそろしい画像をしっかり頭に焼きつけてから、これでもう大丈夫って自信まんまんになって大きくひと口、かじった。でも、読みが甘かった。こくのあるチョコレートが口を占領し、あらゆる記憶を消して、わたしを超越状態へと引きずりこむ。木の男の画像があろうがあるまいが、関係なかった。わたしはすっかり無防備になり、気がつくと目が閉じ、口から感情がほとばしり出ていた。「なんなのこれ！　なにが入ってるわけ？」そして、もうひと口食べると、自分の口から出るとは思ってもなかったような卑猥《ひわい》なうめき声を解き放った。

オスカーは大笑いした。ギジェルモもうれしそうに言った。「ほらな。政府は民衆をマインドコントロールしたいなら、〈ドワイヤーズ〉のドーナツを使えばいいんだ」

わたしはジーンズのポケットを探って二十ドル札を引っぱりだしたけど、オスカーは片手をあげた。「最初の負けはおごりだ」

ギジェルモがわたしのために椅子を引きよせて（仲間と認められたような気がした）、紙袋を差し出した。三人とも、二個目のドーナツを取り、さらなるクラーク・ゲーブルの訪れに与《あずか》った。

食べ終わると、ギジェルモは両ももをぴしゃりとたたいて、言った。「さあ、ＣＪ、取りかかろう。今朝、サンディの留守電にメッセージを残しておいた。冬期のアトリエ実習を引き受けるとね」ギジェルモは立ちあがった。

「ありがとうございます。信じられない」わたしもそわそわして立ちあがった。午後のあいだずっと、こうやってすわってドーナツを食べていられたらいいのに。「でも、どうして……」昨日の夜、名前を言わないままだったのを思い出したのだ。

ギジェルモはわたしがなにをきこうとしたかわかったらしく、こう言った。「ああ。サンディから留守電が入っていたんだよ。よく聞き取れなかったんだが。あの電話機は、何度も蹴飛ばしたからな。だが、CJは石を使いたがってると言っていた。聞き取れたのは、それだけだ。かかってきたのは、何日も前だったが、今日までチェックしてなかったんでな」

「CJ」オスカーがお告げを受けたみたいに言った。

本当の名前を言おうとしたけど、考え直した。たまには、亡くなったダイアナ・スウィートワインの気の毒な娘じゃなくなるのも、いいかもしれない。

フリーダ・カーロがするりと部屋に入ってきて、オスカーのところまでくると、足元で丸くなった。オスカーが抱きあげると、猫は彼の首に鼻をこすりつけて、タービンみたいな音を出してのどを鳴らした。「女性の扱いは心得てるんだ」オスカーはわたしにむかって言うと、人さし指でフリーダのあごの下をさすった。

「関係ないわ。ボーイ・ボイコット中だから」

オスカーはグリーンとブラウンのセザンヌの目をこっちへむけた。まつげが濡れて見えるくらい黒々としてる。「ボーイ・ボイコット？」

「そう、男子お断りってこと」

「ほんとに？」オスカーはにやっとした。「挑戦しがいがあるな」

ああ、もう無理。

「おとなしくしてろ、オスカゥ」ギジェルモはとがめるように言い、それから、わたしに言った。「さてと、まずきみがなにからできているか、探ろう。いいかな？」脚がガクガクしはじめた。わたしは、ごまかしでできてるから。ギジェルモもうすうすそうじゃないかって思いはじめてるんだ。

ギジェルモが、オスカーの肩に手を置いた。

「二時間後にソフィアと会う約束なんです。それで大丈夫ですか？」オスカーが言った。

ソフィア？　ソフィアって誰よ？

いや、別にだからってどうだってわけじゃないけど。ぜんぜん気にしてないけど。

でも、誰なの？

それに、大丈夫ってなにが？

オスカーが服を脱ぎはじめた。

もう一度言うからね。オスカーが服を脱ぎはじめた！

頭がぐるぐるしだして、手が汗ぐっしょりになって、オスカーのおしゃれな紫のオープンカラーのシャツが椅子の背にかけられるのが見え、彼の胸はたくましくてすてきで、筋肉はくっきりしてて、引き締まってて、肌はすべすべしてて、日焼けしてて——別にだからどうってわけじゃないから！　左の二の腕に射手座のタトゥーがあって、右の上腕二頭筋ではフランク・マルツの絵みたいな青い馬のタトゥーが身をよじるようにして首までのびている。

そして、今度はジーンズのボタンを外しはじめた。

「なにしてんのよ？」わたしはうろたえて言った。牧場を思い浮かべるのよ。穏やかなクソ牧場を思い浮かべるんだってば！

「用意してんだよ」オスカーはさらりと言った。

「用意してるって、なんのよ？」わたしはオスカーのなにも穿いていないお尻にむかって言った。オスカーは例のゆっくりとした夏の歩き方で部屋のむこう側へいくと、壁の作業着のとなりにかかっていたブルーのローブを取った。そして、さっと肩にかけると、アトリエへむかった。

あたりまえだし。そういうことか。

ギジェルモは笑いをこらえようとして、失敗した。そして、肩をすくめて軽い調子で言った。「モデルっていうのはみんな、露出癖があるのさ」わたしは真っ赤になってうなずいた。

「大目に見てやらんとな。オスカゥは非常に優秀だ。とても優雅だし、表情に富んでる」ギジェルモは自分の顔のまわりに手で額縁を作ってみせた。「いっしょに描こう。だが、先にポートフォリオを見せてくれ」

ギジェルモにスケッチブックを持ってくるように言われたとき、てっきりこれから創る彫像の習作を描かされるんだって思って、まさかいっしょに描くなんて思いもしなかった。それも、オスカーの前で。オスカーの絵を！

「描画というのは批評なんだ。わかっていない彫刻家が多いがな」

うわ、最高だし。ポートフォリオを抱え、胃がひっくり返りそうになりながら、ギジェルモのあとについて歩いていく。

そしたら、壁にオスカーの革ジャンがかかってるのが目に留まった。やった。ギジェルモに気づかれないように、ポケットにオレンジをすべりこませる。

ギジェルモは廊下に並んでるドアのひとつを開け、電気をつけた。独房みたいな部屋で、テーブルがひとつと椅子がふたつ置いてある。角には、粘土《クレイ》の入った袋が積みあがり、別の角には、形も色もまちまちの石の塊が転がっていた。棚にはずらりと道具が並んでいる。見たことがあるものは、少ししかない。ギジェルモはポートフォリオの入ったケースを受け取ると、ファスナーを開き、テーブルの上に広げた。

彼の目に浮かんだ表情を見て、思わず足の指がぎゅっと丸まる。

ギジェルモは、初めはどんどんめくっていった。あらゆる大きさの器が、さまざまな制作過程を経て、最後、破片になり、つなぎ合わされている写真。ページをめくるごとに、ギジェルモのひたいに困惑したようなしわが刻まれていく。それから、球状の塊のページにきた。同じだ。どの塊も、いったん粉々になり、最後の写真では接着剤でつなぎ合わせてある。

「なぜだ？」ギジェルモはきいた。

わたしは真実を言うことにした。

「母のしわざなんです。わたしが創るものをすべて壊してしまうんです」

ギジェルモはショックを受けて言った。「お母さんが作品を壊すのか？」

「あ、いいえ、そうじゃありません」ギジェルモが誤解してることがわかったので、言った。「母が意地悪だとか、頭がおかしいとか、そういうんじゃありません。もう死んでますから」

ギジェルモの表情が地震を起こし、心配の対象が、わたしの身の危険から、わたしの頭の状態へと変わるのがわかった。ま、しょうがない。ほかに説明のしようがないし。

「なるほど」ギジェルモは気を取り直して言った。「なぜ死んだお母さんはこんなことをしたがるんだね？」

「わたしに怒ってるからです」

「きみに怒ってるから」ギジェルモはくりかえした。「きみはそう思ってるんだね」

「そうわかってるんです」わたしは言い直した。

「きみの家族はみんな、すごい力を持ってるんだな。きみは弟と世界を山分けにしてるし、お母さんはよみがえってきみの作品を壊すんだから」

わたしは肩をすくめた。

「きみが創らなきゃいけない彫像っていうのは、お母さんのためなのか？　昨日、言ってたのはお母さんのことか？　この彫像を創れば、お母さんはもう怒るのをやめて、作品を壊すのをやめると思ってるってことか？　わたしが手を貸すのを断ったときに泣いたのは、これが理由なのか？」

「はい」

ギジェルモは今はないひげをなでて、長いあいだわたしをじっと見ていた。それから、〈壊れたわたし＝塊　その8〉を眺めた。「わかった。だが、それはここでは問題ではない。問題はきみのお母さんではない。面白いのは、つまりこの作品で一番興味深い点は、壊れているということだ」ギジェルモは最後の作品に人さし指を突き立てた。「そして、問題なのは、きみがいないということだ。ほかの少女がこれを創ったのかもしれないが、わたしにはわからん」ギジェルモはさらにいくつかの塊に目を走らせた。そして、「で？」ときいた。ギジェルモのほうを見あげる。答えを待ってるなんて、知らなかったし。

なんて答えればいいの？

ギジェルモにひっぱたかれないようにうしろへ下がりたい衝動をこらえる。「うちの非常階段に這いのぼった少女は、ここには見えない。砂糖をこぼすと、人生が変わると思ってる少女も、猫に生命を脅かされると思ってる少女も、手を貸せないと言われて泣いた少女もいない。わたしと同じくらい自分も悲しいと言い、死んだ母親が怒って作品を壊すと主張する少女のことだ。あの子はどこにいる？　ああいう子は？」ああいう子？　ギジェルモの燃えるような視線がわたしの目に突き刺さる。答えを待ってるわけ？　「この作品を創ったのは、ああいう子じゃない。この作品にああいう子はいない。なぜ自分やみんなの時間をむだにする？」遠回しな言い方はしないタイプらしい。

わたしは深く息を吸いこんだ。「わかりません」

「答えは明らかだ」ギジェルモはポートフォリオを閉じた。「あの子を、これから創る影像に入れるんだ。わかったな？」

「わかりました」どうやればいいのか、ぜんぜんわからないまま答えた。今までできたことはある？　少なくともCSAでは、ない。砂で創った影像のことを思い出す。あのころ、頭の中にあるイメージに近づけるため、どれだけがんばっていたかを。一度もできたことはなかった。でも、あのときは、「ああいう子」を作品に注ぎこむことはできてたかもしれない。

だから、ママが気に入らなかったらどうしようって、怖かったのかもしれない。

ギジェルモはほほえんだ。「いいだろう。そうすれば、きっと面白くなる。わたしはコロンビア人なんでね。幽霊話には目がないんだ」

ギジェルモは、ポートフォリオのケースをコンコンとたたいた。「すぐに石に取りかかれるかについては、どうかな。粘土《クレイ》は親切なんだ。なんだってできる。きみはまだわかってないがな。石は筋ばっていて、狭量だ。一方的に想いを寄せる恋人に似ている」

「石なら、母も簡単には壊せないと思うんです」

ギジェルモの顔をなるほどという表情がよぎった。「この影像のことは、素材がなんだろうと壊さないだろう。それについては、わたしを信じるんだ。まず練習用の石で彫る練習をする。それから、習作を見せてもらって、ふたりで今回の影像にふさわしい素材を選ぼう。お母さんの影像を創るのか？」

「はい。ふだんは、写実的な作品は創らないんです。でも……」そして、わたしは自分でも言うつもりのなかったことを、喋りはじめた。「サンディに、この世界で必要なものはあるのかってきかれました。自分の二本の手だけで創造できるもので」ごくりとつばを呑みこんで、ギジェルモの目を見つめる。「わたしの母親は、すごくきれいな人でした。父はいつも、木を見つめるだけで花を咲かせることができる人だって」ギジェルモはにっこりした。「毎朝、母はテラスに出て、海を見わたしていました。風に髪がなびいて、ローブがうしろにふわっと舞いあがって。まるで船の舵みたいだったんです。つまり、わたしたちを操って、空を渡っていくような感じ。毎日、そんなふうでした。毎日そう思ってた。そのイメージはずっと頭のどこかにあったんだと思います。ずっと」ギジェルモはじっと耳を傾けている。ギジェルモは部屋の壁だけじゃなくて、人の中にある壁もすべて倒してしまうような人なんじゃないかって思った。なぜなら、昨日と同じで、もっともっと彼に話したかったから。「あらゆる方法で母と連絡を取ろうとしたんです。ありとあらゆる方法で。おかしな本まで読んで、なにか方法はないかって探しつづけました。あらゆることをやったんです。母の宝石を枕の下に入れて寝るとか、真夜中にビーチへいって、わたしたちふたりが写ってる写真をブルームーンにむかってかかげるとか。手紙を書いて、母のコートのポケットや、赤い郵便受けに入れたりもしました。嵐にメッセージを投げ入れたり、母が好きだった詩を毎晩寝る前に暗唱したり。そのくらい、母は怒ってるから」汗が噴き出しはじめる。「今度の作品を壊されたら、わたしは死にます」唇が震える。手で口を覆い、わたしはつづける。「わたしにはこれしかないから」

ギジェルモが肩に手を置いた。信じられないけど、わたしはギジェルモに抱きしめてほしくてしょうがなかった。「お母さんは壊さない」ギジェルモはやさしく言う。「約束する。必ずうまくいく。その影像を創ることができる。わたしが手を貸すのだから。あと、ＣＪ、今のきみこそ、作品に注ぎこむべき少女だよ」

わたしはうなずいた。

ギジェルモは棚へいって、木炭を何本かつかみ出した。「さあ、描こう」

信じられないことに、となりの部屋に裸のオスカーがいることをすっかり忘れていた。

アトリエの角の、一段高くなっているところへいくと、椅子が一脚、置いてあった。落ち着かない気持ちになる。ＣＳＡのカウンセラーにも、たった今ギジェルモに話したようなことは言わなかったのに。かわいそうな母親のいない娘として見られるのは、もうたくさんだったから。

オスカーはブルーのローブをはおって、脚を投げ出して本を読んでいた。教科書っぽい。でも、すぐに閉じてしまったので、なにかはわからなかった。

ギジェルモはもうひとつ椅子を取ってくると、わたしにすわるように言った。

「オスカゥは、一番気に入っているモデルだ。ふしぎな顔をしているだろう、気づいているかはわからんが。彼を創ったとき、神は酔っぱらってたんだろう。こっちをほんのちょっと。

あっちもほんのちょっと。ブラウンの目。グリーンの目。曲がった鼻。曲がった口。イカレた笑い。欠けた歯。こっちに傷、あっちにも傷。パズルだ」

オスカーは首を振りながら、冷やかしを聞いていた。「神なんて信じてないんじゃなかったんですか？」

ちなみに、わたしはペニスパニック発作のただ中にいた。

CSAのモデルを使ったデッサンのクラスでは、比較的ペニス中立の立場だった。でも、今は無理。ぜんぜん無理。

「それは誤解だ。わたしはあらゆるものを信じている」

オスカーはローブを脱いだ。

「わたしもよ。わたしが信じてるものを、オスカーは信じないと思うけど」必死になって口を挟む。ふたりのウィットのあるやりとりに参加すれば、アレを凝視せずにすむと思ったから。でも、手遅れ。クラーク・ゲーブルのクソじじい！　オスカーがゴジラって名付けた恐竜って、あれ、なんだったっけ？

「言ってみな」オスカーは言った。はあ!?　なに考えてるかなんて、言うわけないわよ！

「ひとつでいいから、言ってみなよ、ＣＪ。きみは信じてて、おれは信じてないものを」

「いいわよ」冷静で成熟したふうを装おうとする。「男の子が女の子にオレンジをあげると、女の子の彼への想いは深くなる、とか」思わず言ってしまう。

オスカーは大笑いして、ギジェルモが指定したばかりのポーズを崩してしまった。「ああ、きみがそれを信じてることは、信じるよ、心からね。きみが熱烈に信じてるって証拠もある」

ギジェルモがイライラしたように足でトントンと床をたたいた。オスカーがウィンクしたので、胃が一気に上昇した。「つづきはまた」

つづきはまた……

待って。ソフィアって誰よ？　妹？　大叔母さん？　修理にくる配管工って線もあり？

「すばやくスケッチするんだ、ＣＪ」ギジェルモに言われ、また新たに不安が襲ってきた。ギジェルモが、オスカーに指示をする。「三分ごとにポーズを変えるんだ」そして、となりの椅子にすわると、スケッチをはじめた。手がスケッチブックの上を飛ぶように動く。空気が攪拌《かくはん》される。わたしは息を吸いこむと、大丈夫と言い聞かせ、描きはじめた。約五分経った。オスカーの次のポーズに息を呑む。背中をぐっと反らせ、頭をのけぞらせてる。

「遅いぞ」ギジェルモが静かに言う。

わたしは手の動きを速める。

ギジェルモは立ちあがって、わたしのうしろに立って、肩越しにのぞきこんだ。彼の目を通して見たわたしの絵は、ひどかった。

彼の声がする。

「もっと早く」

次。

「光の源がどこか、よく見るんだ」

次。絵の一部分を指しながら、

「これじゃ、影じゃない。ほら穴だ」

次。

「木炭を強く握りすぎだ」

次。

「何度も木炭を紙から離すな」

次。

「紙を見るな。モデルを見ろ」

次。

「オスカゥを目に焼きつけろ。手に。目、手。からだじゅうにオスカゥを巡らせるんだ。わかるか？」

次。

「だめだ。ぜんぜんなってない。ぜんぶだめだ。学校ではなにを教わってんだ？　なにも教わってないんだろうな！」

ギジェルモが横にしゃがみ、においがわっと襲いかかってくる。ってことは、少なくとも、屈辱のあまり死んではいないらしい。「いいか、絵を描くのは、木炭じゃない。きみだ。きみの手だ。きみの手はきみのからだにくっついていて、そのからだでは、心臓が鼓動している。まだこれは早いな」ギジェルモはわたしの手から木炭を取ると、床に放り投げた。「木炭なしで描け。手だけ使うんだ。見て、感じて、描け。これはぜんぶでひとつのことだ。三つじゃない。彼から目を離すな。見て、感じて、描く。ぜんぶでひとつの動詞なんだ。よし、はじめろ。考えるな。一番大事なことだ。考えすぎるな。ピカソが言ったんだ。『脳を取り出して、目だけ使うことができれば』とな。脳は取り出してしまえ、CJ。目だけを使うんだ！」

恥ずかしかった。取り出しボタン《イジェクト》を押したい。少なくとも、ありがたいことに、オスカーの目は部屋の反対の隅に注がれていた。一度もこっちは見ていない。

ギジェルモは椅子にもどった。「オスカゥのことは気にするな。彼がいるからって、意識するんじゃない」テレパシーでも使えるわけ？「さあ、思うように描くんだ。なにか意味があるように。なぜなら、実際、意味があるからだ。わかるか、CJ？意味がなければいけないんだ。真夜中に塀を乗り越えて、非常階段まで這いあがってきたんだろう。きみにとって、なにかしらの意味があるはずだ！」

ギジェルモはまたとなりでスケッチをはじめた。紙に荒々しく挑みかかっているさまを見る。大胆で確かな線や、次々ページをめくるようす。十秒ごとくらい。学校でも、三十秒スケッチはやる。でも、ギジェルモは稲妻だ。

「描け」ギジェルモは言う。「描くんだ！」

そしてわたしは、波にこぎ出していく。大きな波がみるみる膨らんで、こっちへ押しよせてくる。あっという間に、巨大で力強いものの中に引きこまれるに違いない。なぜかわたしはカウントダウンをはじめる。
３、２、１。
スタート。木炭も持たずに、わたしはスタートする。

「もっと早く」ギジェルモが言う。「もっと」

ギジェルモのように十秒ごとにページをめくり、実質上、なにも描かず、なにも気にせず、オスカーがわたしの手の中で生命を得るのだけを感じる。

「いいぞ」ギジェルモが言う。

次。

「よくなってる」

見て感じて描く。ひとつの動詞。

「よし。それだ。今にきみは手で見るようになる。間違いない。よし、じゃあ今度は、矛盾したことを言う。ピカソもそうだった。ピカソは、確かに脳を取り出せと言った。同時にこうも言ったんだ『絵を描くのは、目の見えぬ者の仕事だ』『描くためには、目を閉じて歌わなければならない』。ミケランジェロは、目でなく脳で彫刻するのだ、と言った。そうだ、すべてが真実なんだ。生きるということは矛盾に満ちている。あらゆる教えを取り入れるんだ。そして、なにが役に立つのかを見いだせ。よし、じゃあ、木炭を拾って、描け」

数分後、ギジェルモは首に巻いていたスカーフを取って、わたしに目かくしをした。

「わかるか？」

　わかった。

　そのあと、独房部屋にポートフォリオを取りにいって、用事で出かけたギジェルモを待っていると、ボタンをかけてファスナーをあげたオスカーがドアからひょいと顔を出した。カメラを持ってる。

　オスカーはドアの枠によりかかった。生まれながらにして、「よりかかる」ようにできてる男がいる。オスカーはその一人だ。もうひとりはジェームズ・ディーン。「ブラボー」オスカーは言った。

「ふざけないで」わたしは言ったけど、本当はしびれたような、異常に活性化しているような、目覚めたような、気持ちだった。CSAではこんな気持ちになったことはない。

「ふざけてなんかいないよ」オスカーはカメラをいじりながら言った。黒い髪が顔にかかるのを見て、かきあげてあげたくなる。

　手を忙しくするために、ポートフォリオのファスナーを閉めた。「前にわたしたち、会ったことある？」ついにきいてしまった。「そんな気がするの。どこかで見た顔だもの」

　オスカーは目をあげた。「おれの裸を見たあとのセリフがそれか」

「やだ……そうじゃなくて……わかるでしょ……」からだの隅々から熱が発散される。

「ま、いいけどね」オスカーは面白がってるように言った。「でも、ありえないな。おれは、人の顔は忘れないから。特に、きみみたいな顔は——」カチャって音がして、気づいたら、撮られていた。ファインダーからのぞきもしないで撮るなんて。「おれと会ったあと、また教会にいった？」

わたしは首を横に振った。「ううん。どうして？」

「きみがきたときのために、置いておいたんだ、写真を」え、今一瞬、恥ずかしそうな顔した？「裏に、メモを書いておいた」息が止まる。「なくなってたんだ。見にいったら。誰か別のやつが持っていったんだな。かえってよかったかも。ありがた迷惑ってやつだもんな」

「どんな『迷惑』だったわけ？」人間って、こんなふうに喋るのと卒倒するのを同時にできるんだ。

オスカーは答えずに、カメラをかまえた。「今やったみたいに、ちょっと頭をかたむけて。「あうん、それでいい」そして、壁から離れると、膝を曲げて、カメラをこっちへむけた。「ああ、完璧だ。うん、すっごくいい」教会で起こったことが、また起こりつつある。地球温暖化で氷河が割れることを、氷塊分離っていうんだけど、わたし、氷河から分離しつつある。

「きみの目はこの世のものとは思えない。きみの顔ぜんぶ。昨日の夜、何時間もきみの写真を見てたんだ。ぞくぞくさせられる」

こっちは、そっちのせいで温暖化してるし！

でも、それだけじゃなかった。ぞくぞくとか、分離とか、地球温暖化を超えたなにかを、初めて教会で会ったときから感じていた。彼は、わたしはちゃんとここにいるって、隠れたりしてないって、ちゃんと見えてるって、思わせてくれる。それは、カメラのせいだけじゃない。なんのせいなのかは、わからない。

それに、彼は今まで知ってた男の子たちとは違う。すごく刺激的。彼の影像を創るなら、爆発してるように創る。ドカーンって。

わたしは深く息を吸いこむと、前回、男の子を好きになったときなにが起きたかを、思い出そうとした。

でも、結果はこれ。裏にはどんなことが書いてあったの？ それに写真って？

「これからときどき写真を撮らせてもらっていい？」

「もう撮ってるじゃないか、オスカゥ！」ギジェルモの真似をして、思いっきり大げさな口調で言う。

オスカーは笑った。「ここでじゃないよ。こんなふうじゃなくて。ついこのあいだ、ビーチのそばで見つけた廃墟で撮るんだ。夕焼けのときに。いいことを思いついた」カメラの横からひょいと顔を出して、こっちを見る。「服を着てないところにしよう。そうすれば、公平だし」目に悪魔の光が宿る。「いいだろ？」

「いいわけないでしょ！ ふざけないでよ。ヤバいからそれ。首切り殺人鬼の避け方その一。知らない人間と廃墟へいって、服を脱がないこと。ったく。そうやっていつも口説くわけ？」

「そうだよ。いつも成功する」

思わず笑ってしまった。「やなやつ」

「わかってないな」

「わかってるわよ。逮捕して、社会奉仕活動させるべきね」

「すでに一回、やられたよ」自分の口があんぐりと開くのがわかった。本当に刑務所に入ってたんだ。わたしがショックを受けてるのに気づいて、オスカーは言った。「本当の話だよ。きみもワルの仲間入りだ」

むしろ、逆だって感じてた。三匹のクマの家に迷いこんだ女の子みたいな気がしてた。自分の家ではおかしくなってることが、ここではちゃんとしてる。

「なんで逮捕されたの？」

「さっきの誘いにイエスって言ってくれるなら、教えるよ」

「首切り殺人？」

「ちょっと危険な人生を送ってたもんでね」

比喩じゃなくて、むせた。「残念！　わたし、そういうのに惹かれるタイプじゃないから！」

「異議あり」

「そっちこそ、わかってないし」ふたりで話してると、すごく楽だった。どうしてこんなに楽なの？

おばあちゃんが頭の中で歌うように答えた。「なぜなら、愛が満ちてるからだよ。まったく、見えてないのかね。今だ、髪の毛を一本、彼のポケットに入れるんだよ。ほら、早く」

あなたの髪が彼のポケットに入っているかぎり、彼があなたを忘れることはない
（はいはい、ありがと、でも遠慮しとく。これ、すでにゼファーにやったし）

おばあちゃんがふつうの死人だってふりをする——静かになった。

セメントの床にヒールがカツカツとあたる音がした。オスカーはぱっとドアの外を見た。

「ソフィア！　入ってこいよ」どう見ても配管工じゃない。配管工がピンヒールを履くっていうなら別だけど。オスカーはわたしのほうを見た。じゃまが入る前に、なにか言おうとしてる。「やなやつかもしれないけど、知らない人間じゃないだろ。たった今自分で言ったじゃないか。『どこかで会った気がするぅ』って」オスカーは、ビーチにいる女の子の抑揚でわたしのセリフを真似ると、カメラのレンズにキャップをつけた。「あの日、教会で会ったのが初めてだ。間違いない。でも、CJには会うべくして会ったっていうのも、間違いないと思ってる。イカレてるって思うかもしれないけど、これは予言されてたんだ」

「予言？」これがさっき言ってた「迷惑」？　そうに違いない。「誰に？」

「おれの母親。死に際に言ったんだ。母親の最期の言葉は、きみのことだったんだよ」

死ぬ直前に言ったことは、現実になる？

明らかに妹でも大叔母さんでもないソフィアが、赤い髪をなびかせた彗星みたいに入ってきた。五〇年代風の鮮やかなフクシアピンクのスウィングドレスを着てる。ネックラインが赤道まで開いてて、薄いブルーの目の上には、ゴールドのきらきらの入ったグリーンのシャドウが翼みたいに塗られてる。

クリムトの絵から抜け出したみたいに、きっらきら。

「ハイ、オスカー」ソフィアはきつい訛りのある喋り方で言った。ドラキュラ伯爵ってぜったいこういう感じだと思う。

そして、オスカーの左頬と右頬にキスをして、それから最後に、唇を彼の唇にぐっと押しつけた。長い。すごく長い。わたしの胸はぐしゃっとつぶれた。

長い……。

友だちはこんなあいさつはしない。どんな状況だって。

「やあ」オスカーはやさしい声で言った。ソフィアの赤紫色《マゼンタ》のリップが唇にべったりくっついている。わたしは、スウェットのポケットに手を入れる。思わず手を伸ばして、ぬぐい取ったりしないように。

あと、さっきの三匹のクマの話は取り消し。

「ソフィア、彼女はCJ。ガルシアの新しい弟子なんだ、美大の」つまり、わたしは美大生だと思ってるんだ。同じくらいの年だって。しかも、美大に入れるような優秀なアーティストだって。

ひとつとして、当たってないけど。

ソフィアが手を差し出した。「あんたの血を吸いにきたのよ」って、トランシルヴァニア（吸血鬼ドラキュラ伝説の舞台）訛りで言ったけど、聞き間違いだろう。たぶん、「優秀な彫刻家なんでしょうね」って言ったんだと思う。

わたしは十六歳の闇を食らうトロルみたいな気持ちで、もごもごと返事のようなものを呟いた。

対するソフィアは、燃えるような髪と鮮やかなピンクのドレスを着たエキゾチックなランの花。そりゃ、オスカーだって彼女のこと好きになるよね。ふたりでいると、エキゾチックなランの花が並んでるみたいだし。こういうのを、完璧って言うんだよね。そう、ふたりは完璧。ソフィアのセーターが肩からずり落ちて、みごとなタトゥーが腕にぐるりと巻きついてるのが見えた。赤とオレンジ色の、炎を吐くドラゴン。オスカーもそれに気づいて、これまで百回はやってるって感じでセーターをもどしてやった。胸の奥から暗い嫉妬がせりあがってくる。

予言はどうしたのよ？ どんな予言かは知らないけど。

「そろそろいかなきゃ」ソフィアはオスカーの手を取り、あっという間にふたりはいってしまった。

ふたりが建物を出たと確信してから、廊下を全速力で走って（ギジェルモがまだもどってなくてよかった)、正面の窓のところへいった。

ふたりはすでにバイクにまたがっていた。ソフィアがオスカーの腰に腕を回す。それがどんな感じか、彼のからだがどんな感触か、今日、スケッチを描いたからわかる。わたしは想像する。彼の斜めに伸びた筋肉にそって両手をすべらせ、腹部の溝にあてるところを。彼の肌の熱を感じるところを。

手に触れたガラスは冷たかった。わたし、本当にやってた。

オスカーがバイクのキックスターターを踏んで、エンジンを始動させる。ふたりは切り裂くように通りを走り去っていく。ソフィアの赤い髪が、山火事みたいに火花を散らす。時速八百キロのまま、命知らずの角度でカーブを曲がるとき、ソフィアは両手をあげて、喜びの声をあげた。

そうだ、彼女は怖れを知らないのだ。彼女も危険な人生を送ってるから。それが、なによりもつらかった。

暗い気持ちでもどっていくとき、さっき郵便室を駆け抜けたときは、誓って閉まっていたドアが細く開いているのに気づいた。風のせい？　幽霊？　そっと中をのぞく。わたしの幽霊のどっちかが誘いこもうとしてるとは思えないけど、絶対ないとは言えないし。ドアを開けとくなんて、おばあちゃんはやりそうにない。

「ママ？」囁くように言う。詩を数行暗唱してみる。ママが先を続けてくれるかもしれないと思って。でも、今回はなにも聞こえない。

ドアを大きく開けて、部屋に入った。元はオフィスだったらしい。つまり、つむじ風が吹き荒れる前は。さっとドアを閉める。本棚がひっくり返って、本がそこいらじゅうに散らばっている。机や棚の上から飛ばされた紙やスケッチブックやノートの吹きだまりがあちこちにできていて、灰皿はどれも吸い殻でいっぱいだ。テキーラの空きビンが転がり、もう一本は隅っこで粉々に割れていた。壁には殴ったあとがたくさんついてるし、窓ガラスも一枚割れてる。床の真ん中には、天使の石像がうつぶせに倒れていた。背中にひびが入ってる。

怒りに任せてめちゃくちゃにしたんだと、わかる。初めてここにきた、あのときかもしれない。家具投げコンテストみたいな音がしてたとき。ギジェルモの抱えている問題がなんであれ、その「物理的表現」を見まわしながら、興奮と恐怖の両方がからだを縫うように駆け抜けていくのを感じた。コソコソかぎまわるのはよくないって思いながらも、いつものごとくあっという間に好奇心が良心を乗っ取り（知りたがり抑制力の欠如）、しゃがんで、床に落ちている紙を手当たり次第に読みはじめた。ほとんどは古い手紙だった。いっしょに制作をしたいっていうデトロイトの美大生からの手紙とか、指導教官になってくれるならなんでも（ここにアンダーラインが引いてある）しますって書かれたニューヨークの女性からの手書きの手紙とか。わお。ギャラリーからの委託書類とか、美術館からの制作依頼もあった。むかしの展示会のプレス・リリースもある。ギジェルモがポケットに入れてるのと似たノートがあったので、なにか手がかりは見つからないかと思ってパラパラとめくってみた。スケッチやリストやメモがぎっしり書かれてる。ぜんぶスペイン語だ。材料のリスト？　彫刻に関するメモ？　アイデア？　うしろめたくなって、紙の吹きだまりの上にポンと放ってもどしたけど、我慢できずにまた別のを拾ってしまった。こっちのも同じような内容だったけど、めくっていくうちに、英語の文章が書いてあるページが出てきた。

愛するきみへ
　頭がどうかなりそうだ。なにも食べたくないし、なにも飲みたくない。口の中のきみの味を失ってしまうから。きみを見られないなら目を開きたくない。きみが吸っていない空気を吸いたくない。きみのからだの中に、その美しいからだの奥に入ったことのない空気など。わたしは

次のページをめくったけど、続きはなかった。わたしは――のあとは、なに？　残りのページもパラパラとめくったけど、空白のままだった。あたりに散らばってるノートを数冊見てみたけど、英語で書かれているものも、愛するきみへ宛てたものもない。腕の皮膚がチクチクしはじめる。「愛するきみ」は彼女だ。そうに決まってる。あの絵の女《ひと》だ。粘土《クレイ》の男の胸から逃れようとしていた粘土《クレイ》の女だ。女の巨人だ。ギジェルモの創る女の巨人はすべてこの「愛するきみ」なんだ。
　もう一度、手紙を読んだ。流れるような、絶望に満ちた、そして情熱に満ちた文章を。

男が愛する相手に書いた手紙を渡さなかったら、その愛は本物

ギジェルモの身に起こったのは、これだったんだ。悲劇の叶わぬ恋。ギジェルモは、完璧な配役。皮膚の下に高波と地震を持つ男を拒める女はいない。

オスカーも、きっと皮膚の下に自然災害を持ってる。でも、待って。ラブストーリーの主役の男はひたすら愛し、汽車を追って、大陸を渡り、財産や王位を投げ捨てて、因習を拒み、迫害に立ちむかい、部屋をめちゃくちゃにして、天使の背中を割り、アトリエのセメントの壁という壁に恋人の絵を描き、巨人の彫像のオマージュを創る。

トランシルヴァニア出身の彼女がいるのに、わたしみたいな子に臆面もなくちょっかいを出したりしない。

ノートから愛の言葉が書かれたページを破りとって、ジーンズのポケットに押しこんだのと同時に、玄関から、ホラー映画のドアのギイイイって音がした。わ、まずい。心拍数がぐっとあがる。つま先立ってそっとドアのところまでいくと、ギジェルモがこの部屋に入ってくることにしたときのために、ドアの横に隠れた。どう考えても、わたしがここにいるのはマズい。ここのカオスは、本当にプライベートなたぐいのカオスで、言ってみれば頭の中のものがすべてこぼれ落ちてしまったようなものだから。床に椅子がすれる音がして、煙のにおいが漂ってきた。うそでしょ。ドアのすぐ外で煙草を吸いだしちゃったわけ？

わたしは待った。そこいらじゅうに積み重ねてある美術の本を片っ端からながめる。学校で見たことがある本もたくさんある、と思ったら、ママの本があった。本の山から半分のぞいたママの顔が、わたしを見つめてる。ママの書いたミケランジェロの評伝『大理石の中の天使』の裏表紙にある著者の写真だ。心臓が飛び出しそうになったけど、よく考えたら、別に意外でもなんでもない。この部屋には、あらゆる美術本があるんだから。しゃがんで、手を伸ばし、音を立てないように注意しながら本の山から引っぱりだした。ギジェルモにインタビューしたときママがサインしたかもしれないと思って、タイトルページを開くと、やっぱりあった。

ギジェルモ・ガルシアさま

「私は大理石の中に天使を見た。そして天使を自由にするために彫ったのだ」
インタビューを受けてくださってありがとう。すばらしい名誉だわ。

あなたの崇拝者
ダイアナ・スウィートワイン

ママ。わたしは、慌てて、そう、慌てて本を閉じて、いきなり開いたりしないように、自分が開いたりしないように、両手で押さえつけた。力が入りすぎて、関節が白く浮き出る。ママはいつも、サインといっしょにミケランジェロの言葉を書いていた。ママの一番好きな言葉。わたしは本をぎゅっと力いっぱい抱きしめた。本の中に飛びこんでしまいたくて。

それから、ジーンズのウェストに挟みこんで、トレーナーで隠した。

「CJ」ギジェルモが呼んだ。むこうへ歩いていく足音がする。いってしまったことを確信してから、音を立てないように部屋から出て、ドアを閉めた。郵便室を静かにすばやく通り抜けて、独房部屋に入ると、ママの本をポートフォリオのケースの中に隠し、それから、今日は超がつく変人ぶりを発揮してるって自分でも、そう、自分でも思いつつ、でも発作的になにかを盗むのは、これが初めてってわけじゃないしって思った。これまでも、学校の図書館からママの本を何冊も盗んでる――っていうか、新しい本が補充されるたびに、盗っていた。町の図書館でもやったし、本屋でも何回かやった。自分でもどうしてかはわからない。どうして恋人への手紙を盗ったのかもわからない。自分がどうしてそういうことをするのかも、なにひとつわからない。

ギジェルモはアトリエで、恍惚とした表情のフリーダ・カーロのお腹をなでていた。彼の愛するきみへの手紙が、ポケットで燃えあがっている。もっと知りたい。ふたりになにがあったの？

ギジェルモはわたしを見てうなずいた。「準備はいいか？」そして立ちあがる。「人生を変える準備はできているか？」

「はい」

そのあとは、練習用の石を選ぶのに費やされた。わたしは琥珀色のアラバスター石にひと目惚れした。中で火が燃えているように見える。それから、モーゼと化したギジェルモが彫刻に関する戒律を唱えるのに耳を傾けた。

・大胆かつ勇敢になること
・危険を冒すこと
・防護服を着ること
（粉じんの中にアスベストが含まれるから）
・練習用の石の中になにがあるか予想せずに、石が直接語りかけてくるのを待つこと

この戒律のあと、ギジェルモは手を広げてわたしのみぞおちに触れた。「心の中で眠っているものが、そのまま、石の中で眠っているものなんだ。わかるか？」

それから、最後の戒律を授けた。

・世界を創り替えること

それこそ、わたしが心の底からやりたいことだ。石を彫ることで、どうやって達成される

のかは、わからないけど。

何時間も彫る練習をしたあと（わたしは見ものだっていうくらい下手だった）、家に帰って、手首は筋肉痛だし、何百回もハンマーを打ち損ねたせいで親指は傷だらけだし、フェイスマスクをしていたにもかかわらずぜったいアスベストが肺の組織に入りこんでるしって状態でカバンを開けると、中から大きなまるいオレンジが三つ、こっちを見あげた。一瞬、バカみたいにオスカーへの想いで胸がいっぱいになったけど、すぐにソフィアのことを思い出した。

なんなのよ、この二股男！　あんな鬼畜やろう（ノアがノアだったころ、使ってた言葉）。ソフィアにも、母親の予言の話をしてるに決まってる。

っていうか、母親が死んだっていうのもうそかも。

わたしはオレンジをキッチンに持っていって、ぜんぶジュースにしてやった。


オレンジ大虐殺のあと、ちょっと裁縫でもしようと思って部屋にもどると、床に置きっぱなしにしていたカバンの横でノアがしゃがんで、奥深くにしまわれていたはずのスケッチブックをめくっていた。ギジェルモの手紙を盗み見た天罰が、さっそく下ったってわけ？

「ノア？　なにしてんのよ？」

ノアはうわっと叫んで跳びあがった。「びっくりした！　なんでもないよ！」それから、両手を腰に当て、そのままポケットに突っこんでから、また腰にもどした。「ただちょっと……なんでもない。ごめん」ノアは大きすぎる声で笑うと、手をパチンとたたいた。

「どうしてわたしのカバンの中を見てたのよ？」

「見てない……」ノアはまた笑った。どっちかっていうと、馬のいななきに近かったけど。

「その、つまり、見てたかもね」そして、飛び降りてしまいたいって感じで窓を見つめた。

「どうしてってきいてるの」わたしは言ったけど、こっちまでクスクス笑い出してしまった。こんな文句のつけようのない変わり者になったノアはひさしぶりだったから。

ノアは、わたしの考えていることが聞こえたみたいににっこり笑った。そしたら、胸の中がすうっと気持ちよくなった。「今、ジュードがなにをしてるか見たかったんだと思う」

「ほんとに？」わたしは驚いてきいた。

「ああ」ノアは立ったまま、前後に揺れた。「そうだ」

「いいよ」自分の声が弾んでるのがわかる。

ノアはスケッチブックのほうを指さした。「ママのスケッチが何枚かあったけど、ママの彫刻を創ろうとしてるの？」

「うん」ノアが興味を示してくれたのがうれしくて、スケッチブックをこっそり見ていたことはどうでもよくなった。自分だって、何度同じことをしたかわからないし。「でも、そこにある習作は、ぜんぜんまだまだなの。昨日の夜、描いたばっかり」

「粘土《クレイ》？」

ふいに、しゃあしゃあとノアに作品のことを話すなんてどういうつもりって気持ちがこみあげてきたけど、気持ちが通じ合うのはひさしぶりだったから、わたしはつづけた。「粘土《クレイ》じゃなくて、石。大理石か花崗岩か、まだわからないけど。今、めちゃくちゃすごい彫刻家のところで教わってるんだよ。本当に、すばらしい人なの」わたしは歩いていって、床のスケッチブックを手に取った。そして、かかげ持つと、正面から描いた一番完成に近いスケッチを指さした。「写実的な作品にしようかと思ってるの。いつもみたいな球根っぽいのじゃなくて。優雅でしなやかな感じもあって、でもどこか荒々しさも秘めたような。ママみたいに。ママの髪が風になびいてるところにしたい。服も――もちろんふわふわドレスにするつもり。でも、それはまだ先ね。ねえ、覚えてるでしょ、ママが毎晩テラスに立って――」わたしはそこでやめた。ノアがポケットから携帯を取り出したからだ。振動してたに違いない。「よう、おまえか」ノアはそう言って、トレイルランとかマイル距離とかそういうクロスカントリーのちんぷんかんぷんな話をしはじめた。そして、長くなるからごめんって感じの顔をわたしに作って見せてから、部屋を出ていった。

ノアが友だちと話しているのを聞いてみたくて、こっそりドアのところまでいった。ときどきノアの部屋の外に立って、ノアがヘザーとうわさ話をしたり笑ったり、バカなことを言ったりしてるのを盗み聞きしてる。週末には何度か、動物園とか〈走ったあとのパンケーキ三昧パーティ〉に誘ってくれないかと思って、玄関ですわって本を読んでみたけど、一度も誘われたことはなかった。

そっとのぞくと、廊下を少しいったところでノアは急に話をやめて、電話をポケットにもどした。え？　ってことは、電話がかかってきたふりをして、喋ってたわけ？　わたしから逃げるためだけに？　ばかげたことをいつまでも喋るのをやめさせたくて？　のどがぐうっと締めつけられる。

わたしたちはもう、前みたいにはなれないんだ。元のわたしたちにもどることは、二度とないんだ。

床をじっと見つめる。

サーフィンをしてるとき、波に乗ったとたん崩れて、いきなり波の下まで一気に落ちてしまうことがある。

そんな気持ちだった。


次の日の午後、約束の時間に（ギジェルモは今が冬休みだってことはぜんぜん頭にないみたいだし、わたしもほかにどこにもいくところがないし）、ギジェルモのアトリエにいくと、ドアにメモが留めてあった。「すぐもどる。ＧＧ」

午前中ずっと、反オスカー対策のレモンをしゃぶりながら、町の音に耳を傾けていた。練習用の石は、中になにがあるのか語ってくれるだろうか。今のところ、ちらとも姿を現わさない。昨日からのノアとわたしのあいだも同じ。今朝、ノアはわたしが起きるより前に、出かけてしまった。パパが緊急用に置いていったお金をぜんぶ持って。ま、いいけど。

目下、差し迫った問題にもどる。つまり、オスカー。準備は万全。レモンだけじゃなくて、あらゆる接触に備えるため、特別不潔ったらしい性病について書かれたものに目を通し、最後の締めにバイブルを読んだ。


左右の目の色が違う男は、二股やろうである。

（あ、バレた？　そう、これはわたしが書き加えたやつ）


オスカー案件はこれで解決済み。

わたしは急いで廊下を走っていって、郵便室におばあちゃんしかいないのを見て、小躍りした。おばあちゃんは、すてきな服を着ていた。ストライプのタイトスカートに、ヴィンテージの花柄のセーター、赤い革のベルト、個性的なペイズリーのスカーフを首に巻いている。決めは黒いフェルトのベレー帽とジョン・レノンぽいサングラス。ジャガイモ服しばりをしてなければ、わたしが着たかったような服だ。

「すてき。古着っぽくてシックよ」

「シックだけでじゅうぶんだよ。古着っていうのは、わたしの感性を逆なでするね。ビートニックよりサマー・オブ・ラブ（ヒッピームーブメントの頂点）のほうが好みだったんだよ。ここにあるアートときたら、ぐちゃぐちゃで無秩序だし、あのミステリアスな外国人の男性たちには、こっちまで自由奔放な気持ちになるねえ。思い切りがよくて、大胆で――」

わたしは笑った。「わかったって」

「いいや、わかってないね。ジュード・スウィートワインらしいって続けようとしてたんだよ。あの怖れを知らない娘のことは忘れちまったのかい？」おばあちゃんはわたしのポケットを指さした。そして、わたしがろうそくの燃えさしを出すと、チッチッと舌を鳴らした。「おまえのわびしい案件のために、わたしのバイブルを使わないでほしいね」

「彼には彼女がいるのよ」

「まだはっきりしたわけじゃないだろう。彼はヨーロッパ人だからね。道徳観念が違うんだよ」

「ジェーン・オースティンを読んだことないの？　イギリス人は、わたしたちよりずっと保守的よ」

「彼はどう見ても保守的じゃあないね」おばあちゃんの顔がウィンクしようとしてゆがんだ。おばあちゃんはさりげなくウィンクするってタイプじゃない。っていうか、さりげなくなにかをするような人じゃない。

「彼、トリコモナス症なのよ」わたしはぼやいてみせた。

「そんな病気を持ってるやつなんていないね。だいたいそんな病気のことを知ってるのは、おまえだけだよ」

「年が離れすぎてる」

「わたしとだって、そうだろうが」

「それに、カッコよすぎるのよ。めちゃくちゃカッコいいし、それを自分でもわかってる。

あの、よりかかりポーズ、見た？」

「よりかかり？」

「ドアのところによりかかってたでしょ、ジェームズ・ディーンみたいに。こんなふうに」

わたしは柱によりかかってみせた。「それにバイクに乗ってるのよ。あと、訛りがあるし、左右の目の色が違うし」

「デヴィッド・ボウイだって目の色が違うじゃないか！」おばあちゃんは大げさな身振りで両手をあげた。デヴィッド・ボウイの大ファンなのだ。「あの子の母親が、おまえのことを予言してたなんて、縁起がいいじゃないか。それに、おまえにぞくぞくさせられるって言ってただろう？」おばあちゃんは表情を崩した。

「彼女のことも、思いっきりぞくぞくさせてるでしょーけどね」

「いっしょにピクニックにいくまでは、相手のことなんてわかりゃしないんだよ」おばあちゃんは世界を抱きしめようとするみたいに両手を広げた。「バスケットにごちそうを詰めて、いい場所を選んで、出かける。それだけのことだよ」

「それ、古いから」郵便物の山の上にギジェルモのノートがあるのが目に入った。「愛するきみ」への手紙がないかと思ってパラパラとめくったけど、見つからなかった。

「せっかく動いてる心臓があるっていうのに、ピクニックをバカにするやつがいるかい！奇跡があるところにはあるって認めないと」おばあちゃんはむかしからしょっちゅうそう言っていた。バイブルの最初に書いてある言葉だ。でも、わたしは奇跡を求めるタイプじゃない。ちなみに、バイブルの最後に書いてある言葉は、「恋を失ったということは、そのぶん恋の場所ができたということ」。これは、わたしのために書いてくれたんだってなんとなくわかってた。おばあちゃんが死んだあと、わたしがそれで救われればって。でも、救われはしなかった。

ひとつかみの米を真上に放り投げ、手の中に落ちてきた粒の数が、人生で愛する人の数。(そのころ、おばあちゃんは閉店の看板を出して、わたしに裁縫を教えてくれていた。お店の奥のテーブルで、おばあちゃんの膝にすわって、おばあちゃんの花みたいな香りを吸いこみながら、布を切ったり、ひだを寄せたり、縫い合わせる練習をした。「誰にでもかけがえのない存在がいる。わたしにとっては、ジュードだよ」おばあちゃんが言う。「どうしてわたしなの?」わたしはいつもそうききかえした。そうすると、おばあちゃんはわたしの脇腹を肘でつっついて、「そりゃもちろん、足の指が長いからさ」みたいなくだらないことを言った)

のどの塊が大きくなっていく。天使のところへいって、二つ目のお願いをすると(願いっていえば、三つと決まってるでしょ?)、絵の前に立ってるおばあちゃんのところへいった。ううん、おばあちゃんじゃない。おばあちゃんの幽霊。おばあちゃんか、おばあちゃんの幽霊かっていうのは、大きな違いだ。おばあちゃんの幽霊は、自分の人生について、わたしも知ってることしか知らない。スウィートワインおじいちゃんのことをきいても（おじいちゃんは、おばあちゃんのお腹にパパがいるときに出ていったっきり、もどらなかった）、返事はもらえない。ま、生きてたときもそうだったけど。いろんな質問が、答えられないままになっている。ママはいつも、芸術作品を見てるときは、半分は見てて、半分は夢を見てるのよって言ってたけど、幽霊も同じなのかもしれない。

「ところで、これはまた、すごいキスだね」おばあちゃんは言った。

「そうだね」

わたしたちはふたりともため息をついて、想像の世界に入っていった。自分にうんざりだけど、わたしの想像はR指定かつオスカー指定の方向に膨らんでいった。本当に、もうオスカーのことなんて考えたくないのに、考えてしまう……

「あんなふうにキスされるのってどんな感じかな？」おばあちゃんにきいてみた。けっこうな数の男の子とキスしたけど、この絵みたいに感じたことはなかった。

おばあちゃんが答える前に、声がした。「喜んで、実演するよ。ボーイ・ボイコットをやめてくれりゃあね。試しにやってみようか？　きみがちょっとくらいイカレてるとしても、かまわないよ」わたしはぱっと唇から手を離した。いつの間に唇なんて触ってたわけ？　まさか彼の唇の代わり？　それから、ほんの数センチだけ振りむくと、想像の中にいたオスカーが、三次元になってロフトの踊り場に立っていた。手すりによりかかって（今日のよりかかり方は、セクシーで、やせ気味のからだを前に乗り出すような感じ）、わたしにカメラをむけている。「その手がもっとすごいことをやりださないうちに、声をかけたほうがいいだろうと思ってね」

ウソ。

わたしはいきなり皮膚が超キツくなったような気がして、腕を振りまわした。「誰かいるなんて、思わなかったのよ！」

「だろうね」オスカーは笑いをこらえながら言った。「そりゃそうだろうと思うよ」

ああ、最低。空気にむかってぺちゃくちゃ喋ってるなんて、頭がやられてるって思われてもしかたない。からだ中の熱が一気に顔に集中する。会話のどのあたりから聞いてたわけ？まあ、そもそも会話って呼んでいいかって問題があるけど。最低、最低、最低。どのくらいのあいだ、自分の手といちゃついてたんだろう？　オスカーのことを考えてたってバレてる？　オスカーとのキスを想像してたって？　「すごくラッキーだったよ。ズームレンズを持ってたからね。これがあれば、なにも逃さないんだ。オレンジの効き目はすごいな。オーデコロンとか、ろうそくのディナーとか、そういうやつをぜんぶ省略できる」

バレてる。

「わたしがあなたのことを考えてたと思ってるわけね」

「その通り」

わたしはバカバカしいって感じであきれた顔をしてみせた。

オスカーは両手で手すりをつかんだ。「誰にむかって喋ってたんだ、CJ？」

「ああ、あれね」なんて答えよう？　理由はわからないけど、昨日のギジェルモのときと同じように、なぜか本当のことを言った。「おばあちゃんが現われたものだから」

オスカーはのどが詰まったようなおかしな音を立てた。

オスカーの顔がどうなってるかは、想像もつかない。彼のほうを見る勇気がないから。

「世界の人口の二十二パーセントが、幽霊を見てるのよ」わたしは壁経由でオスカーに言った。「別にめずらしいことじゃないわ。約四人にひとりだもの。それに、霊能力があるとか、そういうんじゃないから。幽霊が見えるわけじゃないのよ。おばあちゃんと母親だけ。でも、ママの場合は、話しかけてきたり、姿を現わしたりはしないで、ものを壊すだけだけど。ただ、このあいだは、詩を暗唱してくれたわ」わたしははあっと息を吐き出した。頬に火がついたみたいに熱い。やりすぎたかも。

オスカーの声がした。「どんな詩？」そこ？

「ただの詩」オスカーに詩のタイトルまで話すのは、さらけだしすぎって感じがした。まあ、死んだ肉親と会話してるって認めちゃったあとで、遅いって気はするけど。

沈黙が訪れ、救急車を呼ぶ呼び出し音が聞こえるんじゃないかって、思わず耳を澄ませた。

「亡くなったふたりのご冥福を祈るよ」オスカーが言った。真剣な、心のこもった口調で。母親のいないかわいそうな子って顔をしてるんじゃないかと思って思わずそっちを見あげると、ぜんぜん違う表情を浮かべてた。

彼のお母さんも本当に亡くなったんだ。わたしは顔を背けた。

でも、よかった。どうやらわたしが自分の手とイチャイチャしてたのは、忘れたらしい。よくないのは、さっき聞かれたかもしれない会話が脳内再生されはじめたこと。ラブレターよりもはるかに心の内をさらけだしちゃってる。両手で目を覆ってしまいたい。つまり、ダチョウが砂の中に顔を突っこむのと同じで、現実逃避するしかないってこと。「どのあたりから聞いてた？」

「ああ、それなら心配ないって。ほとんど聞き取れなかったから。眠ってたら、きみの声が夢の中にしたたり落ちてきたんだ」

それって本当？　それとも、気を遣ってるだけ？　確かに声は小さかったはず。顔の前で手の指をぐっと広げる。オスカーがけだるい感じで階段を降りてくるのに間に合うように。どうしてあんなゆっくり歩くのよ？　真面目な話、これじゃ、見ないなんて無理。彼の動きひとつひとつを見つめないなんて無理、待たないなんて無理……

オスカーはするりとわたしのうしろにくると、影みたいに近くに立った。

オスカー案件が本当に解決済みなのかどうか、わからなくなる。こんなに接近するなんて、計算に入れてなかったし、それに、たった今、喜んで絵の中みたいなキスをするって言ってなかった？　具体的にどんなふうに言ったかも、思い出せるんですけど。試しにやってみようか？

「で、なにを願ったわけ？　おばあさんだけじゃなくて、天使と話してるところも見たんだ」オスカーの声が低くて、なめらかで、親密だから、自分が答えてしまうんじゃないかと心配になる。

オスカーは、違法にするか特許制にすべきって目つきでわたしを見ている。そのせいで、自分の名前とか、種族とか、女の子がボーイ・ボイコットを決行する理由になりそうなものを、なにひとつ思い出せなくなる。不運が降りかかってくるかもしれないのに、わたしったらどうして気にしないわけ？　今はもう、彼のくしゃくしゃの髪をかきあげて、首もとの、青い馬のタトゥーに手を当てて、唇を重ねたいってだけ、ソフィアみたいに。

ソフィア？

ソフィアのことを完全に忘れていた。オスカーのほうも、わたしを見ている目つきからして、忘れてるらしい。サイテー男。最低のサイテー男。人でなしの大悪党の女ったらしの女好きの遊び人のクソッタレ最低男！

わたしはわれに返った。「カバンに入れたオレンジでオレンジジュースを作ったわよ。ぎゅうぎゅうにつぶして、ぐちゃぐちゃにしてやったわ」

「それはそれは」

「どうしてこんなことするのよ？」

「こんなこと？」

「わからないわよ、こういうことよ。そういう芝居っけたっぷりの態度とか。その声とか。そんなふうにわたしを見て、まるでわたしが……わたしが……ドーナツみたいに。こんな近くに立ってるし。つまり、わたしのことなんて知らないじゃない。だいたい彼女がいるでしょ。忘れた？」わたし、声が大きすぎる。まるでどなってるみたい。いったいどうしちゃったわけ？

「だけど、おれはなにもしてないよ」オスカーは降参だっていうみたいに両手をあげた。「芝居なんてしてないし、もともとこういう声なんだ。起きたばかりだけどね。それに、きみの形だってフォルムだってどこをどう見たって、ドーナツだとは思わないし。うそじゃないよ。馴れ馴れしくしてるつもりもない。ボーイ・ボイコットだって、尊重してる」

「ならよかった。こっちは、興味なんてないから」

「ならよかった。こっちは、失礼な意図なんてないから」オスカーはいったん、言葉を切ってから、言った。「ジェーン・オースティンは読んだことある？　おれたちイギリス人は、きみたちより保守的だろ？」

わたしは息を呑んだ。「聞いてなかったんじゃないの⁉」

「そう言わないと失礼だろ？　おれたちイギリス人は礼儀正しいんだ」オスカーは、脳が溶けたみたいにニヤニヤ笑った。「ええと、ひと言残らず聞いたんじゃないかな」

「あれは、あなたのことじゃ――」

「ないって？　ほかの、バイクに乗って、左右の目の色が違って、ジェームズ・ディーンみたいによりかかる男のことなんだ？　ともあれ、感謝するよ。これまで、よりかかり方について コメントされたことはなかったからね」

この場をどう取り繕えばいいか、もうぜんぜんわからなくて、あとは逃げるしかないって思った。わたしはくるりと背をむけ、独房部屋へいこうとした。

「まだあるよ」オスカーは爽やかに笑った。「おれのこと、カッコいいと思ってるんだろ。正確には、カッコよすぎる、めちゃくちゃカッコいい、だったよな」ドアを閉めても、ドア越しに聞こえてきた。「それに、おれには彼女はいないよ、CJ」

はぁ？　ふざけてるわけ？「それ、ソフィアは知ってるわけ？」わたしはぶち切れてどなった。

「それがさ、知ってるんだ！」オスカーもぶち切れてどなりかえした。「別れたんだよ」

「いつ？」わたしたち、ドア越しにどなりあってる。

「ああ。二年以上前だよ」二年？　でも、じゃあのキスは？　わたしが思ってたほど長くも、しつこくもなかったってこと？　不安は知覚のあり方を変えるっていうけど。「パーティで会ったんだけど、五日しか続かなかった」

「それって、最長記録？」

「実を言えば、最長は九日間かな。きみが道徳警察隊のメンバーとは知らなかったけどね！」

わたしは冷たいセメントの床の上に横たわって、汚染されたほこりや細菌や猛毒性の黒カビの胞子のなすがままに身をゆだねた。胸がドキドキしてる。わたしの勘違いじゃなければ、オスカーとわたしはけんかしてる。ママが死んで以来、誰ともけんかしてなかった。それは、けっこう悪くない気分だった。

でも、九日間が最長記録って？　ナンナノヨクソオトコ。オスカーこそ、「ああいう男」

ってわけだ。

わたしは心を落ち着けようとした。ギジェルモはいつ帰ってくるだろう。自分がここにきてる理由だけを考えようとする。どうしても創らなきゃならない彫像のことを。わたしが考えなきゃいけないのは、練習用の石の中になにが隠れてるかであって、ソフィアとオスカーが付き合ってなかった（！）ってことじゃない――とか、考えてたら、ドアが開いて、オスカーが粘土《クレイ》だらけのタオルを振りまわしながら入ってきた。

わたしが床の上に死体みたいに転がってるのを見ると、オスカーは片方の眉をあげたけど、コメントはしなかった。「白旗だよ」オスカーはほとんど白いところのないタオルをかかげた。「和平にきたんだ」わたしは両肘をついてからだを起こした。「いいか、ＣＪの言う通りだ。まあ、ぜんぶじゃないけど。そう、芝居なんだ。おれは芝居をしてる。そればっかりなんだ。約九十八パーセントは、演じてる。考えてることはろくでもないことばかりだ」オスカーは壁のほうへ歩いていった。「見てる？　さあみなさん、よりかかってみせましょう！」そして、片方の肩で壁によりかかり、腕を組んで、首をちょっと傾げて、目を細め、ジェームズ・ディーンよりうまくジェームズ・ディーンを真似した。思わず笑っちゃった。オスカーの思うつぼ。オスカーはにやっと笑って言った。「じゃ、話を進めようか」オスカーはポーズを崩して、狭い部屋の中を法廷の弁護士みたいに歩きまわりはじめた。「話したいのは、あのオレンジのことと、きみの手首の赤いリボンのこと、それからもう何日もきみが持ち歩いてる、信じられないくらいデカいタマネギのことだ……」オスカーは、してやったりって顔でわたしを見て、ジーンズの前のポケットに手を入れ、ホラ貝みたいな形の欠けた貝殻を引っぱりだした。「で、おれの話も知ってほしい。おれはどこへいくにも、母親の魔法の貝殻を持ち歩いてる。なぜなら、もし忘れると、死んでしまうからだ。たぶん数分以内に」わたしはまた笑ってしまった。オスカーってヤバいくらい、チャーミングになれる。オスカーは貝殻をこっちへ放った。「しかも、おれは夢の中で、三年前に死んだ母親と会話してる。それも、今日みたいに、真っ昼間に昼寝することもある、母親に話しかけてほしいってだけの理由で。こんなこと、誰にも話したことはない。でも、CJには、さっき盗み聞きした借りがあるから」オスカーはこっちへ歩いてきて、わたしの手から貝殻をさっと取ると、少年みたいな笑みを浮かべた。うっとりするような笑みを。「おれの貝殻をくすねようと思っただろ。それは無理だね。おれが一番大切にしてるものだから」そして、貝殻をジーンズのポケットにもどすと、わたしを見下ろすように立った。目がきらきら輝いて、笑顔が無鉄砲で、アナーキーで、拒否するなんてぜったい無理。

か、み、さ、ま、ボ、イ、ボ、イ、コッ、ト、を、ど、う、に、か、し、て。

気がつくと、彼が同じ目の高さにいて、わたしのとなりの不潔な床の上に寝っ転がっていた。ウソ。思わず口から声が漏れる。喜びの声としか説明しようのない声。オスカーは腕を組んで、目を閉じた。さっき彼が入ってきたときのわたしと同じように。「悪くないな。ビーチで寝っ転がってるみたいだ」

わたしもまた、彼の横に寝っ転がった。「それか、棺桶の中」

「ＣＪのどこが好きかっていうと、なんでも明るく考えるところだ」

　また笑ってしまった。「わたしが好きなのは、こうやっていっしょに床に寝っ転がってくれるところ」明るい面を見て、明るい面を感じる。こんなふうにいっしょに寝そべってくれる人は、たったひとりしかいない。死なないように貝殻をポケットに入れて持ち歩いてる人も。死んだ母親と話すために、眠る人も。

　くつろいだ静けさが降りてくる。すっかりくつろいで、もう何世代も前から不潔な床の上に死体みたいに横たわってるって感じ。

「詩は、エリザベス・バレット・ブラウニングの詩」

「どれだけあなたを愛しているか？」オスカーが低い声で暗唱する。「数えさせて」

「うん、それ」そう言って、心の中で思う。オスカーこそ、まさに運命の人。一度考えたことを考えないようにするのは、難しい。「確かにビーチにいるのと似てるかも」胸が高鳴る。横をむいて、手で頭を支えると、オスカーのビックリハウスみたいな顔をこっそり眺める。そしたら、オスカーがぱっと目を開けて、うっとり眺めているところを見つかってしまう。見たぞ、って彼のほほえみが言っている。そしてまた目を閉じる。「おれに興味がないなんて、残念だよ」

「ないわよ！」わたしは叫んで、ビーチの砂の上にまた寝っ転がる。「芸術家としての好奇心よ。めずらしい顔してるから」

「ＣＪは、頭がぶっ飛ぶくらいきれいだ」

「女たらし」わたし、完全にはしゃいでる。

「それはもう、言われた」

「ほかになんて言われた？」

「えっと、そうだな、つい最近、きみに近づくな、じゃないと、去勢してやるって言われたっけな」オスカーはからだを起こすと、ギジェルモみたいに手をぐるぐる回した。「去勢だ、オスカァ！　わかったな？　わたしが丸のこを使ってるのは知ってるだろう、ん⁉」それから、またぱっとオスカーにもどって、言った。「だから、白旗を振ってここにきたんだよ。おれは、ものごとをめちゃくちゃにするのが得意だけど、今回はめちゃくちゃにしたくない。ここ数年で、ギジェルモを笑わせたのはおれ以外、きみが初めてなんだ。ギジェルモがまた教える気になったなんて奇跡だ。これは聖書級の奇跡なんだよ、CJ。きみには想像もつかないだろうけど」奇跡？「まるできみがギジェルモに魔法をかけたみたいだ。きみがそばにいると……なんて言えばいいんだ？……ギジェルモは大丈夫なんだ。彼は長いあいだ、荒れくるってたんだ」ギジェルモがわたしの牧場だっていうのと同じで、わたしも彼の牧場だってこと？「それに、今じゃ、きみもギジェルモも、目に見えない友だちと会話をしてるってことがわかったし」オスカーはウィンクした。「というわけで」オスカーは両手をぐっと合わせた。「きみとギジェルモのご要望に応えて、今からはこうすることにする。おれが、きみを誰もいない建物に誘ったり、その唇にキスをしたり、この世のものとは思えない瞳を見つめたり、そのだぼだぼのくすんだ色の服の下に隠れてるところはどうなってるんだろうって想像したり、今この瞬間みたいにほこりだらけの床の上できみを押し倒したくて死にそうになったりしたら、ヒッピティ・ホップに乗って一目散にその場から立ち去ることにする。それでいい？」オスカーは手を差し出した。「友だちだ。ただの友だち」

世に言う紛らわしいメッセージって、まさにこれでしょ。喋るジェットコースターみたい。よくない。ぜんぜんよくない。「いいわよ」わたしは言って、オスカーの手を握ったけど、それはただ彼の手に触れたかったから。

時間が過ぎていく。握りあった手から、電気がからだを駆け巡る。すると、オスカーはゆっくりとわたしを引きよせ、たった今しないって言ったばかりなのにわたしの目を見つめた。お腹がカアッと熱くなって、そこいらじゅうに熱を発散しまくる。自分のからだが開くのを感じる。キスするつもり？　キスする？

「ああ、だめだ」オスカーはわたしの手を離した。「もういかないと」

「だめ、いかないで」止める前に、口から飛びだした。

「じゃあ、あっちにすわるっていうのはどう？　安全だから」そう言って、オスカーはわたしからすっと離れた。「衝動をコントロールする力に問題があるって話したっけ？　今、ものすごく強い衝動に駆られてるんだよ」オスカーはにっこり笑った。

「話をするだけね」わたしの心臓はとんでもないことになってる。「なにしろ丸のこだもんね」オスカーの笑い声が部屋中に転がっていく。「オスカーの笑い声ってすてき」思わず口走る。「なんかワオって感じ。なんていうか――」

「非協力的だな。誉めるなよ、心の中にとどめといて。そうだ！」オスカーはまたこっちまできていた。「いいこと思いついた」そして、わたしの帽子をぐいっと下げて、顔ぜんぶと首半分まで隠した。「これでいい。完璧だ。さあ、喋ろう」

けど、わたしは帽子の中で笑っちゃって、オスカーも外で笑ってて、ふたりともすっかりわれを忘れて、そう、完全に忘れちゃって、わたしはこんな幸せだったことなんてないんじゃないかって思うくらい幸せになる。

ウールの帽子の中でどうかなりそうなくらい笑ったら、めちゃくちゃ暑いし蒸れるし、だから帽子を上にずらすと、オスカーがそこにいて、その赤くなった顔や、どうにも抑えきれなくなって流した涙を見たら、この人を知ってる、としか説明のしようのない気持ちに満たされた。でも今回は、外見に見覚えがあるっていうんじゃない。内側になじみ深いものを感じる。

心の友《ソウルメイト》との出会いは、いったことのある家に入っていくのに似ている。家具や、壁にかかっている絵や、棚の本や、引き出しの中身に見覚えがある。それに、暗くても歩くことができる。

わたしはようやく落ち着くと、言った。「で、九十八パーセントの時間はウソばっかりだとして、あとの二パーセントはどうなの？」

その質問をしたとたん、オスカーの顔に残っていた笑いがすべて吸い取られたのを見て、たちまち後悔した。「誰も、そっちのおれには会ったことがないんだ」

「どうして？」

オスカーは肩をすくめた。「隠れてるのは、CJだけじゃないってことかもな」

「どうしてわたしが隠れてると思うの？」

「理由はない」オスカーはいったん言葉をとぎらせてから、続けた。「たぶんもうずいぶんとCJの写真と過ごしてるからじゃないかな。写真は多くを語るからね」そして、興味深そうにわたしを見た。「でも、話したいなら、隠れてる理由を話していいよ」

わたしは考えた。彼に話していいかってことを。「今はもう、友だちってことだよね。ただの友だち。もしわたしが死体と血まみれのナイフを持ってたとしても、友だちのまま？」

オスカーはにっこりした。「もちろん。密告したりしないよ、なにがあっても」

「信じる」自分でもびっくりしたし、オスカーの顔に浮かんだ表情からして、彼も驚いてるみたいだった。どうして、たった今、九十八パーセントはウソばっかりって言った人間を信じるんだろう？「わたしもオスカーを密告したりしないよ。なにがあっても」

「いや、するかもよ。おれはかなりひどいことをしてきたから」

「わたしも」そしてふいに、彼に打ち明けたくてたまらなくなる。

まだ木になっているリンゴに罪を書けば、リンゴが落ちたとき、苦しみも消える。

（ロストコーヴにはリンゴの木はない。代わりにプラムと杏とアボカドの木でやってみたけど、今のところまだ苦しみは消えてない）

「なるほど」オスカーは顔の前で三角の形に合わせた両手をじっと見つめた。「気が楽になるかわからないけど、CJがなにをしたにしろ、おれのやったことのほうがずっとひどいと思うよ」

わたしはそうじゃないって言おうとしたけど、オスカーの目に浮かんだ不安そうな表情を見て、口をつぐんだ。オスカーはおもむろに話しだした。「母さんは病気だった。でも、金がなくて、訪問看護師にきてもらうのがやっとだった。母さんはもう病院へいこうとしなかった。国民保険じゃ払えなかったからな。だから、夜はおれが看病してた。でも、じきにおれは母さんの痛み止めを飲むようになった。四六時中、ラリってたんだ。マジでいっつも」オスカーの声は妙にこわばって、明るさは消え失せていた。「おれと母さんだけだった。いつもだ。ほかに家族はいなかった」オスカーは言葉をとぎらせ、大きく息を吸った。「ある夜、母さんはベッドから転がり落ちた。おまるを使いたかったんだと思う。だけど、そのまま起きあがれなくなった。すっかり弱ってたんだ。病気がひどくて」オスカーは息を吸いこんだ。ひたいから汗が噴き出ている。「そのまま十五時間、床の上で寒さと飢えに震え、ひどい痛みに苦しみ、おれを呼びつづけたんだ。そのあいだ、おれはとなりの部屋で酔いつぶれてた」オスカーはゆっくりと息を吐き出した。「しかも、これは、秘められた話のほんの序の口なんだ。こういう話なら、一冊の本になるくらいある」

ほんの序の口だっていう話に、オスカーは首を絞められてるような顔をしてた。わたしも同じだった。ふたりとも、呼吸が異常に速くなってる。彼の絶望がまるで自分の絶望みたいにわたしを支配する。「かわいそうに、オスカー」

学校のカウンセラーが言っていた罪悪感の牢獄に、オスカーは手のひらをひたいに押しあてた。「まいったな」オスカーは手のひらをひたいに押しあてた。オスカーもとらわれてるんだ。「きみに話したなんて信じられない。今まで一度も話したことがないのに。誰にも、そう、ギジェルモにすら話さなかった。医者との面談でも」オスカーの顔は、いつもとはまったく違うタイプの混乱状態に陥っていた。「な？　ウソだらけのおれのほうがいいだろ？」

「ううん。オスカーのこと、ぜんぶ知りたい。百パーセント知りたい」

それを聞いて、オスカーはますます動揺した。百パーセントなんて知ってほしくないって、顔に出てる。どうしてこんなこと言っちゃったんだろう。わたしは決まり悪くなってうつむいた。それから、もう一度顔をあげると、オスカーが立ちあがるところだった。わたしとは目を合わせようともしないで。

「〈ラ・リューン〉のバイトの前に、二階でやっとかなきゃならないことがあるから」オスカーはすでに部屋から出ようとしていた。一刻も早く、わたしから逃げようとして。

「カフェで働いてるの？」本当はこう言いたかった。わたしにはわかる。状況はわからないけど、恥じる気持ちはわかる。泥沼にはまっていくような感じは。

オスカーはうなずいた。わたしは我慢できずに言った。「わたしのこと、彼女だって言ったでしょ、最初、教会で会ったとき。それって誰のこと？　それに、お母さんがわたしのことを予言したってどういうこと？」

でも、オスカーは黙って首を振って、部屋から出ていった。

ポケットにまだギジェルモの愛するきみへの手紙が入ってることを思い出した。紙を丸めて、幸運の赤いリボンを結ぶ。どうしてそんなことをしたのか、わからない。

彼の心を射止めるには、一番情熱的なラブレターを
彼の上着の中に入れること
（この言葉は、見返しの白いページに書かれてる。やるべき？　やる？）

「ちょっと待って」ドアの外でオスカーに追いついて、上着の背中についたほこりを払う。「汚い床だったから」そう言いながら、燃えるように熱い言葉をポケットへすべりこませる。人生のプレイボタンを押すように。

それから、狭い部屋をぐるぐる回りながらギジェルモがもどってくるのを待つ。そうすれば、彫りはじめられるから。オスカーがラブレターを見て、わたしのところへ走ってくるか、逃げていくのを待つ。わたしの中のバルブが緩んで、どこかのなにかが漏れ出し、好きっていう気持ちを消すためにポケットにろうそくの燃えさしを忍ばせてきたボーイ・ボイコット

中の少女とは別人になったような気がする。カウンセラーが、わたしはドアも窓もない森の中の家にいるようなものだって言ったのを思い出す。入ることも出ることもできなくなってる、って。でも、カウンセラーは間違っていた。なぜなら、壁は崩れ落ちたから。するとたちまち、アトリエのむこうから、練習用の石が拡声器を手にしたみたいに、自分の中にあるものを告げる。

心の中で眠っているものが、石の中で眠っているもの

先に創らなきゃいけない彫像がある。それは、ママの像ではなかった。

わたしは巨人に囲まれていた。

屋外の作業スペースの真ん中に、ギジェルモのとてつもなく大きなカップルの像がある。でも、未完成だ。そして、むこう側の塀のところに、やっぱりものすごく大きい「三人兄弟」という作品があった。ギジェルモがわたしの練習用の石でいろいろなテクニックを実演してくれているあいだ、三人とは目を合わせないようにしていた。まあ、はっきり言って、三人とも、つまり石の兄弟たちのことだけど、陽気な巨人とは言えない。わたしは、見つけられるかぎりの防護服を着ていた。ビニールの上下、ゴーグル、フェイスマスク。昨日の夜、石を彫ることの健康へのリスクを調べたら、そもそも石の彫刻家が三十歳すぎまで生きてる

ってことが驚きっていう感じだったから。ギジェルモが、石目やすりの使い方や、クロスハッチングとかいうもののやり方や、それぞれの作業に合ったノミの選び方、彫り方に応じた角度のつけ方などを説明しているあいだ、わたしはオスカーのことや盗んだラブレターのことを考えまいとしていたけど、うまくいかなかった。あまりいいアイデアじゃなかったかも、つまり、ラブレターを盗んだのも、それをオスカーに渡したのも。衝動コントロール力に問題ありなのは、もはや間違いない。

　あまりあからさまにならないように、ノミの位置とか模型の作り方に関する質問の合間にオスカーについての質問も挟んでみた。その結果、以下のことが判明した。年齢は十九歳。イギリスの高校を退学になったこと、アメリカで一般教育修了検定《GED》を受けて、今はロストコーヴ大学の一年生。勉強してるのは主に、文学、美術史、写真。大学の寮にも部屋があるけど、今でもときどきここのロフトに寝泊まりしてること。

　ところが、自分で思ってるよりもなにげなくなかったらしく、ギジェルモはわたしのあごに手をあてると、自分のほうをむかせた。「オスカゥか？　やつはわたしの――」そう言って、ギジェルモは拳を胸にあてた。自分の心臓ってこと？　息子みたいってこと？　「オスカゥはまだ若くて、大きな問題を抱えていたときに、わたしの巣に落ちてきたんだ。彼には、頼れる人間が誰もいない」ギジェルモの表情は温かさに満ちていた。「オスカゥは非常にふしぎなやつだ。あらゆるやつらにうんざりしたとしても、オスカゥにうんざりすることはない。なぜかはわからない。それに、チェスの達人だしな」ギジェルモは頭痛がしてるみたいに頭を抱えた。「実際、名人級だよ。おかげで、こっちはどうかなりそうだ」そして、わたしを見た。「だが、よく聞け。もしわたしに娘がいたら、オスカゥとは違う州にいかせる。わかるか？」え？　まあ、よぉーくわかるけど。「オスカゥが息を吸うと、そこいらじゅうから娘たちが駆けよってくるし。息を吐けば――」ギジェルモは、女の子たちが文字通り吹っ飛ばされるところをジェスチャーで示した。吹っ飛ぶ、つまり、こっぱみじんになるところを。「オスカゥはまだ若くて、おろかで、軽率なんだ。むかしはわたしもそうだった。女についても、愛についても、ずっとあとになるまでわからなかった。わかるか？」

「わかります」わたしはお腹の底にずんとくるような失望を隠そうとしながら言った。「お酢のお風呂に入って、生卵を飲んで、ソッコーで頭にかぶる用のスズメバチの巣を探しはじめます」

「どういう意味だね？」

「誰かに傾いた心を元にもどす方法です。むかしからうちに伝わる知恵なんです」

ギジェルモは笑った。「なるほど、そりゃいい。うちの一族は、ただ苦しむだけだからな」

それから、テーブルに粘土《クレイ》が入った袋を置くと、石の中になにが隠れているかわかったのなら、まず模型を作るようにと言った。

わたしに見えているのは、ふたつの丸い泡みたいに肩をよせ合っているふたりの彫像だった。からだのあらゆる部分がふっくらとした球体でできていて、同じ空気を吸った胸はなめらかに膨らみ、頭は上をむいて、空を見つめている。縦横三十センチくらいのものだ。ギジエルモが部屋を出ていくと、わたしはすぐに粘土《クレイ》を成形しはじめ、そのうち「女を吹っ飛ばす男」オスカーのことも、彼に聞いた胸のつぶれるような話も、独房部屋でいっしょにいたときの気持ちも、ポケットに忍ばせたラブレターのことも完全に忘れ、しまいには、わたしと〈ノアジュード〉だけになった。

そう、〈ノアジュード〉こそ、わたしがまず創らなきゃいけない彫像。

数時間後に模型を作り終えると、ギジェルモはじっくりと眺めた上で、練習用の石に鉛筆で印をつけていった。「肩」と「頭」を作るために彫る基準点だ。それから相談して、男の外側の肩から彫ることに決めると、ギジェルモはまた出ていった。

その直後だった。

〈ノアジュード〉を見つけるために石にハンマーを当てた瞬間、ノアが溺れかけた日の記憶がよみがえってきた。

あれは、ママが死んだすぐあとだった。わたしは、そのころからわたしのところにくるようになったスウィートワインおばあちゃんとミシンをかけていた。ワンピースを縫い合わせていたとき、部屋が揺れたような気がした。そうとしか、説明できない。おばあちゃんが言った。「いきなさい」まるで竜巻がその言葉をわたしに投げつけたみたいだった。わたしはぱっと立ちあがると、窓から飛び出し、崖を下まですべり落ちるようにして砂浜までおりた。と、同時に、ノアが海に落ちた。浮かんでこない。このままあがってこないってわかった。あのときほど、怖かったことはない。ママが死んだときよりも、怖かったかもしれない。血管の中で、血が煮えたぎった。

ハンマーでノミを打つ。石の角が欠けるのを見て、あの冬の日に波へ突っこんでいった自分の姿を見る。わたしは服を着てたのにサメみたいに速く泳いで、ノアが沈んだ地点までいくと、水中に潜った。腕いっぱいに水をとらえ、またとらえ、潮の流れや潮衝（ほかの潮流に衝突して激浪を起こす潮流）や渦やパパが教えてくれたあらゆる可能性を考えようとする。流れに乗るようにしてもう一度潜る。浮かんでは潜るのをくりかえしていると、ノアがあおむけになって浮かんできた。生きてる。でも、意識はない。わたしはノアをつかまえ、片手で水をかき、水をかくたびにノアの重みで沈みそうになりながら、自分の中でふたりぶんの命が鼓動するのを感じ、ノアを岸まで引っぱりあげた。砂浜にあがり、震える手でノアの胸骨を押し、恐怖におののきながらノアのべとべとしてる冷たい唇から息を吹きこむ。ノアが蘇生し、もう大丈夫だとわかった瞬間、わたしはノアの顔を思いっきりひっぱたいた。

だって、どうしてこんなことしたの？

わたしをたったひとりで残していこうとするなんて。

ノアは、別に自殺しようとしたわけじゃないって言ったけど、わたしは信じなかった。あの最初のジャンプは、そのあと何度もやった飛びこみとは違っていた。あのときはぜったいに、この世から永遠に逃げだそうとしていた。わたしにはわかる。ノアは、脱出したかったんだって。この世界から去ることを選んだのだ。わたしから。もしわたしが引きずりもどさなかったら、本当にそうなっていただろう。

オスカーと話したときに緩んだバルブのガスケットが抜けたんだと思う。わたしは力いっぱいハンマーを打ち下ろし、全身が、全世界が、打ち震えた。

ノアの息は止まっていた。だから、そのあいだだけ、わたしはノアのいない人生を生きたのだ。

初めてだった。子宮の中でさえ、わたしたちは離れたことはなかったんだから。そのときの気持ちは、恐怖なんて言葉じゃ表わしきれない。怒りとも違う。胸が張り裂ける思い。うん、それも違う。あの気持ちを説明できる言葉なんてない。

あのとき、ノアはいなかった。それからはもう、わたしといっしょではなくなった。

ビニールのジャンプスーツの中で汗が噴き出しはじめる。自分の中にあるありったけの力をこめて、ハンマーでノミをたたく。正しい角度のことや、ギジェルモがさっき教えてくれたことなんて頭から消えて、ノアに対する怒りがあれ以来、消えないことしか考えられなくなる。どうしても忘れることはできないし、ノアがやることなすこと、怒りを増幅させる。思いつめておばあちゃんのバイブルを読んだけど、紅茶にいくつローズヒップを入れようが、枕の下に何度ラピスラズリを隠そうが、怒りを追いはらうことはできなかった。

そして今もまた、怒りを感じながら、石を削って、ノアを海から引きずり出し、石を打つ。わたしたちを外へ出したい。裏切り者の海から岸へ、この息詰まるような石の中から外へ、解放しようとしていたとき、声が聞こえた。「だから、あんなことしたの？」ママとおばあちゃんだった。ふたりは声をそろえて言った。いつから仲間になったわけ？　合唱団かなんか？　ふたりはもう一度声をそろえてくりかえした。頭の中に責めるような二重唱が響きわたる。「それが理由なの？　だって、その直後だったものね。わたしたちは、あなたがやるところを見てたのよ。誰も見てないと思ってただろうけど。わたしたちは見てたの」わたしは石の反対側にノミをあて、ハンマーの音でふたりの声をかき消そうとするけど、できない。「ほっといて」わたしはかみつくように言うと、ビニールの上下をひんむくように脱いで、フェイスマスクとゴーグルもはぎ取る。「ふたりとも、本物じゃないのはわかってるんだから！」

舵を失ったような気持ちで、ふたりの声が追いかけてこないことを祈りつつ、よろよろとアトリエに入っていく。わたしがふたりを作り出してるのかそうじゃないのかも、ほかのことも、もうなにもわからない。

アトリエでは、ギジェルモがまた別の粘土《クレイ》の作品に没頭していた。今のところ、からだを丸めた男の像だ。

でも、なにかようすがおかしい。

ギジェルモは、屈んでいる粘土《クレイ》の男の上に屈んでいる。像のうしろから男の顔を形作りながら、スペイン語で喋ってる。どんどん敵意が募っていく。そしてとうとう拳を振りあげ、粘土の男の背中にのめりこませた。信じられない思いで、それを見つめる、まるで自分の背骨に穴が開いたような気がする。さらに、続けざまに拳が振りおろされる。彼は荒れくるってるからな。オスカーは言っていた。つむじ風が通りすぎたあとの部屋の壁が穴ぼこだらけだったのを思い出す。窓が割れ、天使が壊れていたのを。ギジェルモはわきへよって、たった今自分が負わせた傷をしげしげと眺めていたけど、わたしの姿が目に入ったとたん、拳の暴力は目にも宿り、まっすぐわたしにむけられた。そして、手をあげて、わたしに出ていくよう合図した。

心臓をばくばくさせながら、郵便室へもどる。

違う。CSAじゃ、こんなんじゃない。

自分自身を自分の作品に注ぎこむっていうのがこういうことなら、これが、その代償ってことなら、わたしにはわからない。自分にその覚悟ができているか、ぜんぜんわからなかった。

荒れくるってるギジェルモが無実の粘土《クレイ》の男をめった打ちにしてるアトリエにもどるなんてありえないし、荒れくるってるおばあちゃんとママがわたしをめった打ちにしようと待ちかまえているテラスにいくのも問題外。というわけで、わたしは二階へあがっていった。一時間以上前にバイクが出ていく音がしたから、オスカーがいないのはわかっていた。

ロフトは想像していたより狭かった。本当に寝室がひとつあるきりだ。壁中に釘や画鋲の穴が開いていて、写真やポスターをはがした跡が残っていた。本棚は略奪後って感じだし、クローゼットにはシャツが数枚かけてあるだけ。机に、パソコンとたぶん写真用のプリンターが置いてある。作業机だろう。わたしは寝っぱなしのまま整えられていないベッドのほうへいった。今日、オスカーがお母さんの夢を見たいと思って寝ていたベッドに。

ブラウンのシーツがくしゃくしゃになっていて、カラフルなメキシカンブランケットが一枚丸めて置いてあり、色あせたカバーのついた枕は悲しげにつぶれている。寂しい男のベッドって感じ。我慢できなかった。忠告も、幽霊も、あてにならないボーイ・ボイコットも、女の子をぼろぼろにする台風並みの吐息もぜんぶ無視して、わたしはベッドに横になり、オスカーの枕に頭を乗せて、かすかに残っている彼の香りを吸いこんだ。ぴりっとしてて、お日さまみたいで、すてきなにおい。

オスカーは死のにおいはしない。

彼のブランケットを肩までかけ、目を閉じて、彼の顔を思い浮かべる。今日、お母さんの話をしたときの思いつめたようすを。あの話の中のオスカーは、ひどく孤独だった。息を吸って彼を取り入れる。夢で見ている場所に包みこまれている彼を。やさしい気持ちが一気に押しよせる。なぜ彼があんなふうに自分を閉ざしたか、わたしにはわかる。もちろんわかる。

目を開けると、枕元のテーブルの上に写真立てがあるのが見えた。長い灰色の髪を、柔らかな生地の帽子にたくしこんだ女の人の写真が入ってる。庭の椅子にすわって飲み物を持っている。コップには水滴がついている。太陽のせいでがさがさになった頰を、オスカーの顔にぎゅっと押しつけて笑ってる。なぜかオスカーと同じ明るい笑い声をしてるってわかる。

「彼のことを許してあげて」わたしはからだを起こして、オスカーのお母さんに言う。そして、彼女の顔に触れる。「彼はもう許してもらわなきゃならないの」

お母さんは答えなかった。わたしの死んだ肉親たちとは大違い。それを言うなら、わたしってば、どうしちゃったわけ？　自分の精神にノミを当ててるみたい。あのカウンセラーは、「幽霊」って言葉を言うとき、あくまでカッコ付きだけどって感じのジェスチャーをしてたっけ。「幽霊というのは、罪悪感の表われであることが多いんです」その通り。「もしくは、心の奥深くにある願望とか」その通り。カウンセラーは、心が頭を圧倒しているのだと言った。希望か怖れが、理性を圧倒しているんだって。

愛する人が死んだあとは、家じゅうの鏡を覆うこと。そうすれば、死者の魂は天へ昇れるから――そうでないと、永遠に生者の中に取り残されてしまう。

（誰にも話したことはないけど、ママが死んだとき、わたしは鏡を覆うどころか、ドラッグストアで小さい手鏡を一ダース買って、家中に置いた。ママの魂がわたしたちのところに取り残されるように。なにがなんでも残ってほしくて）

自分が勝手に幽霊を作り出してるのかどうかはわからないし、わかってるのは、ふたりが言ったことを考えたくないってことだけだったから、オスカーのベッドのわきに重ねてある本のタイトルを一冊一冊読みはじめた。ほとんどは美術史の本で、あとは宗教関連と小説だ。一冊の本からレポートがはみ出しているのを見つけて、抜き出し、タイトルを読む。『芸術家の歓喜の衝動』。ページの隅に名前と担当教授名が書かれている。

オスカー・ラルフ
ヘンドリクス教授
AH　105
ロストコーヴ大学

わたしはレポートを胸に押しつけた。ママはよくAH105教室で教えていた。一年生のための美術史入門だ。ママが死んでなかったら、オスカーに出会って、このレポートを読んで、成績をつけ、研究室の面談時間にオスカーと喋っていたかもしれない。きっとママはこのレポートを気に入るはずだ。『芸術家の歓喜の衝動』。ノアのことを思い出す。ノアは、確かに歓喜の衝動を持っていた。そのころは、ノアが色やリスや歯を磨くことにまで、深く心をよせられることが、危険に思えた。レポートの最後のページを開くと、大きな太いAの文字が赤で囲まれ、「要旨に説得力がありますね、ミスター・ラルフ!」と書かれている。オスカーの名字が、意識の中に割りこんできたのは、そのときだった。オスカー・ラルフ。名字か名前かなんてどっちでもいい! オスカー・ラルフ! とうとうラルフを見つけたんだ! わたしは笑いだした。これって、しるしよ。運命だってこと。奇跡だよ、おばあちゃん! クラーク・ゲーブルが最高の冗談をよこしてくれたってわけ。

わたしは世界がよりよくなったような気持ちで、起きあがった。わたしはラルフを見つけたのよ！　そして、ロフトの手すりからのぞいて、ひとりで笑ってる自分の笑い声を聞きながら、ギジェルモが郵便室にいないのを確認した。それから、机までいった。オスカーの革ジャンが椅子にかかってる。ポケットに手を入れると……手紙はない。つまり、オスカーは見たってことだ。胃がぐるぐるしはじめた。

革ジャンを着てみた。オスカーの腕にまっすぐ飛びこむような感じがして、力強い腕の中にいるような感覚と彼の香りの快楽に浸る。そして、ふと机に目を落とすと、わたしがいた。そこいらじゅうに。わたしの写真がずらりと並べられ、黄色い付箋がつけられているものもある。空気が振動しはじめる。

なによりも目を引いたのは、黄色い付箋に書かれた文字だった。「予言」。

一枚目の写真には、わたしたちが出会った教会の、誰もいない信者席が写っていた。付箋を見る。「母さんは、おれが教会できみと出会うと言っていた。そう言えば、おれが教会へいくと思ったのかもしれない。おれはしょっちゅうこの教会へいって、誰もいない信者席の写真を撮っていた」。

二枚目は、一枚目に写っている信者席にすわってるわたしの写真。付箋にはこう書いてある。「そして、ある日、その席には人がすわっていた」。でも、わたしじゃないみたい。なんだか、そう、希望に満ち溢れてるように見える。それに、こんなふうにオスカーに笑いかけた記憶はない。これまでの人生で、誰かにこんなふうに笑いかけた覚えはない。

次の写真も、同じ日に撮ったものだ。付箋にはこう書いてある。「母さんは、きみに会ったらすぐにわかると言っていた。なぜなら天使のように光り輝いているから。確かに母さんは痛み止めのせいで頭がぼーっとしてたし、おれも（話した通り）ハイになってたけど、でもきみは輝いていた。ほら」わたしは、オスカーがカメラを通して見ていたわたしを見た。こっちのわたしも、わたしとは思えない。そこには、すごく魅力的な女の子がいる。どうしてだろう。この数分前に彼に会ったばかりなのに。

四枚目もわたしの写真だった。同じ日のものだけど、わたしが写真を撮っていいって言う前に撮ったものだ。こっそり撮ってたに違いない。唇に指をあて、彼を黙らせようとしてる。わたしの笑顔も、オスカーと同じくらい違法レベルだ。付箋にはこうある。「母さんは、きみはちょっと変わってるって言ってた」そのあと、笑顔の絵文字を書いてる。「ごめん、悪気はないんだけど、でも、きみはそうとうヘンだよ」

〈へえ！　わたしにむかって、イギリスバージョンの〈悪く取らないでくれよでもさ〉攻撃をするわけね。

まるで彼のカメラが、もうひとりの少女を見つけたみたい。わたしがなりたいと願っている少女を。

次の写真は、今日撮ったものだった。郵便室で、スウィートワインおばあちゃんに——ひとりで喋ってるところだ。部屋に誰もいないことは一目瞭然だった。わたしひとりしかいないことも、本当にひとりぼっちなことも。わたしはごくりとつばを呑みこんだ。

でも、付箋にはこう書いてあった。「母さんは、きみのことは家族みたいに感じられると言っていた」

じゃあ、オスカーはわたしをひとり、一階に残して、ここにあがって、写真をプリントして、このメモを書いたってこと？　本当はここに書いてることをわたしに言いたかったんだ。まるで足に火がついたみたいに、逃げていったけど。

お風呂に入っている夢を見たら、恋に落ちる

二階に行くときにつまずいたら、恋に落ちる

人の部屋に入って、自分の写真が山のようにあって、すてきなメモがつけてあったら、恋に落ちる

なにもかも信じられずに、すわりこむ。ほんとに、オスカーもわたしのことが好きかもしれない、なんて。

並べられた最後の一枚を手に取る。わたしたちがキスしてる。そう、キス。オスカーは背景をぼかして、ふたりのまわりに色の渦を加えてる。そのせいで、わたしたちはまるで……あの絵のカップルみたい！　どうやったんだろう？　わたしが手にキスしてる写真を使って、自分の写真をはめこんだに違いない。

この写真についてる付箋には、こう書いてあった。「きみは、どんな感じがするかきいてたよね。こんな感じになるから。ただの友だちなんて嫌だ」

わたしも嫌。

心の友《ソウルメイト》に出会うのって、よく知っている家に入っていくのに似ている。よく知っているものばかりがあって、暗くても、歩きまわることができる。バイブルにそう書いてある。

キスの写真を手に取る。〈ラ・リューン〉に持っていって、わたしもただの友だちじゃ嫌って言おう――

そのとき、急いで階段をあがってくる足音がして、笑い声が混じった。オスカーの声がした。「定員オーバーでラッキーだ。部屋に予備のヘルメットがあるから。あと、革ジャンも貸してやるよ。バイクだと寒いからね」

「やっとふたりきりになれてうれしい」女の子の声がした。トランシルヴァニアのソフィアじゃない。ウソでしょ、かんべんして。胸の中でなにかが、崩れ落ちる。しかも、どうするか一秒で決めなきゃならない。わたしは、出来の悪い映画を地でいって、クローゼットに飛びこんで扉を閉めた。と、同時にオスカーの靴音が部屋に入ってきた。さっきの女の子の「ふたりきり」って言い方、気に入らない。ぜんぜん気に入らない。それって、「付き合う」の別の言い方でしょ？　彼の唇にキスするってことでしょ。彼の閉じたまぶたに、彼の傷跡に、美しい青い馬のタトゥーに。

オスカー：ここに革ジャンをかけといたはずなんだけどな。
女：これ、誰？　きれいな子ね。
ガサガサ。オスカーが写真を見られないようにまとめてる？
女：（ちょっときつめの声で）オスカーの彼女？
オスカー：まさか、違うよ。誰でもない。学校のプロジェクトなんだ。ナイフで刺してやる、胸の真ん中を。
女：ほんとに？　その子の写真ばっかじゃない。
オスカー：ほんとに、誰でもないって。いいから、こっちへおいでよ。ほら、おれの膝に。

こっちへおいで？　おれの膝に？

さっきナイフって言ったっけ？　アイスピックに変更。

今回、聞こえてくるなまめかしい声に、ドーナツが関わってないのは明らかだった。それに今回は、ソフィアのときみたいに、友情を恋愛だと誤解しているわけじゃないのも明らかだ。わたしにはわからなかった。ぜんぜんわからない。わたしの写真を撮って、あんなメモを書いた男と、今、この扉のむこう側で別の女といちゃついてる男が、同一人物ってありえる？　荒い息の合間に、オスカーがブルックって名前を囁いてるのが聞こえる。これじゃ、地獄。これって、前世で入っちゃいけないクローゼットに入ったカルマかなんかの報いなわけ？

　これ以上、ここにいるのは無理。

「誰でもない」がクローゼットの扉を開けると、女は頭のおかしくなった猫みたいにオスカーの膝から飛び降りた。流れるようなブラウンのロングヘアに、アーモンド型の目をしてるけど、その目はわたしを見て飛び出しそうになってる。そして、怒りに震える指でシャツのボタンをはめた。

「ＣＪ？」オスカーが驚いて叫んだ。顔の下半分が、口紅だらけになってる。それ、二度目だし。「ここでなにやってんだ？　そんなところに入って？」まあ、確かにその質問はもっともだよね。でも、あいにく、わたしは喋る能力を失っていた。それに、どうやら動く能力も失ったらしい。死んだ昆虫みたいに、このおそろしい瞬間にピンで留められてる。オスカーの目が、わたしの胸に注がれた。それで、キスの写真を抱えたままだったことに気づいた。

「見たんだな」

「誰でもない？　あ、そう！」ブルックって名前の子はそう言うと、床のハンドバッグを拾いあげて、肩にかけ、怒りに任せて部屋を出ていこうとした。

「待って」オスカーはブルックに言ったけど、またこっちを見て言った。「Ｇの手紙も？」オスカーはわかったぞって顔で言った。「ＣＪが、おれの革ジャンに入れたんだな」

　オスカーがギジェルモの筆跡を知ってるかもしれないなんて、思いもつかなかったけど、知ってるに決まってる。

「どの手紙？」声がうわずった。それから、女にむかって言った。「ごめんなさい、ほんとに。わたしはただ、その、そこでなにしてたのかっていうのは、よくわからないんだけど、オスカーとのあいだにはなんにもないの。なんにもね」どうやら、脚はなんとか階段を下りられるようになったらしい。

郵便室まで下りたとき、階段の上からオスカーが大声で言うのが聞こえた。「反対側のポケットを見てみて！」わたしは振りかえらずにそのまま廊下を歩き、玄関を出て、門をくぐって、歩道に出た。息が切れて、胃がむかむかする。これで歩けるなんて信じられないくらいガクガクして力の入らない脚を無理やり動かして、通りを歩いていく。そして、もう少しで次の角ってところで、体裁とか威厳とかすべて風の中に投げ捨てて、革ジャンのポケットを探りはじめた。なにもない。フィルム容器、キャンディのつつみ紙、ペン。そのとき、裏地をたどっていた手がファスナーに触れた。開けて、中に手を入れ、ていねいに折りたたまれた紙を取り出す。ずっとそこに入れてあったように見える。開くと、教会で撮ったわたしの写真のカラーコピーだった。違法レベルの笑顔のわたし。いつも持ち歩いてたってこと？

でも、待って。だからなに？　関係ない。オスカーが別の子といるほうを選ぶなら、関係なんてあるはずない。あんなすてきなメモを書いたあとに、独房部屋の床であんなことがあったあとに、あの女と付き合うなんて。「あんなこと」っていうのが、なんだったのかは、わたしもよくわかってない。でも、なにかはあった。本物のなにかが。笑いと、それから密度の高いなにか。あのとき、わたしは、わたしたちをふたりとも解放してくれる鍵がどういう形にしろ、どこかにあるって、感じた。本当に感じたのだ。

なのに。誰でもないって。

それに、こっちへおいでよ。ほら、おれの膝に。

なにそれ⁉

オスカーがブルックを吸いこむところを想像する。ギジェルモが言った通りに、わたしにやったみたいに女の子を次から次へと吸いこんで、あとはすべて吐きだして、わたしを小さなかけらにしてしまうだけ。

わたしって本当にバカ。

結局は、真っ黒いハートを持った女の子のラブストーリーはこうなるってわけ。ひどい結末。そういうものなんだ。

くしゃくしゃになった写真のコピーを握りしめて次の角へたどり着くまえに、うしろから声をかけられた。オスカーだと思って、振りかえる。たちまち胸に溢れかえる期待に自分でもうんざりしながら。でも、うしろにいたのは、ノアだった。目を血走らせ、完全に取り乱してる。あの顔を閉ざしていた南京錠はどこにもなくなっていて、金縛りに遭ったみたいに凍りついてる。わたしになにか言いたいことがあるみたいに。

秘密の美術館

ノア（十三歳半から十四歳）

ブライアンが寄宿学校に帰った次の日、ジュードがシャワーを浴びてるすきに、ジュードの部屋にしのびこんでパソコンのチャットをチェックした。

スペースボーイ：きみのことを考えてる。
ラプンツェル：わたしも。
スペースボーイ：今すぐここにきて。
ラプンツェル：まだテレポート能力が完璧じゃないの。
スペースボーイ：早く完璧にして。

ぼくは国をまるごと爆破する。でも、誰も気づきもしない。

ふたりは恋に落ちてる。クロコンドルみたいに。シロアリみたいに。コキジバトとかハクチョウだけが、一生添い遂げる生き物ってわけじゃない。汚らしいシロアリや、死を食らうコンドルだって、そうだ。

どうしてジュードはこんなことするんだ？　ブライアンも、どうしてだ？

週七日二十四時間、爆発物を積んでるようなものだ、今の気持ちは。ぼくが触れたものが、こっぱみじんにならないことが信じられない。自分が完全に勘違いしていたことが、信じられない。

ぼくは、そう、ぼくは間違ってたんだ。

完全に。

できることはすべてやった。家の中で見つかったジュードの落書きを一枚一枚、殺人シーンに変えた。ジュードの「死ぬならどっち？」のゲームから、一番おぞましい死に方を選んで。窓から落とし、ナイフで刺し、海に沈め、生き埋めにして、本人の手で首を絞める。どんな細かいところも省略しない。

ジュードの靴下の中にナメクジを入れた。

ジュードの歯ブラシをトイレの水につけた。毎朝。

ジュードの枕元のコップに酢を入れておいた。

でも、最悪なのは、一時間に数分、頭がまともになると、こんなことをやってるのも、ブライアンといっしょにいたいからだって、わかってしまうことだ。そのためなら指十本でもくれてやる。なんだってくれてやるのに。

(題名：時間の波を必死で漕ぎもどる少年)

一週間が過ぎた。そして、二週間。家はめちゃめちゃでかくなって、自分の部屋からキッチンへいってまたもどってくるまで何時間もかかったし、双眼鏡がないとテーブルのむかいや部屋にいるジュードが見えなかった。ぼくたちの道は二度と交わることはない。ふたりのあいだに何キロにもわたって横たわってる裏切りのむこうから、ジュードが話しかけようとしても、ぼくはイヤホンをして音楽を聴いてるふりをした。イヤホンの先は、ポケットの中のぼくの手だったけど。

二度とジュードと喋りたくなかったし、それを態度ではっきりと示した。ジュードの声は雑音だった。ジュードは雑音だった。

きっと母さんが、ぼくたちが戦争状態なのに気づいて、むかしみたいに国連の役を買って出ると、ずっと思ってた。でも、そうじゃなかった。

(題名：消えゆく母)

そしたら、ある日、廊下で話し声が聞こえた。父さんが女の子と話してる。ジュードじゃない。ヘザーだ。クローゼットであんなことがあったあとなのに、ヘザーのことは頭からきれいさっぱり消え去っていた。あのおそろしいうそのキス。ごめん、ヘザー。ぼくは心の中で言って、足音を立てないように窓のほうへいった。ごめん、本当にごめん。なるべく音を立てないように窓を上へスライドさせる。そして、外へ出て、下にうまく降りたのと同時に、ドアをノックする音がして、父さんがぼくの名前を呼んだ。でも、ぼくにはこうするほか、考えられなかった。

丘を半分ほど下ったところで、すぐそばを車が走り抜けていった。ぼくは親指を立てたい衝動に駆られた。このまま、本物のアーティストみたいに、ヒッチハイクでメキシコかリオデジャネイロにいったほうがいいんだ。コネチカット州でもいい。そうだ、ブライアンがいるっていう寮にいきなりいってやる。濡れた裸の男がいっぱいいるシャワー室に。そんな考えがふっと浮かんできて、からだに着けてる爆発物がいっぺんに爆発した。ブライアンとジュードがクローゼットにいるところを想像するよりも、苦しい。苦しいけど、マシだ。マシだけど、最悪だ。

そんな考えが爆発し、キノコ雲から黒焦げになって抜け出すと、ＣＳＡにきていた。脚が勝手にこっちへむかっていたらしい。サマークラスは二週間以上前に終わって、寮生活をしている学生たちがもどりはじめてた。みんな、高機能の落書きみたいだ。彼らが、車のトランクからスーツケースやポートフォリオや箱を降ろしたり、「これでよかったのかしら？」って感じで目を合わせている両親とハグしたりするのを、眺める。ぼくはそれをすべて掃除機みたいに吸いこんだ。ブルーやグリーンや赤やパープルの髪をした女の子たちがキャアキャア言って、相手の腕に飛びこむ。背の高いひょろっとした男がふたり、壁によりかかって煙草を吸いながら、笑って、クールさを発散させている。乾燥機から転がり出てきましたって感じの、ドレッドヘアにボロッとした服を着た一団。顔の片側に口ひげ、反対側にはあごひげだけを生やしたやつが、ぼくの前を通りすぎていった。まったくすげえよな。やつらは芸術作品を作るだけじゃない。やつら自身が芸術なわけだ。

そのとき、ふと裸のイギリス人とパーティのあとでした会話を思い出し、燃え残ったからだでロストコーヴの海岸とは反対の平地へいってみることにした。大声でわめきたてるイカレた彫刻家のアトリエがあるって教えてくれたところだ。

そんなにかからずに――ブライアンのことを考えないようにしてるせいで超人的な速さで歩いてることを考えれば、たぶん数秒後には――ディストリート二二五番地の前にきていた。大きな倉庫で、ドアは半分開いてる。って言っても、もちろんそのまま入っていくわけにはいかない。だろ？　無理だ。スケッチブックだって持ってきてないのに。でも、入っていきたかった。なにかしたかった。なにかしてないと耐えられない。例えば、ブライアンにキスするとか。そんな考えがいきなりぼくをとらえ、そこから抜け出せなくなる。やってみりゃよかったんだ。でも、もしブライアンが殴ってきたら？　隕石で頭を割られたら？　ああ、でももしそうじゃなかったら？　もしキスを返してきたら？　なぜなら、ブライアンがじっとこっちを見つめてることが何度かあったから。ぼくが別のことに気を取られてると思ってたみたいだけど、もちろん気づいてた、ブライアン以外に気を取られることなんてないから。

ぼくはチャンスを逃したんだ。そうだ。キスすりゃよかったんだ。一度キスできれば、死んだっていい。いや、待て、そんなのだめだ。どうせ死ぬなら、キス以上のことがしたい。死キスなんかより、もっといろんなことを。汗が出てくる。どっと噴き出る。路肩にすわって、息をしようとする。息だけを。

　石を拾って、通りめがけて投げた。ブライアンの生体工学的な手首の動きを真似しようとするけど、三度惨めな失敗をしたところで、これまで考えたことがひっくり返る。ぼくたちのあいだには、電気柵があった。ブライアンが立てたんだ。一度だって、倒そうとしなかった。ブライアンはコートニーを気に入ってた。そして、ジュードのことを、ひと目見たときから気に入っていたんだ。ぼくはただそれを信じたくなかっただけなんだ。ブライアンは、みんなにちやほやされてる体育会系のクズで、女の子が好きなんだ。ブライアンは赤色巨星で、ぼくは黄色矮星なんだ。それだけのことなんだ。

(題名：黄色矮星以外は、みんないつまでも幸せに暮らしましたとさ)

　そんな考えを振り払う。ぜんぶ。大切なのは、ぼくが作ることのできる世界で、ぼくが生きなきゃいけないクソ最低な世界じゃない。ぼくが作る世界では、なんだって起こりうる。なんだって。そしてもし、いや、もしじゃなくて、ＣＳＡに入ったあかつきには、頭の中にあるものを、その半分でもまともな形で紙の上に描く方法を学ぶんだ。

　ぼくは立ちあがった。あのわきについている非常階段くらいなら、のぼれることに気づいたのだ。階段の上は踊り場になっていて、窓がずらりと並んでる。なにかしらは見えるだろう。あとは、誰にも見られないように、外側の塀を乗りこえるだけだ。それくらい、いいよな？　むかしジュードとしょっちゅう塀を乗りこえては、馬とか、牛とか、ヤギとか、五歳のときにぼくたちが結婚したマドロナの木（ジュードは神父役もやった）を見にいってた。

静かな通りをさっと見わたす。遠くのほうに、鮮かな色の服を着たおばあさんらしき人の背中が見える……え、浮いてる？　何度かまばたきして、もう一度見たけど、やっぱり浮いていて、しかもなぜかはだしみたいだった。おばあさんは小さな教会に入っていった。ま、どうだっていい。おばあさんが中に入ると、ぼくは道を渡って、あっという間に軽々と塀を乗りこえた。そして、塀と建物のあいだを急いで走っていくと、非常階段の古い金属をきしませないように注意深くのぼりはじめた。ありがたいことに、近くで工事かなにかしてるから、音はかき消されるだろう。そして、踊り場をさっと横切って、建物の角からそっと先をのぞくと、鼓膜が破れそうな音は工事じゃなくて、下の中庭から聞こえているのだとわかった。世界の終末が訪れたばかりって感じだ。っていうのも、なんだあれ！　宇宙人の化学攻撃が行われたあとのシーンみたいだった。中庭じゅうに、危険物処理班のジャンプスーツを着てフェイスマスクとゴーグルをつけた救助隊員がいて、パワードリルや丸のこを振りかざし、白い煙の中を行き来してる。煙の出所は、彼らが攻撃してる石の塊だ。彫刻用のアトリエってことか？　全員、石の彫刻家か？　ミケランジェロだったらどう思うだろう？　一心に見つめていると、もうもうと舞っていたほこりが収まり、三組の巨大な目が突き刺すようにぼくを見返した。

息が止まる。中庭の奥から、とてつもなく大きい三体のモンスターがぼくを見つめていた。

彼らは呼吸をしていた。本当だ。

元姉のジュードがいたら、めちゃくちゃ興奮するだろう。母さんも。

もっと近くから見なきゃ。そう思ったとき、ガレージの扉みたいに半分ほど上へあげられた壁の下を通って、背の高い黒髪の男が出てきた。ちょっと訛りのある喋り方で電話にむかって話してる。そして、至福に包まれて天を仰ぐのが見えた。今後一切の夕日の色を選べることになったっていう知らせを受けたみたいに。ブライアンが裸で寝室で待ってるとか。実際、電話を持ったまま踊りまわって、十億個の風船を空に飛ばすような幸せに満ちた笑い声をあげた。彼が、大声でどなりちらすイカレた彫刻家で、ぼくの真正面にある花崗岩のおそろしげなモンスターが、彼のイカレた作品に違いない。

「早くきてくれ」彼の声は、彼のからだと同様大きかった。「待ってるよ、愛してる」それから、彼は二本の指にキスして、電話に触れ、それからポケットにもどした。シロナガスクジラ並みのまぬけなしぐさだ。だろ？　でも、彼がやると、そうは見えなかった。ぜんぜん。彼は中庭に背中をむけ、ひたいを柱につけた。完全にイカレたやつみたいにコンクリートにむかってニヤニヤしてる。でも、それを見ているのは、星空観察最適地にいるぼくだけだ。彼も、指を十本ぜんぶやってもいいって顔をしてる。数分後に彼が興奮状態から抜け出してくるりとこちらをむくと、初めて彼の顔がはっきりと見えた。鼻は転覆した船みたいで、口は三人分の大きさで、あごと頰骨は鎧のようにがっしりとしてて、目は玉虫色だ。顔は、言ってみれば、重厚な家具で満杯になった部屋。今すぐ描きたい。ぼくが見ていると、彼は中庭でくり広げられている世界の終末のシーンをじっくりとながめ、それから指揮者のように両腕をさっとかかげた。たちまちすべての動力工具が静かになった。

同時に、小鳥の鳴き声も、道路を走る車の音もやんだ。それどころか、風のそよぐ音も、ハエの羽音、話し声すらしない。なんの音も聞こえない。全世界のミュートボタンを押したみたいだった。今から彼が喋るから。

神なのか？

「ふだんから勇気について話している。彫刻は臆病者のやることではないと。臆病者は、粘土《クレイ》以外に手を出そうとしない。そうだろう？」

救急隊員たちがどっと笑う。

彼はいったん言葉を切り、柱でシャッとマッチを擦った。炎が燃えあがる。「言っておくが、わたしのアトリエでは危険に挑まなければならない」耳のうしろから煙草をとり、火をつける。「びくびくするな。決断し、間違えろ。とんでもない無茶な間違いを犯せ。なにもかもめちゃくちゃにするような間違いを。いいか、それしか方法はない」

そうだというような呟きがわき起こる。

「わたしはいつもそう言っている。だが、きみたちの中には、切りこんでいくことを怖れている者がたくさんいる」彼はゆっくりとオオカミのように歩きはじめる。そう、彼が動物なら間違いなくオオカミだ。「きみたちがやっていることを見てきた。昨日、きみたちが帰ったあと、作品をひとつずつ眺めてみたんだ。きみたちは、ドリルやのこぎりを持ったランボーの気でいるようだな。大きな音を出して、ほこりを舞いあげ、しかし、自分の彫刻について——」彼はものを摘《つま》むときのように親指と人さし指を近づけた。「これっぽっちでもなにか見つけた者はわずかしかいない。今日は、その状態を変える」

彼は短いブロンドの女の子のところへ歩いていった。「いいかな、メリンダ？」

「お願いします」メリンダは答えた。ここからでも、彼女が真っ赤になってるのがわかる。完全に彼に恋してる。まわりに集まってる学生たちの顔を見て、全員、男も女も彼に首ったけだと気づく。

（題名：風景画　地理的スケールで見た男）

彼は長い時間をかけて煙を吸いこむと、まだ吸いはじめたばかりの煙草を捨てて、踏みつけた。そして、メリンダにむかってにっこり笑った。「きみの女性を見つけよう。いいね？」そして、大きな石の横の粘土《クレイ》の模型をしげしげと眺めると、目を閉じて、櫛でけずるように表面を指でなぞった。それから、となりの石の塊も同じように、目は閉じたまま、指でじっくりと調べた。「よし」そう言って、テーブルからパワードリルを取りあげる。学生たちのあいだに興奮が走る。彼は一瞬のためらいもなく、石にまっすぐドリルをあてた。すぐに、粉じんの雲ができ、なにも見えなくなる。もっと近くにいかないと。すぐそばじゃないとだめだ。オウムみたいに彼の肩の上で暮らさないと。

音がやんで、ほこりが収まると、学生たちが拍手をはじめた。石の中に、粘土《クレイ》の模型とそっくりな女のカーブした背中が現われていた。信じられない。

「さあ、作業にもどれ」彼はメリンダにドリルを渡した。「残りは、きみが見つけるんだ」

彼はひとりずつ学生のところを回った。なにも言わないこともあれば、声を張りあげて誉めることもある。「そうだ！　やったな。すばらしい胸だ。こんな美しい胸は初めて見たぞ！」学生はそう言われて、うれしそうに笑った。彫刻家が誇らしげな父親のように学生の頭をたたくのを見て、胸が締めつけられた。

別の学生には、「すごくいいぞ。いいか、次は、たった今、わたしが言ったことをぜんぶ忘れるんだ。ゆっくりとやれ。ゆっくり、ゆっくりとだ。石を愛撫するんだ。石と愛し合え。ただし、そっと、やさしく、やさしくだぞ。ノミを使え。あとのものは使うな。一回間違えば、すべてがだいなしになる。ほら、大丈夫だ」そしてまた、頭をポンとたたいた。

もう自分がいなくても大丈夫だと思うと、彼は建物の中にもどっていった。あとをつけるように踊り場の反対側の、窓のあるほうへいくと、むこうから見られずに中をのぞけるよう、窓のすぐ横に立った。中には、さらにたくさんの石の巨人がいた。アトリエの奥に、薄手の赤いスカーフをまとっただけの裸の女性が三人いて、台の上でポーズをとり、まわりで学生たちがスケッチしてる。

裸のイギリス人はいない。

彫刻家は、ひとりずつ学生の元へいって、うしろに立ち、厳しい冷ややかな目で彼らの作品を見つめた。自分のスケッチを見られてるみたいに緊張する。彫刻家は不満そうだ。突然ぱんぱんと手をたたき、学生たちは手を止めた。窓越しにくぐもった声が聞こえ、彼がどんどん勢いづいているのがわかる。そのうち両手が、マレーシアのトビガエルみたいに空を切りはじめた。学生たちになんて言ってるのか知りたい。どうしても。

ようやく学生たちはまた描きはじめた。彼もテーブルから木炭とスケッチブックを取り、学生たちの中に入っていく。そして、ロケット燃料がたっぷり注ぎこまれたみたいな、窓の外のぼくにまで聞こえる声で、言った。「一大事だと思ってスケッチしろ。むだにする時間はないし、失うものもない。わたしたちはまさしく世界を作り替えてるんだ。わかったな?」

母さんと同じことを言ってる。わかる、ぼくにはわかる。心臓がドキドキしはじめる。そう、ぼくには完璧にわかってる。

（題名：世界が少年を創り替える前に、少年が世界を創り替える）

彫刻家はすわって、学生たちといっしょに描きはじめた。あんなふうに手を飛ぶように動かして描く人は、見たことがない。前でポーズをとっているモデルたちの隅々まで吸収しようとする目も。胃が口から飛び出しそうになりながら、彼のしていることを把握しようとする。木炭の持ち方を、彼自身が木炭になるさまを、食い入るように見つめる。スケッチブックをいちいち見なくたって、天才の作品だとわかる。

この瞬間まで、自分がどんなに下手か、わかってなかった。これからどれだけ、学ばなければならないか。本当にCSAに入れないかもしれない。ウイジャ盤は正しかったんだ。

頭をくらくらさせながら、ふらつく足で非常階段を転がるように下りる。ほんの一瞬、自分がなれるかもしれないもののすべてを目にしたのだ。なりたいもののすべてを。そして、今の自分からはほど遠いものを。

歩道が高くなってしまったみたいに、ぼくはすべり落ちていく。ぼくはまだ十四歳にもなっていない。まだうまくなるまで何年もあるんだ。でも、ピカソはぼくの年齢のときにはすでにすごかったはずだ。ぼくはなにを考えてたんだ？ めちゃくちゃ頭にくる。ぼくはぜったいCSAなんて入れない。そうやって頭の中の救いようのない会話に没頭していたせいで、門の外に停まっている赤い車の前を通りすぎるところだった。母さんの車にそっくりだ。でも、そんなはずはない。だって、こんなところまでわざわざなんの用事だっていうんだ？ ナンバープレートを見る。やっぱり母さんのだ。ぼくは回れ右をして引き返した。車だけじゃなくて、母さんも乗ってる。助手席のほうへかがみこんでる。なにやってるんだろう？

ぼくは窓をコンコンとたたいた。

母さんは跳びあがった。でも、ぼくが母さんを見て驚いたほど、ぼくを見て驚いた感じはしない。むしろちっとも驚いてないみたいに見える。

母さんは窓を下げて言った。「びっくりしたわ」

「なんでかがみこんでたの？」ぼくはきいた。本当なら、もっとふつうの質問があるはずなのに。ここでなにやってるの、って。

「物を落としたのよ」母さんはいつもと違って見えた。目が異常にきらきらしてるし、唇が湿ってる。それに、占い師みたいなかっこうをしてる。きらきら光る紫のスカーフを巻いて、黄色い流れるようなワンピースに赤いサッシュをつけ、手首にはカラフルなバングルまではめてる。おばあちゃんのふわふわワンピースを着るとき以外は、たいてい白黒映画みたいな服を着てるのに。こんなサーカスみたいな服じゃなくて。

「なにを？」ぼくはきいた。

「なにをって？」母さんは、意味がわからなかったみたいにききかえした。

「なにを落としたの？」

「ああ、イヤリングよ」

両耳とも、イヤリングはついていた。母さんは、ぼくがそれに気づいてるのに気づいた。

「これとは別の。取り替えようと思って」

ぼくはうなずいたけど、母さんがうそをついてるってわかった。ぼくを見て、ぼくから隠れようとしたんだ。だから、ぼくを見ても驚かなかったんだ。でも、どうしてぼくから隠れようとしたんだ？

「どうして？」ぼくはきいた。

「どうしてってなにが？」

「どうしてイヤリングを替えようと思ったの？」

通訳が必要らしい。今まで母さんと話すのに、通訳が必要だったことはないのに。

母さんはため息をついた。「わからないわ。ただそうしようと思っただけ。さあ、乗って」まるでもともと迎えにくる約束をしてたような言い方だった。ヘンすぎる。

帰りの車の中は、緊張の詰まった箱みたいだったけど、どうしてかはわからなかった。あんなところでなにをやっていたか、きくまでに、二ブロック走らなきゃならなかった。母さんは、デイストリートにすごく優秀なクリーニング店があるからよって答えた。ぼくは、もっと近いところにゆうに五軒はあるじゃないか、とは言わなかった。でも、どっちにしろ、母さんには聞こえたらしく、さらに説明した。「おばあちゃんが作ってくれたワンピースなの。一番のお気に入りなのよ。ちゃんとしたところで間違いのないようにやってほしかったから。腕のいい人にね。で、ここのクリーニング屋さんが一番なのよ」母さんがいつもダッシュボードに挟んでるピンクのレシートを探した。ない。でも、財布に入れてるってこともある。うそじゃないのかも、とぼくは思った。

そして、本当ならすぐにきくはずのことを母さんがきくのに、さらに二ブロックかかった。

「ずいぶん遠くまできてたのね?」

ぼくは、散歩してたらこんなところまできてたんだ、と言った。塀を乗りこえて、非常階段をのぼって、ぼくに才能があるっていう母さんの考えは間違ってることを見せつけられた、とは言いたくなかったから。

母さんがもっと質問しようとしたところで、膝に載せていた携帯が鳴った。母さんは表示されているナンバーを見て、拒否のボタンを押した。「仕事の人」母さんはちらりとこっちを見て、言った。母さんがこんなふうに汗をかいてるところは、見たことがない。わきの下の黄色い生地に、建築作業員みたいな丸いしみができてる。

今ではすっかりお馴染みになったCSAの前を通るとき、母さんはぼくの膝をぎゅっと握った。「もうすぐね」

それで、すべてがはっきりした。母さんはぼくのあとをつけてきたんだ。心配になったんだ、ぼくがヤドカリみたいに閉じこもって暮らしてるから。ほかに筋の通る説明はない。だから、隠れたり、クリーニング屋のことでうそをついたりしたんだ。こっそりあとをつけて、プライバシーに踏みこむような真似をしたら、ぼくが怒ると思って。安心できる説明を見つけて、ぼくはほっとした。

ところが、母さんは三番目じゃなくて二番目の角を曲がって、丘をのぼりはじめた。そして、上までいくと、車を門から乗り入れた。ぼくが目を丸くしている前で、母さんは車を降りて、言った。「ほら、降りないの？」そして、鍵を持って、もう少しで玄関というところでやっと、別の家族が暮らしてる別の家に入ろうとしていることに気づいた。

（題名：夢遊病者みたいにもうひとつの人生へ入っていく母さん）

「わたし、どうしちゃったわけ！」母さんは車にもどると、言った。笑えるところだし、笑うべきだったけど、笑えなかった。なにかヘンだ。ひしひしとそう感じたけど、それがなにかまではわからなかった。母さんも、エンジンをかけようとしない。ぼくたちは、他人の家の前にとまったまま、黙って海を見つめていた。太陽が水平線まで一直線に、きらきら光る道を作っている。まるで水面で星が輝いてるみたいだ。あの上を歩きたい。キリストだけしか、水の上を歩けないなんて、ずるい。母さんにそう言おうとしたとき、車に重くどんよりとした悲しみが垂れこめているのに気づいた。ぼくのじゃない。母さんがこんなに悲しんでいたなんて、思いもしなかった。もしかしたら、そのせいで、ジュードとぼくが離婚したことにも気づいてないのかもしれない。

「母さん?」ふいにのどがからからになって、声がかすれた。

「ぜんぶうまくいくから」母さんは小声で静かに言うと、エンジンをかけた。「だから、心配しないで」

前回、同じことを言われたときに起こったひどい出来事が浮かんできたけど、ぼくはこくんとうなずいた。


世界の終わりは、雨とともに始まった。

九月は押し流され、十月になった。十一月になるころには、父さんですら余裕を失って、つまりは家の外と同じように、中まで雨が降りつづけることになった。そこいらじゅうに鍋やら鉢やらバケツやらが置かれた。「新しい屋根がいるなんて、思いもしなかった」父さんは、マントラみたいに何度も何度もそのセリフをくりかえした。

(題名:頭の上に家を載っけてる父さん)

これは、おそろしく長い時間をかけて、懐中電灯がつかなくなる前に電池を交換し、電球が切れる前に交換したあとのセリフ。「なにごとも準備しておくに越したことはないんだ、ノア」

けれども、長いあいだ観察した結果、母さんの上には雨が降っていないという結論に達した。母さんがテラスに出て、見えない傘の下にいるみたいに煙草を吸ってるのを(ふだん煙草は吸わないのに)よく見かけた。そういうときは、いつも電話を耳にあてて、でも、なにも喋らずに、ただゆらゆらとからだを揺らしてほほえんでいる。電話のむこうで誰かが音楽でも演奏してくれてるみたいに。鼻歌を歌ったり（ふだん鼻歌は歌わないのに）、歌を口ずさんだり（ふだんは歌を口ずさんだりしないのに）家じゅうを歩きまわって、そのまま外の通りに出て、断崖をあがっていくのも見た。新しく着るようになった、サーカスの服にバングルをつけて。ぼくたちが雨水に流されないように壁や家具につかまってるあいだ、母さんは専用の太陽の光に包まれていた。

パソコンの前で、本を書いてるはずなのに、まるで星で埋《う》めつくされてるかのようにぼうっと天井を見あげているところも見た。

母さんをあちこちで見て、見て、見まくったけど、母さん自身は見えなかった。

三回呼ばなきゃ、母さんの耳に届かなかったし、仕事部屋に入るときはげんこつで壁をたたくか、キッチンでは思いきり椅子を蹴飛ばさなきゃ、同じ部屋にいることさえ気づいてもらえなかった。

不安がつのるにつれ、別世界からやってきた人は、別世界へ去るかもしれないってことに思い当たった。

母さんを現実に引きもどすには、ＣＳＡのポートフォリオのことを話すしかなかったけど、ぼくたちはすでに、グレイディ先生と描いている油絵五点を出すことに決めていたので、それを見せるまではたいして話し合うこともなかった。でも、まだその気になれなかった。完成するまで、母さんに見てほしくなかったのだ。完成までもう少しだった。秋のあいだ、昼休みと放課後に毎日欠かさず描いてたから。CSAに入るには、面談も試験もなくて、評価されるのは基本的に作品だけだ。けれども、あの彫刻家のスケッチを見たあと、ぼくの目はまた変わった。今では、音が見えることがある。ダークグリーンの風のうなり声、深紅の激しい雨音。そうした音の色がぐるぐる渦を巻いている部屋で、ぼくはベッドにあおむけになって、ブライアンのことを考えた。彼の名前は、声に出して言うと、藍色だった。

ほかに目立ったことと言えば、夏から背が八センチ近く伸びたことだ。これで、誰かが手を出してきても、地球から蹴り出してやれる。もう、どうってことない。それに、声も、ほとんどの人間に聞き取れないくらい低くなった。声を使うことはめったになかった。たまにヘザーと話すときくらいだ。ヘザーとぼくは、ヘザーに好きな男の子ができたので、なんとなくうまくいくようになっていた。何度か、ヘザーのランニング仲間と走りにもいった。それなりに楽しかった。走ってるときにあまり喋らなくても、誰も気にしないから。

ぼくは、寡黙なキングコングになっていた。

今日は、ものすごく不安で、ものすごく静かなキングコングだった。学校からの帰り道、ザアザア降りの雨の中を重い足取りで坂をのぼりながら、ぼくはたったひとつのことだけを考えていた。ブライアンがクリスマス休暇にもどってきて、ジュードと過ごすことにしたら、どうしよう？

（題名：両手から闇を呑むぼく）

家に着くと、いつも通り誰もいなかった。ジュードは、最近ずっと家にいない。雨でも放課後サーフィンしにいくサーフィンバカたちに連れられて海へいき、帰ってくるとスペースボーイことブライアンとパソコンでずっとチャットしてる。あのあと、ふたりのやりとりを何度か盗み見た。ブライアンは映画のことを話していた。よりによって、肘かけの下でぼくの手を握ったときに観た、あの映画の話を！　ぼくはその場で吐きそうになった。

　夜、壁のこちら側にすわってると、耳を引っこ抜きたくなるときがある。そうすれば、ジュードがバカみたいにかけつづけてるミシンの合間に響く、メッセージがきたことを知らせるプン！　という音を聞かずにすむから。

（題名：ギロチンにかけられる姉）

ぼくはポタポタとしずくを垂らしながら雨雲のように部屋へむかい、ジュードの部屋の前で律儀にバケツをひっくり返した。汚い水で、ジュードの部屋のふわふわの白いカーペットが汚れて、カビだらけになりゃいい。それから、部屋に入ると、父さんがベッドにすわっていたので、驚いた。

　別に恐怖ですくみあがったとかそういうんじゃない。なぜか最近、父さんはぼくにあれこれ言わなくなっていた。薬でも飲んだみたいだ。でなきゃ、飲んだのはぼくのほうかもしれない。もしかしたら、ぼくの背が高くなったせいかも。それとも、ふたりとも手いっぱいでそれどころじゃないとか。父さんも、母さんのことを見つけられてない気がする。

「ちょうど豪雨にやられたか？」父さんはきいた。「こんなひどい雨だったことはないな。そろそろ箱船でも造るか、ん？」

このジョークは、学校でもはやってた。別にかまわない。ノアの箱船のノアのことは、好きだから。ノアが死んだのは、九百五十歳くらいのときだ。ノアは動物たちと地上を離れ、また世界を一から始めた。真っ白いカンバスと、いくらでもある絵の具チューブ。最高にクールだ。

「一番ひどいときだったんだ」ぼくは椅子にかけてあるタオルをひっつかんだ。そして頭を拭きながら、髪の長さについて当然なにか言われるだろうと思って待ったけど、父さんはなにも言わなかった。

父さんは言った。「おまえは、おれより大きくなるな」

「そう?」それを聞いたとたん、ぐっと気分がよくなった。父親よりもたくさんの空間を占めるようになるんだ。

(題名:父親を肩車して、大陸から大陸へジャンプする少年)

父さんはうなずいて、両方の眉をあげてみせた。「最近のペースじゃ、ほぼ間違いないだろう」父さんは壁から天井まで隙間なく貼られている美術館のポスターを一枚一枚、リストでも作ろうって感じで眺めまわした。それから、ぼくに視線をもどすと、両手で自分のももをぴしゃりとたたいた。「でだな、いっしょに夕飯でもどうかと思って。父と息子の時間だ」

ぼくの顔が恐怖で引きつったのに気づいたんだろう。「いや、違う。話をするだけだ」そう言って、父さんは「話」のところを強調するように両手でカギ括弧を作った。「約束する。飯を食うだけだ。一対一で話したいんだ」

「ぼくと?」

「ほかに誰がいる?」父さんは笑った。その顔には、嫌な感じは一ミリもなかった。「おまえはおれの息子だろ」

父さんは立ちあがると、ドアのほうへ歩きだした。ぼくは頭がくらくらしていた。父さんの「おまえはおれの息子だろ」っていう言い方に。実際そうなんだって、気持ちがしたから。

「おれは上着を着ていくが」スーツの上着のことだろう。「おまえはどうする?」

「父さんが着てほしいなら」ぼくはすっかり面食らっていた。

人生最初のデートが父親になるなんて、思うわけないだろ?

ただ、上着を着てみたら(最後に着たのは、スウィートワインおばあちゃんの葬式だった)、袖口が手首より肘に近かった。マジで、本当にキングコングになってるんだ! 巨人の証拠を着たまま、父さんたちの部屋にいった。

「おやおや」父さんはにやっと笑った。そして、クローゼットを開けると、紺色のブレザーを出した。「これなら、いけるだろう。おれにはほんの少しキツいんでな」父さんは、ちっとも出てない腹をたたいた。

上着を脱いで、父さんのに袖を通す。ぴったりだった。思わず口元が緩む。

「言ったろ。こんないっちょまえの男になられちゃ、もう取っ組み合いはしたくないな」

いっちょまえの男。

部屋から出るとき、ぼくはきいた。「母さんはどこ?」

「さあな」

ぼくたちは水辺のレストランへいって、窓際の席にすわった。雨が川のように流れ、風景をゆがませている。絵にしたくて、指がピクピクする。ぼくたちはステーキを食べた。父さんはスコッチを頼み、それからもう一杯頼んで、ぼくに味見させてくれた。ふたりとも、デザートも注文した。父さんはスポーツのことや、つまらない映画の話や、食洗機にきちんと皿を入れろとか、どうでもいいジャズの話はしなかった。話したのは、ぼくのことだった。

食事のあいだずっと。母さんにぼくのスケッチブックを見せられ、悪くない程度だろうと思って見たら、心底たまげた、と父さんは言った。ぼくがＣＳＡを受験するのはうれしくてたまらないし、ぼくを採らなかったら、ＣＳＡは大バカだとも言った。たったひとりの息子にこんな才能があるなんて信じられないし、完成したポートフォリオを早く見たくてしょうがない、って。ぼくは自慢の息子だ、って。

うそじゃない。ぜんぶ本当だ。

「おまえの母さんは、ふたりとも合格確実だって言ってる」

ぼくは聞き間違いかと思いながら、うなずいた。最後に聞いたときは、ジュードは受験しないってことだった。やっぱり聞き間違いだ。そもそもなにを提出するつもりなんだ？

「おまえは本当についてる。おまえの母さんは、芸術に情熱を注いでる。そういう情熱は伝染するんだよ。そうだろ？」父さんはにっこり笑ったけど、ぼくには父さんの内側の顔が見えた。ちっとも笑ってなかった。「交換するか？」

ぼくは気が進まないまま、チョコレート・デカダンスを父さんのティラミスと交換しようとした。

「いや、やめよう」父さんは言った。「あとふたつ、注文すればいい。こんなところには、たまにしかこないしな」

ふたつ目のデザートを食べながら、父さんの研究してる寄生虫やバクテリアやウィルスだって母さんの芸術と同じくらいクールだって言おうとしたけど、ウソくさいのでやめることにして、ケーキに集中した。まわりの人たちが、「まあ、お父さんと息子が水入らずで食事してるなんて、いいわね」って考えてるところを想像して、誇らしくてはち切れそうになる。父さんとぼく。今じゃ、親友なんだ。仲間なんだ。ああ、ひさしぶりに気分がいい。本当にひさしぶりだ。ぼくはすっかり気分が乗って、ブライアンが去って以来初めて、あれこれ喋った。ついこのあいだ知った、水面をものすごい勢いで走るバシリスクっていうトカゲのことだとか。二十メートルも沈まずに進めるらしい。水面を歩けるのは、キリストだけじゃなかったってこと。

父さんは、ハヤブサは時速三二十キロのスピードで急降下することを教えてくれた。ぼくは、驚いたように眉をあげてみせたけど、でも、ごめん、そんなこと、誰だって知ってる。ぼくは、キリンが一日に三十五キロの餌を食べ、一日三十分しか寝ないことを話した。それに、動物の中で一番背が高いのはキリンじゃない。その代わり、陸上の哺乳類の中では、一番しっぽが長くて、舌は五十センチもあるってことも教えてあげた。

父さんはクマムシの話をした。マイナス二百度からプラス百五十度まで耐えられる上、人間の致死量の千倍の放射線を浴びても生きられるから、宇宙に送るっていう計画があるらしい。しかも、十年間、乾燥状態の後に蘇生できるそうだ。

それを聞いて、一瞬、テーブルを蹴り飛ばしそうになった。もうブライアンに宇宙のクマムシの話はできないから。でも、なんとかその状態から這い出し、父さんに、人間にとってもっともおそろしい生き物はなにかっていう問題を出した。父さんは、カバとかライオンとかワニとか、いかにもみんなが言いそうな動物の名前を挙げて、しまいにはまいったと言った。答えは、マラリア蚊。

そんなふうに生き物についての知識を言い合ってるうちに、伝票がきた。父さんとふたりでこんなに楽しく過ごしたのは、初めてだった。

父さんが支払いをしているとき、ぼくは思わず言った。「父さんが、動物番組を好きだなんて知らなかったよ!」

「なんだって! どうしておまえが動物番組を好きになったと思う? おまえが小さいころ、ふたりで年がら年中見てたからじゃないか。覚えてないのか?」

覚えてなかった。ぜんぜん。

覚えてるのは、泳ぐか沈むかだ、ノア、とか、タフなふりをしてれば、タフになるんだ、とか、父さんのがっかりした顔や、恥をかかされたって顔や、困りきった表情で、いつも心を踏みにじられていたことだった。おまえがジュードと双子じゃなきゃ、単為生殖だと思うところだよとか、フォーティナイナーズ（アメフトのチーム）とか、マイアミ・ヒート（バスケのチーム）とか、サンフランシスコ・ジャイアンツとか、ワールドカップとか。でも、『アニマル・プラネット』は覚えていなかった。

父さんが車をガレージに入れたとき、母さんの車はまだ帰ってなかった。父さんはため息をついた。ぼくもため息をつく。父さんに追いつきつつあるっていうみたいに。

「昨日の夜、夢を見たんだ」父さんはエンジンを切った。でも、降りようとしない。ぼくも席にすわったまま、待った。ぼくたちはもう、すっかり親友なんだ！「おまえの母さんが家の中を歩くたびに、棚や壁からあらゆるものが落ちるんだ。本や写真や細々したものやなんか、ぜんぶね。おれにできるのは、母さんのあとについて回って、ぜんぶ元の場所にもどすことだけだった」

「そんなこと、したの？」ぼくはきいた。父さんは、あやふやな顔でぼくを見た。ぼくはわかりやすいように言い直した。「落としたものをぜんぶ元の場所にもどしたの？」

「どうだろうな」父さんは肩をすくめた。そして、ハンドルをなぞるように手をすべらせた。「ちゃんとわかってる、深いところまで理解してるって思ってるときに、実はぜんぜんわかってなかったと気づくことがあるからな」

「すごくよくわかるよ、父さん」ブライアンとのことを思いながら、ぼくは言った。

「わかるのか？　その年で？」

うなずく。

「これからは、もっとお互いのことを知るようにしないとな」

心の中になにかがわき出すのを感じた。父さんとそんなふうに仲良くなれるだろうか？本物の父と息子みたいに？　あの日、ジュードみたいに父さんの肩から飛びこんでいれば、なれた関係に？　ぼくが沈まないで、泳いでいれば、なれたような父と息子に？

「いったいラルフはどこにいるんだ？　いったいラルフはどこにいるんだ？」ぼくたちはくすりと笑った。それから、父さんは意外なことを言った。「いつか、ラルフがどこにいるのか、わかる日がくると思うか？」

「そう願ってる」

「おれもだ」心地よい沈黙が訪れ、父さんがめちゃくちゃクールになれるってことに感動していると、父さんが言った。「ところで、まだあのヘザーって子とは付き合ってるのか？」父さんはぼくを肘でつついた。「かわいい子じゃないか」そして、いいぞって感じでぼくの肩をぎゅっとつかんだ。

最低だ。

「まあ、そんなもんかな」ぼくは言って、それから、ほかにどうしようもなくて、もっとはっきりと言い直した。「うん、付き合ってるんだ」

父さんは、ありがちな隅に置けないなって顔をしてみせた。「ちょっとした話をしないといけないな、おまえとおれで。だろ？　おれの息子ももう十四歳だからな」父さんは、あの彫刻家が学生にやってたみたいにぼくの頭をポンとたたいた。その動作、息子っていう言葉、父さんが何度もそう言ってくれること。そう、だからヘザーのことはそう言うしかなかった。

家に入って、部屋へいくと、ジュードが仕返しにバケツの水をひっくり返していた。勝手にしろ。ぼくは水浸しの床にタオルを放り投げた。そのとき、机の上の時計が目に留まった。時間だけじゃなくて、日付も表示されるタイプだ。

しまった。

そのあと、父さんを探すと、ソファーに腰を下ろして、大学フットボールを見ていた。スケッチブックをぜんぶ見たけど、頭のついてる父さんの絵は一枚もなかったので、一番うまく描けたパステル画を選んで、ウシカモシカの背中にぼくたちふたりを描きくわえた。そして、下に、「HAPPY BIRTHDAY」と書いておいた。

父さんはぼくの目をまっすぐ見て、「ありがとう」と言った。その言葉は外に出すのが難しかったみたいに、くしゃくしゃになっていた。みんな、忘れてたんだ。母さんまで。母さんはどうしちゃったんだ？　父さんの誕生日を忘れるなんて。結局のところ、母さんは別世界からきた特別な存在なんかじゃなかったのかも。

「感謝祭のときも、母さんは七面鳥を忘れたしね」父さんを元気づけたくてぼくは言ったけど、言ってから、父さんと七面鳥を比べるなんて、ヘマすぎると気づいた。

でも、父さんは笑ってくれた。「これは、ウシカモシカだろ？」父さんは絵を指さして、きいた。

ウシカモシカについて世界一長い会話を交わしたあと、父さんがソファーのとなりをたたいたので、ぼくはすわった。父さんはぼくの肩に手を置き、それがフィットしたみたいにずっとそのままにしていた。それからぼくたちは残りの試合をいっしょに見た。めちゃくちゃ退屈だったけど、でも、スポーツマンっていうのはからだが——ってこと。

ヘザーのことでついたうそは、胃の中の石ころみたいにずっしりと重かった。

でも、無視した。


父さんの誕生日を忘れてから一週間後、雨が家をめった打ちにしてる中で、ジュードとぼくはリビングのふだん誰もすわらない凍りついた一角にすわらされ、父さんが一時的にロストコーヴ・ホテルに寝泊まりすることになったと告げられた。ふたりの問題が解決するまで、父さんは部屋を借りることになる、と、父さんと母さんは、いや、母さんは言った。

もうずっと言葉を交わしてなかったけど、ぼくの胸の中でジュードの心臓がぼくの心臓といっしょにぎゅっと縮んだり、膨らんだりしてるのを感じた。

「問題ってなによ？」ジュードはきいたけど、雨がひどくなって、誰がなにを言ってるのか、聞こえなくなった。きっと風が壁を倒してしまう。そして、父さんの夢を思い出した。なぜなら、正夢になりつつあるから。風が棚からあらゆるものをたたき落とす。細々したものも、本も、紫の花の模様の花瓶も。でも、誰も気づかない。ぼくは椅子の肘かけをぐっと握りしめる。

（題名：家族の肖像　不時着時の姿勢を取る家族）

　すると、また母さんの声がした。とても落ち着いていて、落ち着きすぎていて、命を吹き飛ばされそうな嵐とは別世界をパタパタと飛んでる黄色い小鳥みたいだった。「今も、わたしたちは深く愛し合ってる。でも、ふたりとも今は、少し距離を置く必要があるのよ」そして、父さんを見た。「ベンジャミンは？」

　父さんの名前が出たとたん、壁中の絵や鏡や家族写真が床に落ちた。でも、今度も気づいたのは、ぼくだけだ。ジュードのほうを見ると、まつげに涙が溜まっていた。父さんは、なにか言おうとしたみたいだけど、口を開いても、言葉が出てこなかった。父さんはうつむいて、頭を抱えた。アライグマみたいに小さな手で。いつ、あんなになったんだ？　小さすぎて、父さんの顔で起こってることを隠しきれない。目も口もぎゅっと閉じてるのを。胃がひどくむかむかする。キッチンの鍋やフライパンが棚から次々落ちてる音が聞こえる。一瞬、目を閉じると、屋根が吹き飛ばされ、くるくる回りながら飛んでいくのが見えた。

　ジュードが感情を爆発させる。「わたし、パパといっしょにいく」

「ぼくも」言って、自分で驚く。

　父さんは顔をあげた。顔の隅々から苦しみが流れ出していく。「おまえたちはお母さんといっしょにここに残るんだ。一時的なことなんだから」父さんの声はもろくて、立って部屋から出ていく後ろ姿を見て、初めて髪が薄くなってることに気づいた。

　ジュードは立ちあがって、母さんのところへいくと、まるで小さくてきらきらしてる虫を見るみたいに見下ろした。「どうしてこんなことができるのよ？」ジュードは歯を食いしばって言うと、怒りでくねくねと床をのたうち回る髪をひきずって出ていった。それから、父さんを呼ぶ声がした。

「ぼくたちを置いていくの？」ぼくは（心の中でも声に出しても）言って、立ちあがった。今回出ていくのは父さんだけど、母さんはとっくにいなくなってた。この数ヶ月、ずっと職務離脱していたんだ。それはわかっていたし、母さんのことを見られなかった。

「ぜったいにそんなことはないわ」母さんはぼくの両肩をつかんだ。その力にぼくはおののく。「わかるわね、ノア？　わたしは決してあなたとジュードを置いていったりしない。これは、お父さんとわたしの問題なの。子どもたちには関係ないことよ」

ぼくは母さんの腕の中で裏切り者みたいにとろとろに溶けた。みたいに、じゃなくて、ぼくは裏切り者だ。

母さんはぼくの髪をなでた。すごく気持ちよかった。「ノア、あなたはやさしくて感じやすい子よ。わたしのドリームボーイ。すべてうまくいくから」母さんは何度も何度も唱えるように「すべてうまくいく」ってくりかえしたけど、本当はそう思っていないのがわかった。ぼくも同じだった。

その夜遅く、ジュードとぼくは肩をよせ合って窓の外を見ていた。父さんがスーツケースを持って、車へ歩いていく。雨がもの悲しい声をあげて降りそそぎ、一歩進むごとに父さんの腰が曲がっていく。

「あの中、なにも入ってないんじゃないかな」父さんが、羽根が入ってるみたいに軽々と荷物を持ちあげて車のトランクに入れるのを見て、ぼくは言った。

「入ってるわよ」ジュードは言った。「見たの。たったひとつだけ。ノアとパパがへんてこな動物の背中に乗ってる絵。それだけよ。歯ブラシさえ入ってなかった」

この数ヶ月で初めてぼくたちが交わした会話だった。

父さんがたったひとつ持っていったものがぼくだなんて、信じられなかった。

その夜、ベッドの中で眠れずに、ぼくが闇を見ているのか、それとも闇がぼくを見ているのか考えてると、ジュードが入ってきて、ベッドのとなりに潜りこんだ。ぼくは枕が濡れないようにどけた。そして、ふたりであおむけになって横たわった。

「ぼくは、こうなることを願ってたんだ」ぼくは囁き声で、ここ何時間もぼくの心を苦しめていたことを告白する。「これまで三回も。誕生日ごとに。父さんが出ていきますように、って」

ジュードはぼくのほうに寝返りを打って、ぼくの腕に触れ、やっぱり囁くように言った。

「わたしは一度、ママが死んじゃえばいいって願ったことがある」

「取り消して」ぼくもジュードのほうをむいた。ジュードの息がぼくの顔にかかる。「ぼくは間に合わなかったから」

「どうやって？」

「わからない」

「おばあちゃんなら、わかるかも」

「確かにね」ぼくが言うと、ぼくたちはまったく同時に、いきなり笑い出した。笑いが止まらなくなって、苦しくて鼻まで鳴って、だから、母さんに聞かれて、父さんが出ていったのは世界一笑えることだと思ってるって、思われないように、枕を顔の上に載せる。

ようやく落ち着くと、すべてが違って感じられた。今、電気をつけたら、ふたりともクマになるかも。

気がつくと、ジュードがもぞもぞと動いて、次の瞬間、ぼくの上にすわってた。あんまり驚いて、なにもできないでいると、ジュードは深く息を吸いこんだ。「さてと、これでノアは今、百パーセントわたしの言うことを聞いてるよね。覚悟はいい？」そして、ぼくの上で跳ねた。

「降りろよ」ぼくは言ったけど、ジュードはぼくの上で喋りはじめた。

「なにもなかったのよ。聞いてる？ 何度も言おうとしたけど、ノアが聞こうとしないから」そして、一文字一文字、くぎるように言った。「な、に、も、な、かっ、た、の。ブライアンはノアの友だちだもの、わかってるから。クローゼットの中では、球状星団とかいうもののことを話してくれたよ。あと、ノアの絵がどんなにすばらしいかってこととね！ あのとき、ママのせいでノアに腹を立ててたのは本当だし、ノアがわたしの友だちをぜんぶ盗んでいったことも、わたしのママ宛のメモを捨てたことも、怒ってたけど。ノアがやったことくらいわかってるし、それって最低だからね、ノア。だって、あれは、わたしが創った砂の彫像のなかで、初めてママに見せてもいいって思えたものだったんだから。だから、パーティのとき、ブライアンの名前を書いた紙を手に隠して、クジを引いたのよ。でも、な、に、も、な、かっ、た、の。わかった？　わたしは盗んだりしないわよ、ノアの——」ジュードはいったん言葉をとぎらせてから、つづけた。「ノアの親友を。わかった？」

「わかったよ、だからもう降りて」思ったより荒っぽい言い方になってしまった。真新しい声のせいだ。ジュードは動こうとしない。今の話を聞いてどう思ってるか、告白することはできない。頭が猛烈な勢いで回転して、あの夜起こったことを、ここ数ヶ月のことを、すべてを、再配列してるから。ジュードはずっと話そうとしてたのに、ぼくはその場を立ち去ったり、ドアをバタンと閉めたり、テレビの音を大きくしたりしたこと。ジュードの顔が見られなくて、ジュードを無視しつづけたこと。ジュードの手紙を読みもしないでびりびりに破ったこと。それでジュードは諦めてしまった。なにもなかった。ふたりは恋してるわけじゃないんだ。ぼくがずっと想像していたように、ブライアンがあと数週間でもどってきて、ジュードとベッドルームに逃げこむなんてことはない。ぼくが家に帰ってくると、ふたりがソファーで映画を観てるとか、森で隕石を探してるってこともない。なにもなかった。なにもなかったんだ！

（題名：彗星にヒッチハイクする少年）

でも、待って。「じゃあ、スペースボーイって誰？」てっきりブライアンだと思いこんでた。だって、宇宙だし。

「は？」

「スペースボーイだよ。パソコンの」

「そんなのまで見てたわけ？　かんべんしてよ」ジュードはため息をついた。

「あれは、マイケルよ。ゼファーのこと。『スペースボーイ』っていうのは、彼がハマってる曲のタイトル」

そうか。

そうだったのか！

そりゃ、ブライアンとぼく以外の人だって、っていうか、たぶん数百万単位の人が、あの宇宙人の映画を観てるに決まってる。テレポートのことでジョークも言うだろうし、スペースボーイって名前だって、そりゃ使うだろう。

ウイジャ盤のことを思い出した。「Mってゼファー？　ゼファーのことが好きなの？」

「たぶん」ジュードは恥ずかしそうに言った。「まだわからない」

それにもびっくりだったけど、「なにもなかった」が蒸気ローラーみたいに「びっくり」を押しつぶした。ジュードが部屋にいることも、ぼくの上にすわってることも、すっかり頭から消え去ってたけど、そのときジュードの声がした。「で、ノアとブライアンは、お互い好き同士とか、そういうわけ？」

「え？　まさか！」言葉が口から飛び出した。「なんだよ、ジュード。ぼくにも友だちくらいいたって、おかしくないだろ。それに、あのときはヘザーと付き合ってたし、一応言っとくけど」自分でもどうしてこんなことを言うのか、わからなかった。ぼくはジュードを押しやった。胃の中の石が大きくなるのがわかる。

「わかったわよ、ただ――」

「なに？」ゼファーがあの日、森であったことを話したのか？

「なんでもない」

ジュードはベッドにもどって、ぼくたちはまた、肩をぎゅっとよせ合った。ジュードは静かに言った。「じゃあ、もうわたしのこと、嫌わないでくれる？」

「嫌ったことなんてないよ」ぼくは大ウソを言った。「本当に――」

「わたしも。ほんとにごめん」ジュードはぼくの手を握った。

ぼくたちは闇の中でいっしょに息をしはじめた。

「ジュード、ぼく――」

「すごくね」ジュードはあいだを省略して、締めくくった。

ぼくは笑った。この感じをすっかり忘れていた。

「わかってる。わたしもよ」ジュードはクスクス笑った。

でも、次に言ったことは、さすがのジュードも想像してなかったはずだ。「たぶん、ジュードの創った砂の彫像はぜんぶ見てるんだ」良心がちくりと痛む。写真を消去するんじゃなかった。ジュードに見せてあげられたのに。あれがあれば、ＣＳＡに入れるのに。ずっと自分の手元に置いておけたのに。母さんに見せられたのに。でも、どうしようもない。「めちゃめちゃよかったよ」

「ノア？　ほんと？」やっぱり完全に予想外だったみたいだ。

ジュードが笑ってるのがわかる。ぼくの顔も笑ってるから。ジュードのほうが才能があったらって思うとどんなに怖かったか、打ちあけたかったけど、その代わりに言った。「波にさらわれちゃうなんて、残念すぎるよ」

「でも、それがあれの一番いいところなの」

外から聞こえてくる波の音に耳を澄ませた。あのすばらしい砂の女たちが、誰の目に触れることもなく運び去られていくことを考え、どうしてそれが一番いいところなのかを考える。そんな考えを何度も何度も頭の中で転がしていると、ジュードがすごく小さな声で言った。

「ありがとう」

ぼくの中のあらゆるものが、静まり、平和になり、正しくなった。

ぼくたちは呼吸しながら、漂った。明るい月へむかってふたりで夜空を泳いでいるところを想像しながら、朝になっても、この場面を覚えてますようにって祈る。そうすれば、絵に描いて、ジュードにあげられるから。眠る直前、ジュードが言うのが聞こえた。「今でもノアが一番好きよ」ぼくも言う。「ぼくも」でも、次の朝、本当にふたりがそう言ったのか、ぼくがそう思っただけなのか、それとも夢だったのか、よくわからなかった。

でも、そんなことはどうでもよかった。

冬休みが始まった。別名、ブライアンの帰還。すると、めちゃくちゃいいにおいがキッチンから漂ってきて、ぼくの脳に、今すぐ立ちあがって廊下に出ろ、と命じた。

「ノア？　ちょっときて、お願い」ジュードが部屋から叫んだ。

ジュードの部屋に入っていくと、ジュードはベッドでおばあちゃんのバイブルを読んでいた。またくだらない、父さんを呼びもどす呪文かなにかを探そうとしてるに決まってる。

ジュードはスカーフを差し出した。「はい、これ。わたしをベッドの支柱に縛りつけて」

「えっ？」

「それしか方法はないの。気弱になって、キッチンにいったりしちゃだめってことを、忘れないようにしなきゃならないから。ひと口食べて、ママを得意がらせたくないの。ママったら、どうしてよりによって今、ジュリア・チャイルド（アメリカにフランス料理を紹介したと言われるシェフ）になろうとするわけ？　ノアも、ママの作ったものを食べちゃだめよ。昨日の夜、パパのところから帰ってきたあと、あのチキンのポットパイを食べたの、知ってるんだから。見てたのよ」ジュードはぼくをにらみつけた。「ひと口も食べないって約束して」ぼくはうなずいたけど、この、うちをすばらしい香りで満たしてるものを食べないなんて、ぜったい無理だ。「本気だからね、ノア」

「わかったよ」

ジュードの手首を縛ってると、ジュードが言った。「片手だけね。そうすれば、ページをめくれるから。このにおいはパイね。リンゴか梨か、もしかしたら、アップルターンオーバーか、アップルクランブルかも。ああもう、クランブルは大好物なのに。ズルすぎる。ママが焼き方を知ってるってことすら知らなかったわよ」ジュードはおばあちゃんのバイブルのページをめくった。「負けちゃだめよ」部屋を出ようとするぼくにむかって、ジュードは言った。

ぼくは敬礼した。「了解、キャプテン」

ぼくは二重スパイになってる。父さんが出ていってからは、ずっとそうだ。死体が発見されそうな父さんのワンルームでジュードとテイクアウトの夕食を食べたあと、家に帰ると、ジュードが部屋に閉じこもってスペースボーイ（ゼファーなんだ！　ブライアンじゃなかったんだ！）とチャットするのを待って、キッチンへ直行して母さんと食事をする。でも、父さんと『アニマルプラネット』を見ながら、灰色の空気を吸って、父さんが椅子みたいに折りたたまれてることに気づかないふりをしてるときも、グレイディ先生と美術室でＣＳＡへ提出するポートフォリオの仕上げをしてるときも、キッチンでスフレが膨らむのを待ってるあいだ、母さんにサルサダンスを教わってるときも、ミシンをかけてるジュードと「死ぬならどっち？」をしてるときも、本当はひとつのことしかしてなかった。人間砂時計になってたんだ。待って、待って、待ちつづけていた。ブライアン・コネリーがもどってくるのを。

毎日、毎時間、毎分、そして今では、毎秒。

ジュードの言う通りだった。今朝、キッチンのカウンターには、金色のパイでふたをしてあるアップルパイと、さらにターンオーバーのお皿が置いてあった。

母さんはカウンターで生地を練っていた。顔に小麦粉が飛び散ってる。

「ちょうどよかった。鼻を掻いてくれない？　かゆくて、頭がおかしくなりそうなの」

ぼくは母さんのところへいって、鼻を掻いてあげた。「もっと強く。そうそう。ありがとう」

「人の鼻を掻くのって、ヘンな感じだね」

「親になったら、いくらでも味わえるわよ」

「鼻って、見かけより、ぐにゃぐにゃしてるんだな」母さんがぼくにほほえみかけると、暖かい夏の風が部屋を吹き抜けた。

「楽しそうだね」ただ思ったことを言っただけだったけど、声変わりしたあとのトロンボーンみたいな声のせいで、責めてるみたいになってしまった。たぶん、実際責めてるんだろう。父さんが出ていってから、母さんはぐんと楽しそうになっただけじゃなく、部屋にいるときは本当にいるようになった。天の川から帰ってきたのだ。このあいだなんて、ジュードとぼくといっしょに土砂降りの雨に降られてびしょ濡れになった。

母さんが手を止めた。

「父さんがいたときは、どうしてそういう料理を作らなかったの？」ぼくはきいた。本当にききたいこととは違ったけど。どうして父さんがいなくても平気なの？　どうして元通りになるために、父さんが出てかなきゃならないの？

母さんはため息をついた。「どうしてかしらね」そして、小麦粉に指で、自分の名前をなぞりはじめた。顔がみるみる閉ざされていく。

「すごくいいにおいだね」楽しそうな母さんにもどってほしくて、ぼくは言った。楽しそうでいてほしいし、同時に楽しそうでいてほしくない。

母さんはうっすら笑みを浮かべた。「パイを一切れと、ターンオーバーも食べていいわよ。ジュードには内緒にしとくから」

ぼくはうなずいて、ナイフを取ると、たっぷり、ほとんど四分の一くらい切り取って、皿に載せた。それから、ターンオーバーも取った。キングコングになってからというもの、満腹になったことがない。そして、いっぱいになった皿を持って、おいしそうなにおいで逆立ち歩きしたい気持ちになりながら食卓へいくと、ジュードの不機嫌がぶらぶらと歩いて横に並んだ。

あきれたように目を回す。回しっぷりは、マグニチュード10・5レベル。大地震だ。カリフォルニア州は海に沈んだ。ジュードは怒ったようすで腰に手を当てた。「どういうことよ、ノア？」

「結局、外せたんだ？」ターンオーバーをほおばりながら言う。

「外す？」母さんがききかえす。

「ジュードが誘い出されてパイを食べないように、縛りつけたんだよ」

母さんは笑った。「ジュード、あなたが怒ってるのはわかってる。でも、だからって、朝ごはんにターンオーバーを食べられないってことはないでしょ」

「食べないわよ！」ジュードはズカズカと歩いて、棚からシリアスの箱をとると、悲しげな器に中身をザァーっと空けた。

「牛乳、ぜんぶ使っちゃったと思う」母さんが言った。

「でしょうね！」ジュードはロバの鳴き声みたいな声でどなった。そして、となりにすわると、ぼくの皿をちらちら見ながら、乾いたシリアルを殉教者のようにかみ砕いた。母さんがむこうをむくと、ぼくはフォークを載せたまま皿をジュードのほうへすべらせ、ジュードは口いっぱいにパイを詰めこんでから、皿を返してよこした。

ブライアン・コネリーが入ってきたのは、そのときだった。

「ノックしたんですけど」ブライアンはおどおどと言った。大人びて、背が高くなり、帽子はかぶってなくて、髪を切っていた。もう白いかがり火じゃない。

ぼくは反射的にぱっと立ちあがり、それからすわって、また立ちあがった。だって、誰かが家に入ってきたら、ふつうの人はそうするだろ？　ジュードがテーブルの下でぼくを蹴って、「まともに振る舞って」って顔をすると、ブライアンのほうをむいてにっこり笑おうとしたけど、パイを頬張ってたせいで、顔面が崩壊したシマリスみたいになった。ぼくはぼくで、立ったりすわったりで忙しくて、喋るどころじゃない。

幸い、まだ母さんがいた。

「えっと、こんにちは」母さんはエプロンで手を拭きながら歩いてきて、ブライアンと握手した。「お帰りなさい」

「ありがとうございます。またこられてうれしいです」ブライアンは深く息を吸いこんだ。

「お宅で焼いてらっしゃる香りが、うちのほうまでしてます。コーンフレークを食べながら、みんなよだれを垂らしてたんですよ」

「どうぞ食べていって。なんだかお菓子作りにハマっちゃってて。もちろん、お母さんにもお土産に持って帰ってね」

ブライアンは食べたそうにカウンターを見た。「じゃあ、あとでいただきます」そして、ぼくのほうへ視線を移し、下唇をなめた。見慣れたしぐさに心臓が飛び出しそうになる。

立つのとすわるのとのあいだで、ぼくは凍りついていた。背中が丸くなって、手はサルみたいにぶらんと下がってる。ブライアンの戸惑ったような表情を見て、自分がバカみたいに見えることに気づき、立つことに決めた。ふーっ、立つのが正解に決まってる！　ぼくは背をすっと伸ばした。ぼくには脚が二本あって、脚は立つために作られたんだ。しかも、ブライアンはあと一メートル半のところにいる。あと一メートル、半メートル――目の前にきた。

ブライアン・コネリーがぼくの前に立ってる。

短く刈られた髪は、バターみたいな濃い黄色をしている。彼の目――そう、彼の目、彼のくっと細めたすばらしい目！――のせいで、意識が遠のく。もう彼の目を隠すものはない。飛行機で乗り合わせた人たちが、彼のあとをつけてきて、うちの前で待ちぶせしてないのが、不思議だった。ブライアンを描きたい。今すぐ。なにもかもしたい。今すぐに。

(題名：光へむかって競走するふたりの少年)

彼のそばかすを数えて、増えてないか確かめることで、心を落ち着けようとする。

「見すぎだよ」ブライアンはぼくにしか聞こえないように小声で言った。実質、ぼくへむけられた最初の言葉だ。数ヶ月ぶりの言葉。ブライアンの唇に、あのあいまいな笑みが浮かんだ。舌が、前歯のあいだの崖っぷちで控えてるのが見える。

「ずいぶん変わったから」あまりうっとりした調子にならないことを祈りながら言う。

「おれが？　そっちこそ、でかくなったじゃないか。おれよりでかいんじゃないか？　すごいな」

ぼくは足元を見た。「うん、今じゃ、つま先が遠いよ」これは、最近よく思うことだった。自分の足先が、別の時間帯にあるように思える。

ブライアンが噴き出し、ぼくも笑いだした。ぼくたちの笑い声が混じり合った音がタイムマシンになり、ぼくたちはたちまち夏に引きもどされる。森で過ごした日々に、彼のうちの屋根で過ごした夜に。五ヶ月間、ずっと話してなかったし、ふたりとも別人みたいになってたけど、でも、なにも変わらなかった。同じだ、すべて同じ。そのとき、母さんが、どういうことかまったく理解できないまま、まじまじと興味深そうに見ているのに気づいた。字幕のついていない外国映画みたいに。

ブライアンはジュードのほうをむいた。ジュードはようやく口の中の物を飲みこんだところだった。「ひさしぶり」

ジュードは手を振って、またシリアルを食べはじめた。本当なんだ。ふたりのあいだにはなにもない。知らない人とエレベーターに乗り合わせたようなものだったんだ、あのクローゼットの中で。ぼくは自分がやったことを思い出して、良心がちくりと痛むのを感じた。

「いったいラルフはどこにいるんだ？　いったいラルフはどこにいるんだ？」

「そうだよ！」ブライアンは叫んだ。「忘れてた！　何ヶ月もラルフの居場所について考えるのを忘れてたなんて、信じられない！」

「存在のジレンマね。わたしたちみんな、あのオウムのせいで」母さんはブライアンにむかってにっこり笑った。

ブライアンは母さんに笑い返してから、ぼくの目を見て言った。「じゃ、いこうか？」まるで約束してたみたいな言い方で。

ブライアンは隕石のカバンを持ってないし、窓の外の空に目をやると、いつ降ってきてもおかしくなさそうだけど、とにかくここを出ないと。今すぐに。「隕石を探しにいってくる」冬の午前中にふつうにすることだろって感じで言う。母さんにもジュードにも去年の夏のことはほとんど話してなかったので、ふたりとも当惑したような表情を浮かべる。でも、どうだっていい。

ぼくたちには。

あっという間に、ぼくたちは玄関を出て、通りを渡り、森へ入っていく。理由もなく走り、理由もなく笑い、息を切らして、わけがわからなくなって、そのときブライアンがぼくのシャツをつかんで、自分のほうをむかせ、片手でぼくの胸をどんと押して木まで追いつめ、激しくキスして、ぼくは目の前が真っ白になった。

なにも見えなかったのは束の間で、次の瞬間どっと色がなだれこんできた。目からじゃなくて、皮膚から直接入ってきて、血や骨や筋肉や腱と入れ替わり、ぼくはアカオレンジブルーグリーンムラサキキイロアカオレンジブルーグリーンムラリキキイロになる。

ブライアンはからだを離し、ぼくを見る。「クソ、ずっとこうしたかったんだ」彼の息が顔にかかる。「ずっとな。ノアは本当に……」ブライアンは最後まで言わずに、手の甲でぼくの頰をなでる。そのしぐさに衝撃が走り、原子分裂が起こる。なぜって、予想もしてなかったし、すごくやさしかったから。彼の目に浮かんだ表情も、すごくやさしい。喜びで胸がきりきりと痛む。馬たちが川へ飛びこむような喜び。

「信じられない。現実になるなんて」ぼくは囁く。

「現実だよ」

地球上の全生物の心臓が、ぼくのからだの中で鼓動してるような気がする。

ブライアンの髪をかきあげ、そう、とうとう、やっと、かきあげ、彼の顔をぼくに近づけて、激しくキスを返す。歯がぶつかって、惑星が衝突して、夏じゅうずっと彼にキスしなかったぶんのキスを、今する。どうやって彼にキスをすればいいか、どうやれば彼の唇をかむだけで全身に震えを走らせることができるか、彼の名前を囁いて、ぼくの口の中でうめき声をあげさせるにはどうすればいいか、完璧にわかってる。彼の頭をのけぞらせ、背骨を反らさせる方法も、歯のあいだからため息を漏らさせる方法も。その科目についてすべての授業を受けたみたいに。ブライアンにキスして、キスして、キスしてるあいだも、キスしたい、もっとしたい、もっともっともっと、って願ってる。まだ足りないみたいに。一生、足りることなんてないみたいに。

「ぼくたちは、彼らだね」一瞬、息を吸うために、命を救うために、キスをやめて、ぼくは思ったことをそのまま口にする。唇は数センチ離れ、その代わりに額をくっつける。

「誰？」ブライアンの声はかすれてる。とたんにぼくの血は暴れはじめ、パーティのとき壁の引っこんでるところで見た男たちのことを言いそびれる。その代わりに、両手を彼のシャツの下に入れる。そう、今はもうそれができるから、ずっと考えて考えて考え続けてたことをぜんぶ、できるから。流れるような彼の腹に触れ、胸に触れ、肩に触れる。ブライアンが「ううっ……」って声を漏らすのを聞いて、全身に震えが走る。すると、彼もからだを震わせ、ぼくのシャツの下に両手を入れて、ぼくの肌を激しく求める。そして、ぼくは燃え尽きる。

好きだ。ぼくは考えて考えて考えて、でも、口には出さない。言ってはいけない。言っちゃだめだ。ブライアンに好きだなんて言うな。

でも、ぼくは言った。世界でいちばんブライアンが好きだって。

目を閉じて、色に身を沈め、それから目を開いて、光に溺れる。大量の光がぼくたちの頭に注がれる。

これだ。これがすべてだ。絵が絵を描いているんだ。

そんなことを考えているとき、小惑星が落ちてきた。

「誰にも言うな。ぜったいに」ブライアンは言った。

ぼくはうしろに下がって、ブライアンを見た。一瞬にして、ブライアンがサイレンになる。

森が静まりかえる。森も、今、ブライアンが言ったことに関わりたくないんだ。

ブライアンはなだめるような口調になって言う。「じゃないと、おしまいなんだ。すべてが。フォレスター校からもらうスポーツ奨学金も。今、おれは二年で学校代表チームの副キャプテンなんだ――」

黙ってほしかった。ぼくのもとにもどってきてほしい。さっき、彼の腹や胸に触れたときの表情になってほしい。ぼくの頰をなでたときの彼に。彼のシャツを持ちあげ、喋っているのにもかまわず頭から脱がせ、自分のシャツも脱いで、彼にからだをよせる。脚と脚が、股間と股間が、裸の胸と胸が、寄り添うように。彼がはっと息を呑む。ぼくたちはぴったりフィットする。ぼくはゆっくりと、濃厚なキスをする。ブライアンの口から出るのが、ぼくの名前だけになるように。

ブライアンがぼくの名前を呼ぶ。

また呼ぶ。

ぼくたちは二本のろうそくのように溶けてひとつになる。

「誰にも知られないよ。安心して」ぼくは囁く。世界中の人間に知られようが、なにが起ころうが、かまいやしない。今、こうやって外にいるぼくたちの頭上で、雷が鳴り、雨さえ降ってこなければ。

ぼくはベッドによりかかって、ブライアンを描いていた。ブライアンは、すぐ先のぼくの机で彼がハマってる天文学サイトで流星群を見てる。絵の中では、星や惑星がパソコンの画面から部屋に降りそそいでいる。森へいって以来、会うのは初めてだ。ここ何日か、そう、クリスマスのあいだも、頭の中では百億回くらい会ってたけど。ふたりのあいだに起こったことは、脳細胞をひとつ残らず征服していた。まともに靴ひもすら結べない。今日の朝は、食べ物のかみ方を忘れてた。

これから一生、ブライアンはぼくから隠れる気なんだ、とまで思いつめたけど、ブライアンのお母さんの車がガレージにもどってくる音がして、北にある仏教センターから帰ってきたんだな、と思った数分後、ブライアンが部屋の窓にひょっこり現われた。銀河系連合の話を延々と聞かされたあと、今はどっちのクリスマスがよりひどかったかで争っていた。ブライアンが、このあいだのことはなかったみたいに振る舞うので、ぼくもそうした。いや、そうしようとした。ぼくの心臓はシロナガスクジラよりも大きいから、専用の駐車場がいるし、コンクリートみたいな二メートル半のドークのせいで年がら年中シャワーを浴びなきゃならない。ぼくは、めちゃくちゃ清潔だった。水不足になったら、ぼくのせいだ。

実際、ちょうどシャワーのことを考えていた。ブライアンといっしょにシャワーを浴びて、熱いお湯がぼくたちの裸のからだを流れ落ちていくところを思い浮かべ、彼を壁に押しつけ、からだじゅうをまさぐるところを、彼の出す声を、想像する。彼が頭をのけぞらせて、森の中のときみたいに「うっ……」って声を漏らすところを思い出し、そう、こんなことすべてを妄想しながら、ぼくは冷静な声で、ジュードとぼくがクリスマスに父さんの部屋で灰色の空気を吸いながら、中華のテイクアウトを食べた話をしていた。いっぺんにこれだけのことを同時にできるなんて、信じられない。頭の中で起こってることを頭の中にとどめておけるって、すごいことだと思う。

（題名：入室禁止）

「無理だよ」ブライアンは言った。「おれのクリスマスには勝てないから。一日じゅう、母さんと座禅を組んで、床の上の布団で寝て、クリスマスディナーには薄いおかゆを食ったんだぜ。プレゼントは、坊さんたちのお祈りさ。平和を願う祈りだよ！　もう一回言うぞ、一日じゅう座禅だ、おれがだよ！　ひと言も喋っちゃいけないんだ。もちろん、なにもできない。八時間だぞ。それに、おかゆとお祈りだからな！」ブライアンが笑いだしたので、ぼくもすぐに笑う。「しかも、ローブを着なきゃいけないんだ。へんてこなドレスみたいなやつ」ブライアンはランタンみたいに輝いている顔をこっちにむけた。「しかも、最悪なのは、そのあいだじゅう、考えてることは……」

ブライアンはブルッと震えた。胸が高鳴る。

「苦しかったよ。不幸中の幸いだったのは、へんてこな枕みたいな物を膝に載せてたことだよ。だから、見られずにすんだ。ほんと、最低だよ」ブライアンはぼくの口元を見つめた。「で、最高なんだ」そして、また星を見はじめた。

それからまた、ブルッと震えた。

手に力が入らなくなり、鉛筆が落ちた。ブライアンもやっぱりずっと、あのことを考えてるんだ。

ブライアンが振りかえった。「で、おまえが言った『彼ら』って誰？」

思い出すのに、一瞬、間があいた。「あのパーティで、男同士でいちゃついてるのを見たんだ」

ブライアンは眉をよせた。「おまえがヘザーとくっついてたパーティか？」

何ヶ月ものあいだ、ぼくはブライアンとジュードに起こってもいないことで腹を立ててたのに、ブライアンが、実際起こったことについて怒ってるかもしれないなんて思いもしなかった。今も怒ってるんだろうか？　だから、電話もメールもよこさなかったのか？　あのとき、なにがあったのか、言いたかった。後悔してるって言いたかった。ほんとに後悔してるから。なのに、ぼくはなんでもないように言った。「ああ、そのパーティだよ。そのふたりはすごく……」

「なんだったんだ？」

「よくわからない。なんていうか、すばらしかったんだ……」

「どうして？」ブライアンの声が、息づかいに変わった。なんて答えていいのかわからない。

彼らがすばらしかったのは、男同士でキスしてたからだから。

「思ったんだ。指十本なくしてもいいって。もし……」

「もし？」ブライアンが詰めよるように言う。

そんなこと、声に出して言えないって思ったけど、言う必要はなかった。なぜなら、彼が言ったから。「もしそれがおれたちだったら、だろ？」

からだが千度になる。

「でも、指がなかったら、絵が描けないじゃないか」

「なんとかなるよ」

自分の中から感情が溢れ出してしまいそうで、目を閉じる。一秒後に開けると、ブライアンは金縛りに遭ったみたいになってた。ぼくも同じだ。ブライアンの視線が、めくれあがったシャツからのぞいてるぼくの腹に注がれてる。それから、さらに下に下がった。今、どう思ってるかを隠しようのない場所へ。ブライアンはテーザー銃かなんか使ってるに違いない。だって、動けないから。

ブライアンはごくんとつばを呑みこんで、またコンピューターのほうをむき、マウスに手を乗せたけど、スクリーンセイバーは消えない。もう片方の手が下に降りてくるのをじっと見つめる。

画面を見たまま、ブライアンは言った。「したい？」ぼくは紙コップから溢れ出す。

「もちろん」ブライアンが言ったのがどういう意味か、一ミリも疑わずに答える。ふたりの手がベルトを外す。ここからだとブライアンの背中しか見えなかったけど、彼が首をぐっと反らし、顔がのぞいた。狂おしい表情を浮かべた目がさまよったあと、ひたとぼくの目を見つめる。まるでキスしてるみたいに。部屋の端と端にいるのに、ズボンを穿いたままだった森の中のキスより激しい。目だけでキスできるなんて知らなかった。ぼくはなにも知らない。すると、色が一気に部屋の壁を押し倒す。ぼくの壁を――

それから、信じられないことが起こった。

母さんが、そう、母さんが、雑誌を振りまわしながらいきなり入ってきたのだ。鍵をかけたと思ったのに。ぜったいかけたのに！

「ピカソについてのエッセイよ。今まで読んだ中で一番いいわ。ノアも――」そして、とまどったようにぼくを見て、それからブライアンを見た。ブライアンの手と、ぼくの手を。慌ててファスナーを探って、あげようとしてる手を。

「えっ？　あ、ええっ」

母さんはドアを閉めて、いってしまった。まるで最初からいなかったみたいに、なにも見なかったみたいに。

母さんは、なにもなかったようなふりはしなかった。

ブライアンがものすごい勢いで窓から飛び降りて帰っていった一時間後、部屋をノックする音がした。ぼくはなにも言わずに、机のライトをつけた。ブライアンが帰ってからずっと暗闇にすわってたことが、バレないように。そして、鉛筆を握って絵を描きはじめたけど、手の震えが止まらないので、線すらまともに描けなかった。

「ノア、入るわよ」

全身の血が異常な勢いで顔へ集中し、ドアがゆっくりと開いた。死にたい。

「話があるの」母さんは、町にいる変人のクレイジーチャーリーに話しかけるときの声で言った。

どうだっていい、どうだっていい、どうだっていい。鉛筆を紙に食いこませながら、頭の中で唱える。母さんのほうを見なくてすむように、紙の上にかがみこむ、っていうか、ほとんど抱きかかえる。からだの中で森全体がなす術もなく燃えている。あんなことがあったあとで、これから五十年ほっといてほしいってことくらい、わからないのか⁉

母さんの手が肩にすっと触れ、ぼくはびくっとする。

そして、母さんはベッドに腰かけると、言った。「愛って複雑なものよね、ノア」

全身が硬くなる。なんでそんなことを言うんだ？　どうして愛なんて言葉を使うんだ。

ぼくは鉛筆を投げだす。

「ノアが今、感じてることは、間違いじゃないのよ。自然なことなんだから」

でかい「ノー」がぼくを直撃する。母さんにぼくの気持ちがわかるわけない。母さんなんて、なにもわかっちゃいない。わかるわけない。わかりっこない。いきなりぼくの一番プライベートなところにずかずか入ってきて、ぼくを案内して回ろうっていうのか？　出ていけ、ぼくはどなりたかった。ぼくの部屋から出ていけ。ぼくの人生から出ていけ。ぼくの絵から出ていけ。ぼくのすべてから出ていけ！　別世界へもどって、ぼくをほっといてくれ。まだ経験してもいないうちから、その経験をとりあげるなんて、どうしてそんなことができるんだ？　それぜんぶを言いたくてたまらなかったけど、ひとつも言葉にできなかった。息すらできない。

ブライアンも同じだった。母さんが出ていったあと、ブライアンは過呼吸を起こし、両手に顔を埋《うず》めて、からだをねじ曲げながら、「どうしよう！　どうしよう！」ってくりかえした。どうしよう以外のことを言ってくれって思ったけど、実際に喋りはじめると、たちまちやめてほしくなった。

あんなふうになった人間は見たことがなかった。汗をだらだら流し、髪を引っこ抜かんばかりにつかんで、ぐるぐる歩きまわってた。そのまま壁をバラバラにするんじゃないかって、ぼくをバラバラにするんじゃないかって、いや、殺されるかもしれないって、本気で思った。「前の学校でもそうだったんだ。野球チームにいたやつだった。みんなにそうだって思われてたんだ。よくわからない、そういうサイトとかなにかを見てるのを、見られたんだと思う」ブライアンの内側の顔が、外側になり、絡み合う。「そいつはプレイできないようにされた。毎日のように、手を替え品を替え、やつらは彼にちょっかいを出した。で、金曜日の放課後、倉庫の物置に閉じこめたんだ」ブライアンはそのときのことを思い出したように顔をゆがめた。それで、わかった。そのとき、ぼくはすべてを察した。「ひと晩中、さらに次の日も一日じゅうだ。狭くて暗くて、空気もろくに入ってこない汚らしい場所に。彼の両親は、遠征にいってると思ってたし、コーチには誰かが病気だって伝えた。だから、誰も探さなかったんだ。誰も、そんなところに閉じこめられてるなんて知らなかった」ブライアンの胸が大きく膨らむのを見て、前に、むかしは違ったのに今は閉所恐怖症なんだって言ってたのを思い出した。「野球は本当にうまかったんだ、たぶんチームで一番だったし、一番になれたはずだ。それに、やつはなんにもしちゃいない。ただそういうサイトを見てるのを、見られただけなんだ。わかるか？　それが、おれにとってどういうことか？　副キャプテンなんだぞ？　来年は、キャプテンになりたいんだ。そうすれば、早く卒業できるかもしれない。じゃなきゃ、奨学金もない、なにもない。あいつらは進化したりしない」ブライアンは「進化」って言葉を強調するように手でカギ括弧を作った。「北カリフォルニアの連中とは違うんだ、一日じゅうすわって、絵を描いたりしないんだ」短剣がまっすぐ胸に突き刺さる。「ロッカールームは残酷な場所なんだ」

「誰にもバレないよ」

「そんなことわからないだろ。夏に、おれが処刑してやったフライのいとこ、覚えてるだろ。猿人みたいなとろいやつだ。あいつの弟は、うちの学校に通ってんだ。幻覚かと思ったよ。そっくりなんだ」ブライアンは下唇をなめた。「あの日、誰に見られたってかしくなかったんだ、ノア。誰にだって。フライに見られたかもしれない。もし見られてたら……考えるのも嫌だ」ブライアンは頭を振った。「今のチームからは、追い出されるわけにはいかない。

スポーツ奨学金を失うわけにはいかないんだ。おれんちは金がない。それに、うちの高校は――物理の先生は天体物理学者で……とにかくだめなんだ。大学のために、野球の奨学金をとらないとならない。なにがなんでも」

ブライアンは、立ちつくしてるぼくのところへきた。顔が異常なほど赤くて、目があまりにも真剣で、身長が四メートルくらいになってて、キスされるのか、殴られるのか、本当にわからなかった。ブライアンはぼくのTシャツをつかんだけど、今回はただぐっと握りしめた。「おれたちは終わりだ。終わらせるしかない。いいな?」

ぼくはうなずき、ぼくの中の大きくて光り輝いていたものが一瞬にしてつぶれた。あれは、ぼくの魂だった。

「ぜんぶ母さんのせいだ!」ぼくはぶちまけた。

「なにが?」母さんはまごついたようにきいた。

「ぜんぶだよ! わかんないの? 父さんをぼろぼろにした。ろくでなしみたいに追い出したんだ。父さんは母さんのことを愛してるのに! たったひとりで、あんな死にかけの部屋で灰色の空気を吸いながら、冷えきったピザを食って、テレビでツチブタの番組を見てる気持ちがわからないの? そのあいだ、母さんはごちそうを作って、サーカスみたいな服を着て、鼻歌を歌いながら、土砂降りの中、太陽を引きずり回してるんだ。そのせいで、父さんがどういう思いをしてるか、わからないのかよ!」母さんを傷つけたのはわかったけど、かまいやしなかった。当然の報いなんだから。「母さんのせいで、父さんの魂はどっかいっちまったんだ！」

「どういう意味？　なにを言いたいの？」

「母さんがさんざん踏みつけにしたせいで、父さんはすっかり空っぽで、中身のない亀の甲羅みたいだってことだよ」

母さんは一瞬、黙ったけど、それから言った。「どうしてそんなことを言うの？　ノアもそんなふうに感じることがあるの？」

「ぼくの話をしてんじゃない。それに、まだある。母さんは特別なんかじゃない。ほかの連中と同じさ。ふわふわ浮かんだり、壁を通り抜けたりするわけじゃないし、これからだってずっとそうだ！」

「ノア？」

「母さんはどこかすばらしい場所からひょっこりやってきたんだ、って思ってた。でも、ふつうの人間だった。それに、もうむかしみたいに、人のことを幸せにもしてない。みんなをみじめにしてるんだ」

「ノア、それで終わり？」

「母さん」ぼくは、その言葉を、虫が言葉の中に住んでるっていうみたいに言った。「ああ、終わりだ」

「じゃあ、わたしの話を聞いて」ふいに母さんの声が鋭くなって、ぼくはどきっとした。

「ここにきたのは、わたしや、わたしと父さんの話をするためじゃないの。その話もいずれするわ、約束する。でも、今はまだ無理なの」

ぼくが母さんのほうを見なければ、母さんは諦めて、出ていくだろう。そして、母さんが見てしまったことも、いっしょに消えるかもしれない。「母さんはなにも見ちゃいない」完全に抑えが効かなくなって、ぼくはどなる。「男は、するんだよ。するんだ、野球チームのやつらだって、輪になってマス掻いてるやつらだって。いるんだよ、そういうやつらが。母さんは知らないだろうけど！」ぼくは両手に顔を埋めた。みるみる涙がたまる。

母さんは立ちあがって、ぼくのほうにくると、そっとあごの下に手を当てて、自分のほうをむかせた。母さんの真剣な目を。「いい、自分に正直になるためには、とても勇敢でなければならない。自分の心に正直になるためには。ノアはずっととても勇敢だったし、これからもそうであってほしいと心から願ってる。そうなれるかどうかは、自分自身の責任なのよ、ノア。それを忘れないで」

次の朝、夜明けに異常なパニックに襲われて目が覚めた。父さんの耳に入れるわけにはいかない。母さんに話さないって約束させないと。十四年間生きてきて、初めて父親という存在ができたんだ。それは、悪くなかった。いや、すごくよかった。とうとうぼくは、完璧に機能してる傘だって認められるようになったんだ。

真っ暗な家の中を泥棒みたいにうろつく。キッチンには誰もいない。足音を忍ばせて母さんの部屋の前までいき、すわってドアに耳を押しつけ、母さんの気配を探る。すでに父さんに話してしまったかもしれないけど、昨日、ぼくの部屋から出ていったときはもう夜遅かった。これ以上ぼくの人生をめちゃめちゃにするつもりか？　ぼくとブライアンを引き裂き、今度は父さんとぼくのあいだを引き裂こうっていうのか？

うとうとしながら、唇にブライアンの唇を感じ、胸に、全身に彼の手を感じていたとき、母さんの声がして、はっとした。幻の抱擁を振り払う。電話してるんだ。両手をコップの形にして耳に添え、ドアに押しつける。こんな方法で効くのか？　効いた。声が聞こえやすくなる。母さんの声が、いつも父さんと話すときと同じように張りつめてる。「どうしても会いたいの。一刻も早く。ひと晩中、起きて考えてたのよ。昨日、ノアのことでちょっとあってね」父さんに言うつもりだ！　やっぱりそうか。父さんが喋ってるらしく、しんとしてる。しばらくして、また母さんの声がした。「わかった。そっちじゃないほうがいいわ。〈木彫りの鳥〉はどう？　ええ、一時間後なら大丈夫」母さんが、父さんのところにいったことがあるとは思えない。あのホテルで朽ちるままにさせてるんだから。

ノックすると、入ってという声がしてドアが開いた。母さんはピーチ色のガウンを着て、電話機を胸に押しつけていた。ひと晩中泣いてたみたいに、マスカラがぐちゃぐちゃになって目のまわりにくっついてる。ぼくのせいか？　胃がひっくり返る。ゲイの息子なんて、いやだから？　誰だってそうだ。母さんみたいに開放的な人でさえ。母さんの顔は、ひと晩で何百歳も年取ったみたいに見える。ぼくのせいだ。気落ちした骨の上で気落ちした肌がたるんでる。昨日、ぼくにああいうふうに言ったのは、ただぼくを慰めるためだけだったのか？

「おはよう、ノア」母さんは言う。ウソくさい声。そして、電話機をベッドの上へ放り投げると、窓のほうへ歩いていって、カーテンを開けた。空はようやく目覚めはじめたところだ。地味な曇り空が広がっている。自分の指の骨を折るところを思い浮かべる。理由はわからない。一本一本折っていく。母さんの目の前で。

「どこいくの？」なんとか声を振りしぼる。

「病院を予約してるの」うそつき！　こんなやすやすうそをつくなんて。これまでもそうやってうそをつき続けてきたのか？　「どうして出かけるってわかったの？」

ノア、理由を考えるんだ。「いつもみたいに、早起きしてケーキを焼いてないから」うまくいった。母さんはほほえんで、鏡台の鏡の前にすわった。読みかけのカンディンスキーの伝記が、銀色のブラシの横に伏せて置いてある。母さんは目のまわりにクリームをすりこんで、コットンで汚れを拭き取った。

（題名：顔を入れ替える母さん）

化粧が終わると、髪をアップにしてクリップで留め、それから気を変えて、また髪を下ろすと、ブラシを手に取った。「あとでレッドベルベット・ケーキを作るわね……」意識が遠のく。言わなきゃ。いつもは、口をすべらせてばかりのくせに、こういうときに限ってどうして言葉が出てこないんだ？

「どうしたの、ノア？」母さんは鏡を通してじっとぼくを見た。

（題名：母さんといっしょに鏡に閉じこめられるぼく）

鏡の中の母さんにむかって言う。そっちのほうが楽だから。「昨日のことを、父さんに言わないでほしいんだ。別に、母さんはなにか見たわけじゃないし。なにがあったわけじゃないんだから。別になんだってことじゃないし……」SOS、SOS！

母さんはブラシを置いた。「わかったわ」

「いいの？」

「もちろんよ。プライベートなことだもの。その、わたしが見てないってことについて、父さんに話したくなったら、自分で話しなさい。そのことが、ノアにとって大切な意味を持つのなら、話したほうがいいと思う。父さんは、ああ見えるけど、そうじゃない面もたくさんある。ノアは、父さんのことを悪く考えすぎてるわ。むかしからそうだったけど」

「ぼくが父さんのことを悪く考えてる？　なに言ってんの？　反対だろ！」

「そんなことないわ」母さんは鏡の中でぼくと目を合わせた。「父さんはただちょっと、ノアのことが怖いだけなのよ。むかしからね」

「怖い？　だろうね。そりゃ、怖いだろうさ」母さんはなにを言いだすんだ？

「父さんは、あなたに嫌われてると思ってるのよ」

「父さんが、ぼくを嫌ってるんだろ！」そう、前はそうだった。でも、今はなぜかそうじゃないみたいだし、だったらそのままでいてほしいんだ。

母さんは首を振った。「ノアと父さんとで解決できるわ。きっとね」かもしれないし、それどころか、もう解決してるかもしれない。でも、母さんが話したら、終わりだ。「ノアと父さんはとてもよく似てる。物事を深く考えるところも、ときどき考えすぎるところも」えっ？「ジュードとわたしは鎧を着てる。簡単には貫けない鎧をね。でも、ノアと父さんは違う」そんなこと、初めて聞いた。父さんと似てるだなんて、思ったこともない。でも、母さんは、ぼくたちふたりを情けないやつだって言ってるんだ。ブライアンもそう思ってる。ぼくは、「絵なんて描いてる」やつにすぎない。それに、母さんが、自分と似てるのはぼくじゃなくてジュードだと思ってるのを知って、胸に焼けるような痛みを感じた。家族についての認識がどんどん変わっていく。敵味方がこんなにしょっちゅう入れ替わるなんて。ほかのうちもそうなのか？　でも今、大切なのは、父さんに話さないっていう約束がうそじゃないって、どうやったらわかるかってことだ。たった今も、病院の予約のことでうそをついたんだから。じゃあ、どうして父さんに会うんだ？　それに、さっき「ノアのことでちょっとあってね」って言ってたじゃないか。

母さんは父さんに話すつもりだ。だから、〈木彫りの鳥〉で会うんだ。もう母さんのことなんか信用できない。

母さんはクローゼットのところへいった。「このことについては、あとでゆっくり話しましょう。でも、今はもう用意をしなきゃ。病院の時間まであと一時間もないの」ピノキオ！そんなに慌てて！

部屋を出ようとすると、母さんは言った。「ぜんぶうまくいくから、ノア。心配しないで」ぼくは拳を握りしめた。「あのさ、それ、マジでやめてくれない？」

もちろん、あとをつけてやる。車が門から出ていく音を確認すると、ぼくは走りだした。森の小径からいけば、〈木彫りの鳥〉に車と同じくらいにつける。

誰が〈木彫りの鳥〉を創ったのか、誰も知らない。彫刻家はセコイアの巨大な切り株に一枚一枚羽根を彫った。何年もかかったはずだ。十年とか、もしかしたら二十年くらいかかってるかもしれない。鳥はものすごく大きくて、羽根は一枚一枚ぜんぶ違う。今では、道路から〈木彫りの鳥〉まで小径ができていて、その横のベンチから海が見渡せる。でも、彫刻家が鳥を彫ったときは、まだなにもなかった。ジュードみたいだ。ただ彫りたいから彫って、誰も気づかなかったとしても、どうでもいいなんて。もしかしたら、ぜんぜん知らない人が偶然見つけて、びっくりするっていうのがいい、と思ったのかもしれないけど。

ぼくは少し離れたしげみの中に隠れた。母さんはベンチにすわって、ぼうっと海を見ている。立ちこめる霧の隙間から太陽の光がさしこみ、木々のあいだをふらふらとさまよっている。暑くなりそうだ。たまに、こんなふうに、冬なのに妙に暑い日がある。父さんはまだきていない。目を閉じると、ブライアンが現われた。今では、ブライアンはぼくの内側のあらゆるところにいる。ぼくの体内をゆらりゆらりと泳いでいる。どうしてこんなふうに終わらせることができるんだ？　もう気は変わらないのか？　ポケットに手を入れて石に触れたとき、足音がした。

父さんだと思って、目を開けた。違った。知らない男が遊歩道を歩いてくる。森の境目までくると足を止めて、母さんをじっと見つめた。母さんは気づいてないようだ。ぼくは、落ちていた棒を拾いあげた。変態か？　すると、男の顔がわずかにこっちをむいた。見たことがある。あの顔、あの地理的スケール感。デイストリートの彫刻家だ。なんだ！　ぼくはほっとして剣代わりの棒を放った。きっと頭の中で母さんの彫刻を彫ってるんだ。ぼくが頭の中で絵を描くみたいに。散歩にでもきたのかなと思ってると、いきなり空が崩れ落ちてきた。母さんが跳びあがるように立ちあがると、彼に駆けよって、腕の中に飛びこんだから。火がついたような気持ちに襲われる。

頭を振る。違う、あれは母さんじゃない。母さんのはずがない。どなり散らすイカレ彫刻家の奥さんは、母さんに似てるんだ。

でも、彼の腕の中にいるのは、母さんだった。自分の母親なんだから、わかる。

いっ、た、い、ど、う、い、う、こ、と、だ？

すべてがつながりはじめる。みるみるうちに。どうしてあの日、母さんがやつのアトリエの前にいたのか。なぜ父さんを追い出したのか。あの電話の会話も（それに、やつが中庭で話してた電話もだ！　「待ってるよ、愛してる」）。母さんが幸せそうなのも、悲しそうなのも、ぼーっとしてるのも、ケーキを焼くのも、青信号でとまるのも、サルサを踊ったのも、バングルも、サーカスの服も！　パズルのピースすべてが、みるみるはまっていく。ふたりは、あそこにいるふたりは、付き合ってるんだ。

頭の中に絶叫が響く。母さんたちに聞こえないのが信じられない。

母さんは不倫してるんだ。父さんを裏切ってるんだ。二股をかけてるんだ。クソ最低なウソつきなんだ。母さんが！　どうして思いつかなかったんだ？　もちろん、母さんが母親だからだ。ぼくの母親は、決してそんなことはしない。母さんは料金所の人にもドーナツを持っていくような人だ。あの、信じられないくらい美味しいドーナツを。浮気したりしない。

父さんは知ってるのか？

不倫。森へむかってその言葉を囁く。森は逃げだしてしまう。母さんが裏切ってる相手は父さんだけど、自分が裏切られてるような気がする。ぼくとジュードが。生まれてからずっと裏切られていたような気がする。

（題名：家族の肖像　そして、ぼくたちはみんな去った）

ふたりがキスしてる。ぼくはじっと見つめる。目がそらせない。母さんと父さんがあんなふうにキスしてるのは、見たことがない。親っていうのは、あんなふうにキスしちゃいけないんだ！　すると、母さんはやつの手を取って、崖のほうへ歩きだした。すごく幸せそうだ。それを見て、ぼくの胸は切り裂かれる。知らない男の腕の中でくるくる回ってる女の人が誰なのか、ぼくにはもうわからない。くるくる、くるくる回って、最後には足をすべらせて、地面に倒れこんでしまう、ダサい映画に出てくるカップルみたいに。

（題名：目がくらむような色の母親）

今朝、母さんはなんて言った？　自分の鎧は簡単には貫けないって言ってなかったか？　あの男は、その鎧を貫いたんだ。

さっき捨てた棒を拾いあげる。父さんのために戦わなきゃ。あのクソ彫刻家と戦うんだ。やつの頭に隕石を投げつけるんだ。崖から突き落とせ。アーティチョークみたいなかわいそうな父さんに、勝ち目はないから。父さんもそれをわかってるんだ。父さんが縮んでる理由が、やっとわかった。どうして父さんのまわりの空気が、ひどいねずみ色になってしまったのか。負けたからだ。

今は父さんが壊れた傘なんだ。前からそうだったのか？　ぼくたちふたりともそうだったんだ。父と息子なんだから。

ぼくもわかってる。もうダメなのは、ぼくも同じだ。おれたちは終わりだ。終わらせるしかない。いいな？

やだ。よくない。いいわけないだろ！　ふたりはまたキスした。眼窩《がんか》から目玉が飛び出すんじゃないかって、腕から手が落ちて、足首から足がもげるんじゃないかって思う。どうすればいいのか、わからない。なにをすればいい？　どうすればいい？

そして、ぼくは逃げた。

走って、走って、走って、走って、森の小径から道路に出る前の曲がり角まできたとき、ブライアンがコートニーと歩いてくるのが見えた。

隕石のカバンを肩にかけ、コートニーの腰に手を回して、コートニーのジーンズのうしろポケットに手を入れてる。コートニーもブライアンのポケットに手を入れていた。付き合ってるみたいに。ブライアンの唇に、赤いものがついてる。一瞬、なにかわからなかったけど、次の瞬間コートニーの口紅だと気づいた。キスしてたんだ。

ブライアンはコートニーにキスしたんだ。

からだの奥深くが振動しはじめ、みるみる全身を揺るがす。そして、すべてがいっしょになって爆発する。〈木彫りの鳥〉でのことも、昨日の夜のことも、今のことも、あらゆる怒りと混乱と痛みと無力感と裏切りがいっしょくたになって、噴火を起こし、口から飛び出す。

「そいつはゲイだ、コートニー！　ブライアン・コネリーはゲイなんだ！」

その言葉は空気中を跳ねまくる。すぐに取り消したくなる。

ブライアンの顔がすべり落ち、下から憎しみが現われる。コートニーがあんぐりと口を開ける。ぼくの言ったことを信じたのがわかる。コートニーはブライアンから離れる。「そうなの、ブライアン？　てっきり――」コートニーは最後まで言えない。ブライアンの表情を見たから。

何時間もたったひとりで物置に閉じこめられてたとき、あんな顔をしてたに違いない。すべての夢が消えてなくなったときに。

そして、今回、彼をそういう目に遭わせたのは、ぼくなんだ。このぼくなんだ。

道路を走って渡るあいだも、ブライアンの憎しみに満ちた顔が目の奥にこびりついて離れなかった。さっきの言葉を取り消すためならなんだってする。ぼくの中の安全で静かな保管室に再びしまうことができるなら。なんだってする！　爪を食ったあとみたいに腹が痛む。

ブライアンのあの話を聞いたのに、どうして言ったりできたんだ？〈木彫りの鳥〉で見たものを見なかったことにできるなら、なんだってするのに。

家に帰ると、まっすぐ自分の部屋へいって、スケッチブックを開き、絵を描きはじめる。重要なことから片づけていかなければ。まずは、母さんにやめさせることだ。ぼくにできる方法は、ひとつしかない。うまく描けるまでずいぶんかかったけど、しばらくしてやっと描きあげる。

描いた絵を母さんのベッドに置いて、ジュードを探しにいく。今のぼくには、ジュードが必要だ。

ゼファーと出かけてる、とフライに教えてもらう。でも、見つけられない。

ブライアンも見つからない。

いるのは、ヨゲンシャだけ。あいかわらずラルフはどこだと言いつづけている。

ぼくは声を限りにどなった。「ラルフなんていないんだよ、バカ鳥！　ラルフなんてやつは存在しないんだ！」

家に帰ると、母さんが部屋で待っていた。ぼくの描いた絵を膝に載せてる。母さんと彫刻家が〈木彫りの鳥〉のところでキスをしているうしろに、父さんとジュードとぼくがひとつの影みたいに描かれている絵。

マスカラがとれて、黒い涙が流れ落ちる。「あとをつけたのね。そんなこと、しないでほしかった。ノア、本当にごめんなさい。ノアに見せたくなかった」

「母さんがやらなきゃよかったんだ」

母さんはうつむいた。「わかってる。だから――」

「父さんにぼくのことを話すつもりだと思ったんだ」ぼくは思わず言う。「だから、あとをつけたんだ」

「言わないって言ったのに」

「電話で『ノアのことでちょっとあってね』って言ってたのを聞いたんだ。父さんと話してるんだと思ったんだよ、彼氏じゃなくてね！」

その言葉を聞いて、母さんの顔がこわばった。「そう言ったのは、昨日ノアに、自分の心に正直になるかどうかは、自分の責任だって言ったとき、自分こそ偽善者だって思ったからよ。自分に正直にならなきゃいけないのは、わたしだって。息子みたいに勇気を出さなきゃって」え？　自分に正直にならなきゃいけないのは、わたしだって。息子みたいに勇気を出さなきゃって」え？　自分の裏切り行為を正当化するのに、ぼくを利用するのか？　母さんは立ちあがって、ぼくに絵を返した。「ノア、父さんに離婚したいって言うことにしたわ。今日、言おうと思う。ジュードにもわたしから言うわ」

離婚。今日。今。「やめて！」ぼくのせいだ。ぼくがあとをつけなければ。ぼくが見なければ。ぼくがこんな絵を描かなければ。「ぼくたちのことを愛してないの？」本当は父さんのことを愛してないのかききたかったけど、口から出たのは、こっちだった。

「ノア……」母さんはぼくを落ち着かせようとして肩に触れた。ぼくはさっと避けた。生まれて初めて、母さんを心から憎いと思った。大声でわめき散らしたくなるような、激しい憎しみだった。

「まさか、まさかあいつと結婚する気なの？　母さんはそうしたいんだね」ぼくは信じられない思いで言った。

母さんは否定しなかった。目がイエスって言ってる。信じられない。

「じゃあ、そうやって父さんのことはただ忘れるわけ？　父さんと築いてきたものはぜんぶなかったふりをするの？」ブライアンがそうだったみたいに。「父さんは死んじゃうよ。あの部屋にいる父さんを知らないだろ。むかしの父さんじゃないんだ。ぼろぼろなんだ」ぼろぼろなのは、ぼくもだ。そして、ぼくもブライアンをぼろぼろにした？　どうして愛はあらゆるものをめちゃめちゃに壊すんだ？

「わたしたちはがんばったのよ、父さんとわたしは。長いあいだ、本当に一生懸命努力した。あなたたち子どもには、わたしが子どものとき得られなかった安定を与えたいって、それだけを願ってた。こんなことになるなんて、思ってもいなかった」母さんはまたすわりこんだ。

「でも、ほかの人のことが好きになってしまったの」母さんの顔がすべり落ちる。今日は、誰ひとり、自分の顔を留《とど》めておくことができないみたいだ。下から、思いつめた顔が現われる。「愛してしまったのよ。そうじゃなかったらって心から思うけど、愛してしまった。うその人生を生きるわけにはいかない。そんなのは正しくないのよ、ノア」母さんはすがるような声で言った。「好きになる人を選ぶことはできないでしょう？」

一瞬、ぼくの中の嵐が静まる。選ぶことはできない。そうなんだ。ふいにすべて母さんに話したくなる。ぼくにも好きな人がいて、好きにならずにはいられなくて、たった今、彼に最低な仕打ちをしてしまって、どうしてあんなことができたのかわからないし、死ぬほど取り消したいと思ってるってことを。

でも、その代わりにぼくは部屋から出ていった。

幸運の歴史

ジュード　十六歳

　ベッドの中で思い出してもんもんとする。わたしがクローゼットの中でカルマを発散させまくっている外で、オスカーがブラウンヘアのブルックにキスしてるところ。おばあちゃんとママの幽霊がタッグを組んで、わたしのじゃまをしてること。でも、一番もんもんとしてるのは、ノアのこと。今日、ギジェルモのアトリエの近くなんかでなにしてたんだろう？　それにどうしてあんな怯えたような、取り乱した顔をしてたの？　きいたら、ランニングしてただけで、ぜんぜん大丈夫だし、デイストリートで会ったのはただの偶然だって言った。でも、うそだ。ギジェルモ関連のサイトをブックマークしておいたファイルを消したのも、自分じゃないって言ったけど、それもうそ。わたしのことをつけてきたに違いない。でも、どうして？　ノアはなにかわたしに話したいことがあるような気がしてならない。でも、怖すぎて話せないんじゃないかって。

なにかを隠してるの？

それに、どうしてわたしの部屋を調べたりしたの？　あれは、ただの好奇心じゃない。それに、緊急用のお金。なにに使ったんだろう？　さっき、ノアが出かけてるあいだに、部屋中を探したけど、目新しいものはなにも見つからなかった。

起きあがって、あやしい音が聞こえないか、耳を澄ませる。斧を持った殺人鬼とか。あの連中はいつも、パパが会議でいない夜に、入ってこようとする。毛布を押しのけてベッドを出て、こういうときのために置いてある野球のバットを取り出すと、ノアとわたしが明日も生きていられるように家を足早に見てまわる。ママとパパの寝室の前で、パトロール終了。

寝室は、ママが帰ってくるのをじっと待っている。

鏡台には、フランスのアンティークの香水瓶や、アイシャドウやリップやペンシルの入っている貝型の器がきれいに並べられている。シルバーのブラシにはまだ黒い髪が絡まったままだ。ワシリー・カンディンスキーの伝記も伏せたまま置いてあって、今にもママが手に取って、前回読み終わったところからまた読みはじめるような気がする。

でも、今夜、目に留まったのは写真だった。パパがナイトテーブルに置いているものだ。朝、目が覚めたら一番に目が入るからじゃないかと思う。ノアもわたしも、ママが死ぬまでこの写真を見たことがなかった。今では、いくら見ても見たりないような気がする。ママはオレンジの絞り染めのヒッピーふうのワンピースを着て、髪が風にあおられて顔にかかってる。クレオパトラみたいにまぶたにコール墨をたっぷりと塗って、笑ってる。たぶん笑ってるのは、となりで一輪車に乗ってるパパのせいだ。両腕を突き出してバランスを取って、ものすごくうれしそうにニヤニヤしてて、『不思議の国のアリス』のマッドハッターみたいな黒いシルクハットの下から日焼けしたブロンドの髪が背中までのびている（その髪を見たとき、ノアはパパと無言で言葉を交わした。ああ、クラーク・ゲーブル！）。パパがかけてる肩かけカバンからは、ぎっしり入ったレコードがのぞいてる。陽に灼けた肌で、おそろいの結婚指輪が光ってる。ママは変わってないけど、パパは別人みたい。いかにもスウィートワインおばあちゃんみたいな人に育てられましたって感じ。実際、この写真のぶっ飛んだ一輪車乗りは、ママと知り合って三日後に結婚を申しこんだ。ふたりとも大学院生で、パパは十一歳年上。ママに逃げられるわけにはいかなかったんだって、パパは言ってた。ママほど、生きてて楽しいって思わせてくれる女の人はいなかったって。

ママは、パパほど、安心させてくれる男の人はいなかったって言ってた。このぶっ飛んだ一輪車男が安心させてくれるとはね！

写真を置いて、もしママが生きていて、ママが決意していたようにパパとまたみんなで暮らしていたら、どうなっていただろうって考える。わたしの知ってたママは、安心にこだわってるようには見えなかった。わたしの知ってたママは、ダッシュボードのボックスをスピード違反切符でいっぱいにしてるような人だった。批評家たちに大胆で革新的って評されるアイデアと、ドラマティックな演出と情熱で、講義室の学生たちをとりこにし、四十歳の誕生日にはスカイダイビングをした！　それに、ママは世界のあちこちの都市へのフライトを定期的に予約しては（こっそり立ち聞きしてた）、そのまま無効になるまで放っておいた。どうしてあんなことしてたんだろう？　それに、わたしが覚えているかぎりむかしから、誰も見てないと思うと、コンロの上にどのくらい手をかざしていられるか、ひとりで度胸試しをしていた。

ノアは前に、母さんのからだの中で馬たちが走ってる音がする、って言ったことがある。わたしにもわかる。

でも、わたしたちと暮らす以前のママの人生のことは、ほとんどなにも知らない。ママの言葉を借りれば、「地獄の申し子」だったってことだけ。ひどい里親たちのあいだをたらい回しにされていたとき、町の図書館で借りた画集に救われ、夢見ることを学び、大学へいきたいと思うようになった。本当に、それくらいしか知らない。もう少し大きくなったら、ぜんぶ話してもらう約束だった。

今はもう、「もう少し大きく」なったのだから、ぜんぶ話してほしい。

鏡台の、楕円形の木枠の鏡の前にすわる。パパとわたしで、服はぜんぶ箱に詰めたけど、ふたりともどうしても鏡台の物には触れられなかった。冒瀆《ぼうとく》のような気がしたのだ。ここは、ママの祭壇だから。

鏡を通して相手に話しかけると、
魂が入れ替わる

ママの香水を首と手首につけると、ふと、十三歳のころ、学校にいく前にまさにここにすわって、禁止されていた化粧品をひとつひとつきちょうめんに塗っていったことが思い出された。〈秘密の抱擁〉っていう名前の一番濃い赤のリップ、真っ黒いアイライナー、鮮やかなブルーとグリーンのシャドウ、ラメの入ったパウダー。ママとわたしは、そのころ敵対してた。ママとノアと美術館にいくのをやめたころだ。ママはうしろからきて、でも、怒らずに、シルバーのブラシを手に取ると、子どものころやってくれたみたいにわたしの髪をとかしはじめた。ふたりの姿が、鏡の枠の中に映ってた。ふたりの髪が、ブラシに絡まっていく。ブロンドと黒髪、黒髪とブロンド。鏡越しにわたしはママを見て、ママはわたしを見る。「もっとふたりとも楽だったでしょうね。それに、ママもこんなに心配しなかったと思うのよ」ママはやさしく言った。「ジュードが、若いころのわたしにこんなに似てなかったら」

三年前のあの日、ママが使ってたブラシを手に取り、髪をとかす。もつれや引っかかりがなくなって、ブラシに残ってるママの毛と絡み合うまで。

ブラシで髪が絡まり合うと、
ブラシ以外のところでも、ふたりの人生は永遠に絡まりつづける

その人がいなくなるってことは本当にいなくなってしまうことだと、誰も教えてくれなか

った。そしてその感覚がどれだけ長いあいだ、続くかってことも。

部屋にもどると、野球のバットでそこいらじゅうをたたきたい気持ちをぐっと抑えなきゃならなかった。深い喪失感に襲われる。バイブルに、本当に助けになることが書いてあればいいのに。（目撃者によると、五回）回転《スピン》した車を元にもどして、粉々になったフロントガラスをきれいにして、へこんだガードレールをまっすぐに、タイヤをスリップさせず、道をすべらなくする方法が。七つの頸椎を入れてぜんぶで二十二本の骨を折れなかったことに、肺をつぶれなかったことに、心臓が止まらなかったことに、すばらしい脳から出血しなかったことにする方法が書いてあったらいいのに。

でも、そんなことは書いてない。

書いてないのだ。

役立たずのバイブルを役立たずのクラーク・ゲーブルに投げつけてやりたい。

その代わりに、部屋の壁に耳をくっつけて、ノアの声が聞こえるか試してみる。ママが死んだあと何ヶ月ものあいだ、ノアは寝ながら泣いていた。わたしは、泣き声が聞こえると、すぐに起きて、ノアの部屋にいき、泣き止むまでノアのベッドにすわっていた。ノアが目を覚まして、暗闇の中にわたしがすわってるのに気づいたことは、一度もなかった。

両手を壁にあてる。このまま倒してしまいたい――

そのときだった、アイデアが浮かんだのは。あまりにわかりきったことで、今まで思いつかなかったのが信じられない。わたしはさっそく机にすわって、パソコンを開いた。

そして、LostConnections.com のサイトにつなぐ。

いつも通り、ノアからブライアンへの懇願が綴られていた。


指を十本と、両腕を失くしてもいい。すべて失くしたっていい。ごめん、本当にごめん。

木曜の午後五時に、いつもの場所で待ってる。これから一生、毎週その時間に待ってるから。


返信はない。

でも、返信があったとしたら？　胸の動悸が速まる。どうしてもっと前に思いつかなかったんだろう？　〈オラクル〉にたずねる。ブライアン・コネリーに連絡をとったらどうなる？

驚いたことに、〈オラクル〉は気前よく予言を授けてくれる。ブライアンについてのリンクは次々出てくる。

フォレスター学園の注目のゲイのピッチャー〈ジ・アクス〉に、スカウト殺到：ドラフト三位指名
コネリー、ドラフト指名を蹴り、推薦でスタンフォード大へ。スタンフォード・カーディ

ナルスでプレイすることに。

その中のひとつをクリックする。野球界一勇敢な男は十七歳。

ほかのリンクは、ブライアンの高校が出している〈フォレスター学園新聞〉か地元紙の〈ウェストウッド・ウィークリー〉の、わりあい最近の記事だったけど、わたしがクリックしたのは、あらゆるところでリンクが張られてる記事だった。

その記事を三回読む。ブライアンが、二年の春の野球部激励会のときに全校生徒の前でカミングアウトしたようすを記した記事だった。野球部は連勝しつづけていて、ブライアンはノーヒットノーランを二回達成し、直球はコンスタントに一四二キロを出していた。球場ではなにもかもうまくいってたけど、その外では、ブライアンの性的志向がうわさの種になり、ロッカールームは戦場と化していた。記事によれば、ブライアンは、選択肢はふたつにひとつだと考えた。むかし同じ状況になったときのようにチームを辞めるか、別の方法を考えるか。そして、激励会のとき、立ちあがって、フォレスター校の生徒たちの前で、むかしや今、偏見のせいでフィールドを去らなければならなかった選手たちの話をしたのだ。生徒たちは総立ちで拍手した。中心選手たちがブライアンの味方につき、いじめは減っていった。その春、フォレスター学園はリーグ優勝し、ブライアンは三年のキャプテンになって、その年の終わりにはマイナーリーグから契約のオファーがきた。けれども、ブライアンはそれを蹴った。スタンフォードの奨学金がとれたからだ。記事は、メジャーリーグも今はなんの問題もなくゲイの選手を採るようになっており、新しい歴史が作られつつある証拠だと、締めくくっていた。

ああ、クラーク・ゲーブル！　でも、わたしはそんなに驚かなかった。きっとそうだろうと思ってたことが、裏付けられただけだ。ブライアンはめちゃめちゃクールで、ブライアンと弟は愛し合ってたってこと。

でも、その記事の中で一番仰天したのは、ブライアンが歴史を変えつつあるってことはもちろんだけど、ブライアンがスタンフォードにいるってところだった。今。ここから二時間もかからないところに！　高校を一年飛び級したことになるけど、スイッチが入ったら、わけのわからない科学用語を連発してたことを考えると、納得できる。でも、スタンフォード大学新聞のサイトを探して、ブライアンの名前を検索したけど、なにも出てこなかった。「ジ・アクス」で検索をかけても、ヒットしない。さっきの記事にもどる。読み間違いかなにかで、飛び級したわけじゃなくて、来年の秋の話なのかも？　でも、違う。読み間違いじゃない。それから、野球のシーズンは春だってことを思い出した。まだシーズンは始まってない。だから、新聞に名前が出てこないんだ。スタンフォードのサイトにいって、学部生の名簿を探すと、すぐにブライアンのメアドが見つかった。どうする？　やってもいい？　それとも、余計なお節介？

ううん。ノアのためにやらなきゃ。

気が変わる前に、LostConnections のノアのメッセージのＵＲＬをコピーして、匿名のアカウントからブライアン・コネリーにメールした。

あとはブライアン次第。ノアに返事がしたければ、できる。少なくとも、これでメッセージは見るはずなんだから。だって、今まで見たかどうかなんてわからないし。ふたりの関係は、あまりいい終わり方をしなかったことはわかってる。それにそれは、わたしとは関わりのない理由だってこともわかってる。ママのお葬式のとき、ブライアンはノアとろくに目を合わせることができなかった。お葬式のあと、うちにもこなかった。一度も。なのに、何年も謝りつづけてるのは、ノアのほう。記事によれば、ブライアンは二年の春の激励会でカミングアウトしてる。ここで過ごした最後の冬休みのあとってことだ。そのあと、ブライアンのお母さんはずっと北へ引っ越しちゃったから、ブライアンは一度もこっちにはきていない。そのタイミングだったっていうのは、なにかありそう。ブライアンとノアのうわさのせい？　そのせいで、ふたりの関係は終わっちゃったの？　ノアがうわさを広めたってこと？　だから、ノアは謝ってるわけ？　ああもう、わかるわけない。

ベッドにもどって、ブライアンから返事がきたら、ノアはどんなに喜ぶだろうって考えた。ここ数年で、ひさしぶりに心が軽くなったような気がする。あっという間に、わたしは眠ってしまった。

そして、鳥の夢を見た。

鳥の夢を見たら、人生に大きな変化が待ち受けているということ次の朝、目が覚めると、ブライアンからの返事がきているか確かめ（なし）、ノアが昨日みたいにすでに出かけているかをチェックした（出かけてた）。女の子ポイ捨て男のオスカーのことで骨の髄までがっくりきてたし、荒れ狂ってるギジェルモと、幽霊チームのことも不安でたまらなかったけど、外へ出た。

あの石から〈ノアジュード〉を取り出さなきゃならない。

ギジェルモのうちの廊下を数歩進んだとき、郵便室から大声で言い争う声が聞こえてきた。ギジェルモとオスカーが激しい口論をしている。オスカーの声がした。「あなたにはわからない！　わかるはずがない」すると、ギジェルモが、いつもとは違う険しい声で言った。「わたしにはわかっている。バイクで危険を冒すのはいい。でも、それだけにしろ。きみはタフな革ジャンをきた臆病者だ、オスカゥ。誰のことも受け入れようとしない。きみのお母さんが死んでからだ。傷つく前に、もう傷ついている。きみは影を怖がっているんだ」回れ右をして、玄関から出ようとしたとき、オスカーの声が聞こえた。「あなたのことは受け入れたじゃありませんか。あなたは……父親のような人だ……おれにとってたったひとりの」

そのオスカーの声を聞いて、わたしは麻痺したように立ち止まった。

ひんやりとした壁にひたいを預ける。ふたりの声は小さくなって、聞き取れなくなり、昨日、ブルックのことがあったあとなのに、どうしてかぜんぜんわからないけど、わたしはとなりの部屋の、影を怖がるみなしごのところへ走っていきたくてたまらなくなる。

でも、いかなかった。

代わりに、教会へいった。そして一時間後くらいにもどってくると、アトリエはしんとしていた。ミスター・ゲーブルと過ごしてるときは、思いやりのある人間にならないよう、タフな革ジャンに身を包んだ、怯えて悲しんでいる少年のことを考えないよう、がんばった。けっこううまくいった。オスカーに出会ったときにすわってた信者席で、例のマントラを何度も何度もくりかえし唱えてたから。こっちへおいでよ。ほら、おれの膝に。

ギジェルモは郵便室にいた。安全用ゴーグルは頭の上に押しあげられ、見たところ、丸のこでオスカーをめった切りにした気配はない。でも、いつもとなにか違う。黒い髪はベン・フランクリンみたいにほこりをかぶり、やはり白い粉で汚れたペイズリー柄のスカーフを首にぐるぐる巻きにしてる。作品を創ってたってこと？　ロフトをちらりと見あげた。オスカーはいない。出かけたんだろう。無理もない。ギジェルモは、愛のムチを控えるような人じゃない。パパがあんなふうにノアかわたしを叱ってくれたのは、いつが最後だっただろう。パパが最後にパパらしく振る舞ったのはいつか、もう思い出せない。

「わたしたちのせいで怖がって逃げてしまったんじゃないかって、言っていたんだ」ギジェルモは、ちょっとじろじろ見すぎなんじゃないかってくらいわたしのことをじっと見つめた。それと、ギジェルモが「わたしたち」って言ったせいで、オスカーはなんて言ってたんだろうって気になりはじめた。さっき聞いてしまった話は、わたしに関係あることなの？　「オスカゥに、きみが昨日、かなり動揺して出ていったと聞いたんでね」

わたしは顔が熱くなるのを感じながら、肩をすくめた。「前もって忠告されてたから」

ギジェルモはうなずいた。「いこう。心によくないものは、芸術にはいいんだ。われわれ芸術家が抱えるアイロニーだな」われわれ芸術家。わたしがにっこりすると、ギジェルモはオスカーにやっていたみたいに、わたしの肩をぎゅっとつかんだ。それだけで、たちまち気分が明るくなる。この人と出会えたなんて。こんな幸運に恵まれたなんて！

天使の石像の前を通るとき、その手にそっと触れた。

「石がわたしを呼んでいる」ギジェルモは作業着についたほこりを払い落とした。「今日は、いっしょに外でやろう」ギジェルモの作業着は薄汚れて、ねずみ色になっていた。アトリエの壁にかけてある作業着もみんな、同じだ。もっといいのを作ってあげよう。ギジェルモに似合うようなカラフルなのを。ふわふわ作業着を。

アトリエを通ったとき、粘土《クレイ》の男が昨日の嵐を逃れたのがわかった。それどころか、今ではもう打ちひしがれて背中を丸めたりせずに、葉を広げつつあるシダのようにすっと伸びている。すっかり完成して乾き、美しかった。

「昨日の夜、きみの石と模型を見てみたんだ。そろそろ電気工具の段階に入っていいと思う。まずたくさんの石を取りのぞかないことには、姉弟探しを始めることもできない。わかるか？　今日の午後は、電気工具の使い方を教えてやろう。扱うときは、とてもとても注意しなければいけないぞ。ノミには、人生と同じでセカンド・チャンスがある。だが、丸のこやドリルには、セカンド・チャンスはほぼない」

　わたしは足を止めた。「信じてるんですか？　セカンド・チャンスを？　つまり、人生のセカンド・チャンスってことです」まるでオプラ・ウィンフリーのトーク番組みたいになってるのはわかってたけど、知りたかった。っていうのも、わたしにとって、人生っていうのは、間違った方向へ疾走する間違った列車に乗ってるようなもので、自分じゃどうしようもできないから。

「もちろんだとも。あたりまえだろう？　神ですら、世界を創り直さなきゃいけなかったんだ」ギジェルモは両手を飛び立たせる。「神は第一の世界を創ったあと、失敗作だと考えて、洪水で破壊し、もう一度一から作り直そうとした――」

「ノアの力を借りて」わたしはギジェルモの代わりに言った。

「そうだ。神でさえ二回チャンスがもらえるなら、われわれ人間だってもらえるに決まってる。二回どころか、三回、いや、三百回でも」ギジェルモはクスリと笑った。「だが、ダイヤモンドカッターの丸のこだけは、チャンスは一回きりだ。これからきみもわかるだろう」そして、あごをさすった。「しかし、破滅的なミスを犯し、作品がだいなしになって、あとは死ぬしかないと思えるようなときでさえ、ふたを開けてみたら、ミスを犯さなかったときよりもはるかにすばらしい結果が生まれているということもある。だから、わたしは石が好きなんだ。粘土《クレイ》で彫像を創っているときは、ずるをしているような気になる。簡単すぎるんだ。粘土《クレイ》には、自分の意志はない。しかし、石は手強い。立ちむかってくる。フェアな戦いだ。自分が勝つときもある。石が勝つときもある。そして、自分も石も両方勝つときもあるんだ」

外には、地球の隅々から太陽の光が集まっていた。あでやかな日。

ギジェルモがはしごを使って、女の巨人の頭までのぼっていくのを見つめる。途中で一瞬、動きを止め、彼女の巨大な石のひたいに自分のひたいを押しつけてから、さらにのぼって彼女の上に出る。それから、頭にあげていた安全ゴーグルをおろし、スカーフで口を覆うと（そうか、フェイスマスクじゃかっこ悪いわけね）、はしごの上に置いてあったダイヤモンドカッターの丸のこを持って、コードを肩に巻きつけた。削岩機みたいな音が響きわたり、すぐに花崗岩のかん高い悲鳴が続く。ギジェルモは一瞬のためらいもなく一度きりのチャンスを使って愛する人の頭に切りこみ、もうもうとあがる粉じんの中に消えた。

今日の中庭は満員だ。ギジェルモと、ギジェルモの創りかけのカップルのほかにも、〈死ぬほど怖そうな〉〈三人兄弟〉と、わたし、それから、なぜかオスカーのバイクがある。しかも、おばあちゃんとママまで準備万端で待ちかまえてるのを、感じる。さらに、非常階段から誰かが見てるような気がしてならなかったけど、何度見あげても、フリーダ・カーロが日向ぼっこをしてるだけだった。

わたしはなにもかも忘れて、〈ノアジュード〉を外へ出すことだけに没頭した。

カン、カン、カン、とゆっくり石を削っていく。そうしているうちに、昨日みたいに時間が巻きもどって、いつの間にか、いつもは考えないようにしてることについて考えるのをやめられなくなる。あの日、ママがパパと仲直りするために出かけたとき、わたしは家にいなかった。もう一度家族としてやっていこうって、ママが言ったのを、聞けなかった。

いなかったのは、ゼファーと逃げ出していたから。

わたしに嫌われてると信じたまま、ママは死んでしまった。ママがパパを追い出してから、わたしはそれしか言ってなかったから。ううん、それより前からずっと。

ノミを溝に当て、思いきりハンマーでたたく。大きな石の塊がぽろりと取れる。さらに、もうひとつ。あの日の午後、わたしが家にいれば、ゼファーと不運を降らせたりしなければ、すべてが変わってたはず。

またノミを打ちこみ、角がまるまる取れる。打ったときの力で、かけらがゴーグルに飛んで、むき出しの頰にもあたる。次は、反対側から打って、打って、打ち損ねて指から血が出るけど、また打って、また打ち損ね、石を割って、指を切って、それからパパから事故のことを聞いた瞬間を思い出す。ノアの耳をふさいで聞かせまいと、ノアを守ろうとしたことを。まず、わたしはそれをした。自分の耳じゃなくて、ノアの耳をふさいだ。そんなことをしたのを、忘れていた。忘れてたなんて、信じられない。

ノアを守りたいっていう、わたしの本能はどうしちゃったの？　どこへいってしまったの？

ハンマーを取って、ノミにむかって打ちおろす。

ノアをここから出さなきゃ。

わたしたちを、バカみたいな石から救い出さなきゃ。

石を何度も何度も打つ。ノアの悲しみが、家じゅう、あらゆる隅や隙間にまで入りこんでいたことを思い出す。もはやパパとわたしの場所は残っていなくて、だからパパは散歩を始めたのかもしれない。ノアの嘆きが届かないところを見つけるために。ノアが部屋でからだを丸めているのを見て、慰めようとしたら、ジュードはなにもわかってないって言われた。ぼくが知ってることも、ジュードは知らないって。だから、ぼくの気持ちなんて、わかりっこないって。まるで母親を失ったのは、自分だけみたいに！　どうしてあんなことが言えたの！　わたしは今、石をたたいている。次々かけらを削り取っていく。ママが死んでからもまだ、生きてるときみたいにママを独占しようとするなんて、信じられなかった。わたしには悲しむ権利も、ママに会いたいと思ったり、ママを愛したりする権利もないわけ？　でも、わたしはそうなんだって信じてしまった。だから、泣けなかったのかもしれない。わたしには権利がないって思ったから。

そしてその日、ノアは〈悪魔の崖〉から飛びこんで、溺れかけた。ノアに対する怒りはもはや手に負えなくなり、怪物のように暴れ、暴走を始める。

ママたちの言う通りかもしれないわね！　心の中でママとおばあちゃんにむかってどなる。だから、あんなことをしたのかも。

今やもう、ありったけの力でハンマーを振りおろしている。石をこじ開け、すべてをさらけ出そうとする。

そう、すべてを。

ママが死ぬ一週間前から、キッチンのカウンターの上でノアのＣＳＡへの出願書類が天才オーラを発散させていた。ノアとママは、縁起を担いでいっしょに封筒を閉じた。わたしがドアのところから見ていたことには、気づいていなかった。

ママの事故から三週間後で、ノアが崖から飛び降りた一週間後、そして、ＣＳＡの願書受付の締切の前日の夜、わたしは出願書類に記入して服の型紙にホチキスで留め、さらにサンプルのドレスを二着添えた。だって、ほかになにを提出できた？　砂の女たちはみんな、波にさらわれてしまってるんだから。

パパが願書を出すために郵便局まで送ってくれた。車を停める場所が見つからなかったので、パパとノアが車で待っているあいだに、わたしが願書を送ってくることになった。そのときに、わたしはやったのだ。やってしまったのだ。

わたしは自分のだけを送った。

わたしは、弟がなによりも望んでいたものを奪いとったのだ。そんなひどいことをする人間がどこにいる？

こんなことを言ったところで始まらないけど、次の日、もう一度郵便局へいったのだ。郵便局まで走り通しに走って、でも、ゴミ箱は空っぽだった。ノアの夢はゴミとともに持ち去られてしまっていた。そして、わたしのはＣＳＡへ届けられた。

ノアとパパに言わなきゃって、何度も自分に言い聞かせた。朝ごはんのときに言わなきゃって、学校から帰ってきたら言おうって、夕食のときこそって、明日になったらぜったいって、じゃあ水曜日にって。二次募集に間に合うように話さなきゃって。でも、言わなかった。あまりに恥ずかしくて（窒息しそうだった）、引き延ばせば延ばすほど、その恥ずかしさはどんどん膨らんでいって、自分がやったことを認めるハードルがどんどん高くなっていった。罪の意識も病のように悪化していった。あらゆる病のように。パパの蔵書にある病気をぜんぶ合わせても足りないくらい。日々が過ぎていき、さらに何週間も過ぎて、もう手遅れになった。本当のことを言ったら、パパとノアを永遠に失ってしまうんじゃないかと思うと、怖かったのだ。過ちを認め、正す勇気がなかったのだ。

ママがわたしの作品をすべて壊すのは、これが理由。ママはわたしが許せないのだ。

ＣＳＡのサイトに合格者の名前が載ったとき、ノアの名前はなかった。わたしのはあった。合格通知がきたとき、ノアに不合格通知のことをきかれたら今度こそ言おうと思ったけど、ノアはなにも言わなかった。そのときにはもう、ノアはこれまでの作品をぜんぶ破壊していた。このことがある前、どこかの時点で、ノアはわたしの砂の彫像の写真をＣＳＡに送ったんだと思う。だから、わたしは入れたのだ。

ふいに世界が真っ暗になった。ギジェルモが太陽の光を遮るように前に立っていた。ギジェルモは、わたしの手からハンマーとノミを取った。わたしはとうに彫るのをやめていたから。ギジェルモはスカーフを外すと、ぱっぱっと振って、帽子とゴーグルのあいだからのぞいているわたしのひたいをぬぐってくれた。「調子が悪そうだ。石に影響を与えることもあれば、石から影響を受けることもある。今日は、石が勝ったようだな」

フェイスマスクを降ろして、言う。「じゃあ、こういうことなんですね。ここで」と言って、胸を指す。「眠っているものが、こっちで眠っているっておっしゃったのは」わたしは石に触れる。

「そういうことだ」ギジェルモは言う。「コーヒーでも飲むか？」

「いいえ」答えてから、慌てて付け足す。「ありがとうございます。でも、もう少しやりたいんです」

そして、わたしは彫りつづけた。何時間も、取り憑かれたように一心不乱にノミを振るいつづける。石にノミを打ちこむたびに、おばあちゃんとママが唱える。ノアの夢をつぶした。ノアの夢をつぶした。そしたら、死んでから初めて、ママは姿を現わして、わたしの前に立った。髪を真っ黒い炎のように燃え立たせ、非難の目をわたしにむける。

「そして、わたしの夢をつぶしたのは、ママよ！」心の中でどなると、ママはまた消えてしまった。

なぜなら、それもうそだから。でしょ？　くる日もくる日も、わたしはママに自分を見てほしいって、それだけを願いつづけた。ちゃんと見てほしいって。美術館でわたしのことをすっかり忘れたりしないでって。わたしが存在しないみたいに、わたしを置いて帰ったりしないでって。作品を見もしないうちから、わたしが負けるって決めつけないで、ノアとのコンテストを取りやめにしたりしないでって。わたしの中に手を伸ばして、光のスイッチを消したりしないでって。その同じ手で、ノアの中に一番明るい光を点《とも》したのに。いつだって、まるでわたしは「ああいう子」っていう、バカでだらしない女の子でしかないっていうみたいに。それ以外では、透明人間だっていうみたいに！

でも、なりたい自分になって、やりたいことをやるためには、ママに許してもらったり、認めてもらったり、誉めてもらう必要なんてなかったとしたら？　自分の光のスイッチは自分で入れるんだったら？

道具を置いて、ゴーグルとマスクを外し、ビニールのスーツを脱ぐ。帽子も取って、テーブルの上に放り投げる。もう透明人間でいるのはうんざり。太陽の光が軽薄で貪欲な指でわたしの髪を引っかきまわす。トレーナーを脱ぐ。わたしに再び腕ができる。風が歓迎して、肌の表面をすうっとなぞり、髪を舞いあげて、外にさらされているところを隅々までうずかせ、目覚めさせる。ノアの願書を送らなかった理由がノアとわたしじゃなくて、ママとわたしの関係のせいだったら？

精神を目覚めさせるには、静かな水面《みなも》に映っている
自分の姿にむかって石を投げよ

(ノアとわたしが同じ魂を持ってるなんて、信じたことはない。木の半分がわたしの魂で、葉は燃えあがっている、ってノアは言ってたけど。わたしは、自分の魂が目に見える

ものだと思ったことはない。わたしの魂は動いている。空へ飛び立ち、水平線へむかって泳ぎ、崖から飛び降り、砂から空を飛ぶ女たちを創りだす。ううん、あらゆるものから）

一瞬、目を閉じる。もっとも深い眠りから目覚めたかのように、誰かがわたしを花崗岩から解放してくれたかのように、感じる。なぜなら、わたしは気づいたのだ。ノアがわたしを憎もうと、二度と許すまいと、関係ないんだって。ノアとパパを永遠に失おうと、関係ない。関係ないのだ。わたしはノアのつぶれた夢を元にもどさなきゃならない。大切なのは、そこなのだ。

アトリエに入っていって、オスカーの部屋へあがっていく。部屋にあるパソコンのスイッチを入れ、自分のアカウントにログインし、CSAのサンディに、休み明けの水曜日の授業の前に会いたいというメールを送る。緊急の用件で、弟も頭がぶっ飛ぶような絵のポートフォリオを持って同席します、と書く。

CSAは辞める。一日も早くそうすべきだったんだ。

送信ボタンを押すと、紛れもない感情がこみあげてくる。わたしは自由だ。

わたしはわたしになる。

それから、ノアにメールを打つ。話があるの。とても大切な話だから！　だって、ノアはさっそく描きはじめなきゃならない。ポートフォリオをまとめるのに、四日しかない。椅子によりかかって、真っ暗な洞窟から目のくらむような太陽の光溢れる場所に出てきたような気持ちを味わう。それから、ロフトの中を見まわす。オスカーのベッドを、本を、シャツを。失望がわきあがってくる。でも、どうすることもできない。タフな革ジャンを着た臆病者は、透明人間用のユニフォームを着た臆病者のことをどう思っているか、はっきり示したんだから。

　立ちあがって部屋を出ようとすると、オスカーに渡したギジェルモの手紙が、枕元のお母さんの写真の横に置いてあるのが目に入った。それを持って下に降りていき、ギジェルモの嵐が暴れまくった部屋のノートのあいだにもどしてから、外に出て、ダイヤモンドカッターの丸のこの使い方を教えてくれるようにギジェルモに頼む。そして教えてもらう。

　今度こそ、セカンド・チャンスを試すんだ。世界を作り替えるんだ。

　丸のこでは、一回きりしかチャンスがないことを肝に銘じ、コードを肩に巻いて、ノアとわたしの肩のあいだに狙いを定めると、スイッチを入れる。丸のこがウィーンと音を立てはじめる。全身を電気で震わせながら、わたしは石を真っ二つに切断する。

〈ノアジュード〉は、〈ノア〉と〈ジュード〉になる。

「殺したのか?」ギジェルモが仰天してたずねる。

「いいえ、救ったんです」

　そう、とうとう。

　月明かりの中を歩いて家に帰る。信じられないくらい最高の気分で、まるで森の中の空き地とか川の中に立ってるみたい。最高にすてきな靴を、そうハイヒールを履いてるのにも、似てる。ノアとパパに願書のことを話す仕事がまだ残ってるけど、もう大丈夫。だって、どうなろうと、ノアがまた絵を描きはじめるんだから。わたしにはわかる。ノアはまたノアになる。そして、わたしは、鏡の中の自分を見られる人間になれる。アトリエに立てる、ふわふわドレスを着られる、健康になれる、ラブストーリーに登場できる、この世界に存在できるんだ。でも、ノアがメールに返事をしてこないのは、おかしい。さらに何通かメールを出し、そのたびごとに「！」を増やして、急ぎだって強調してるのに。ふだんは、ノアはすぐ返信してくる。家に帰っても、まだ留守だったら、帰ってくるのを待ち伏せよう。

明るくはち切れそうな月へ両手をかかげ、死にいたる病気にもかかってないし、幽霊チームも静かにしてるし、おかげで心の底からほっとできるって思ってたとき、ヘザーからメールがきた。

今、〈スポット〉。ノアがひどく酔っぱらって、めちゃくちゃなことしてる。〈死人の岩壁〉から飛び降りるって！　わたしは、あと五分で出ないとならないの。すぐきて！　いったいノアはどうしちゃったんだろう。心配。

わたしは世界の果てにいて、弟を探している。

風がわたしを殴りつけ、塩水が熱い顔を打ち、下に広がる海が頭の中でも外でも荒々しく崖へ打ち寄せている。丘を駆けあがって汗ぐっしょりになって、昼間のように明るい満月の光が降りそそぐなか、〈悪魔の崖〉と〈死人の岩壁〉を見あげる。両方とも、崖っぷちに人影は見えない。クラーク・ゲーブルにたっぷりお礼を言って、息を整えると、帰らなきゃいけないって言ってたのに、ヘザーにメールを打ち、それからもう一度ノアにも打って、ノアが正気にもどってるかどうか確認しようとする。でも、返信はこない。

嫌な予感しかしない。

手遅れだったのかも。

回れ右をして、騒ぎのただ中へむかう。まわりじゅうで、公立校や私立校の高校生や、ロストコーヴの大学生たちが、ビールの樽や、たき火や、ピクニックテーブルや、円形に並べられたドラムや、車のボンネットのまわりに集まって騒いでる。あらゆる車種の車から、あらゆるジャンルの音楽が爆音で鳴り響いてる。

ターボエンジン付き月光がふりそそぐ土曜の夜の〈スポット〉へようこそ。

知ってる顔を見つけられないまま、駐車場の反対側までもどって、ようやくありえない体型のクソ男フランクリン・フライが、ハイドアウェイの年上のサーファーたちとつるんでるのに出くわした。全員、高校を出てから少なくとも一年は経ってる。ゼファーの仲間ってこと。みんなフランクリンのトラックの平台にすわって、ヘッドライトのぶきみな光に照らされてる。ハロウィーンのカボチャのランタンみたい。

少なくとも、ゼファーの日に焼けたざんばら髪は見当たらなかった。

リュックから透明人間用トレーナーと縁なし帽を出して、かぶりたい衝動に駆られた。でも、そんなことはしない。手首に巻いた赤いリボンが、わたしを常に守ってくれるって信じたい。でも、そんなことはありえない。どうやって生きるかを考えるより、「死ぬならどっち？」をやりたくなる。でも、だめ。もう臆病者でいるのは終わり。一時停止には飽き飽きだから。葬られ、隠されるのにも、石になるのも石みたいになるのも、もううんざりだから。

牧場を想像するのはもう嫌。牧場を駆け抜けたい。

敵に近づいていく。フランクリン・フライとわたしは、憎み合ってる。

わたしの作戦。あいさつはせずに、冷静に礼儀正しく、ノアを見かけたかどうかきく。

彼の作戦。『ヘイ・ジュード』の冒頭部分を歌う。パパとママは名前を付けるとき、このくらい考えなかったわけ⁉　それから、わたしのことをなめ回すようにゆっくりと上から下へ、それから下から上へ見て、一ミリも見逃したところはないことを確信してから、わたしの胸を穴の開くほど見つめた。やっぱり透明人間用ユニフォームには、いい点がたくさんある。「なんだよ、そのかっこう？」フライはわたしの胸にむかって言うと、ビールをぐいとあおって、手の甲で口を拭いた。ノアの言う通りだ。カバそっくり。「謝りにきたのか？　ずいぶんかかったな」

謝る？　冗談でしょ。

「弟を見なかった？」もう一度、さっきより大きな声で、一語一語はっきりと発音してたずねる。言葉を喋れない相手に話すみたいに。

「いっちまったよ」うしろから声がして、たちまち音楽も話し声も風と海の音もすべて聞こえなくなる。変わらない乾いてザラザラした声。一時期、わたしをメロメロにして、サーフボードと一体化させた声。マイケル・レイブンズ、ゼファーがうしろに立っていた。

少なくともノアは飛びこむのはやめたってことだ、と言い聞かせながら、うしろを振りかえる。

ひさしぶりだった。フランクリンのトラックのテイルランプの光が目にあたり、ゼファーはよけるように手を目の上にかかげた。よかった。グリーンの鋭い目を細めたところは見たくない。心の中でさんざん見てきたから。

二年前、ゼファーと初めてした直後、まずなにをしたかっていうと、からだを起こして、両膝を胸にくっつけ、できるだけ声を出さないように塩辛い空気を吸いこんだ。ママのことが頭に浮かんだ。心の中で、ママの失望が黒い花みたいに開いていく。涙で目がヒリヒリしたけど、こぼれるのは禁止したし、実際こぼさなかった。わたしは砂まみれだった。ゼファーがビキニのショーツを差し出した。それをゼファーののどに突っこんでやりたいって一瞬、思った。岩の上に血のついた使用済みのコンドームがあった。あれはわたしだ、と思った。みっともない。ゼファーがつけてたことさえ、気づかなかった。コンドームのことなんて、考えもしなかった！　胃の中のものが一気にせりあがってきたけど、それも禁止した。震えてるのを隠そうとしながら、水着をつける。ゼファーは、なんの問題もないってふうにほほえんでみせた。まるで、たった今あったのはすばらしいことだって感じで！　わたしもなんの問題もないって感じでほほえみ返した。わたしが何歳か、知ってるんだろうか？　そう考えたのを思い出す。忘れてたに違いないって、そう思った。

　フランクリンは、そのあとゼファーとわたしがビーチへもどってくるのを見つけた。小雨が降りはじめていた。ウェットスーツを着てたらよかった、ってわたしは思った。千枚くらい着てればよかったって。肩にかけられたゼファーの腕が鉛みたいに重くて、砂の中へのめりこみそうになる。前の晩、ゼファーは連れていってくれたパーティで、わたしのことをすごいサーファーだって、みんなに言いつづけた。この娘《こ》は、〈悪魔の崖〉から飛び降りるんじゃなくて、ちゃんと飛びこむんだ、って。ずっと言ってた。わたしは「ぶっ飛んでる」って。で、わたしもすっかりその気になった。

　そのあと二十四時間も経たずに、こうなったのだ。

なぜかフランクリンはそれを知っていて、わたしたちがくると、わたしの腕をとって、ゼファーには聞こえないように囁いた。「次はおれの番だ。その次がバジー、それからマイク、それからライダーだ。いいか？　そういうふうになってんだ。だから、おまえも覚えとけ。まさかゼファーが本気で自分のことを好きだなんて、思ってないよな？」もちろん、思ってた。フランクリンのつばにまみれた言葉を耳からぬぐい取り、フランクリンの手を振りほどいて、叫んだ。「やめて！」ようやくこの言葉が口をついて出たけど、もうぜんぜん遅すぎて、わたしはみんなの目の前で、パパに教えられた通り、フランクリン・フライのあそこに膝蹴りを食らわせた。

それから、バカみたいに家まで走りつづけた。涙が頬を刺し、鳥肌が立って、胃がふらふらで、そんな状態でまっすぐママのもとへ走った。人生一番の間違いを犯してしまったから。

わたしにはママが必要なんだ。

ママが必要なんだ。

事故があったんだ。家の中に飛びこんだとたん、パパがそう言った。

事故があったんだ、って。

ノアの耳をふさいだのは、そのとき。

パパはわたしの手を取って、握りしめた。

だから、想像すらしていなかった、世界が砕け散るような知らせを警察の人が、伝えているあいだも、わたしはまだ、たった今やってしまった過ちの中でのたうち回っていた。それは砂といっしょになって、わたしの毛穴という毛穴をふさぎ、髪からはまだおぞましい間違ったにおいがして、それが肌にも鼻の穴の中にもこびりついていたから、息を吸うたびにどんどん奥へ取りこまれていった。そのあと何週間かは、何度シャワーを浴びても、どんなにからだをゴシゴシ洗っても、どんな石けんを使っても（ラベンダーとグレープフルーツとハニーサックルとローズを試した）、においは落ちず、ゼファーは消えなかった。デパートにも一度いって、カウンターにある香水のテスターを片っ端から使ってみたけど、それでもだめだった。そのにおいは常にまとわりついていた。ううん、今でも。ゼファーと過ごした午後のにおいと、ママの死のにおいは同じになった。

ゼファーは、ヘッドライトみたいににらみつけてるフランクリンの視線を避けた。ゼファーのことは、名前と同じで、レイブン《ワタリガラス》だと思ってる。つまり死と運命の使者だって。魔術師で、背の高いブロンドの闇の柱。光を遮る者。

「じゃあ、ノアは家へ帰ったの？　どのくらい前？」

ゼファーは首を振った。「いや、家に帰ったんじゃない。上にいっちまったんだよ」ゼファーは名前さえついていない一番上の岩棚を指さした。あんなところ、名前がついてるはずがない。たまにハンググライダーが使ってるけど、それだけ。飛びこめるような高さじゃない。〈死人の岩壁〉のたぶん倍くらいあるし、下には別の岩棚がせり出してるから、よほど遠くまでジャンプして避けないと、そこにたたきつけられて、海に落ちることすらできない。ひとりだけ、あそこから飛び降りた子の話を聞いたことがある。その子は成功しなかった。

内臓が沈んでいく。ひとつ、ひとつ、沈んでいく。

ゼファーが言った。「メールをもらったんだ。やつらは、飲み比べみたいなのをやってた。負けたやつが飛びこむことになってて、おまえの弟は明らかにわざと負けてた。おれは止めようと思って、崖の上にいったんだ」

次の瞬間、わたしは人混みの中に突っこんで、飲み物や人間をなぎ倒して走っていった。崖へあがる道のことしか、頭になかった。断崖の上にいくには、あの道が一番早い。うしろから、おばあちゃんの声が風みたいに吹いてきた。すぐうしろを走ってる。小枝の折れる音がして、おばあちゃんの重たい足が地面を蹴る音が聞こえる。それから、思い出した。おばあちゃんが足音を立てるはずない。足を止めると、うしろからゼファーが突っこんできて、わたしが顔からすっ転ばないよう、肩をつかんだ。

「やめて」わたしは飛びのくと、すぐそばにきた彼のにおいから逃げた。

「ああ、ごめん」

「ついてこないで、ゼファー。帰って。お願い」心の叫びが声に出る。今、ゼファーだけにはきてほしくない。

「この道は毎日、のぼってんだ。この道は——」

「わたしだって知ってるわよ」

「ひとりじゃ無理だ」

確かにそうだ。でも、ゼファーには助けてほしくない。ゼファー以外の人がいい。でも、遅かった。ゼファーはすでにわたしの横をすり抜け、月に照らされた闇へむかって走りはじめていた。

ママが死んだあと、ゼファーは何度かきて、わたしをまたサーフィンに誘おうとしたけど、わたしにとっては、海は干上がったも同然だった。わたしを慰めるふりをして、もう一度付き合おうともした。まるでそれが……。ゼファーだけじゃなかった。フライもライダーもバジーもみんな。でも、そいつらは慰めるふりさえしなかった。しつこく言ってくるだけ。ひっきりなしに。全員がひと晩で嫌なやつに成り下がって、特にフランクリンなんて、わたしに腹を立てて、ハイドアウェイの掲示板にわたしについて下品な投稿をしたり、ビーチのトイレにヤリマンスウィートワインって落書きして、誰かが消すたびに（ノア？）、書き直した。

本当に「ああいう子」になりたいの？　あの夏と秋、わたしのスカートが短くなって、ヒールが高くなって、リップの色が濃くなって、ママへの怒りを募らせるたびに、ママは何度も何度も言った。本当に「ああいう子」になりたいの？　死ぬ前の晩も、ママはそう言った。それが、ママのわたしへの最期の言葉。ゼファーとパーティへいく服装を見たときだった（ママは、ゼファーとパーティだなんて知らなかったけど）。

そして、ママは死んでしまって、わたしは正真正銘の「ああいう子」になった。

ゼファーはかなりの速さでのぼっていく。胸で息が転げまわる。わたしたちはひと言も喋らずに、ひたすらのぼっていく。

ついにゼファーが口を開いた。「今でも、約束した通り、ノアを守るつもりだ」

むかし、わたしたちがあんなことをするよりずっと前、ゼファーにノアのことを注意して見ててほしいと頼んだことがあった。ハイドアウェイ丘《ヒル》は簡単に『蠅の王』状態になりそうだし、七年生のわたしにとって、ゼファーは保安官みたいだったから、だから頼んだのだ。

「きみのこともだ、ジュード」

無視しようとしたけど、だめだった。非難の言葉が、かん高い声になって鋭い矢のように飛びだす。「まだそんな年齢じゃなかったのに！」

ゼファーがはっと息を呑む音が聞こえたような気がしたけど、波が容赦なく岩にぶつかり、陸地を削り取る音にじゃまされた。

わたしも同じように、土を削り、陸地から蹴り出す。一足ごとに、土に足をのめりこませる。あのとき、わたしは八年生で、彼は十一年生だった。今のわたしよりもさらにまるまる一年年上だったのだ。もちろん、もっと年上の女の子なら、布巾みたいに扱ってもいいってことじゃない。すると、頭で稲妻が閃いたみたいに、わたしは気づいた。ゼファー・レインズは運命の使者なんかじゃない。不運を運んできたりしない。絶望的に退屈な、ただのバカな負け犬なんだって。あ、これは、悪く取ってくれていいから。

それに、わたしたちがしたことが、不運を招いたわけでもない。もちろんそのせいで、吐き気と後悔と怒りと――

わたしはゼファーにつばを吐きかけた。比喩じゃなくて、ほんとに。ジャケットにかかって、お尻にかかって、それから雑種犬みたいな後頭部にかかった。これはゼファーも感じたみたいで、でも、虫かなにかだと思ったらしくて、手で追いはらうしぐさをした。もう一度吐きかける。ゼファーは振りかえった。

「まさか？　つばを吐きかけてんのか？」ゼファーは信じられないといった口調で言って、髪をかきあげた。

「二度としないで。わたし以外にも」

「ジュード、おれはずっときみのこと――」

「そのときも今も、どう思ってたかなんて、どうでもいい。いいから、二度としないで」

ゼファーを追い越し、スピードを二倍にする。今こそ、「ぶっ飛んだ」女になった気分。おかげさまで！

もしかしたら、ママは「ああいう子」については間違ってたかも。だって、「ああいう子」なら、自分にひどいことをした男につばを吐きかけるでしょ。もしかしたら、ずっと行方不明になってたのは「ああいう子」のほうかも。ギジェルモのアトリエで石から出てこようとしてるのは、「ああいう子」かも。クソ男となにをしようと、それと母親の車が事故を起こしたこととは関係ないってことがわかったのも、「ああいう子」だ。わたしが家族に不運をもたらしたように思えていたとしても、本当はそうじゃない。勝手にやってきたのだ。不運っていうのは、勝手にやってくるのだ。

それに、今、ノアに自分がやったことを認めようとしてるのだって、「ああいう子」のほうだ。

先にノアが死んじゃわなければの話だけど。

崖に近づくにつれ、へんな音が聞こえてきた。最初は森を風が吹き抜ける音かと思ったけど、じきにそのぶきみな音は人間の声だって気づいた。歌ってる？　呪文かなんかを唱えてる？　それから、唱えてるのはわたしの名字だってことに気づいて、心臓がものすごい勢いでからだから飛び出していった。ゼファーも気づいたらしく、わたしたちは全速力で走りだす。

スウィートワイン、スウィートワイン、スウィートワイン。

お願い、お願い、お願い。最後の坂をのぼって、平らな砂地に出ると、十数人がスポーツイベントかなんかみたいに半円を作ってた。人の壁を左右に押し分けて、自殺ゲーム観戦の最前席に出る。燃えさかるたき火の片側に、テキーラの瓶を持った男が葦《あし》みたいにふらふら揺れながら立ってる。崖っぷちからは、六、七メートル離れてる。反対の、崖っぷちから三メートルしか離れてない側に立ってるのが、ノアだ。自分の命を終わらせたがってる卑怯者。足元には、半分空になった瓶が転がってる。両腕を翼みたいに広げ、くるくる回ってる。風が服をあおり、たき火の光に照らされた姿は不死鳥のようだった。

自分のことのように、ノアの飛び降りたいという欲求が感じられる。

そばの岩の上にいる子がどなった。「よし、五ラウンドだ！　回れ！」彼が進行役だ。そして、出場者と同じくらい酔っぱらってる。

「ノアをつかまえろ」ゼファーがてきぱきとした口調になって言う。少なくとも、なにかの役には立ってくれてる。「おれはジャレドを捕まえる。酔いまくってるから、楽勝だ」

「せーの！」

わたしたちは輪の真ん中に飛び出す。岩の上から、進行役がろれつの回らない舌で言う。「おい、デスマッチにじゃまが入ったみたいだぞ」

怒りが流星のように光を放つ。「ショーをだいなしにして悪かったわね」岩の上の子にむかってどなる。「だけど、すごくいいアイデアがあるのよ。次は、代わりにあんたの弟を酔っぱらわせて、飛びこませたらどう？」わお、「ああいう子」はけっこう使える。今までも、もっと使えばよかった。もう二度と同じ間違いは犯さない。

ノアの腕をつかんで、反撃されるかもって思ってぐっと力を入れるけど、ノアはたちまち溶けてわたしによりかかる。「ねえ、泣かないで。飛び降りる気なんてなかったから」わたし、泣いてるの？

「うそよ」わたしは、すっかり無防備になった、むかしのノアの顔をのぞきこむ。愛が溢れ、胸が破裂しそうになる。

「あたり」ノアは笑って、しゃっくりする。「飛びこむつもり。ごめん、ジュード」

酔っぱらいのくせに信じられないような速さで、ノアはくるりと回ってわたしの腕から逃れ、わたしはゆっくりねじれるようにうしろに倒れこむ。「だめえ！」わたしは捕まえようとするけど、ノアはまた両腕を翼みたいに突き出して、崖へむかって走りはじめる。

それが、頭を地面に打ちつける直前に見たノアの姿だった。みんながいっせいに息を呑む音が響いた。

崖っぷちには誰もいない。でも、ビーチへ下りる近道を走っていく子もいない。崖から身を乗り出して、ノアが生きているか確かめようとする子もいない。みんなはただぞろぞろと道路のほうへ移動しはじめた。

幻覚を止めなきゃ。

わたしは脳に損傷とかあるのかも。っていうのも、何度まばたきしても、頭を振っても、ふたりがそこにいるから。

わずか半メートル先で、オスカーがノアの上にかぶさるように乗っかっている。オスカーがどこからともなく現われて、崖の手前でノアにタックルしたのだ。

「やあ、ひさしぶり」ノアはびっくりしたように言い、オスカーはノアの上からごろりと転がって、地面にあおむけに横たわった。エベレストを駆けあがったみたいに息を切らしてる。しかもバイク用の靴で。大の字になって、髪は汗ぐっしょりだ。月とたき火のおかげで、幻覚はかなり高解析度だった。ノアはノアで、からだを起こして、じっとオスカーを見つめてる。

「ピカソ？」オスカーがあいかわらずハアハアしながら言うのが聞こえた。ノアがそう呼ばれるのを聞くのは、ずいぶん久しぶりだ。「ずいぶんデカくなったな。髪も短くなって」

そして、ふたりは拳をガシッと合わせた。ノアとオスカーが。一番そういうことをやりそうにないふたりが。やっぱりこれは空想だ。そう、ノアとオスカーも今はからだを起こして、ノアの肩に手をかけてる。「どういうつもりだよ、え？」オスカーがノアを叱ってる？「それになんだよ、酒なんか飲んで？　おれの二の舞になりたいか？　こんなのきみじゃない、ピカソ」

どうしてオスカーがノアを知ってて、ノアがノアじゃないってわかるわけ？

「ああ、ぼくじゃない」ノアはろれつの回らない舌で言った。「もうぼくはぼくじゃないんだ」

「その気持ちはわかる」オスカーは言った。そして、すわったままで、わたしに手を差し出した。

わたしはきこうとした。「どうしてここに――」

でも、ノアは自分のことだと思って、口を挟んだ。「ジュードがメールを送りつづけるから。だから、飲みつづけたんだ。バレたって思ったから……」

「バレたって、なにが？」わたしはノアに言った。「じゃあ、これぜんぶ、わたしのメールのせいってわけ？」メールの内容を思い出そうとする。ただ話さなきゃいけないことがあって、緊急だって、書いただけのはず。なんの話だと思ったわけ？　なにがバレたと思ったの？　やっぱりなにかわたしに隠してることがあるんだ。「なにがよ？」わたしはもう一度きいた。

ノアはバカみたいににやにやして、片手で宙を切った。「なにがよ？」ノアは真似をした。バカなわけ？　完全に酔っぱらって、いっちゃってるわけね。今までせいぜいビール一、二杯しか飲んだことがなかっただろうに。「ぼくの姉貴」ノアはオスカーにむかって言った。「むかしは髪が長くて、光の川みたいにぼくたちのあとをついてまわってたんだ。覚えてる？」少なくとも、わたしにはそう言ったように思えた。これじゃ、スワヒリ語だし。「姉貴だって!?」オスカーは叫んで、またあおむけに倒れこんだ。ノアはその横にうれしそうに寝っ転がると、イカレた笑みを浮かべた。「信じられないな。父親は？　大天使ガブリエルか？　光の川みたいな髪だったって？」オスカーは頭だけあげて、わたしを見た。「大丈夫か？

なんか放心状態みたいに見えるぞ。帽子も、ポケットが野菜だらけのトレーナーもなしのきみもすてきだ。すてきだけど、寒そうだな。いいこと教えてやろうか？　本当ならここで革ジャンを貸したいところだけど、誰かさんに盗まれちまってさ」オスカーはいつもの戦闘態勢に入った。今朝の出来事から立ち直ったってことらしい。ただわたしは、オスカーの日記を読んじゃったような気がしてたけど。

　でもそれはそれ。「わたしの気を引こうったって無理よ。あなたの魅力には免疫ができてるから。大勢の非彼女から予防接種を受けたからね」マジで、「ああいう子」ってすごい。

　鋭い反撃が返ってくるかと思ったのに、オスカーは完全に無防備な顔でわたしを見つめた。

「昨日のことは本当にごめん。どんなに後悔してるかしれない」

　不意を突かれて、なんて答えればいいかわからなくなる。そもそも、なにを謝ってるのかもわからない。わたしが見ちゃったこと？　それとも、あんなことをしてたこと？

「弟の命を助けてくれてありがとう」とりあえずオスカーの謝罪は無視して、言った。それに、本当に感謝の気持ちでいっぱいだった。だって、ええと、なんでだっけ？「こんなふうにオスカーが現われるとは思わなかった。スーパーヒーローみたいに。だいたいノアと知り合いだったなんて……」

　オスカーはからだを起こして、肘で支えた。「光栄だよ、弟のためにもきみのためにも、服を脱げて」

　どうして？　いつノアのモデルをやったの？　ノアはオスカーと真似っこ遊びをしてるみ

たいに、やっぱりからだを起こして肘で支えた。顔が真っ赤になってる。「きみの目は覚えてる。でも、その傷は？　前はなかったよね」

「ああ。まあな、相手のほうがひどかったけど――とかカッコつけて言いたいとこだけど、ま、これの相手はハイウェイ5の舗道だからな」

　ふたりともまたあおむけになって、明るくなりはじめた空を見あげながら、英語とスワヒリ語と、ポンポン言葉を交わしながら喋ってる。それを見てるうちに、笑みが浮かんできた。だって、笑わずにはいられなかった。オスカーと独房部屋の床に寝っ転がったときと、そっくりだったから。付箋の文字を思い出す。きみのことは家族みたいに感じられると言っていた。どうしてだろう？　さっきはなにを謝ってたんだろう？　なんだったの？　すごく真剣に、本気で言ってるみたいだった。うそって感じじゃなかった。

　煙草のにおいがして、振り返ると、ゼファーとジャレドって名前のふらふらしてた男と何人かが、煙草を吸いながら帰るところだった。みんな、通りのほうへむかって歩いていく。〈スポット〉へもどるんだろう。ずいぶんと役に立ってくれたよね、もしオスカーが空から降ってこなかったら、今ごろノアは死んでるし。崖の下から、爆弾みたいな波の音が響いてきて、改めて、ノアは死ぬところだったんだって思う。奇跡みたいなものかも。そうに決まってる。おばあちゃんが言ってたことは正しいのかもしれない。奇跡があるところにはあるって認めないと。もしかしたら、わたしはこれまでビクビクしながらせこい見方で世界を見て、生きてきたのかも。そのせいで、いろんなことを見すごしてきたのかも。

「オスカーに命を救ってもらったってわかってる？」わたしはノアに言った。「この崖がどのくらい高いか、わかってんの？」

「オスカー」ノアはくりかえしてから、よろよろと上半身を起こし、わたしを指さした。「オスカーはぼくの命を救ってないし、どのくらい高いかなんてどうでもいい」ノアはどんどん酔いが回ってきて、今じゃ舌が二枚あるみたい。「ぼくをここにこさせるのは母さんなんだ。パラシュートをつけてるみたいなんだよ。本当に飛べるみたいなんだ」ノアはシュウウと言いながら、手を空にすべらせた。「下まで信じられないくらいゆっくりと飛べるんだ。毎回」わたしはあんぐりと口を開けた。それは本当だったから。この目で見たから。

だから、ノアは何度も飛ぶんだ。そうすれば、ママが受け止めてくれるから？　わたしが、母親のいないかわいそうな子って目で見られるとき、いつも感じてたこともそれ？　つまり、パラシュートなしで飛行機から突き落とされたような気持ち。なぜなら、母親っていうのはパラシュート代わりだから。この前ノアが〈悪魔の崖〉から飛び降りたときのことを思い出す。永遠に空中にとどまっているように見えた。そのあいだに爪の手入れができそうなくらい。

オスカーがからだを起こした。「そんなの、ありえない」オスカーは非難するように言った。「頭がイカレてるぞ。今の状態であの崖から飛び降りたら、死ぬ。誰に言われてやってるとか、そんなことはどうでもいい」オスカーは髪をかきあげた。「いいか、ピカソ。命を危険にさらしたりしないで、ちゃんと生きてくれるほうが、お母さんもいいに決まってる」オスカーの口からそんな言葉が聞けるなんて。今朝、ギジェルモがそう言ったのかもしれないって思う。

ノアは地面を見つめて、小声で言った。「でも、母さんが許してくれるのは、そのときだけなんだ」

許す？「なにを？」わたしはきいた。

ノアは重苦しい表情になって言った。「ぜんぶ大きなうそなんだ」

「どんな？」わたしはきいた。女の子を好きなふりしたってこと？　絵を描かなくなったこと？　燃えない服を着てること？　それとももっと別のこと？　メールを見てわたしに知られたと思って、夜に崖から飛び降りようとするくらい、すごいことなの？

ノアはショックを受けたように顔をあげた。心の中で考えてるだけじゃなくて、喋っていたことに気づいたって感じで。今すぐCSAのことを打ち明けたくなったけど、無理だ。この話をするときは、しらふじゃなくちゃ。「大丈夫よ。約束する。ぜんぶいい方向へ進みはじめるから」

ノアは首を振った。「いや、悪い方向へいくんだ。ジュードはまだわかってないだけだ」

寒気が走る。どういうこと？　問い詰めようとしたとき、ノアが立ちあがって、またすぐに転んだ。

「家まで送ってくよ」オスカーがノアに腕を回した。「家はどこ？　バイクに乗せていきたいところなんだけど、歩いてきたんでね。おれがこんなふうにベロベロになったときのために、Gがバイクを取りあげたんだよ。今朝、大げんかをしたから」だから、バイクが中庭にあったんだ。けんかの一部をわたしも聞いたって言ったほうがいいような気もしたけど、今、言うことじゃないだろう。

「G？」ノアはきいたけど、またすぐに自分が言ったことを忘れたみたいだった。

「すぐよ」わたしはオスカーに言った。「ありがとう。本当にありがとう」

オスカーはほほえんだ。「きみが呼んだんだ、覚えてる？　たとえきみが死体と血まみれのナイフを持ってたって、って話」

「きみのことは家族みたいに感じられると言っていた」わたしは言ってから、自分の心の中だけにとどめておくべきだったと思った。なんか陳腐。

でも、今度もまた、オスカーは予想とは違う反応をした。初めて見る偽りのない本物の笑みを浮かべたのだ。目から始まって、みるみる広がって、顔だけじゃ終わらないようなほほえみを。「母はそう言ったし、きみはその通りだ」

オスカーとノアが二人三脚みたいによろめきながら歩いている横で、わたしは頭の中の電気嵐を鎮めようとしていた。母はそう言ったし、きみはその通りだ。そして思い出した。オスカーが革ジャンにわたしの写真を入れてたことを。でも、それからまた、彼の腕に抱かれてたブルックも思い出す。やめてよ、ジュード。まあ、確かにそれはそうだけど、でも、たった今、彼はノアの命を救ってくれたのよ。でも、あの言い方。どんなに後悔してるかしれない。あれはなんだったの？　それに、今朝、ギジェルモと言い争ってたのは？　オスカーとわたしは実際には付き合ってるわけじゃない。ああもう。期待がブクブク泡立っては、すすがれるののくりかえし。

道路に出ると、ノアはオスカーの腕を振りほどいて、前を歩きはじめた。ひとりで足を引きずりながら歩いていくノアをじっと見つめる。

オスカーとわたしは並んで歩きはじめた。何度か、手がかすった。わざと？　わたしも？

半分ほどきたとき、オスカーが言った。「どうしておれがここにきたかってことだけど、おれは〈スポット〉にいたんだ。動揺してた。Gに言われたことが本気で堪えてたんだ。Gは鏡を突きつける方法を知ってるんだよ。ぞっとする姿が映ってたよ。ムカついて酔っぱらっちまいたかった。最後のしくじりから三百三十四日と十時間目にして、初めて酒を飲もうとしてたわけだ。実際、分単位で数えてたよ、腕時計をじっと見ながら。そしたら、そこを歩いてる、はっとするほどきみに似てる修行僧がぐるぐる回りながらいきなり現われて、おれが持ってたジンの瓶をはたき落としたんだ。信じられなかったよ。お告げか？　母さんか？　奇跡か？　わからない。だけど、そんな崇高な、神聖って言ってもいいようなことについて考えてるひまはなかった。今度はきみが北欧の巨人に追いかけられて森に駆けこんでいくのが見えて、誤解とも知らず、頭に血がのぼっちまったからね。だから、ききたいよ、今夜は誰が誰の命を救ったのか、ってね」

顔をあげると、きらきら光る銀貨みたいな月が空を転げまわっていた。わたしは奇跡を見ているのかもしれない。

オスカーはポケットからなにかを取り出して、かかげてみせた。月のかすかな光で、オスカーのお母さんの貝殻だってわかった。貝には、わたしがギジェルモの愛するきみへの手紙に結んだのとそっくりな赤いリボンがついていた。そして次の瞬間、オスカーのからだのあらゆる部分が、わたしのあらゆる部分に近づいていた。なぜなら、オスカーがリボンをわたしの首に結んでくれたから。

「でも、これがないとすぐに死んじゃうんでしょ?」わたしは囁くように言った。

「きみに持っててほしいんだ」

うれしさのあまり、それ以上言葉が出てこなかった。

わたしたちはそのまま歩きつづけた。次に手がぶつかったとき、わたしは彼の手をつかまえて、握りしめた。

机にすわって、ママの彫像の習作を描いている。少しでも似せようとして。明日、ギジェルモに見せるつもりだ。ノアはぐっすり眠っていた。オスカーはとっくに帰った。首にかけてもらった(一番大切にしているものだって、オスカーの言った!)魔法の貝殻から喜びが発散されてるような気がする。貝殻のこととか、写真とか、付箋とか、なにもかもぜんぶ、誰かに話したくてしょうがなくて(たまには死んでる人間じゃない人間に)フィッシュに電話しようかとも思ったけど、今は冬休みで、寮は閉まってることを思い出した(わたしみたいに、自宅から通ってる子は少ない)。しかも、真夜中だし、そもそもすごく仲がいいってほどでもないし。でも、これから仲良くなればいいかもしれない。生きてる友だちがほしい。ごめん、おばあちゃん。でも、例えば、ついさっきみたいに、オスカーとわたしと、玄関の前に立って、数センチの距離で息をして、心臓を動かして、ぜったいキスされるって思ったのにされなくて、どうしてかわからないってこととかを、話したい。オスカーは家にあがりもしなかった。けど、それは、よかったかも。っていうのも、うちにあがったらわたしがまだ高校生だってことがわかっちゃっただろうから。わたしが自宅にいるってだけでも、驚いてた。「大学の寮に住んでるのかと思ってた。お母さんが亡くなったあと、弟の面倒を見るために残ったんだ？」

そのときは話題を変えてしまったけど、いつかは言わなきゃいけないし、言うつもり。ギジェルモとの言い争いを聞いちゃったってことも。もうすぐわたしは秘密のない女の子になる。

なんとかいいと思える習作を描きあげると、スケッチブックを閉じて、ミシンの前にすわった。眠れるわけない、今日一日、あれだけいろんなことがあったあとで。オスカーとも、ノアとも、ゼファーとも、幽霊たちとも。それに、ふわふわドレスの端布《はぎれ》でギジェルモに作業着を作ってあげたい。カバンの中を引っかき回して、型紙代わりにくすねてきたギジェルモの古い作業着を取り出し、机の上に広げて固定していく。そのとき、なにか前のポケットに入っているのに気づいた。手を入れて引っぱりだすと、メモ帳が二冊出てきた。片一方をパラパラとめくってみる。いつも通り、スペイン語のメモやリストやスケッチで、英語で書かれたものはなにもない。愛するきみへ宛てられたものもない。二冊目もほとんど同じだったけど、そのときふと英語が目に入った。愛するきみへの言葉だ。どうやら下書きらしく、三つとも少しずつ違うから、あとで清書するつもりで書いてたんだろう。メールで送るつもりだったのかもしれない。それとも葉書？　指輪の入った黒いベルベットの箱といっしょに送るつもりだったとか？

もうこれ以上は無理だ。答えが知りたい――ほしい。きみなしでは生きられない。このままじゃ、半分しか生きていないも同然だ。からだも、心も、精神も、魂も、半分しかない。答えはひとつしかない。きみもそれはわかっているだろう。もうわかっているはずだ。わからないなんてありえない。結婚してほしい。すると言ってくれ。

わたしは崩れるように椅子にすわった。彼女はノーって言ったんだ。じゃなきゃ、結局、彼女には伝えなかったか。どちらにしろ、かわいそうなギジェルモ。今日、彼はなんて言ってたっけ？　心によくないことは、芸術にはいいんだ。間違いなく、このことはギジェルモの心にはとてもつらいことで、彼の芸術にはよい影響を及ぼした。ギジェルモに世界一すてきな作業着を作ろう。それを着て、作品を生み出せるように。端布の入った袋を探して、赤とオレンジと紫――心臓の色を選ぶ。

そして、縫いはじめた。

どのくらい前からノックの音がしていたか、わからない。さっきから聞こえてる音は、ミシンじゃなくて、誰かが窓をたたいてる音だって、はっと気づいた。オスカー？　この家でたったひとつ明かりのついてる窓に賭けたってこと？　オスカーに決まってる。わたしはすぐに鏡のところへいって、頭を振って髪を生き返らせ、さらに振って、無造作な感じにした。鏡台の一番上の引き出しから、持ってる中で一番赤いリップを取る。そう、リップをつけたい。壁にかかってるすてきなワンピースのどれかも着たい（重力のドレスがいい？）。と思ったら、もう実行に移してた。

「ちょっと待って」窓にむかって叫ぶ。

オスカーの声がした。「もちろん待つさ」

もちろん！

重力ドレスを着て、姿見の前に立つ。ふわふわドレスへのわたしからの返答。さんご色で、からだにぴったりしたマーメイドライン、すそはひらひらのフレアになってる。わたしがこのワンピースを着てるところは、誰も見たことがない。ここ二年のあいだに作ったワンピースは、みんなそう。自分すら見ていない。ぜんぶわたしのサイズに合わせて作ったけど、思い描いていたのは、もうひとりの女の子が着てるところだった。誰かがわたしのクローゼットを開けたら、この部屋ではふたりの女の子が暮らしてると思うだろうって、みんな、わたしじゃないほうと友だちになりたがるだろうって、想像してた。

自分の姿を見て、はっとする。わたしはずっと、気づかないまま、彼女のためにデザインしてたんだ。

　窓のところへいって、カーテンを開け、窓を上へスライドさせた。オスカーは一度見て、もう一度見た。「ウソだろ。すごいよ。すごくすてきだ。ものすごくきれいだよ。真夜中にひとりで部屋にいるときは、いつもこんなかっこうをしてるんだ？で、真っ昼間、外にいるときは、ジャガイモ袋？」いつもの壊れかかった笑みを浮かべる。「今まで会った中で、一番変わった子だってことは間違いないな」そして、両手を窓枠にかけた。「でも、そんなことを言いにきたんじゃない。帰る途中で、どうしても言わなきゃいけない大切なことを思い出したんだ」

　オスカーは人さし指をくいっと曲げて、自分のほうへくるように合図した。かがんで、窓から夜の中へ身を乗りだすと、そよ風を髪に感じた。

　オスカーが真面目な顔になる。

「なに？」わたしはきいた。

「これだよ」見えないほどの素早さで、オスカーは両手でわたしの顔を挟んでキスをした。わたしは一瞬、うしろに下がろうとした。オスカーを信じていいかわからなかったから。オスカーを信じたくて死にそうだったから。でも、もし信じたら？　もしただ信じることにしたら？　もしそれでオスカーがわたしを吹き飛ばして、天国に送っちゃったら、それならそれで――

　そのときだった。こぼれ落ちた月の光が彼の顔を照らしていたからかもしれない。枕元の照明の光があたったからかもしれないし、ようやくわたしの日が開かれたからかもしれない。

初めて会ったときからずっとわかりそうでわからなかったこと。

オスカーがノアのモデルなんだ。

あのポートレイトの彼は、オスカーなんだ。

彼が彼なんだ。

ずっとこんなことが起こるのを想像していた。

再び夜の中に身を乗り出す。「オスカーのために全世界を諦めたって言ってもいいんだから」わたしは言って、わたし自身のラブストーリーの玄関をくぐる。「太陽も星も海も木もぜんぶ。ぜんぶ、オスカーのために諦めたんだよ」

オスカーの顔を当惑したような表情がよぎり、それからすぐに喜びに取って代わる。そしてわたしの両手が伸びて、オスカーを引きよせる。だって、彼は彼だったから。気づかないまま過ぎた年月が、なにもせず、生きてもいなかった年月が、この瞬間ダムを決壊させ、わたしはむさぼるようにキスをする。彼のからだに触れたくて手を伸ばすと、彼も手を伸ばして、彼の指がわたしの髪に絡みついて、あっという間にわたしは窓から出て、オスカーの上に倒れこむ。

「船から落ちたぞ！」オスカーは言って、わたしを抱きしめる。わたしたちは笑って笑って、それからふっと黙りこむ。なぜなら、キスがこんなだなんて、内なる景色を一変させてしまうなんて、海をひっくり返して、川を山へのぼらせ、雨を空へむかって降らせるなんて、知らなかったから。

オスカーはごろりと寝返りを打って、わたしにからだを押しつける。彼の重みを、あの日の重みを感じたとたん、ゼファーがわたしたちのあいだに入りこんでくる。からだがこわばる。目を開ける。知らない他人がいるんじゃないかって怖くなって。でも、知らない人なんていない。そこには、オスカーが存在していて、圧倒的に存在していて、愛おしげな表情でわたしを見ている。だから、わたしは彼を信用する。愛を見たから。愛はこんな顔をしてるから。わたしにとっては、愛はずっとこんなふうにちぐはぐなイカレた顔をしていたから。

オスカーは親指でわたしの頰に触れる。「大丈夫だよ」まるでなにがあったか知ってるみたいに、言う。

「ほんとに？」

まわりで木々がサワサワと音を立てる。

「百パーセント本当」オスカーはそっと貝殻を引っぱる。「約束する」

夜は暖かくて、シャイで、わたしたちの肌にかするように触れる。わたしたちを包みこみ、わたしたちに絡みつく。オスカーはやさしくゆっくりとキスをする。わたしの心はギイッと音を立てて開き、あの最低の怖ろしかった日から起こったすべてのことが洗い流されて、こうして、ボーイ・ボイコットは終わりを迎える。

自分の部屋でオスカーに集中するのは、めちゃめちゃ難しかった。だって、オスカーがわたしの部屋にいるんだから！　あのポートレイトの中の彼が！

オスカーは壁にかかってるワンピースと今、わたしが着てる服がわたしの手製だって知ると、大喜びした。それから、写真立てに入っているわたしがサーフィンしている写真を手に取った。わたしを彫り出そうとしてるんだ、ハンマーとノミは使わないけど。「イギリス人にはポルノだな」そう言って、写真を振ってみせる。

「もう何年も、波には乗ってない」

「残念だな」そして、『医師用添付文書集』を指でコツンとたたく。「あると思ったよ」そして、別の写真を手に取る。〈悪魔の崖〉から飛びこんでる写真。しげしげと眺める。「むかしは命知らずだったわけだ？」

「かも。考えたことなかった。そのころはただそういうことが楽しかったの」オスカーは続きを待つように顔をあげた。「ママが死んで……わからない。怖くなったの。あらゆることが」

オスカーはわかるというようにうなずいて、言った。「ずっとのどに手をかけられてるような感じだろ？　予測できることとなんてなにもない。次に心臓が鼓動するかだって、なにもわからない」わかるどころか、わたしよりもわかってる。オスカーはミシンの前の椅子にすわると、もう一度写真を見た。「おれは、逆の方向にいったけどな。その恐怖をぜんぶひっくるめて、サンドバッグにしたんだ。毎日のように死にかけてた」オスカーは顔をしかめて、写真を置いた。「それも、Gとの言い争いの原因のひとつなんだ。Gは、おれがバイクとか、今はやってないけどドラッグなんかに命を賭けるなんてバカみたいだと思ってる。でも、そうじゃ——」オスカーはわたしの表情に気づいて、言葉をとぎらせた。「なに？」

「オスカー、わたし、今朝、その言い争いをちょっとだけ聞いちゃったの。ふたりが言い争ってるってわかってすぐに、その場を離れたんだけど、でも——」わたしは告白をかみ殺した。っていうのも、オスカーの内臓に火がつくかもしれないって思ったから。

なにがなんだかわからないうちに、オスカーはぱっと立ちあがって、オスカーらしくない猛烈な勢いでわたしに突進してきた。「なら知ってるんだな。知ってるはずだ、ＣＪ」

「なにを？」

オスカーはわたしの両腕をつかんだ。「おれがきみのことを死ぬほど怖がってるってことだよ。ほかの子みたいにきみを閉め出すことができないってこと。きみはぼくをめちゃめちゃにできる」

ふたりの呼吸が同時に大きく、早くなる。「知らなかった」わたしが囁くように、ようやく言葉を口にするかしないかのうちに、オスカーの唇がわたしの唇に一刻も待てないというように押しつけられる。彼の唇から抑えきれない感情が流れ出す。その感情が掘り返され、わたしの中になにかが解き放たれる。大胆で、怖れを知らない、翼のあるものが。

ドッカーン。

「きみのせいで、めちゃめちゃだ」オスカーはわたしの髪の中に言う。「もうとっくに死んでる」わたしの首に言う。それから、からだを離す。目が輝いている。「おれの息の根を止めるつもりだろ？　わかってるんだ」オスカーはいつにも増して転がるような、なだれ落ちるような笑い声をあげる。これまで見たことのない表情が浮かんでる。開かれた表情、そう、自由、かもしれない。「すでに止められてる。おれを見ろ。こいつは誰だ？　今、きみの目の前にいる嵐には、誰も会ったことがない。おれだって、会ったことがないんだから。たった今、言ったことは、Gとの口論とは関係ないんだ。信じられないよ！　きみに言わずにはいられなかった。きみに知ってほしいから」オスカーは手を振った。「おれは一度も、歯止めが利かなくなったことなんてなかった。利かなくなりそうになったことすらない。おれはそういうタイプじゃないんだ」これまで誰かを好きになったことはないって意味？　ギジェルモが、オスカーは傷つく前に傷つくって、誰も心に踏みいらせないって言っていたのを思い出す。でも、わたしのことは追い出せないってこと？

「オスカー」

オスカーがわたしの頬に手のひらをあてる。「CJが出ていったあと、ブルックとはなにもなかった。本当だ。きみに母親の話をしたあと、おれは心底怖くなったんだ。クソ最低だったよ。臆病者――今朝、Gがこの称賛の言葉を口にするのを聞いたろ。たぶんおれは、先にぶち壊そうとしてたんだ……」オスカーの視線を追って窓のほうを、部屋の外の真っ暗な世界を見る。「ずっと考えてた。おれの浅ましいところを、本当のおれを知られてしまったら、きっときみは――」

「そんなことない」オスカーが言おうとしていることを理解して、わたしは言う。「その反対よ。そのおかげで、オスカーを身近に感じることができた。でも、わかる。わたしも同じように考えてたから。もし本当のわたしを知ったら、みんなぜったいに——」

「おれは違う」

その言葉は、わたしから呼吸を奪い、明るい光を授ける。

同時にわたしたちは手を伸ばし、相手の腕の中に飛びこんで、からだをぴったりとより添わせた。でも、今回はキスもせず、身動きひとつせずに、ただただ相手を強く抱きしめる。時間が過ぎていく。さらに過ぎていく。そのあいだも、わたしたちは抱き合ったまま、まるで命がけって感じで相手にしがみついていた。ううん、命そのものにしがみついていたのかもしれない。愛おしい命に。

「その貝殻はもうきみが持ってるから、これからは、きみとこれ以上距離は開けられないな。死んだら困るからね」

「だから、これをくれたのね！」

「腹黒い策略さ」

そんなこと無理なはずだけど、オスカーはさらにわたしを抱きよせた。「ブランクーシの〈接吻〉みたい」世界で一番ロマンティックな彫刻のひとつ。男と女がからだをひたとよせて溶け合っている。

「そうだ！　まさにあれだ」オスカーはうしろに下がって、わたしの顔にかかった髪をどける。

「半身同士みたいに、ぴったり合ってる」

「半身？」

オスカーが顔を輝かす。「プラトンは、かつて男女《おめ》っていう、手と脚は四本で、頭がふたつの人々がいたって説いたんだ。完全に自己充足していて、亨楽的で、力があって。でも、その力を案じたゼウスが、彼らを半分に切断して、世界中にばらまいたのさ。だから人間たちは永遠に自分の片割れを探してさまよう運命になった。自分の魂を持つもうひとりの人間をね。自分の半身を見つけられるのは、幸運な者だけだ」

最後に見つけた「愛するきみ」への手紙のことを考える。ギジェルモは自分のことを、魂も心も半分の人間でしかないって書いてた……。「また別のギジェルモの手紙を見つけたの。ギジェルモがそこいらじゅうに置いてるノートに書いてあった。プロポーズの手紙だった――」

「アメリカ式に言うと、修正第五条を行使しなきゃいけないんだ。つまり、黙秘権。Gがいつかぜんぶ話すと思う。でも、今は約束したんだ――」

わたしはうなずいた。「うん、わかる」

「あのふたりは半身同士だった。間違いなく」オスカーの両手がわたしの腰をさぐりあてる。「いいことを考えた」オスカーの顔で感情がうなり声をあげている。今はもう、そうじゃないところなんて、一ミリもない。「こうしよう。いっしょに歯止めなんて捨てるんだ。ぜんぶ話す。おれは〈スポット〉で荒れまくってた。きみのことでしくじったと思ったんだ。きみに近づいたら与えられることになってる野蛮な罰のリストに、Gは首切りも加えてたけど、そんなのどうだっていい。おれの母親の予言は本物だったんだ。おれはあらゆるところを探した。大勢の中で探しつづけた。写真もたくさん撮った。でも、すぐにきみだってわかったんだ。きみだけだ。ずっとずっと探してた」そして、最高にぶっ飛んだ笑みを浮かべた。「だから、こういうのはどう？　ヒッピティ・ホップでそこいらじゅう飛び跳ねる。幽霊たちと話す。ふつうの風邪じゃなくて、エボラ・ウイルスに感染してるって思う。あと、芽が出てくるまでタマネギをポケットに入れて持ち運ぶ。母親を恋しがる。あと、美しいものを作って――」

完全にオスカーに呑みこまれて、わたしは言う。「それから、バイクを乗り回すの。あと、廃墟になったビルへいって、服を脱ぐ。イギリス人の彼にサーフィンを教えてもいいわ。言い出しっぺは、わたしじゃないけどね」

「おれさ」と、オスカー。

「ものすごく幸せ」感情が昂ぶる。「見せたいものがあるの」ぴたりとくっついていたオスカーから離れ、ベッドの下からビニール袋を取り出す。

「ノアは、オスカーのこと、描いてたの。どうしてそういうことになったのかは知らないけど――」

「知らないのか？　いつも、あそこの美術学校の窓の外に陣取って、モデルを描いてたんだ」

わたしは口を覆った。

「え？　なにかマズいこと言った？」

わたしは首を振って、ノアがCSAの教室をのぞいてるイメージを振り払おうとする。ノアなら、そのくらいやったはず。でも、それから深呼吸して、大丈夫って自分に言い聞かせる。来週にはノアはCSAに通ってるんだから。それで少し落ち着いて、ビニールの袋の中を引っかきまわす。そして、絵を膝に載せて、オスカーのとなりにすわる。「さてと。むかしむかし、わたしは弟がオスカーをキュービズムの手法で描いたこのポートレイトを見て、なにがなんでもほしくなりました」オスカーを見る。「どうしても手に入れたかったのです。一目惚れでした」オスカーがにっこりする。「ノアとわたしはいつも、宇宙を支配するために、世界のいろいろなアイテムを交換するっていうゲームをしていました。勝っていたのはノアでした。わたしたちは……ええと、競争してたの。競争って言葉が一番合うと思う。とにかく、ノアはあなたの絵をわたしに渡したくありませんでした。だから、わたしはほとんどのアイテムをノアに譲らなきゃなりませんでした。でも、その価値はあったのです。わたしはあなたをずっとそこに飾っていました」わたしは、ベッドのそばの絵がかかってたところを指さした。「わたしはあなたのことを眺めつづけて、あなたが本物だったらいいのにって思いつづけて、あなたがあそこの窓に現われるところを想像していました。まさに今夜、あなたがやったみたいに」

オスカーは笑いだした。「信じられないよ！　おれたちは本当に半身同士なんだ」

「わたしは、自分の片割れがほしいかどうかわからない。わたしには自分だけの魂が必要なんだと思う」わたしは正直に言った。

「当然さ。ときどき半身同士になればいい。例えば、こんなときとか」オスカーはわたしの首筋を指ですうっとなぞり、鎖骨を越えて、さらに下へ、下へとすべらせた。こんな襟ぐりの服を着るなんて、わたしはなに考えてたわけ？　気を失いそう。ソファーに横になってもいいよって言われたら、ノーって言えない。なにに対しても、ノーって言えない。「でも、どうしておれをズタズタにして、ビニール袋に詰めこんだわけ？」

「ああ、それは弟がやったの。わたしに腹を立てたから。何度も元通りにしようとしたんだけど」

「うれしいよ」オスカーは言ったけど、そのときふと部屋のむこう側に置いてあるものに目を留め、ぱっと立ちあがると、鏡台のところまでいった。そして、家族写真を手に取ると、まじまじと見つめた。オスカーの顔が鏡に映ってる。血の気が引いていく。え、どうして？　すると、オスカーは振りかえって、わたしをじっと見つめた。「弟じゃないんだな」オスカーはわたしにというより自分にむかって言った。「双子なんだ」オスカーの頭が全速回転してるのが見える。ノアの年齢を知ってるはずだから、今、わたしが何歳かわかったってこと。

「言おうと思ってたの。たぶん怖かったんだと思う。オスカーが――」

「ウソだろ」オスカーは窓へ突進した。「ギジェルモは知らないんだ」オスカーはすでに窓から外へ降りかけていた。どういうこと？

「待って。待ってよ、オスカー。もちろん、ギジェルモは知ってる。どうしてギジェルモがそんなことを気にするわけ？　それってそんなに重大なこと？」窓へ駆けよって、大声で言う。「うちのパパはママより十一歳年上だったのよ！　そんなこと、関係ない！」

でも、オスカーはすでにいってしまっていた。

鏡台へいって、写真を手に取る。一番気に入ってる家族写真だった。ノアとわたしは八歳で、おそろいのセーラーふうの子ども服を着ていて、すっごくダサい。でも、この写真が好きな理由は、パパとママだった。

ママとパパは最高の秘密を持ってるって感じで、見つめ合ってたから。

秘密の美術館

ノア　十四歳

一本一本、チューブから絵の具を洗濯用シンクに絞り出していく。新しい色がいる。豊かで、鮮やかで、ファックでファックでファックな色が。たっぷり、やまのように。新しい絵の具の輝きがいる。黄緑《シャルトリューズ》色に、赤紫《マゼンタ》色に、青緑《ターコイズ》色に、カドミウムイエローに、この指を、手を、浸さなきゃならない。食べてしまえればいいのに。全身を埋めることができればいいのに。たぶんぼくは、色を混ぜて、かき混ぜて、緑や紫や茶色を作って、ぐるぐるかき回して次の色を作って、ひんやりとした輝くぬるぬるの中に、手を腕まで沈めたいのだ。目が踊り出すまで。

一時間前、母さんが車に乗るのを窓から見ていた。

母さんがエンジンをかけた瞬間、ぼくは外へ飛び出した。霧雨が降りはじめていた。

叫んだのはそのときだ。大嫌いだ。母さんなんて、大嫌いだ。

母さんはショックを受けた顔でぼくを見た。見開いた目から涙をぽろぽろこぼして。そして、声には出さずに口だけ動かして言った。「愛してる」そして、手を胸に当て、それからぼくのほうを指さした。まるでぼくの耳が聞こえないみたいに。

そしてすぐに、外の通りへ出て、父さんに離婚してほかの男と結婚したいと言いにいってしまった。

「別にいいさ」誰もいないのに、声に出して言う。母さんと父さんのことなんてどうだっていい。ブライアンとコートニーのことだって。CSAだって、ほかのことだって。大切なのは、色、色、もっと鮮やかな色だけ。紫を帯びた青《コーンフラワーブルー》のチューブを、どんどん大きくなっていく山に絞り出す――

電話が鳴ったのはそのときだった。

鳴りつづけてる。

まだ鳴ってる。母さんは留守電にし忘れたに違いない。しつこく鳴りつづけてる。リビングにいって、シャツで手を拭いてから出たけど、それでも受話器にべっとり絵の具がついてしまった。

しわがれ声の男が言った。「ダイアナ・スウィートワインさんのお宅ですか？」

「ダイアナは母です」

「お父さんはいらっしゃるかな、ぼうや？」

「いいえ、今はここに住んでいません」電流がからだを駆け抜ける。なにかあったんだ。男の声にそれを感じる。「どなたですか？」そうきいたけど、答えをきく前から警察だとわかっていた。どうしてかはわからないけど、その瞬間、すべてわかったのだ。

（題名：少年の中で息を止める少年）

その人は、ぼくには事故があったとは言わなかった。ハイウェイ1号線で車がスピンしたとは。なにも言わなかったのだ。でも、なぜかわかった。

「母になにかあったんですか？」ぼくは窓辺へ駆けよった。電話のむこうで、警察の無線がガーガー音を立てている。何人かのサーファーが沖へ出ようとしてるのが見えたけど、ジュードの姿は見えない。どこだ？　フライは、ゼファーとどこかへいったと言っていた。どこへいったんだ？「なにかあったんですか？」みるみる海が消え、水平線が見えなくなる。「教えてください」出かけたとき、母さんはひどく動揺してた。ぼくのせいで。ぼくが、大嫌いだって言ったから。ぼくが〈木彫りの鳥〉まであとをつけたから。ぼくがあの絵を描いたから。母さんへの永遠の愛がほとばしり出る。高く、もっと高く。「母は大丈夫ですか？お願いだから大丈夫だと言ってください」

「お父さんの携帯の番号を教えてもらえるかな、ぼうや？」ぼうやって呼ぶのをやめてくれ。いいから、母さんが大丈夫だって言ってくれ。お願い、ジュード、帰ってきて。

ぼくは、父さんの携帯の番号を伝えた。

「きみは何歳だね？　今、そこに誰かいるかい？」

「ぼくしかいません」パニックでどうかなりそうになる。「ぼくは十四歳です。母は大丈夫なんですか。なにがあったか、教えてください」けれど、そう声に出して言ったとたん、教えてほしくないと思ってることに気づく。一生知りたくない。ふと見ると、カラフルな血みたいに床じゅうに絵の具がしたたり落ちている。ぼくがまき散らしたんだ。窓も、ソファーの背も、カーテンも、ランプシェードも、指紋だらけになってる。

「今からお父さんに電話するから」男はぼそりと言って、電話を切った。

怖くて、母さんの携帯にかけられなかった。父さんに電話すると、留守電につながった。警官と話してるんだ。ぼくに言わなかったことを、父さんに話してるんだ。双眼鏡を持って、屋根にのぼる。まだ霧雨が降っていた。生暖かい。なにもかもがおかしい。ビーチにも通りにも崖の上にも、ジュードの姿は見えない。ジュードとゼファーはどこへいったんだ？　帰ってきて、とテレパシーを送る。

ブライアンの家のほうを見た。屋根の上にいてほしい、どれだけ後悔してるかわかってほしい、こっちへきて、惑星軌道や太陽フレアの話をしてほしい。ポケットに手を入れて、石を握りしめる。すると、車がキキキッと横すべりしながらうちに入ってくる音がした。屋根の反対側へ走っていく。父さんだ。ふだんはぜったい車をスリップなんてさせないのに。うしろから、パトカーが一台入ってきた。ぼくの皮膚がはがれ落ちる。ぼくが落ちる。

（題名：猛スピードで世界から飛び出す少年）

壁に立てかけてあるはしごを下りて、リビングの引き戸から中にもどる。父さんが鍵をまわしたとき、ぼくは廊下に像のように立ちつくしていた。

父さんはひと言も言う必要はなかった。ぼくたちは抱き合い、床に崩れ落ちる。父さんが両手でぼくの頭を胸に押しつける。「ああ、ノア。すまん。ああ、ノア。ジュードを探してこなければ。信じられない。こんなこと、信じられない」

前もって考えてたわけじゃなかった。父さんから流れ出したパニックがぼくに流れこみ、ぼくから流れ出したパニックが父さんに流れこむ。そしたら言葉が飛び出していた。「母さんは、父さんに帰ってきてほしいって言いにいったんだ。もう一度、家族になろうって。母さんは父さんに会いにいくところだったんだ」

父さんはからだを引いて、カアッと火照ったぼくの顔をじっと見た。「本当か?」

ぼくはうなずいた。「出かける前、そう言ってたんだ。父さんは、たったひとりの愛する人だって」

ぼくにはしなきゃならないことがある。うちはまだ、葬式にきた人たちと悲しみと食べ物で溢れかえってる。カウンターやテーブルの上で山のような食べ物が腐りかけている。葬式は昨日だった。ぼくは、赤い目をした人たちのあいだを歩いて、うなだれた壁の横を通り、ねずみ色になっていく絵の前をすぎて、崩れゆく家具や、暗くなっていく窓、蛾に食われた空気を通り抜けていく。鏡の前を通るとき、自分が泣いているのを見る。どうやって泣き止めばいいかわからない。今では、呼吸みたいになってる。日常になりつつある。父さんに、すぐもどると言う。ジュードがいっしょにこようとするけど、断る。ジュードは髪を切ってしまって、すぐにジュードとはわからない。ジュードはぼくから目を離そうとしない。ぼくも死ぬんじゃないかと思ってるんだ。昨日の夜、ベッドの中に泥だらけの根っこが入っていた。それに、墓地から帰る車の中で咳の発作を起こしたときも、過剰反応して、すぐに緊急治療室にいってと父さんにむかってわめきちらした。百日咳とかいうものかもしれないって言って。専門家の父さんがなんとか説き伏せた。

どうにかして、あの彫刻家のアトリエまでたどり着く。歩道にすわって、アスファルトに小石を投げながらじっと待つ。そのうち出てくるはずだ。少なくとも葬式にこないくらいの慎みは心得ていた。ぼくは、葬式のあいだじゅう、目を光らせていたのだ。

ブライアンはきていた。一番後ろの列に母親とコートニーとヘザーとすわっていた。でも、葬式が終わっても、ぼくのところへはこなかった。

でも、そんなことどうだっていい。色はすべて失われてしまった。空《そら》のバケツは、あらゆる人やものの上にすべてを降らせてしまったから、もう闇しか残っていない。

ずいぶん経ってから、ようやく彫刻家が出てきて、郵便受けの小さな扉を開け、手紙の束を取り出した。顔じゅうで泣いている。

そして、ぼくを見た。

彫刻家はぼくを見つめ、ぼくは彫刻家を見つめた。彫刻家のぼくを見る目を見て、彼がどんなに母さんを愛していたか、わかった。感情の津波がほとばしり出て、ぼくを押し流そうとする。でも、そんなの関係ない。

「そっくりだ」彫刻家は囁くような声で言った。「その髪」

思いはひとつしかなかった。何日も心の中にあった思い。おまえさえいなければ、母さんは生きてたんだ。

ぼくは立ちあがろうとしたけど、ずっとすわっていたせいで、からだがうまく動かず、脚がふらついた。「大丈夫か」彫刻家はぼくを受け止めて、舗道にすわらせた。彼の皮膚から熱が立ちのぼり、男のにおいが強く漂う。もの悲しい声が聞こえ、ジャッカルの鳴き声みたいだと思ったら、自分の声だった。気がつくと、彫刻家の腕に抱きしめられていた。彼が震えているのが、感じられる。ふたりとも、亜北極帯にいるみたいに震えてる。彫刻家はぼくをぐっと引きよせ、膝に乗せて抱きかかえたので、彼のむせび泣く声がぼくの首にはらはらと落ち、ぼくの泣き声が彼の腕に吸いこまれた。こんなふうに永遠に揺すっていてほしかった。小彼の作業着のポケットで暮らしたかった。彼ののどに呑みこまれてしまいたかった。小さな子どもみたいに、むかしそうだったようなほんの小さな男の子みたいに。彼も、どうすればいいかわかっていた。まるで彼の中の母さんが、ぼくの慰め方を教えているみたいに。よりによってどうして、それを知ってるのが彼なんだ？　どうして心の中に母さんがいるのは、彼だけなんだ？

そんなの嫌だ。

頭の上に伸びた木の枝から、小鳥たちがかん高い声で鳴いている。

こんなの、だめだ。

こんなことをするためにきたんじゃない。逆だ。まるで同じ悲しみの中にいるかのように、なにもかもわかっているかのように、ぼくを抱く権利は、彼にはない。彼は父親じゃない。友だちでもない。

おまえさえいなければ、母さんは生きてたんだ。

ぼくは身をよじって、彼の腕から逃れると、元の大きさにもどって、元のぼくにもどって、十四歳の知識と憎悪と憎しみを取りもどす。彫刻家を見下ろすように立ち、ここへ言いにきたことを言う。「母さんが死んだのはおまえのせいだ」彫刻家の顔が打ち砕かれる。「おまえのせいだ」ぼくは鉄球となって、彼に襲いかかる。「母さんはおまえのことなんて愛してなかった。ぼくにそう言ったんだ」何度も、何度も、彼を打ち砕く。かまいやしない。「母さんは、おまえと結婚する気はなかった」ひと言ひと言が彼の脳裏に沈みゆくように、ゆっくりと言う。「母さんは、父さんに離婚したいって言いにいこうとしてたんじゃない。家にもどってくるように頼みにいったんだ」

それから、ぼくはぼくの心の中の狭い空間に潜りこみ、ふたを閉める。なぜなら、もう出ていくつもりはないから。二度と。

（題名：無題）

幸運の歴史

ジュード　十六歳

目が覚めると、ノアはすでに出かけていた。最近はいつもそう。だから、言わなきゃいけないことも言えなかったし、ききたいこともきけなかった。皮肉な状況だって、思わずにいられない。なによりもCSAのことを告白したくてしょうがないってときに、話せないんだから。LostConnections.comをチェックしたけど、ブライアンからの返事はまだない。わたしはオスカーの革ジャンとスケッチブックをつかむと、丘をくだっていった。

アトリエに着くとすぐ、ギジェルモはアトリエの真ん中にある白い大きな製図台の上に、わたしのスケッチブックを広げた。わたしは不安で床をトントン足でたたきながら待っていた。ママの彫像の習作を気に入ってほしかったし、石で作ることに賛成してほしかった。できれば、大理石か花崗岩を使いたい。ギジェルモは最初の背面図をすばやくめくっていった。彼の顔を見るけど、なにを考えてるかはわからない。それから、正面像にくると、はっと息を呑んで、手を口に当てた。そんなにひどい？　ママの顔を指でなぞっている。ああ、そうだ。ふたりが会ったことがあるのを、すっかり忘れていた。っていうことは、そっくりに描けたってことかも。すると、ギジェルモがこっちを見た。その表情を見て、思わずからだを引いた。

「ダイアナは、きみのお母さんなんだな」ギジェルモは喋るというより、その言葉になったみたいに言った。

「はい」

ギジェルモの呼吸が噴火する。どういうことなのか、わからない。ギジェルモはスケッチに視線をもどし、破り捨てんばかりの勢いで絵をなでまわす。

「なるほど」ギジェルモは言った。左目の下の皮膚がピクピク痙攣《けいれん》しつづけてる。

「なるほど？」わたしはわけがわからないまま、だんだん怖くなってききかえした。

ギジェルモはスケッチブックを閉じた。「やはり、きみを手伝うことはできなそうだ。サンディに電話して、別の人物を推薦しておこう」

「え？」

今まで聞いたことのないような、冷たい閉じた声で、ギジェルモは言った。「すまん。わたしは忙しいんだ。わたしが間違っていた。ここに人を置くと、気が散る」ギジェルモはこっちを見ようとしなかった。

「ギジェルモ？」胸の中で心臓が揺さぶられる。

「だめだ、帰ってくれ。今すぐ。さあ。わたしは仕事がある」あまりのことに、反論すらできなかった。スケッチブックを持って、出口へむかうと、声がした。「二度とわたしのアトリエにもどってくるな」

振りかえったけど、ギジェルモは顔を背けていた。わたしは理由もなくふと、窓の外の非常階段を見あげた。昨日、外で作業していたときと同じで、誰かに見られてるような気がしたからかもしれない。その通りだった。わたしは見られていた。

ノアが、ガラスに片手を押しつけて、わたしたちを見下ろしていた。

ギジェルモはわたしの視線を追って、振りかえった。わたしたちが再び見つめ合ったとき、オスカーが恐怖を放ちながら、アトリエに入ってきた。

その直後に、ノアが火のついたダイナマイトみたいに飛びこんできて、アトリエを見まわしたとたん凍りついた。ギジェルモの顔に、見覚えのない表情が浮かんだ。怯えている？あのギジェルモが怯えている。そう、誰だって怯えることはあるんだ、とわたしは気づく。わたしたちは長方形の四つの角に立ち、そのうち三つから、パニックを宿した目がわたしに注がれている。誰も、ひと言も言わない。全員が、わたしが知らないことを知ってる。でも、みんなの表情を見て、それがなにかを知りたいかどうか、わからなくなる。一人ひとりに視線を走らせ、また一人ひとりに視線をもどす。ぜんぜんわからない。なぜって、みんなが怖れているもの——正確に言えば、怖れている人間は、わたしみたいだったから。

「なんなの？」わたしはようやく口を開いた。「どういうこと？　誰か、教えて。ノア？

ママと関係したこと？」

　嵐がきた。

「こいつが母さんを殺したんだ」ノアはギジェルモを指さした。声が怒りで震えている。「こいつさえいなければ、まだ母さんは生きてたんだ」アトリエが脈打ちはじめ、床が揺れて、ひっくり返る。

　オスカーがノアのほうを見た。「殺した？　なに言ってんだ？　よく考えろ。彼ほどひとりの女を愛した人はいない」

　ギジェルモが静かに言った。「オスカゥ、いいから黙れ」

　今では部屋が大揺れに揺れ、わたしは近くにあった巨人の脚にからだを預けたけど、またすぐにからだを起こした。なぜって、巨人の脚が震えたから。間違いない、動いたのだ。そして、わたしは見た。巨人たちが足を踏みならし、命を得て、大声で叫ぶのを。心の底から望んでいる相手からほんのわずかに離れたまま、永遠に凍りついていることにうんざりして、相手の腕の中に飛びこむのを。巨人のカップルたちがいっせいに、相手の腕へ飛びこむ。腕を絡ませ、床の上を転がって、何度も何度も転がって、そのたびにわたしの中に震えが走る。そしてすべてが、つながりはじめる。昨日の夜、オスカーが驚いたのは、わたしの年齢じゃない。そうじゃない、家族写真のせいだったんだ。ギジェルモが酔っ払いのイーゴリになってたのも、ママの命日だ。

なぜなら、ママがギジェルモの「愛するきみ」だから。

ノアのほうを振りかえって、言おうとする。「でも、ノアは言ったじゃない……」でも、それしか言えずに、声がまた吸いこまれてしまう。もう一度、言おうとする。「ノア、言ったよね……」今度もやっぱり言えずに、ひと言だけ、言う。「ノア？」

ノアが隠していたのは、このことだったんだ。

「ごめん、ジュード」ノアが泣きながら言う。そして、ほんとに石の中から出てきたみたいに、魂が空へ昇ろうとしているように、ノアの背中が弓なりになり、両腕がうしろに伸びる。「母さんは、父さんに離婚したいって言いにいこうとしてたんだ……」ノアはギジェルモのほうをむいて、目を合わせる。「あなたと結婚するために」

ギジェルモの口があんぐりと開く。そして、今度こそ、わたしの口から言葉が飛び出す。「だけど、ノア、言ったじゃない……」花崗岩にも穴を開けそうなノアの視線が突き刺さる。「言ったよね……」ああ、ノア。なんてことしたの？　ギジェルモが顔の表情を押さえこもうとしてるのがわかる。体の芯からわきあがる思いをわたしたちから隠そうとするけど、それは漏れ出してしまう。喜びが。たとえあまりにもう、遅かったとしても。

「愛するきみ」の答えは、イエスだったのだ。

ここから出なきゃ。三人から離れなきゃ。こんなの無理。どうしたって無理。ママが「愛するきみ」だったなんて。ママが、粘土《クレイ》の男の胸から離れようとしてる女の人だったなんて。そう、ママが、ギジェルモが何度も何度も何度も創っていた女の石像だった。ママが、キスの絵の、色まみれの顔のない女の人だった。ママのからだは顔を持たないまま、ねじれ、よじれ、曲がり、反り返り、アトリエ中の壁を埋めつくしていた。ふたりは愛し合っていた。ふたりは半身同士だったんだ！　ママは、パパに帰ってきてって言うつもりはなかった。わたしたちはまた家族になるはずなんかじゃなかった。ノアはずっとそれを知ってたんだ。そして、パパは知らない！　パパがいつもまごついたような、ぼーっとした顔をしている理由が、ようやくわかった。パパにはわからなかったんだ。パパは何年ものあいだ、頭の中で解けない数学の問題を解こうとしていたんだ。パパが、持っている靴の底をすべてすり減らすまで歩いていたのも当然なんだ。

歩道に出て、よろめきながら走りだす。太陽の光で目がくらみ、ふらつきながら、車から電信柱までたどり着く。真実から、わたしを追いかけてくる激しい感情から、逃れようとする。ママはどうしてパパにそんな仕打ちができたの？　わたしたちに？　ママは「姦通」したんだ。ママこそ、「ああいう子」なんだ！　いいほうの「ああいう子」じゃない。ぶっ飛んだ「ああいう子」じゃない！　それからはっとした。だから、ママが死んだあと、ノアは自分の気持ちがわかるわけないって、わたしはママのことをわかってないって、言いつづけてたんだ。今、やっとわかった。わたしはママって人間を知らなかったんだ。ノアは、意地悪で言ってたんじゃない。ママを独占しようとしてたんじゃない。ノアはママを守ってたんだ。そして、パパとわたしを。ノアはうちの家族を守ってたんだ。

うしろから、必死で追いかけてくる足音が聞こえた。わたしはぱっと振りかえった。誰だか、わかってたから。「わたしたちのこと、守ってくれてたのね？　だからうそをついたのね？」

ノアはわたしのほうへ手を伸ばしたけど、触れなかった。手が興奮した鳥みたいになってる。「どうしてあんなこと言ったか、わからないんだ。ジュードとパパを守りたかったのかもしれないし、こうなるのが嫌だっただけかもしれない。母さんにそんな女であってほしくなかったんだ」ノアの顔が火照り、黒い目は荒れ狂ってる。「母さんは、自分の人生について、こんなふうにうそなんかついてほしくなかったと思う。母さんは、本当のことを言ってほしかったはずだ。でも、ぼくは言えなかった。言えなかったんだ、なにひとつ」そして、気まずそうにわたしを見た。「だから、ジュードといっしょにいられなかったんだ」どうしてノアとわたしは、秘密とうそにがんじがらめになってしまったんだろう？　「ぼくはぼくのままでいるより、まわりに溶けこむほうがずっと簡単だった。本当のことを……」ノアは口を閉ざしたけど、まだ続きがあるのはわかったし、なんとか言おうとしてるのもわかった。アトリエで見たのと同じノアが見える。石から飛び出してこようとしてるノアが。そう、ノアは牢獄から出てきたんだ。「ぼくがうそをついたのは、自分の責任だって認めたくなかったからだと思う。あの日、ふたりがいっしょにいるのを見たんだ。母さんのあとをつけていって、ふたりが会ってるのを見た。だから、母さんは車で出かけたんだ。ぼくが見たから」ノアは泣きはじめた。「ガルシアのせいじゃないんだ。やつのせいにして、自分のせいじゃないってことにしたかったけど、わかってるんだ、ぼくのせいだって」ノアは、爆発を押さえこもうとするように頭を抱えた。「母さんが出かける前、母さんなんて大嫌いだって、ぼくは言ったんだよ、ジュード。母さんが車で出かける前に。母さんは泣いてた。あんな状態で、運転しちゃいけなかったんだ。母さんにものすごく腹を立ててたから、ぼくは――」

わたしはノアの両肩をつかんだ。ようやく声がもどってくる。「ノア、ノアのせいじゃないよ。そうじゃない」その言葉を、ノアが聞いたとわかるまで、それを信じたとわかるまで、言いつづける。「誰のせいでもない。ただそうなってしまっただけ。ママの身におそろしいことが起こってしまった。わたしたちの身にも」

今度は、わたしの番だった。自分を前へ押しやる。思いきり前に出る。一番わたしが必要としているときに、ママは奪い去られてしまった。かぎりなく無条件にわたしを守ってくれる愛は、永遠に失われてしまった。そしてわたしはその事実から逃げ出し、おそろしさに怯えているのはわたしじゃなくてノアだって無理やり思いこみ、いろんな恐怖や迷信を並べたて、ミイラのように何層もの服に身を包んで自分を守ろうとしたのだ。けれど、ついに今、わたしはそのおそろしさに身を明け渡し、降伏した。二年分の葬られてきた嘆きと、海一万個分の悲しみが体内で決壊する。わたしは倒れこんだ――

でももう、逆らわなかった。わたしは、心が引き裂かれるままに任せた。

だって、ここにはノアがいる。強く、たくましいノアが、わたしを受け止め、支え、大丈夫だと安心させてくれるから。

森の中の曲がりくねった道を家へむかって歩いていく。わたしはひっきりなしに涙を流しながら、ノアはなにやらブツブツ呟きながら。おばあちゃんの言う通りだった。心が壊れて割れるということは、心が開くということでもあるのだ。

「あのとき、いろんなことがあったんだ。母さんのことだけじゃなくて――」ノアは手首をくいっと曲げるようにして、ギジェルモのアトリエのほうを指した。「ぼくにも」

「と、ブライアンとのこと？」

ノアはわたしを見た。「うん」ノアが認めたのは初めてだった。「母さんに見られたんだ……」たった一週間で、たった一日で、わたしたちふたりにこんなにいろいろなことが起こっていたなんて。

「でも、ママは怒ったりしなかったでしょ？」

「そうなんだ。怒ったりとかまったくしなかった。母さんと最後に話したとき、こう言われた。うその人生を生きるのは間違ってるって。自分の心に正直になるのは、自分の責任だって。なのに、ぼくは母さんの人生をうその人生にしたんだ」ノアはいったん言葉を切った。「そして、自分の人生も」ノアは地面に落ちていた小枝をつかむと、真っ二つに折った。「そして、ブライアンの人生をめちゃめちゃにしてしまった」ノアは小枝をどんどん小さく折っていった。苦しそうな、いたたまれない表情を浮かべて。

「そんなことない」

「どういうこと？」

「ノアはこの世にグーグルってものがあるの、知ってる？」

「一回調べたよ。ううん、二回調べた」

「いつ？」「二回だけ？　ウソでしょ。いまどき、そんなのノアだけ。この調子じゃ、ＳＮＳなんて使ったこともないに決まってる。

　ノアは肩をすくめた。「なにもなかったよ」

「でも、今はあるよ」

　ノアの目が見開かれたけど、なにも聞こうとしないので、わたしも言わなかった。自分で見つけたいんだと思ったから。でも、歩くスピードが速くなった。っていうか、ほとんど競歩みたいに猛進していた。〈オラクル〉へむかって。

　わたしは足を止めた。「ノア、話さなきゃいけないことがあるの」ノアが振りかえると、わたしは話しはじめた。話すしかないから。「この話をしたら、一生話しかけてもらえないと思う。だから、先に、本当に悪かったと思ってるって言っとく。もっとずっと前に話すべきだったのに、怖くて言えなかった。言ったら、永遠にノアを失うってわかってたから」わたしはうつむいた。「今でも、ノアのことが一番好き。これからもずっと」

「なんなの？」

　わたしは弟の番人なんでしょ、って自分に言い聞かせると、あとはそのまま話した。「ノアはＣＳＡに入れなかった。それは、応募してないからなの。覚えてるよね、あの日？」わたしは息を吸いこむと、自分の中の一番暗いところから言葉を吐き出した。「わたし、郵便局でノアの願書を出さなかったの」

ノアは目をしばたたかせた。もう一回。それからさらに数回。なんの表情も浮かんでないので、ノアの心の中でなにが起こってるかわからない。すると、いきなりノアは両腕をかかげて、飛びあがった。激しい喜びを溢れさせて。ううん、エクスタシー。エクスタシーそのもの。

「ねえ、ちゃんと聞こえてた？」

「聞こえたさ！」ノアは叫んだ。どうかなったみたいに笑ってる。きっと頭がおかしくなっちゃったんだって思ったとき、ノアは興奮したように喋りはじめた。「ぼくがだめなんだって思ってたんだ！　才能がないんだって。ずっと思ってた。母さんがいいって誉めてくれるから、よく見えてただけなんだって思ってた」そして、首をぐっとうしろに反らせた。「それから……わかったんだ。どうでもいいって」

「なにがどうでもいいの？」ノアの顔に怒りや憎しみを探すけど、そんなものはなかった。裏切りだってことがわかってないの？　ひたすら狂喜乱舞してる。

「いっしょにきて」ノアは言った。

十五分後、わたしたちは、放棄された工事現場でセメントの壁を見つめていた。壁には、荒れくるった色で……すべてが描かれていた。

スプレー塗料で描かれた、〈ノアジュード〉がいる。ふたりはこっちへ背をむけて肩をよせ合い、ひとつに編みこまれた髪が光と闇の川となって、壁全体を覆いつくしている。空にはブライアンもいる。開いたスーツケースから星が溢れ出ている。〈木彫りの鳥〉のところで、母さんとギジェルモがキスしながら色の竜巻になっている。父さんは、太陽神みたいに海から現われ、灰でできたからだに変身しようとしている。透明人間用のユニフォームを着て、壁と溶け合ってるわたしもいる。自分のからだの狭い狭い場所でかがんでるノアもいる。ママの車が空を疾走して、炎になって燃えあがってる。ヘザーとノアがキリンに乗っている。ノアとブライアンが果てしなく延びているはしごをのぼってる。数え切れないほどのバケツから、シャツを脱いでキスしてるふたりの少年に光が注がれている。ノアがブライアンを野球のバットで粉々にしてる。ノアとパパが鮮やかな赤い色の大きな傘の下で、嵐が過ぎるのを待っている。ノアとわたしが、海の上に太陽の光が作った道をそれぞれ反対の方向へ歩いている。ノアが巨人の手のひらの上で宙にかかげられている。その巨人はママだ。ギジェルモの石像たちに囲まれて〈ノアジュード〉を彫ってるわたしも、すでに描かれていた。

　ここには世界がある。創り替えられた世界が。

　わたしは携帯を取り出し、写真を撮りはじめる。「すごいよ、ノア。本当に、すごい。これなら、すぐにCSAに入れるよ！　わたしは辞めるつもりだから、席がひとつ空くの。もうサンディにメールも送っておいた。来週の水曜に三人で面談する予定だから。きっとサンディは息が止まっちゃうよ。スプレー塗料で描いたなんて思えない。なにで描いたかなんてぜんぜんわからない。わかるのは、ただ信じられないくらいすごいってことだけ。すごい――」

「だめだよ」ノアは携帯をつかんで、これ以上写真を撮らせまいとした。「ジュードの席なんてほしくない。CSAにはいきたくないんだ」

「いきたくないの？」

ノアはうなずいた。

「いつから？」

「今、この瞬間からだと思う」

「ノア？」

ノアは地面を蹴った。「どんなにすばらしいかってことを忘れてたんだ。自分がうまいかとか、バカみたいな美術学校に入れるかどうかってことを気にするようになって。真面目な話、そんなこと気にしなくたっていいんだ！」ノアの顔が太陽の光に照らされて、くっきりと浮かびあがる。冷静で、大人びたその顔を見て、なぜかわたしたちはもう大丈夫だって思えた。「そういうことじゃないんだ。絵は魔法なんだ」ノアは首を振った。「どうして忘れてたんだろう？」ノアは、昨日酔っぱらってたときみたいな、イカレた笑いを浮かべた。「こんなふうにわたしに笑いかけてくれるなんて、信じられなかった。どうしてわたしに怒らないの？「ジュードがガルシアのところへいってるってわかったとき――」（だから、あの日わたしのスケッチブックを見てたってこと？）「すべてが吹き飛ぶってわかったんだ、ぼくのうそがぜんぶ。それって、自分が吹き飛ぶような気持ちだった。とうとう、くるときがきたって。もう頭の中で描いているだけじゃ、我慢できなくなった」なるほど！「どこかで、どうにかして、本当のことを吐き出さなきゃならなかった。母さんの、あの日、母さんの言ったことをちゃんと聞いてたって知らせなきゃならなかった。母さんに謝らなきゃならなかった。ブライアンに、ジュードと父さんに、ガルシアにも。父さんが置いていった緊急用の金を使って、スプレー塗料を買ったんだ。ランニングのとき、この壁を見たのを思い出して。スプレー・ペインティングについてのビデオはぜんぶ見たと思うよ。まず、スプレーを何度も何度も噴きかけて……ねえ」ノアはわたしの袖を引っぱった。「ぼくは怒ってないよ、ジュード。これからも怒ったりしない」

信じられなかった。「どうして？　ふつう怒るよ。どうして怒らないでいられるの？」

ノアは肩をすくめた。「さあね。ただ腹が立たないんだ」

ノアは手を伸ばしてわたしの手をつかむと、両手で包みこんだ。目が合い、わたしたちはじっと見つめ合う。世界がバラバラと崩れはじめ、時間も崩れ、年月が絨毯みたいにくるくる丸まって、起こったことすべてが起こらなかったことになって、一瞬わたしたちはわたしたちに、ふたりでなくひとりになった。

「わお。ジュード点滴だな」ノアは囁いた。

「うん。こっちも」ノアの魔力がわたしの細胞という細胞に送りこまれる。自分の顔に笑みがよぎるのがわかる。これまでのあらゆる光のシャワーと闇のシャワーを思い、石を拾って回転してる惑星を探したことを、無数のポケットのある日々を、リンゴみたいに瞬間をつかみ取ったことを、柵を乗りこえて永遠へ身を投じたことを、思い出す。

「わたしもこの感覚を忘れてた」思い出して、わたしは足元からすくいあげられるような気持ちになる。わたしたちふたりとも、宙にふわりと浮かぶ。

宙、に、浮、か、ぶ。

空を見あげる。光が揺らめいている。世界が光ってる。

わたしが勝手に空想してるだけかもしれない。もちろん、そう。

「感じる?」ノアがたずねる。

母親はパラシュートである。

考えたこともなかった。

念のため、言っとく。やったー!　芸術だけじゃない。人生そのものが魔法なんだ!

「いこう」ノアが言って、わたしたちはむかしのようにいっしょに森へむかって走りだす。あとでノアが描く絵が、わたしには見える、セコイアが頭《こうべ》を垂れ、花が開いて家のようにわたしたちを迎え、川が曲がりくねる色となって追いかけてきて、ふたりの足が地面からわずかに浮かんでいる絵を。

もしかしたら、こんなふうに描くかもしれない。わたしたちの頭の上に森がかすんだ緑のように広がり、わたしたちがあおむけに寝っ転がってじゃんけんをしているところ。

ノアは石、わたしはハサミ。

わたしは紙、ノアはハサミ。

ノアは石、わたしは紙。

わたしたちは満足してやめる。新しい時代がきたから。

ノアが空を見あげながら言った。「ぼくは怒ってないよ。ぼくだって同じことをしても、おかしくなかったから。いや、同じようなことをしてたんだ。もっと小さいことを、何度も何度も。毎週末、母さんとぼくと三人で美術館にいってるとき、ジュードがどんな気持ちか、わかってた。ずっと仲間外れになってるような気持ちだったってこと。それに、自分が、母さんにジュードの砂の彫像を見せたくないって思ってたこともわかってる。だから、ぜったい見せまいとした。ジュードのほうがぼくより優れてるかもしれない、それに母さんが気づいてしまうかもしれないって、ぼくはずっと怖れてたんだ」ノアはため息をついた。「ぼくたちはぐちゃぐちゃだったんだ。ふたりとも」

「だとしても、ＣＳＡは――」

ノアが遮った。「母さんはひとりじゃ足りないんじゃないかって気がするときがあった。みんなにいき渡らないんじゃないかって」

それを聞いて、わたしはなにも言えなくなった。そのあとしばらくのあいだ、ふたりとも黙ったまま歩いていた。ユーカリの香りを吸いこみ、まわりで木々の葉がふるえているのを感じながら。母さんが、自分の心に正直になるかどうかはノア自身の責任だって言ったことを考える。わたしたちふたりとも、正直じゃなかった。どうして正直になるのはこんなに難しいの？　どうしてなにが本当か知るのは、難しいの？

「ヘザーは、ノアがゲイだって知ってるの？」

「うん、でもほかのやつらは知らない」

　わたしはごろりと転がって、ノアのほうにからだをむけた。「わたしが変わり者になって、ノアがふつうの子みたいになったなんて、信じられないね」

「びっくりだよ」ノアが言って、ふたりとも大笑いした。「ただcouldさ、いつもずっと自分は偽ってるんだって気がしてた」

「わたしも」小枝を拾って、地面を掘りはじめる。「それか、たくさんの人間をつなぎ合わせて作った人間のような気がしていた。もしかしたら、わたしたちはそうやってずっと、新しい自分を積みあげていくのかもしれない」いいことにしろ悪いことにしろなにかを選ぶたびに、新しい自分をたぐりよせるんだ。失敗するたびに、進歩するたびに、正気を失い、それを取りもどすたびに。ばらばらになって、恋に落ちて、悲しみ、成長し、世界から引きこもり、世界に飛びこみ、ものを作り、壊すたびに。

　ノアがにやっと笑った。「新しい自分を、前の自分の肩にどんどんのっけてって、ゆらゆら揺れる人間柱みたいになってる感じ？」

うれしくて死にそうになる。「そう、そういうこと！　わたしたちは、ゆらゆら揺れてる人間柱なのよ！」

　太陽が沈みはじめ、空がピンク色の霞のような雲に覆われた。そろそろ帰らないと。今夜、パパが帰ってくる。そう言おうとしたとき、ノアが言った。

「彼のアトリエの廊下にあった絵。あのキスの絵。一瞬しか見なかったけど、あれは母さんが描いたんだと思う」

「ほんとに？　ママが絵を描くなんて知らなかった」

「ぼくもだけど」

それがママの秘密だったの？　もうひとつの秘密？「ノアと同じだね」言ったとたん、ああ、そうかと思った。そうに決まってる。ノアはママのミューズだったんだ。そうだってわかった。信じられないことにぜんぜん嫉妬心はなくて、ただそうだってわかったのだ。

わたしはまたドサッとあおむけに寝っ転がると、ローム層の土に指を食いこませ、ママがあのすばらしい絵を描いているところを想像した。恋に落ちて、手を使って願いごとをしているところを。ママに怒るなんてどうかしてた。ママが自分の半身を見つけて、その人といっしょになりたいって思ったことに、腹を立てるなんて。ギジェルモが言った通り、心は理性の言うことを聞かないのだ。法律やしきたりやほかの人の期待に従ったりしない。少なくとも死んだとき、ママの心は満たされていた。少なくともママはママの人生を生きて、縫い目から飛びだして、馬を走らせてから、この世を去ったんだ。

でも、違う。

ごめん。

あんなふうにパパのことを傷つけて、よかったはずはない。パパとした約束をぜんぶ破ったんだから。うちの家族を壊したんだから。でも、自分の心に正直でいたのは、よかったよね？　ああ。正しくて、間違ってた。両方なんだ。愛は正しくて正しくない。両方を——喜びと悲しみを求めるんだ、同じ強さで。

ママの幸せはパパの不幸せで、愛はそういうふうに不公平なものなんだ。

でも、パパにはまだ人生があって、それを幸福で満たす時間がある。

「ノア、パパに言わなきゃ。すぐに」

「なにをだい？」足音を立てずに現われたパパが、わたしたちを見下ろしていた。「旅疲れで痛む目には、最高の光景だよ。タクシーの中から、おまえたちが手をつないで森の中に駆けこんでいくのが見えたんだ。タイムワープしたみたいだったよ」

パパもいっしょになって寝転んだ。わたしはノアの手をぎゅっと握りしめた。

「なんの話だ、ノア？　話さなきゃいけないことってなんだ？」パパがきき、わたしの心から愛が溢れ出した。


それから数時間後、ノアとパパがキッチンでせっせと料理を作ってるあいだ、わたしはひとり、すわって待っていた。もうバイブルは引退させるって言ったのに、手伝わせてくれないから。ノアとわたしは取引をした。わたしが、バイブルを見るのをやめ、医学のリサーチをやめる代わりに、ノアは崖から飛びこむのをやめる。即時施行した。わたしは、バイブルの紙を使って巨大な空飛ぶ女の像を作るつもり。おばあちゃんも気に入ると思う。ＣＳＡに入ってから持ち歩いてたなにも書いていないアイデア帳に、初めてこのアイデアを書きこむ。作品名は、〈幸運の歴史〉にする予定。

数時間前、森でノアがママとギジェルモのことを話すと、パパはひと言だけ言った。「わかった。それで、よくわかったよ」パパは、ノアみたいに花崗岩から飛び出してきたり、わたしみたいに内なる海を決壊させたりしなかったけど、パパの顔の嵐が静まったのはわかった。パパは科学の人で、解けなかった問いが解けたのだ。ようやくつじつまが合ったのだ。パパにとって、それがすべてだ。

少なくともわたしはそう思った。

「ずっと考えてたんだが」パパは、切っていたトマトから顔をあげて言った。「引っ越そうと思うんだが、どうだ？　ロストコーヴの町を出るわけじゃなくて、別の家に引っ越すんだ。もちろん、そのへんの古い家ってことじゃないぞ……」パパはバカみたいな笑みを浮かべた。なんて言うつもりか、想像もつかない。「ハウスボートだ」どっちにびっくりしていいかわからなかった。パパの口からそんな言葉が出てきたことか、パパの顔に浮かんだ表情か。あの写真の、ぶっ飛んでる一輪車乗りの顔をしてたから。「わたしたちには、アドベンチャーが必要なんじゃないかと思ってね。三人でいっしょにできるアドベンチャーが」

「ボートで生活するってこと？」わたしはきいた。

「箱船で暮らそうってことだよ」ノアの声には尊敬の念が混じっていた。

「その通り！」パパは笑った。「まさにそういうことさ、むかしから、やりたかったんだ」

ほんとに？　初めて聞いたけど。まるで知らない人みたい。「ちょっと調べてみたんだが、マリーナでどんな船が売りに出てるか知ったら、驚くぞ」パパは書類カバンのところへいって、ネットからプリントアウトした写真を何枚か取り出した。

「わあ、すごい」もちろん手こぎボートなんかじゃなかった。本当に箱船だった。

「元は建築家が所有してたんだ。ぜんぶ改修済みで、大工仕事とステンドグラスは、彼女が自分でやったそうだ。すごいだろ？　二階建てで、ベッドルームは三つ、風呂が二つ、広々したキッチン、天窓、一階と二階両方に屋根つきのデッキ。海に浮かぶ天国だ」

そのとき、ノアとわたしは同時に、海に浮かぶ天国の名前に気づいた。なぜなら、いっしょに叫んだから。ママの真似をして「謎《ミステリー》を受け入れなきゃ、教授」って。

ハウスボートの名前は〈ミステリー号〉だった。

「わかってる。おまえたちが気づかないといいと思ってたがね。それに、そうだ。わたしがわたしじゃなかったら、例えばジュード、おまえだったら、これはなにかのしるしだって思っただろうな」

「しるしよ」わたしは言った。「わたしは賛成よ。ハウスボートで暮らすにあたって、起こりうる危険が次々に浮かんできてるけど、ひとつだって言ったりしないから」

「ぼくは本当に箱船の『ノア』になるんだ」ノアはパパに言った。

「じゃ、そうするか」パパはわたしたちにむかってうなずいた。

それから、信じられないことに、パパはジャズをかけた。部屋に漂う興奮が、ノアとパパの包丁の音から伝わってくる。パパが熱心に、デッキから飛びこんで泳ぐときのすばらしさとか、芸術的才能がある家族にとって、ハウスボートの生活がどれだけ想像力をかき立てるかってことを語ってるあいだ、ノアが頭の中でどんな絵を描いているか、わたしにはわかるような気がした。

そしてわたしたちはまたわたしたちになった。ぐらぐらしている人間柱に、またいくつか、ごちゃごちゃが加わったけど、でもそれもわたしたちだから。ニセモノはいなくなったのだ。

森からもどったとき、わたしは書斎にいるパパを見つけて、ノアのCSAの願書のことを話した。そのときのことをひと言で言えば、パパの顔に浮かんだあの表情をもう一度見るよりは、残りの人生を中世の拷問室で頭蓋骨粉砕器や膝分裂器や拷問台にかけられて過ごすほうがましなくらい。パパは一生許してくれないだろうって思ったけど、パパはノアと話しにいき、一時間ほど経って、ここ数年で初めていっしょに泳ぎにいこうと言われた。海面にできた夕日のきらめく道をぐんぐん泳いでいるとき、肩をぐいとつかまれ、一瞬、海に沈められるって思ったけど、止まってほしいのだと気づいた。

海の真ん中で立ち泳ぎしながら、パパは言った。「わたしは長いあいだ――」

「いいの、パパ」パパに謝ってほしくなくて、わたしは言った。

「これだけは言わせてくれ。いい父親でいられなかったことをすまないと思ってる。自分を見失っていたのかもしれないな。ここ十年くらい」パパはふっと笑ったひょうしに、塩水をたっぷり飲みこんじゃったけど、続けた。「人生から足を踏み外してしまうことはあるし、元にもどるのは難しいこともある。でも、おまえたちのおかげでわたしはもどることができた」パパの笑みは悲しみに満ちていた。「おまえがどんなに打ちひしがれていたかはわかる。

ノアとＣＳＡのことについては……ときに、いい人間が悪い決断をすることもあるんだ」

それは恩寵のように感じられた。

また元通りになれるんだって。

なぜなら、感傷的な言い方かもしれないけど、わたしはゆらゆら揺れる人間柱になりたいから。世界から喜びを奪うんじゃなくて、喜びをもたらすよう努力したいから。

ブイみたいにぷかぷか漂いながら、パパとわたしはいろんなことについて話した。そしてまた、さらに沖まで、水平線にむかって泳いだ。

「料理を手伝うよ」わたしはシェフたちに言った。「バイブルっぽいものは入れないって誓うから」

パパがノアを見た。「どう思う？」

ノアがパプリカを投げてきた。

でも、わたしの料理上の貢献はそれが最初で最後だった。なぜなら、オスカーがキッチンに入ってきたから。黒い革ジャンを着て、いつにも増してくしゃくしゃの髪で、嵐みたいな顔をして。「勝手にあがってすみません。ノックしたんですけど、どなたも出てらっしゃらなかったので。ドアが開いていたものですから……」デジャヴみたいに、ママがパイを焼いてたときにブライアンが入ってきたときのことを思い出した。ノアを見ると、同じことを考えてるのがわかる。ブライアンからは、まだ返事はなかった。でも、ノアは帰ってからずっと〈オラクル〉を見ていたから、ブライアンがスタンフォード大学にいったことは知ってるはずだ。頭の中で、いろんな情報や可能性が渦巻いてるんだと思う。

「大丈夫。いつもノックの音なんて、聞こえないから」わたしはオスカーのほうへ歩いていって、腕をとった。オスカーはびくんとした。それとも、そんな気がしただけ？　「パパ、オスカーよ」

パパは、ぜんぜんさりげなくも友好的でもない感じで、オスカーを上から下まで見た。

「こんばんは、スウィートワイン教授」オスカーはイギリス人の執事にもどって言った。

「オスカー・ラルフといいます」そして、手を差し出したので、パパはその手を握って、もう片方の手でオスカーの背中をたたいた。

「やあ、若者《ヤングマン》」パパはまるで一九五〇年代みたいに答えた。「今、わざと男《マン》ってところを強調したわけだが」ノアが口を押さえて笑い、咳でごまかそうとした。ウソでしょ。また元のパパにもどってるし。完全完璧に。

「そのことなんです」オスカーはわたしを見た。「ちょっと話せる？」

想像もしてなかった展開。

わたしはドアの手前で振りかえった。だって、のどを締めつけたみたいなおかしな声がしたから。パパとノアがカウンターのうしろでからだを折り曲げて笑っていた。「なによ？」わたしはきいた。

「ラルフが見つかったんだ！」ノアはかすれた声で言うと、またお腹を抱えて笑い出した。パパなんて苦しそうに、床に倒れこんで笑っていた。

これから聞くことになる話を聞くより、箱船仲間といるほうが、ずっといいんだけど。

わたしは柄にもなく深刻なオスカーのあとについて、玄関の外に出た。

オスカーに抱きつきたかったけど、やめておいた。きっと、さよならを言いにきたんだ。顔じゅうにそう書いてある。オスカーは石段の上にすわると、横の空いてるところをたたいた。でも、すわりたくなかったし、これから彼が言おうとしてることも聞きたくない。「崖のほうにいかない？」パパとノアにも聞かれたくないし。

オスカーといっしょに家の裏へ回った。わたしたちは腰を下ろしたけど、おたがい脚が触れないようにすわった。

海は穏やかで、波はおぼつかないようすでのろのろと岸に打ち寄せていた。

「で、」オスカーは用心深い笑みを浮かべた。オスカーらしくない。「この話をしてもいいか、わからないんだ。だから、もしよくなかったら、止《と》めてほしい」わたしは、どんな話になるのかわからないまま、ゆっくりとうなずいた。「きみのお母さんのことはよく知っていた。お母さんとギジェルモは……」そこまで言って、オスカーはわたしを見た。

「大丈夫、続けて」

「きみのお母さんは、おれが最悪の時期にそばにいたんだ。しょっちゅう、クスリをやってて、頭がおかしくなってたころに。おれはアトリエを離れるのが怖かった。もしアトリエから出たら、クスリをやるだろうし、酒やクスリで紛らわせないと悲しみに打ちのめされるから。そのころはアトリエは今とぜんぜん違ったんだ。Gの学生がやまほどいた。きみのお母さんは絵を描いていた。おれはモデルをしてたんだ、そうすれば、話しかけてもらえるから」やっぱりノアの言う通りだった。ママは密かに絵を描いてたんだ。

「ママはギジェルモに教わってたの？」

オスカーはゆっくりと息を吐いた。「いや、ギジェルモに教わったことは一度もない」

「ふたりが出会ったのは、ママがインタビューしたとき？」オスカーはうなずいて、黙りこんだ。「続きを話して」

「本当に大丈夫？」

「うん、お願い」

オスカーはいつものイカレた笑みを浮かべた。「きみのお母さんのこと、大好きだった。おれに写真の道を勧めたのも、Gよりもきみのお母さんだったんだ。ふしぎなもので、おれたちはよく、きみと初めて出会ったあの教会ですわって話してた。だから、あの教会へしょっちゅういってたんだ。きみのお母さんのことを思い出すために」腕に鳥肌が立つ。「信者席にすわって、きみのお母さんの話をずっと聞いてたよ。双子の話を」オスカーは笑った。

「本当にずっとずっと話してた。特にきみのことを」

「ほんと？」

「もちろん本当だよ。だから、きみのことならいろいろ知ってる。きみが想像もつかないくらいね。ずっとふたりの女の子を一致させようとしてたんだ。きみのお母さんが話してたジユードって子と、おれが好きだったCJと」好きだった、たという過去形を聞いて、心臓がぎゅっと締めつけられた。「お母さんはいつも冗談めかして、おれが三年酒を飲まずにいて、さらにきみが少なくとも二十五歳になるまでは、ぜったいきみとは会わせないって言ってた。会ったら、ぜったいお互い夢中になる、ふたりとも恋に落ちるに決まってるからって。ぼくたちは似たような魂を持ってるって言ってた」オスカーはわたしの手を取って、甲にキスをすると、またわたしの膝の上にもどした。「お母さんの言う通りだったよ」

「じゃあ、なに？　『でも』って続けようとしてるのがわかって、耐えられないよ、オスカー」

オスカーは顔を背けた。「でも、今はまだそういうときじゃない。まだなんだ」

「そんなことない。今よ。ぜったい、間違いなく、今に決まってる。ギジェルモのせいね、ギジェルモがそう言えって言ったんでしょ」

「違う。おれが決意したのは、きみのお母さんのためだ」

「そこまで年が離れてるわけじゃないわ」

「おれは三歳年上だ。今は、差があるように感じるけど、いつまでもそうってわけじゃない」十四歳のときのゼファーがすごく年上に思えたことを思うと、オスカーとの年の差なんてたいしたことがないように思える。同じ年みたいに感じられるのに。

「でも、きっとオスカーは、ほかの人のことが好きになる」

「その可能性は、CJのほうが高いよ」

「ありえない。オスカーはポートレイトの彼なんだから」

「CJは、予言の女の子だよ」

「わたしのママの予言のほうも、当たってたってことね」わたしはオスカーの腕をとった。ギジェルモがママに宛てた手紙を、なにも知らずにオスカーに渡したなんて、本当にふしぎ。ギジェルモとママの言葉が時を超えてわたしたちの元へ落ちてきたみたい。天からの贈り物みたいに。

「CJはまだ高校に通ってる。法定年齢にもなってないんだ。昨日の夜、ギジェルモに百回くらい言われるまで、気づいてもいなかった。おれたちはいい友だちになれる。ヒッピティ・ホップで跳ねまわって、チェスをして、あとは——」オスカーは言葉に詰まって歯がゆそうな声を出したけど、それからにっこりした。「きみのことを待ってる。それまでは洞窟で暮らすよ。そのあいだだけ、坊さんになって、法衣を着て、頭を剃ってたっていい。よくわからないけど、今はきちんとしないといけないって気がするんだ」

こんなの嫌。プレイボタンを押すタイミングがあるとすれば、今。言葉が流れ出す。「きちんとするっていうのは、わたしたちのラブストーリーに背をむけるってことなの？　きちんとするっていうのは、運命を否定するってこと？　あらゆる力が働いて、わたしたちはこうやっていっしょになれたのに。何年も前から、こうなるように力が働いてたのに？　そんなの無理よ」わたしの中に、ふたりのスウィートワインの幽霊が姿を現わす。馬たちが世代を駆け抜けていく音が聞こえる。「わたしのママは愛のためにそれまでの人生をひっくり返そうとしてた。神さまのことをクラーク・ゲーブルって呼んでるおばあちゃんは、わたしたちに逃げてほしくないって思ってる。ふたりとも、運命にむかって走っていってほしいって思ってる」ギジェルモの「教育」のおかげで、両手が独白劇みたいに動きまくる。「わたしは、オスカーのためにボーイ・ボイコットをやめたの。ほとんど全世界を諦めたんだよ。言っとくと、十六歳の女の子と十九歳の男は、精神年齢は同じくらいだから。それに、言っちゃ悪いけど、オスカーはどうかってくらい幼いんだから」

オスカーが笑い出したので、なにがなんだかわからないうちに、オスカーを押し倒し、上にまたがって、両手を頭の上で押さえつけて、動けなくする。

「ジュード」

「へえ、わたしの名前を知ってるんだ」わたしはにやっとする。

「ジュードは、一番好きな聖人なんだ。敗北者の守護聖人だからね。すべての希望が潰《つい》えたときに、呼ばれる聖人なんだ。奇跡をつかさどる聖人なんだよ」

「うそでしょ」わたしは言って、オスカーの手を離す。

「きみにうそをついたりしない」

裏切り者のユダよりはずっとマシだけど。「じゃ、わたしの新しい理想にする」

オスカーは、わたしのタンクトップをちょっとだけめくりあげた。家の明かりに照らされて、天使たちがうっすら浮かびあがる。オスカーはタトゥーを指でなぞった。わたしの目を見たまま、自分の指がわたしにどういう影響をもたらすかを、わたしが急降下していくさまを観察しながら。わたしの呼吸が速くなり、オスカーの目が欲望で波立つ。「衝動をコントロールする力に問題があったんじゃなかったっけ」わたしは囁く。

「今は完全にコントロールしてる」

「ほんとに？」わたしは彼のシャツの下に両手をすべりこませ、さまよわせる。震えてる。オスカーが目を閉じる。

「ああ、クソ、だめだ」オスカーはわたしの背中に手を回して、あっという間にからだをよせ、キスをする。喜びが、欲望が、愛が、溢れ、溢れて、溢れかえって――

「おれはきみに夢中なんだ」オスカーが荒い息で言う。オスカーの顔のイカレた感じが最高潮に達する。

「わたしも」

「これからもずっと」

「わたしも」

「誰にも怖くて言えなかったことを、きみには言える」

「わたしも」

オスカーはからだを離して、にやっと笑い、わたしの鼻に触れた。「『オスカーはこれまで会った中で、最高にすてきで、めちゃめちゃホットで、それにみなさん、めちゃめちゃ寄りかかるのがうまいんです』っておれは思うけど？」

「わたしも」

「いったいラルフはどこにいるんだ？」ヨゲンシャがかん高い声をあげた。

ここよ！

ノアとわたしはギジェルモのアトリエの外に立っていた。ノアはいっしょにきたがったくせに、今になってそわそわしてる。「父さんを裏切ってるような気がするんだ」

「パパにはちゃんと、いいかどうかきいたじゃない」

「わかってる。それでも、父さんの名誉のためにガルシアに決闘を申しこむべきなんじゃないかって気がするんだよ」

「そんなの、ヘンすぎる」

ノアはにやっとして、わたしの肩をパンチした。「確かにね」

でも、ノアの言いたいことはわかった。ギジェルモへの気持ちは万華鏡みたいにくるくる変わった。うちの家族を壊し、パパを苦しめ、くるはずだった未来をだいなしにしたギジェルモが憎いって思った次の瞬間（あのままだったら、未来はどうなってたんだろう？　ギジェルモといっしょに暮らすことになった？　それとも、わたしはパパと引っ越してた？）、酔っ払いのイーゴリだったギジェルモが自分は大丈夫じゃないって言ったときからずっとそうだったみたいに、ギジェルモに惹かれてしまう。ママが生きていて、それで、ギジェルモとオスカーに出会ってたらって思うと、ふしぎ。わたしたちはみんな、どこかでぶつかり合う運命だったのだ。なにが起ころうとも。もしかしたら、同じ物語を生きるように運命づけられている人って決まってるのかもしれない。

ギジェルモが出てこなかったので、ノアとわたしは勝手に入って、いっしょに廊下を歩いていった。なにかが違うのを感じたけど、それがなにかわかったのは、郵便室に入ってからだった。床にはきれいにモップがかけられ、信じられないことに手紙がすべて片づけられている。嵐が吹き荒れた部屋に入るドアが開いている。のぞくと、中は元のオフィスにもどっていた。部屋の真ん中に壊れた天使像が、きちんと立てて置いてあるのが見える。背中の翼の下にひびがジグザグに走ってるのを見て、はっとする。わたしのポートフォリオで、ひびや割れ目が一番面白いって、ギジェルモが言ってたのを思い出す。人間のひびや割れ目についても同じことが言えるのかもしれない。

手紙もほこりもない部屋を見まわす。ギジェルモはまた生徒たちにアトリエを開放することにしたんだろうか？　ノアはキスの絵の前に立っていた。「あの日、ぼくがふたりを見たところだ」ノアは言って、暗い影の部分に触れた。「これは〈木彫りの鳥〉だよ。わかる？　きっとふたりでよくいってたんだ」

「ああ、そうだ」ギジェルモがほうきとちりとりを持って、階段を下りてきた。

「ぼくの母がこれを描いたんですね」それは質問ではなかった。

「そうだ」ギジェルモは答えた。

「母さん、絵がうまかったんだ」ノアはまだ絵のほうを見たまま、言った。

ギジェルモはほうきとちりとりを置いた。「ああ」

「画家になりたかったんですか？」

「ああ。心の奥底では、そう望んでいたのだと思う」

「どうしてぼくたちには言ってくれなかったんだろう？」ノアは振りかえった。その目には涙が溜まっていた。「どうしてぼくたちにはなにも話そうとしなかったんだろう？」

ギジェルモが言った。「話すつもりだった。ダイアナは、自分の作品に満足していなかった。わからないが、きみたちには、おそらく完璧なものを見せたいと思っていたんだと思う」ギジェルモはじっとわたしを見て、腕を組んだ。「きみが砂の女のことを話さなかったのと同じ理由かもしれないな」

「砂の女？」

「きみに見せようと思って、家から持ってきたんだ」ギジェルモはテーブルに置いてあるラップトップのほうへ歩いていった。画面をタップすると、ずらりと写真が表示された。

パソコンのほうへいく。すると、そこにいた。わたしの空飛ぶ砂の女たちが、何年も経た後、岸へ流れ着いたように。どうしてそんなことが？　ギジェルモのほうを見て、気づいた。

「あなただったんですね。あなたが、写真をＣＳＡに送ったのね」

ギジェルモはうなずいた。「ああ、名前を伏せてね。きみのお母さんがそれを望んでいるような気がしたんだ。お母さんはきみが願書を出さないんじゃないかと、ひどく心配していた。自分が送るつもりだと言っていたんだ。だから、わたしがやった」ギジェルモはパソコンを指さした。「お母さんはその作品をとても気に入っていた。気までめちゃくちゃだって言って。わたしもそう思う」

「写真はママが？」

「ううん、ぼくだよ」ノアが言った。「父さんのカメラにあるのを、母さんは見つけたんだと思う。きっとダウンロードしてたんだ、ぼくが消す前に」ノアはわたしを見た。「コートニーの家のパーティの夜だよ」

　わたしはすべてを受け止めようとした。わかってくれてたこともあったんだ。わたしはどうせママには、わたしの内面なんてわからないって思いこんでたけど。またひとつ、重荷がなくなったような気がした。下を見たけど、足は床にしっかりついてる。人間は死ぬ、でも、その人との関係は失われることはない。いつまでも、変わり続けながら続いていくんだ。

　気がつくと、ギジェルモが喋っていた。「きみのお母さんは、きみたちふたりのことを心から誇りに思っていた。あんなに子どものことを誇らしく思っている母親を、わたしは知らない」

　ママの存在を強く感じて、部屋をさっと見まわした。これこそ、ママが望んでたことだと思ったから。みんなそれぞれ、話の重要な断片を知っていた。伝えるべき話を。ママはわたしに、ママが砂の女を見ていたことを知ってほしいと思っていて、それをわたしに話せるのはギジェルモだけだった。ギジェルモとパパには、ノアから本当のことを聞いてほしいと思っていたし、ノアには、わたしからCSAのことを聞いてほしいと思っていた。わたしはギジェルモのところへきていなかったら、言う勇気を持てなかったかもしれない。ノミとハンマーを手にしていなかったら。だから、ママは望んでいたんだ、わたしたちがギジェルモの人生と関わることを、そしてギジェルモがわたしたちの人生に関わることを。なぜなら、みんなそれぞれがそれぞれの鍵を持っていたから。きっかけがなければ、永遠に閉ざされたままだったはずのドアの鍵を。

そもそもここにくることになったイメージのことを思い出した。ママが舵を握って、航路から外れないように空を渡っていく姿を。そしてある意味で、ママはそれをやってのけたのだ。

「じゃあ、わたしはなんだい？　刻んだレバーとか？」おばあちゃんだ！

「もちろん違うよ」唇を動かさずに答える。またおばあちゃんがもどってきて、元通りになったのがうれしくてたまらない。「おばあちゃんはとびきりすてきな人よ」

「そりゃそうさ。それに、おまえさんの口癖を借りて、念のため言っとくと、いいかい、お嬢さん、勝手なおばあちゃん像を作るのはやめとくれよ。おこがましいったらありゃしない。いったいこんな恩知らずなおばあちゃん像をどこから思いついたのかね？」

「さあね」

そのあと、ギジェルモはノアにカンバスと絵の具を渡し（ギジェルモに言われて、ノアは断れなかった）、中庭に出てきた。わたしは、ママの彫像の模型を粘土《クレイ》で創っていた。「彼のように描く子は初めてだ。彼はオリンピアの住人だな。まったく信じられん。ピカソは、かつて一ヶ月で四十枚の絵を描いたそうだ。ノアは一日で描きそうな気がする。絵はすでにできあがっていて、彼はただそれをこの世にもたらすだけという感じだ」

「弟は『歓喜の衝動』そのものなんです」わたしはオスカーのレポートを思い出して言った。

ギジェルモは作業台によりかかった。「きみたちふたりの写真を何枚か見たことがある。このくらいのときのね」ギジェルモは地面に手を近づけてみせた。「ダイアナはいつも、ジュードとジュードの髪のことを話していた。思ってもみなかったよ、これっぽっちも気づかなかった。まさか、きみが……」ギジェルモは首を振った。「だが、今こうやって考えれば、きみはダイアナの娘に決まってる。ノアは、ダイアナにそっくりで、彼を見るとつらくなる。だが、きみは、そう、きみは外見はまったく似ていない。だけど、同時にとても、とても彼女に似ているんだ。みんながわたしのことを怖がる。でも、きみのお母さんは違った。きみもだ。きみたちふたりは、わたしのここに飛びこんできた」ギジェルモは自分の胸を指した。「きみが非常階段にいるのを見つけた瞬間、ほんの少し気が晴れたんだ。そう、きみが空飛ぶレンガの話をしたときから」ギジェルモは言いよどみ、ひたいを押さえた。手をどけると、目が赤くなっていた。「もし……」ギジェルモはひたいを押さえた。顔がみるみる曇った。「このままきみと制作を続けたい。だが、もしきみがそれを望まないなら、お父さんが反対するとしたら、それはわかる」

「ギジェルモは本当なら、義理の父親になってたのよ」それがわたしの答えだった。「そしたらきっと、ギジェルモの人生はひどいことになってたと思うけど」

ギジェルモは頭をのけぞらせて笑った。「ああ、確かにそうだな。きみはおそろしいやっかい者になってただろうよ」

わたしはにっこりした。わたしたちのつながりはあいかわらず自然で、だけど、パパにちょっとだけ悪い気がした。わたしは粘土《クレイ》の模型のほうにむき直って、ママの肩の部分をなでるようにして腕を創りはじめた。「どこかではわかっていたような気がするんです」ママの肘の部分を創りながら言う。「なにをわかってたのかはわからないけど、ここにくるべくしてきたってことはわかった。それに、ギジェルモもわたしの気持ちを軽くしてくれたの。ずっとずっと軽く。それまではずっと閉じこもってたから」

「わたしはこう思うんだ。ダイアナがきみの器を壊したのは、石の彫刻家を探しにこさせるためだったんじゃないかって」

わたしはギジェルモを見た。「ええ」首のうしろがゾクゾクしはじめる。「わたしもそう思います」

だって、誰にもわかりはしない。なんでも知っている人なんていない。誰が糸を操ってるかなんて、誰にもわからないのだ。人間かどうかだってわからない。理由だって、わかりっこない。運命っていうのは、自分の人生の物語をどう語るかってことかもしれないでしょ？　別の息子だったら、母親の最期の言葉を予言だと思わずに、クスリでもうろうとしてるせいだと思って、すぐに忘れてしまったかもしれない。別の女の子だったら、弟が描いた絵を見てラブストーリーを作ったりしなかったかもしれない。おばあちゃんが本当に、春一番のラッパスイセンは幸運をもたらすって思ってるかどうかなんて、わかりはしない。もしかしたら、ただわたしを連れて森を散歩したかっただけかもしれない。おばあちゃんが本当に自分のバイブルを信じていたかどうかもわからない。希望と創造性と信念が理屈に勝つ世界のほうが好きなだけだったかもしれない。幽霊が本当に存在するのか（ごめん、おばあちゃん）、それとも、心の中の愛する人の息づいた記憶が喋りかけているだけなのか、誰にもわからない。ラルフがどこにいるかなんて、誰にもわからない（ごめん、オスカー）。誰にもわからないのだ。

だから、わたしたちはそれぞれの方法で謎に取り組むしかないのだ。

そして、中には、謎のうちのひとつのまわりをふわふわと飛んで、それを家《ホーム》と呼ぶ人もいる。わたしたちは今朝、〈ミステリー号〉を見にいった。パパはオーナーのメラニーと意気投合した——かなり。ふたりは今ごろ、箱船のデッキでお酒を飲んでいるはず。売買のことを話し合うためだよってパパは言って、イカレた笑みを隠そうとしてた。

わたしは近くのタオルで手を拭くと、カバンの中から、ギジェルモの持ってたママのミケランジェロについての本を取り出した。

「わたしが盗ったの。どうしてかはわからない。ごめんなさい」

ギジェルモは受け取って、ママの写真をじっと見下ろした。「あの日、ダイアナは車から電話してきたんだ。ものすごくうろたえているようすだった。ひどく動揺していたんだ。わたしと会って話したいと言っていた。だから、ノアがきて、わたしに言ったことを……それが、ダイアナが言おうとしていたことだと思ってしまったんだ。ダイアナは気を変えたんだと」

帰るとき、わたしは天使像のところへよって、最後の願いをした。ノアとブライアンのために。

賭けるなら、ぜんぶの馬に賭けとくのが一番だよ。


二週間後の木曜日、パパとわたしは玄関の石段のところでウェットスーツを脱いでいた。パパは泳いで、わたしはサーフィンをして、帰ってきたところだった。もっと正確に言えば、ぬいぐるみみたいに波にもみくちゃにされたってところだけど。めちゃめちゃ最高だった。からだを拭きながら、通りのむこうの森の入り口から目を離せなかった。ノアがLostConnections.comに書いてた毎週木曜日五時の待ち合わせ場所っていうのは、あの夏、ノアとブライアンがずっといっしょに過ごしていた森だって確信してたから。

ノアは、ブライアンのアドレスを見つけて、〈秘密の美術館〉という絵の連作を送ったと話してくれた（二十四時間ぶっ通しで送ったらしい。完全にやられてる）。数日後、LostConnections.comの投稿に返信がきた。「そこへいく」ってひと言。

先週、ノアはCSAの入学許可通知を受け取った。わたしが撮った壁画の写真が、決め手になった。わたしはサンディに、必要ならノアのために退学するって言ったけど、その必要はなかった。ノアは、まだどうするか決めていない。

夕日が空を色のカーニバルに変え、ノアとブライアンが手をつないで森から出てきた。ブライアンが先にパパとわたしに気づいて、さっと手を引っこめたけど、ノアはすぐにまた手をつかんだ。すると、ブライアンは目を細めてちらりとノアを見て、相手をいっぺんで夢中にさせる笑みを浮かべた。ノアは、いつもブライアンといるとそうだけど、頭を首の上に乗っけていられないって感じで、とても幸せそうだった。

「そうか」パパは言った。「そういうことか。なるほど。気づいてなかったよ。てっきり、ヘザーかと。でも、こっちのほうがぴんとくるな」

「うん」わたしは言った。テントウムシが手に止まっているのに気づいた。

急いで、願いをかけなきゃ。

セカンド・チャンス（ううん、サードもフォースも）をつかめますように。

世界を創り替えることができますように。

訳者あとがき

本書の主人公は、双子の姉弟、ジュードとノア。物語は、ふたりの十三歳の冬から始まります。語り手は弟のノアと姉のジュードが交互につとめ、ノアが十三歳の日々を、ジュードがそれから三年後、十六歳のふたりの姿を語るかたちで進んでいきます。

そのため、読者は空白の三年間で、ふたりの状況や関係ががらりと変わってしまったことに驚かされます。いったいふたりの母親に何があったのか、あれほど絵を描くことを愛していたノアがなぜ美術学校に通っていないのか、どうしてジュードは髪を切って「透明人間用（＝目立たない用）」の服ばかり着るようになったのか、父親が変わってしまったのはなぜなのか……。ふたりの状況や思いが知りたくて、どんどんページをめくっていくうちに、いつしか、十三歳から十六歳という、もっとも多感と言ってもいい時期をふたりと共有することになるのです。

双子のジュードとノアは、同い年である互いの存在を常に意識しながら成長していきます。スポーツが得意で、息子にも「男らしさ」を期待する父親と、「すべての子どもは芸術家だ」というピカソの言葉を愛し、大人になってからも「芸術家でいつづけること」を望む母親は、それぞれ子どもに求めるものがちがいます。そうした両親の愛を、ふたりが奪い合い、競い合うようすは、ときにユーモラスに、ときに切なく描かれます。

　ふたりに大きな影響を与えるのは、家族関係だけではありません。ふたりとも、全身全霊を捧げた恋を経験します。ジュードは、年上のイギリス人の大学生オスカーと、ノアは、夏休みにふたりの住む町へやってきたブライアンと。ジュードは、ある出来事から恋愛はしないと決意しているためにオスカーへの想いに悩むことになり、ノアは好きになった相手が同性であったために苦しむことになります。

　家族や恋愛や将来の夢といった、思春期に避けて通れないテーマを軸に進んでいくこの作品を、数ある青春小説の中で輝かせているのは、ジュードとノアの個性、ひいては作者ネルソン特有の描写と文体です。ノアは、あらゆる場面や思いを絵にします。実際に描くこともありますが、手元に画材がなければ、頭の中にある想像の美術館に次から次へと描き溜めていきます。母親に美術学校への進学を勧められたときには、自分の胸の窓が勢いよく開いた絵を、父親に説教されたときは、自分を壊れた傘に例えた絵を、ジュードが自分に嫉妬しているのに気づいたときは、「うらやましくてどうかなりそうになってるジュード。肌はライム色。髪は黄緑色《シャルトリューズ》。目は深緑色《フォレスト》。全身が、グリーン、グリーン、グリーン」の絵を。

　対するジュードは、不安になったり、悩んだりすると常に、大好きだったおばあちゃんに相談します。ただし、おばあちゃんは数年前に亡くなっていて、ジュードにしか姿は見えません。そのおばあちゃんが遺した「バイブル」こと、おばあちゃんの格言の詰まったノートはジュードのお守りで、ことあるごとに開いては、対処法を探します。けれど、そこに書かれた格言というのが、「重病になりたくないなら、ポケットにタマネギを入れておくこと」「男の子からオレンジをもらうと、彼への想いは深くなる」「右利きの双子は本当のことを言い、左利きの双子はうそを言う」など、あやしげなものばかり。そんな「教え」を忠実に守る一方で、いきなり彫刻家の家に押しかけたり、母親の書いた本を盗んだり、勝手に人の手紙を盗み見たり、ハチャメチャなことをやらかすジュードも、ノアに負けず劣らず個性の塊で、強烈な魅力を放っています。

本書は、二〇一四年に発売されるやいなや、ニューヨークタイムズのベストセラーリスト入りを果たし、プリンツ賞をはじめ、数多くの賞を受賞しました。ワーナー・ブラザースが映画化権を購入、『シザーハンズ』や『旅するジーンズと16歳の夏』、『イフ・アイ・ステイ　愛が還る場所』など青春映画を多く手がけているデニース・ディ・ノービがプロデューサーに決まっています。

ほかにも、レインボーリスト（ＬＧＢＴをテーマにした優れたＹＡ作品のリスト）など多くのブックリストに選出されています。双子たちは苦しい恋を経験しますが、相手との距離が縮まっていくようすや、相手の言動に一喜一憂する姿は、ジュードもノアも変わりません。単に差別だけを描いていたＬＧＢＴ文学から、一歩も二歩も抜け出した描き方に、作者の成熟した視点を感じます。

最後になりますが、お世話になった編集者の信田奈津さんと、快く質問に答えてくださったジャンディ・ネルソンさんに心から感謝を。

二〇一六年十月

三辺律子

悪意の波紋

エルヴェ・コメール　山口羊子・訳

100万ドル強奪事件から40年、記者の情熱が新たな悲劇を呼び起こす。一方その現場に間違えて入った青年は殺人犯だと疑われ……。真相の先には何が？　フレンチ群像ミステリー。

集英社文庫・海外シリーズ

ゲルマニア

ハラルト・ギルバース　酒寄進一・訳

一九四四年ベルリン。ユダヤ人の元刑事オッペンハイマーは突如ナチス親衛隊に連行され殺人事件の捜査を命じられる。失敗すれば死、成功しても命の保証はない。生き残る道はどこに？　ドイツ推理作家協会賞新人賞受賞作。

白夜の爺スナイパー

デレク・B・ミラー　加藤洋子・訳

シェルドン・ホロヴィッツ82歳。嫌々移住したノルウェーで、危うい記憶や言動で周囲を振り回す毎日だ。ある日、母親を殺された少年を守る羽目になるが……。CWA賞ジョン・クリーシー・ダガー賞受賞の話題作！

フェイスオフ　対決

デイヴィッド・バルダッチ・編

田口俊樹・訳

史上初！　ジェフリー・ディーヴァーやマイクル・コナリーなどの人気ミステリー作家が二人一組となって共作した短編11本を集めたアンソロジー。編者バルダッチによる共作の裏話も興味深い、読み応え満点の一冊。

集英社文庫・海外シリーズ

集英社文庫

君《きみ》に太陽《たいよう》を

2016年11月25日　第1刷　　　定価はカバーに表示してあります。

著　者　ジャンディ・ネルソン
訳　者　三辺律子《さんべりつこ》
発行者　村田登志江
発行所　株式会社　集英社
東京都千代田区一ツ橋2-5-10　〒101-8050
電話　【編集部】03-3230-6095
【読者係】03-3230-6080
【販売部】03-3230-6393（書店専用）

印　刷　中央精版印刷株式会社　株式会社美松堂
製　本　中央精版印刷株式会社

フォーマットデザイン　アリヤマデザインストア　　マークデザイン　居山浩二

ISBN978-4-08-760728-4 C0197